정비석 문학 선집

2

단편소설

지은이 정비석(鄭飛石, Bi-seok Jeong)_1911년 5월 21일 평안북도 의주에서 출생했다. 정비석의 본명은 서죽(瑞竹)으로, 니혼대학 문과에서 수학하였다. 1935년『매일신보』신춘문예에 콩트「여자」가 당선된 이후, 1936년「졸곡제」(『동아일보』), 1937년「성황당」(『조선일보』), 1938년「애증도」(『동아일보』)가 신춘문예에 연달아 당선되면서 본격적인 작품 활동을 전개했다. 1950년대『'자유부인'』논쟁은 그에게 대중소설가라는 이미지를 심어 준 사건이었다. 그러나 그는 대중의 감정구조에 호소하는 애정의 문제뿐만이 아니라 고향이나 전통의 정서를 정감 있는 언어로 재현하는 한편, 현실에 기투하는 주체의 문제를 심도 있게 다루었던 작가였다. 50년대 이후『명기열전』,『민비』등 역사소설로 작품 경향을 전환하여 80년대 말까지 작품 활동을 하였다. 소설『청춘의 윤리』,『여성전선』,『자유부인』,『산유화』, 수필집『비석과 금강산의 대화』,『노변정담』,『나비야 청산가자』, 평론집『소설작법』등이 있다.

엮고 옮긴이 진영복(晉永福, Young-bok Chin)_연세대학교 국어국문학과 및 동 대학원을 졸업하고 문학박사 학위를 받았다. 동경외국어대학에서 1년간 한·일 문학 비교 연구를 하였으며, 2007년부터 연세대학교 학부대학 교수로 재직 중이다. 저서로는『자기 지시적 글쓰기의 분석과 해석』,『유진오 단편집』(편저), 번역서로는『나는 소세키로소이다』(공역),『이야기된 자기』(공역) 등이 있다. 논문으로는「재만 조선인의 내선일체 담론과 균열」,「일제 말기 만주 여행 서사와 주체 구성 방식」,「해방 후 문화적 본질주의 글쓰기 양상 연구」,「1920년대 대중적 글쓰기와 근대적 주체의 자유상」,「성적 모더니티를 바라보는 세 가지 시선」등이 있다.

정비석 문학 선집 2 단편소설

초판 인쇄 2013년 1월 5일 **초판 발행** 2013년 1월 15일
지은이 정비석 **엮고 옮긴이** 진영복 **펴낸이** 박성모 **펴낸곳** 소명출판 **출판등록** 제13-522호
주소 서울시 서초구 서초동 1621-18 란빌딩 1층
전화 02-585-7840 **팩스** 02-585-7848 **전자우편** somyong@korea.com **홈페이지** www.somyong.co.kr

978-89-5626-777-7　04810
978-89-5626-775-3 (세트)

값 30,000원　ⓒ 정천수, 2013

단편소설

정비석 문학 선집 2

A Literary Collection of Bi-Seok Jeong

정비석 지음 / 진영복 엮고옮김

소명출판

일러두기

1. 이 책은 정비석의 소설을 모아 간행한 『정비석 문학 선집』이다.
2. 작품의 배열은 발표순을 원칙으로 하였으며, 출전은 각 권 말미에 '수록 작품 목록'을 따로 두어 밝혔다.
3. 일본어로 창작된 작품은 작품 말미에 (일문 번역)이라고 표시하였다.
4. 표기법은 원문을 그대로 수록하는 것을 원칙으로 하였다. 그러나 오기가 분명한 경우는 바로 잡았고, 오늘날 독자가 의미를 파악하기 어려운 어휘나 설명을 필요로 하는 부분은 각주로 처리하였다.
5. 띄어쓰기는 현대어 표기법에 따라 교정하되, 국립국어원의 표준국어대사전을 기준으로 삼았다.
6. 한자는 괄호를 사용하여 한글과 병기하였다. 한글의 음과 동일한 경우는 ( )로, 다를 경우는 [ ]로 표기하였다.
7. 대화·인용은 " ", 생각·강조는 ' ', 시·소설은 「 」, 단행본·신문·잡지는 『 』, 영화·가요 등은 〈 〉로 통일하였다.
8. 원문 해독이 어려운 글자는 □로 표시하였다.
9. 정비석의 전체 작품 연보와 연구 목록은 『정비석 문학 선집』 마지막 권에 수록될 예정이다.

:: 차례

정비석 문학 선집

2

조국으로 돌아가다(祖國に歸る)

　덜커덩 소리를 내면서 현관문을 기세 좋게 열고

　"다녀왔어."

라며 스기타(杉田)는 탁한 목소리를 높였다. 잠든 타미오(民男)의 베개 옆에 홀로 다소곳이 앉아 오래된 잡지에서 도려낸 장개석의 격문(檄文)을 열심히 읽고 있던 아내 유봉채(柳鳳彩)는 뜻밖의 목소리에 가슴이 뜨끔해지면서 읽고 있던 종잇조각을 잽싸게 소맷자락에 집어넣고 현관에서 남편을 맞이했다.

　"다녀오셨어요. 오늘은 늦으셨네요."

　"그래, 늦었어."

　몸을 구부려서 구두끈을 풀고 있는 스기타의 입에서 확 찌는 듯한 술 냄새가 났다.

　어둠 속에서도 스기타의 얼굴은 불그스레한 색깔로 물들어 있었다.

　"술 드셨군요……."

　오랜만의 약주라서 유봉채는 특별히 남편을 탓하기라기보다 오히려 신뢰에서 오는 애정과 존경이 섞인 미소를 지으면서 물었다.

"많이 마셨어. 우리 회사의 후지오카[藤岡] 군이 오늘 소집 영장을 받았기 때문에 축하연을 열었어."

"어머, 소집 영장?"

유봉채의 겁먹은 까만 눈동자가 순간 놀람으로 확 커졌지만, 곧 남편이 알아차리지 못한 것을 다행으로 여겨 재빨리 놀란 기색을 깡그리 숨겼다.

"어머, 후지오카 씨가 소집돼요? 후지오카 씨란 서무의 후지오카 씨 말이죠?"

하고 교묘히 화제를 바꾸었지만, 그녀의 가슴은 벌에 쏘인 듯한 느낌이었다.

"맞아, 걔가 이번에 소집에 응하게 되었어."

이렇게 말하면서 위태로운 발걸음으로 방 쪽으로 가는 스기타의 뒤를 유봉채는 다소곳이 따라갔다.

"타미오 녀석, 벌써 잠들었어?"

"네, 오늘은 체조가 있어서 많이 피곤하대요."

취한 탓인지 남편의 말투는 평상시보다 거칠고 말수도 많았다. 스기타는 옷을 갈아입는 것도 잊은 듯이 양복을 입은 채로 화로 옆에 철썩 앉으면서

"이제 전쟁이다. 점점 시끄럽게 되겠어."

하고 담배를 물었다.

"당신, 옷 안 갈아입으세요?"

유봉채는 남편의 입에서 튀어나올 말이 무서워서, 이번에도 화제를 바꾸려고 했다.

"전쟁이구나. 이제 나라를 위해 전력을 다할 때가 왔어."

하고 스기타는 거침없이 제대로 돌지 않는 혀로 말해 댔다. '항상 말수가 거의 없는 남편이 오늘은 어쩐 일이지' 하고 유봉채는 형용하기 어려운 불안감이 몰려와서 가만히 있었다. 스기타는 담배를 물고는 차를 마시며, 차를 마시고는 담배를 피우면서 혼잣말처럼 이야기를 계속하는 것이었다.

"난 이래 봬도 육군 예비 소위야. 오늘 밤도 군가를 부르니 갑자기 지난 군대 시절의 마음이 자꾸 몸에서 불타올라 어쩔 줄 몰랐어. 너도 부창부수로 이럴 때에 공적 하나 세워 보지 않을래? 내가 소집될 것도 그리 멀지 않으니까."

스기타는 아내가 지나인(支那人)인 것을 흡사 잊은 듯이 유봉채에게 들떠서 말했다. 유봉채는 괴로웠다. 자신을 완전히 신뢰하는 스기타의 사랑을 인정하기 때문에, 가슴을 메스로 도려내는 듯한 아픔을 느끼었다.

국가에 일단 위기가 왔을 때는 국가를 위해서라면 죽음도 마다하지 않는 선명한 각오의 아름다움을 생각할 때마다 유봉채는 지나 국민의 게으른 국민성이 환멸스러웠다. 게다가 적국의 여성인 자신을 스기타는 한 점의 그늘도 없이 믿고 사랑해 주지 않는가?

유봉채는 미친 듯이 뛰는 가슴을 억누르며 피곤한 남편을 위로하여 잠들게 했다. 스기타는 일 분도 채 되기 전에 크게 코를 골았다. 유봉채는 어린애 같은, 남편의 잠자는 얼굴을 무심코 들여다보다가 이윽고 까만 눈 가득히 눈물이 고였다.

그녀가 스기타와 결혼한 지 이래저래 팔 년이 된다. 처음에 스기타를 알게 된 것은 열아홉 살 때, 도쿄에서의 일이었다. 그로부터 얼마 되지 않아 연인 사이가 되었고, 동거를 시작한 것은 스기타가 K 회사에 취직해서 조선에 건너올 때부터였다.

결혼한 해에 낳은 타미오는 올해 일곱 살로 심상소학교 일 학년이다. 유봉채의 결혼 생활 팔 년은 꿈같은 행복이었다. 본성이 성실한 스기타는 지금도 결혼 당시와 변함없는 사랑을 베풀고 있다.

유봉채는 좀처럼 잠이 오지 않았다. 매일 신문 보도를 통해 일본과 지나 간의 우호가 단절된 것은 이미 알고 있던 사실이지만, 그것 때문에 전쟁까지 일어날 줄은 그녀는 꿈에도 생각하지 못했다.

대서특필로 계속해서 보도되는 일본과 지나 간의 분규에 관한 신문 기사를 읽을 때마다, 그녀는 기운이 빠지는 것 같은 심정이었다. 열일곱 살 때부터 서른 살이 된 오늘날까지 단 딱 한 번 그것도 두 달 정도 고국 땅을 밟았을 뿐으로, 그 밖에는 거의 일본 땅에서 일본 옷과 일본 음식으로 살아온 그녀였고, 게다가 일본인 남편까지 얻은 몸이라, 이제 와서 고국에 대한 온정이 있는 것도 아니었다. 스기타와 결혼한 탓으로 부모로부터는 절연장을 받았고, 기억에 남을 정도의 추억도 하나 없고, 아무리 기억을 더듬어도 한 명의 소꿉친구조차 생각나지 않는 고국이었다. 가장 사랑하는 남편과 타미오는 일본인이지 않은가. 게다가 스기타까지 부모님과의 절연을 무릅쓰고 불타는 사랑과 뜻 높은 믿음으로 자신과 결혼해 주었을 때 이미 남편을 위해 만사도 불사하겠다는 각오를 한 그녀였지만, 조국에 관해서만은 막다른 경우가 되니 그녀의 마음도 지금까지와 같이 그리 단순할 수가 없었다.

그녀는 슬며시 잠자리에서 일어나 거실로 갔다. 아까 읽다만 장개석의 격문을 읽기 위해서였다. 낮에 시장을 보고 돌아오는 길에 아무 생각 없이 들른 헌책방에서 우연히 발견한 격문이었지만 읽어 나가는 동안에 그녀는 절절히 가슴에 와 닿는 무언가를 느꼈다. 이제 아득하게 잊혀진 조국 풍경이 순식간에 파노라마처럼 생생히 눈앞에 펼쳐졌고, 뿌리 깊이 도사리고 있던 오래된 감정이 격렬한 기세로 무럭무럭 가득 차는 것 같았다.

그러나 이는 결코 일본에 대한 증오감이 아니었다. 남편에 대한 배신의 감정도 아니었다. 악랄한 말로 일본을 매도하는 장개석의 행동에는 반발심조차 가지는 그녀였지만, 그러나 어딘가 그녀의 마음에 호소하는 무언가(그것을 그녀는 뚜렷이 알 길이 없었지만)가 있었다. 이는 다름이 아니라 '조국'이라는 두 글자다.

유사 이래 군벌, 연이은 학정으로 백성을 도탄의 밑바닥까지 빠지게 하여 괴롭히는 중국 역사이고 보니 증오로 가득 찬 고국이기는 하다. 그러나 군벌이나 학정 같은 것은 사람의 일[人事]이다. 사람의 일을 초월하여 멀리에 엄연히 존재하는 신성한 큰 존재─그것이 조국이 아니었던가?

그녀에게는 지금 그것이 보였던 것이다. 중화민국 역사는 쉽게 부정할 수 있는 그녀였지만 조국이라는 숙명적인 존재까지 부정할 수는 없었다.

아침저녁으로 어지럽게 정권이 바뀌는 중국의 일이라서 임금에게 충성을 다한다는 일을 생각할 수 없는 일이지만 변함없는 조국에 대한 충성은 없으면 안될 것 같이 여겨졌다.

충성-조국애-장개석도 조국애를 모를 리가 없었다. 실제로 유봉채가 읽은 격문 속에도 그것이 절절히 표현되어 있긴 하다. 그러나 '올바른 사랑'을 그는 알지 못하는 것이 아닐까? 조국을 사랑한다는 것은 조국을 평화롭게 만드는 일이어야 할 것이다. 물론 영원한 평화를 위해 일시적인 간난을 견뎌야 할 경우가 있긴 하다. 그러나 지금의 장개석의 방법은 영원한 평화를 위한 일시적 간난일까?

그녀의 머리는 혼돈스러웠다. 까닭 모를 무서움에 가슴이 떨렸다. 멈추지 않는 눈물이 빗방울처럼 계속해서 잠옷에 흘러 내렸다.

다음날 저녁에 남편은 회사에서 돌아와 그대로 다시 외출할 준비를 했다.

"어디 나가세요?"

유봉채는 의아한 생각이 들어서 물었다.

"다섯 시 반에 출정 군인이 있어 배웅하러 잠깐 다녀오겠어"라고 말하고 스기타는 재빨리 나갔다.

유봉채는 슬펐다. 보통이라면 그런 경우 자신도 애국부인회의 어깨띠를 매고 배웅하러 나가야 할 터이다. 그러나 자신은 지나인이기 때문에 남편도 자신에게 말도 걸지 않고 자신도 삼가지 않으면 안된다. 게다가 남편은 출정 군인을 향해 공적을 세우고 돌아오라고 바라는 것이다.

남편의 이 행위를 비난하는 것은 아니었다. 남편이 지나인을 아내로 맞았기 때문에 세상에 대해서 당당함이 없어진다고 생각하면 몸이 찢기는 것 같은 마음이었다.

얼마나 모순된 짝인가!

물론 남편의 소위 공적을 세우고 돌아오라는 말은 지나인을 많이 죽이라는 뜻이 아니라 지나의 부정한 정권을 꺾으라는 뜻이며, 그 뜻으로 자신도 출정 군인을 배웅하였더라도 조금도 모국에 대한 수치가 아닐 터이지만 의외로 천박한 세상 일반 민중이 원망스럽다.

저녁 때 타미오가 학교에서 돌아오자마자

"엄마! 난 출정 군인을 배웅하고 왔어요. 선생님 말씀은 일본 군대가 지나 놈들을 혼내러 간대. 일본 군인이 세상에서 제일 강하대요" 하고 큰 소리로 떠들어댔다.

유봉채는 가슴이 미어질 듯이 아팠다. 어머니가 지나인임을 친구들이 알게 되면 타미오는 경멸당하고 이지메를 당할지도 모른다.

자신 탓에 남편의 면목이 없어지고 타미오가 친구들에게 이지메를 당한다고 생각하는 것만으로도 몸이 찢어질 것 같았다.

게다가 남편은 예비 소위이기 때문에 언제 소집될지 알 수 없다. 남편이 있는 동안에는 그래도 괜찮지만 막상 남편이 징집되어 타미오와 단둘이 되었을 때, 출정 군인 가족 위문차 찾아오는 사람들을 자신이 어떤 면목으로 맞이하겠는가. 자기 스스로 목숨을 버리겠다는 감정이라면 상관없지만, 모친 때문에 비통한 경험을 겪어야 할 타미오를 생각하니 그녀는 참아도 참아도 눈물이 넘쳐 났다. 그녀는 뜻밖의 결심을 굳혔다. 일본을 떠나는 것은 죽을 만큼 괴롭다. 그러나 남편을 위해 타미오를 위해 돌아가야 한다. 아니, 또한 있는 조국을 위해 돌아가야 한다. 조국은 그녀가 돌아오기를 기다리고 있다. 돌아가서 무얼 어떻게 하겠는가? 그것은 그녀가 알 바가 아니었다. 지나인에게 일본 정치의 좋은 점을 설명하고 지나의 사회 제도의 문제점을 지적하여 힘이 닿는 데까지 일본과 지나의 화평에 힘쓰겠다는 막연한 생각이 있긴 하지만, 그러한 일을 명확히 조직적으로 계획을 세울 만큼의 마음의 여유가 지금의 그녀에게 없었다. 단지 돌아가야 할 어쩔 수 없는 큰 운명이 눈앞에 박두했음을 알아차릴 뿐이었다. 돌아가서 고국의 땅과 신산(辛酸)을 둘 다 맞볼 의무를 통감할 뿐이었다.

숨이 막힐 것 같은 삼 일이 지났다. 아무리 돌아갈 결심을 단단히 했다고 하지만 추호도 변함이 없는 남편의 애정과 타미오에 대한 육친의 정이 몸에 휘감겨 섣불리 결심을 단행할 수 없었다. 하물며 에덴처럼 화목하고 오래된 집을 버리고 풍운 사나운 황야를 향해 떠나야 하기 때문에 더욱더 그랬다.

그러나 이렇게 주저하고 있는 동안에 남편에게 소집 영장이 내려지면 어떻게 하나? 남편이 소집 영장을 받은 후에는 돌아가기가 더욱더 어려워질 게다!

유봉채의 마음은 자꾸 조여지는 것 같았다. 차라리 야반도주할까 하고도 생각했지만, 그럴 필요성을 조금도 인식하지 못하는 남편에게 말을 꺼내보아도 조금도 곡해할 스기타가 아니라고 그녀는 믿고 싶었기 때문이다.

드디어 털어놓을 때가 찾아왔다. 타미오를 재운 다음에 스기타와 유봉채는 화로를 사이에 두고 앉았다.

남편은 차를 마시면서 석간신문을 넘기고 있었다.

유봉채는 미칠 듯이 뛰는 마음을 가라앉히기 위해 벌써 십오 분이나 가만히 있었지만 급하게 울리는 종처럼 가슴을 때리는 심장의 격렬한 고동을 가라앉힐 수가 없었다. 차분해지자, 차분해지자 하면서 다급해 하면 다급해 할수록 얼굴은 굳어지고 입은 부르르 떨려 말을 하려고 해도 더듬거려 어찌할 바를 몰랐다. 이렇게 평화스런 가정과 정 많은 남편을 버리고 도대체 어디로 가려는지 하고 마음 한 구석에서는 힘껏 내는 외침이 뚜렷이 들려왔다. 유봉채는 연옥의 불길에 몸을 태우는 것 같았다.

그때 신문을 넘기고 있던 스기타가 불쑥 얼굴을 들었다. 얼굴과 얼굴을 서로 쳐다보았다. 그러자

"음! 당신 어떻게 된 거야. 안색이 새파랗잖아?"

스기타는 놀란 눈을 크게 뜨면서 걱정스럽게 물어보았다.

유봉채는 도끼로 뒤통수를 얻어맞은 듯한 느낌이 들었지만 어디까지나 아내를 배려하는 스기타―그에게 제대로 지금 결심을 말할 수 있겠는가?

순간 그녀는 눈물에 젖었다. 그녀는 무서워 떨리는 입술을 꽉 다물었다.

양 눈에서 금방이라도 불이 타오를 것 같았다. 절벽에 부딪힌 것처럼 가슴이 고통스럽고 숨이 헐떡였다. 모든 것이 어두컴컴한 어둠 속에 갇혀 사느냐 죽으냐의 절체절명의 순간……

"저……. 저……. 고향에 돌아가고 싶어요"

하고, 그녀는 떨리는 목소리로 더듬거리면서 겨우 이 말만 했다. 하지만 그것만이라도 말해 버리니 무언가 지금까지 막혀 있던 보가 갑자기 터진 듯이 가슴이 후련해졌다. 그러나 그것은 거의 자신의 힘이 아니라 아득히 큰 무언가가 시킨 것 같았다.

"뭐라고?"

아내의 당황스러운 말에 스기타는 놀라기보다 자신의 귀를 의심했다. 스기타는 잠깐 입을 다물 줄 몰랐다.

"저……. 고국에 돌아가고 싶어요. 고국과 전쟁하고 있는 일본에 산다는 것이 저에게 한없이 괴로워요."

그녀는 부르르 떨면서 이 말만 했다. 그러나 떨리는 와중에도 그녀의 목소리에는 확고한 결심과 반짝 빛나는 무언인가를 스기타는 놓치지 않았다.

"그래? 그랬구나."

이삼 분 동안 돌부처님처럼 가만히 있던 스기타는 겨우 모든 일이 이해된 것처럼 고개를 끄덕였다. 스기타의 표정은 갓파[河童]*처럼 네모꼴이 되어 있었다. 유봉채는 기쁜 건지 슬픈 건지 알 수 없어 단지 착종된 감정에 사로잡혀 있을 뿐이었다. 숨 막히는 침묵 뒤에 스기타가 말문을 열었다.

"적국 사람의 아내로 적국에 있는 것이 괴롭다는 말이겠지?"

"아니에요. 말로는 표현할 수 없지만, 전 그런 간단한 감정이 아니에요. 제 감정은 더욱더 복잡해요."

흥분하는 자신을 힘겹게 억누르면서 차분한 목소리로 당당하게 말하는 아내의 행동에 스기타는 무어라 표현할 수 없는 아름다움과 아프게 가슴을 찌르는 무언가를 느꼈다.

"감정은 복잡할지 모르겠지만 그건 요약하면 일본이라는 나라와

* 갓파 : 일본 민속에서 알려진 물속에 사는 괴물로, 흡혈귀처럼 생긴 동물.

남편인 나를 미워하게 되었다는 거지?"

"……… 결과는 그렇게 보일지 모르겠지만요……."

엄하게 추궁을 당하여 그녀는 이제 포기할 수밖에 없었다.

"일본과 일본인을 좀 더 깊이 이해하고 있을 법한 당신이었는데."

"네, 일본과 일본인을 깊이 사랑해요. 그 감정은 지금도 변함이 없어요. 죽을 때까지 변함이 없을 거예요. 그러나 지금 저는 더욱 더욱 큰 운명에 지배당하고 있어요. 간단히 말하면 '조국애'라고나 할까요. 그 조국애가 저를 움직이고 있는 거예요. 할머니가 제가 돌아오기를 기다리는 것 같아 어쩔 수 없어요."

"그러나 조국으로 돌아가는 것만이 조국을 사랑한다는 말이 되지는 않잖아."

"그래도 돌아가야 할 것 같은 생각이 들어요."

"너는 진짜 일본을 이해하고 있지 않아!"

스기타가 딱 잘라 말해 버리니 유봉채는 급하게 다시 말했다. "아니에요. 제가 이렇게 조국에 대한 사랑을 깨닫게 된 것도 오래 일본에 살았던 덕분이라고 생각해요. 중화민국이라는 조국을 올바르게 사랑하는 것만이 일본을 마음으로부터 사랑하는 것이 되지 않을까 생각해요."

"좋은 말이야!"

스기타는 아내의 이야기에 감동하여 굳게 입술을 깨물었다. 이 한마디로 모든 것이 확실해진 것이다.

"그러나 지나는 전쟁으로 위험해."

"각오하고 있어요."

지금 이 순간에도 아내를 생각해 주는 남편의 정 때문에 그녀는 뜻밖에 눈시울이 뜨거워졌다. 차라리 제가 돌아가는 것은 당신을 위해, 타미오를 위해서라고 말해 버리고 싶었다.

"타미오를 데리고 돌아가고 싶은 거지?"

"아니에요. 아니에요. 혼자 돌아갈게요."

그녀는 거칠게 머리를 절레절레 흔들었다.

"괴로울 텐데……."

그녀는 확 가슴이 막혀 옷소매로 얼굴을 가리고 말았다. 울먹임으로 어깨가 부르르 떨렸다.

"그럼 돌아가. 나는 언제 출정할지 모르니까, 잘되면 강남의 전쟁터에서 또다시 만날 수 있겠지! 목숨을 이미 없는 것으로 마음먹었지만 살아남아서 평화의 여명을 맞이할 수 있다면 언제라도 네가 돌아오기를 타미오와 함께 기다릴게."

역시 스기타의 눈에도 비애의 눈물이 한 방울 어리었다.

십 년 가까이 같이 살아온 아내다. 비록 대의를 위해 이별의 괴로움을 견뎌야 한다고 하나 스기타도 가슴이 미어지는 것 같았다.

얼굴을 옷소매에 묻고 아직도 울먹이며 울고 있던 유봉채는 온몸으로 끄덕이며 답례를 했다.

아직 여름이라도 구월 말에 가까운 경성의 아침은 역시 시원하여 옷깃에 스며드는 바람에 가을다운 쓸쓸함이 느껴졌다. 이십사 시간 내내 혼잡하기 짝이 없는 경성역도 이른 아침이라 어딘지 모르게 조용한 분위기에 가득 차 있었다.

인천행 발차 오 분 전에 플랫폼에 서 있는 유봉채는 타미오를 갓난 아기처럼 꼭 가슴에 안고 스기타와 나란히 서 있었다.

"엄마, 언제 돌아와?"

"글쎄 한 달 정도 지나면 돌아와."

"인천이 그렇게 멀어?"

"아주 아주 멀어."

그렇게 말하는 그녀의 눈에는 또다시 눈물이 떠오른다. 타미오에게 어머니는 인천에 갔다 온다고 거짓말을 해 두었던 것이다.

"타미짱!"

"응."

"엄마가 없는 동안 아빠 말씀을 잘 듣고 훌륭한 사람이 돼야 해! 그렇지 않으면 엄마는 선물을 안 사 올 거야."

"잘 들을 테니까 꼭 선물 사 와!"

하고 타미오는 졸랐다.

"에이 인천까지 가기로 하자!"

가만히 있던 스기타가 말했다. 인천까지 배웅하겠다는 것을 유봉채가 타미오를 결석하게 하면 안된다며 거절했는데, 스기타는 아무리 생각해도 마음이 편치 않아서 또다시 말을 꺼낸 것이다.

"고마워요! 그래도 역시 나는 여기서 헤어지고 싶어요."

그녀는 자신이 배에 타는 것을 타미오에게 보여 주고 싶지 않았다.

"그럼, 도착하면 곧 편지해."

"네……. 저 왠지 금방 만날 수 있다는 생각이 자꾸 들어요."

"만날 수 있으면 좋지만……."

"우리가 이렇게 헤어지는 것은 한 시대의 운명일지 모르겠어요. 우리의 부모들은 서로 상대방 나라를 싫어하고 있지만, 타미오의 시대가 되면 그때는 이런 이별 따위는 절대로 없을 거라고 생각해요. 당신도 그렇게 생각하지 않으세요?"

늠름하게 잘라 말하는 그녀의 얼굴에는 빛나는 기색조차 희미하게 보였다.

"맞아. 타미오의 시대에는……."

스기타는 위엄 있게 되풀이했다.

발차의 벨소리가 울렸다. 기적이 요란하게 울려 퍼졌다. 타미오는 어머니의 가슴에서 아버지의 가슴으로 옮겨졌다. 기차가 천천히 움직이기 시작했다. 차창에서 상반신을 내민 유봉채의 손에는 새하얀 손수건이 마련되어 있었다.

"타미오짱! 잘 있어!"

"엄마. 빨리 돌아와!"

그녀는 스기타와 타미오의 얼굴을 반반씩 보았다. 스기타는 화난 듯이 굳게 입을 악물고 보고 있을 뿐이다. 그녀의 눈은 차츰 흐릿해졌다. 이제 스기타도 타미오도 보이지 않았다. 그녀는 갑자기 창가에 몸을 엎드렸다.

(일문 번역)

비밀(秘密)

산장은 황해 바다를 앉아서 바라볼 수 있는 위치에 서 있다.

끝임없이 언덕을 향하여 불어오는 향긋한 바다 바람에 젖어 응접실은 호수처럼 미역 내음새로 풍요하다.

자연의 주악에 귀를 기우리고 있으면 그대로 잠이 들어 버릴 것만도 같다.

정원의 한구석에는 이제부터 한창일 장미꽃과, 제철을 한고패 지나 시들해진 모란꽃이 서로 얼켜져 있고 싱싱한 녹음 우에는 다양한 오월의 해볕이 기름처럼 윤끼 있게 지천으로 흐른다.

사람이란 항상 분위기의 지배를 버서날 수 없는가 보다.

묘연한 수평선 우에 아련히 떠도는 기선을 멀리 바라보며 도란도란 속삭이는 순영의 이야기를 듣고 있는 동안에 나는 뜻하지 않고 슬픔으로써 종막을 고한 오 년 전의 은주와의 비밀을 토해 버렸던 것이다.

순영의 편에서 비밀의 고백을 강요한 것은 물론 아니었지만 가슴 깊이 싸 두었던 비밀을 애낌없이 터러놓도록 순영이가 방 안의 공기를 부드럽혀 준 탓이었음은 두말할 것도 없다. 그러타고 분위기에 휩쓸려 정신을 못 채릴 지경은 아니었으나 그윽한 시선으로 간간히 나를 마주 보는 순영의 눈동자가 오 년 전의 은주의 그것과 흡사한 것을 문득 깨닫자, 나는 새삼스럽게 은주를 화제에 끄러올리고 싶은 충동을 조련해선 막아 낼 수 없었던 것이다. 순영의 눈이 은주의 그것과 흡사한 것을 발견하였을 때 나는 확실히 오 년이라는 시간을 뛰어넘어 눈앞의 은주 아닌 은주를 커다랗게 놀래어 주고 싶은 부질없는 마음이 생긴 탓도 있었다.

그리하여 뜻하지 않고 은주와의 지나간 비밀을 지꺼려 버렸을 때, 지금껏 향기에 취한 듯 아련한 표정으로 앉아 있던 순영은 귀맛 새로운 이야기에 비로소 꿈에서 소스라쳐 깨여난 듯 필요 이상으로 눈을 크게 떠 놀라며

"그래 그게 참말이세요?"
하고 의자에 지대였던 상반신을 발딱 이르키는 것이다.

예상 외의 성과를 거두운 나는 토끼처럼 놀래는 순영을 만족하게 바라보며 비밀이 없어진 허젓한 가슴의 공허감을 미소로써 보충할 수 있었다.

"서준 씨! 그게 참말이세요?"
"실없은 얘길 꾸며 댈 순 없지요."
"그래두……. 암만 해두 믿어지잖어."
"애당초 믿어 줍사구 한 얘긴 아닌걸요."
"그야 그렇지만…….."

믿음과 의심의 아슬아슬한 경계선을 밟고 섰을 때의 여자의 아름다움이란 또 각별한 것이어서, 고개를 살작 개웃둥하며 눈을 고즈녁

히 감었다 뜨는 순영의 표정을 나는 혼자는 바라보기조차 외람된 느낌이 들었던 것이다.

"기숙사 때 은주가 나구 얼마나 친했었다구…… 내겐 통 비밀이 없었는데—"

"그래두 한 가지 비밀만은 있었든가 보군요."

"아이 참! 난 그런 줄은 꿈에두……."

"대채 몇 차례나 놀래야 성이 가시겠읍니까?"

"얼마든지……. 얼마든지 놀래고 싶어요. 가엾은 은주에게 그런 일이래두 있었다니 여간 반갑지 않아요."

처녀 시절의 아름답든 꿈은 조각조각 부서져 버리고 지금은 시굴 늙은이의 후실로 들어간 가엾은 동무 은주에게도 한때나마 처녀 시절에 아름답든 비밀이 있었든 것을 알어낸 순영은 은주를 위하여 얼마든지 놀래여도 한정이 없는 모양이다. 순영은 몇 번이고 놀래여, 측은한 동무에게도 그런 일이 있었든 걸 다짐으로써 어떤 축에 대한 반항이라도 하려는 것 같다. 깨끗한 은주를 당치도 않은 분수에 하우쳐간 늙어 빠진 은주의 남편에 대한 적개심에서인지도 모른다.

"가엾으니 측은하니 하지만 지금의 은주 씨가 반다시 가엾으리라고 손쉽게 단정할 밴 못돼지 않을까요?"

한 가닥의 추억을 외롭게 남겨 놓고 이제는 영영 가 버린 은주의 신상을 잠깐 생각하는 동안에 나는 그가 지금 어떤 생활을 경영하고 있을까가 몹씨 궁금하였다.

순영의 말로는, 웨-딩·마-취로 결혼식장에 들어갈 때 은주의 눈에는 눈물이 매쳐 있었다는 것이나, 사람처럼 환경에 길들기 쉬운 것은 없으니 은주도 지금쯤은 혹은 아들 딸 낳 놓고 알뜰한 어머니로 즐거운 나달을 보낼는지도 모를 일이 아닌가.

"암만 해두 불상해요. 은준⋯⋯."

"불상타는 건 순영 씨의 자유지만 주관적으로 볼 땐 반다시 그러타 군 못하겠지요."

"안야! 안야! 맘에 없는 부부 살림을 하기처럼 슬픈 일이 대체 어디 있을나구요!"

"우리들의 할아버지 할머니들은 대체 그렇게들 살어왔든걸요―"

"그때완 시대가 다르죠, 사상이 다르구⋯⋯."

"그래두 사람은 환경에 익숙해지는 습성을 갖었으니까―"

"그렇지만 은주가 그 가정에서 행복을 느낀다면 난 그앨 경멸하구 싶어요!"

"남을 경멸하기란 쉬운 일이지만 오늘의 은주 씨가 반다시 오늘의 순영 씨보다 덜 행복돼리라고는 믿을 수 없는걸요!"

나의 이 말에 순영은 확실히 아픈 상처를 건드리운 듯 한참은 입을 굳게 다믄 채 댓구를 놓지 못한다. 나는 나의 경솔했음을 번개같이 뉘우쳤으나 한편으로는 순영의 가슴에 한 개의 화살을 명중식힌 통쾌감도 송방(전혀) 없든 않었든 것이다.

몸을 섭생하라는 빙자로 순영을 적막한 이 산장으로 모라 쫓고 저만은 평양 거리에서 호탕하게 놀아 때리는 남편의 꼴악선이를 생각하면 순영의 가슴에는 은주보다 못지않은 슬픔이 떠둘았을 것이다. 행복이란 순간적인 것이라면, 순영은 정녕 결혼 후 이태의 행복을 누려 보긴 한 셈이다. 그러나 행복이 가 버리고 쓸쓸한 추억만이 남었을 때, 행복을 누려 보았든 까닭으로 해서 순영에게는 불행도 더욱 컸든 것이다.

잠시 침묵이 계속되었다.

화살을 맞은 채 넋없이 테불만을 견주어 보고 있는 순영의 눈에서는 금방 눈물 방울이 떠러질 것만 같다.

한 차레의 바다 바람이 심술궂게 순영의 몇 가닥의 머리칼을 부산하게 흩어 주었다.

한낮의 맑게 티인 푸른 하늘가에는 두세 점 흰 구름이 외롭게 떠둘고 있다.

산장의 응접실에서 고요히 생각에 잠겨 있는 순영은 그대로가 한 폭의 그림이 아니면 한 구절의 시일 것만같이 신선하다.

"행복— 행복—"

나는 무의미하게 혼자말로 중얼거렸다.

"행복이 어쨌단 말슴이얘요?"

"사람이란 결국 행복을 찾어 헤매는 가련한 영원의 짚씨란 말슴입니다."

구지 순영을 위안하고저 하는 심사는 아니었으나 남의 아픈 상처를 건드려 준 책임은 역시 져야 할 것만 같다.

"절 두구 그런 말슴을 허서요."

"그런 것두 아니지만—"

"은줄 그만치나 사랑하시면서 왜 맹랑하게 놓아주셨어요?"

은주를 보편하는 것이 곧 자기 자신을 옹호하는 것이 된다고 믿은 듯 순영은 짜장 나를 나무래려고 든다.

"일시적 행복 대신 영원의 추억을 더듬으려고 그랬는지도 모르지요."

순영의 공격에 나는 무력했던 자신을 깨우치고 어한이 벙벙하여, 슬적 허튼말로 피해 버리었다. 그러므로 순영을 비웃어 주자는 심사는 애당초 아니었건만 순영은 "일시적 행복 대신에 영원의 추억을 더듬으려고" 한다는 말에, 문득 쉽사리도 재만 남은 자기네의 가정 사정이 머리에 떠오른 듯 또 한 번 화살 맞은 참새처럼 가슴을 할딱이고 있는 것이다.

한참 만에 순영은 간신히 고개를 들어 참된 눈으로 나를 바라보면서

"시방두 은준 서준 씰 늘 생각할 거애요."

"불행한 일이지요."

"일생을 두고 가슴속에 저만의 사람을 품고 있는 건 행복된 일이 아닐까요."

"잊음(忘却)처럼 행복된 감정은 없다구 어느 시인이 말하지 않었어요? 잊음이 행복이라면 추억이란 확실히 불행일 수밖에 없지 않을까요?"

"그래두……. 저만의 사람이란 보배가 안여요?"

"값싼 랑만주이지요."

"글쎄 그럴가……?"

또 한 번 반신반의의 표정을 지으며 순영은 테불 우의 『부인공론』 책장을 무의미하게 뒤져 넘기는 것이다.

한참을 뜻 없이 순영의 옆모습을 바라보고 있다가 나는 문득 순영의 뺨읏 살이 요새로 알어보게 축난 것을 발견하고 이제껏 그를 시달려

주었던 것을 불현듯 뉘우쳤다. 그리하여 화제의 방향을 돌릴 셈으로

"백장미가 피었군요."

하고 창 넘어로 바라보이는 꽃을 가르켰다.

"그적께부터 피여요."

그리고, 순영은 모든 생각을 떠러 버리려는 듯 팔딱 이러서 창가으로 가더니 창턱에 허리를 걸고 상반신을 굽으려서 한 송이의 장미를 딴다.

한 송이의 백장미를 코에 갖다 대고 몇 번이고 향기를 마시더니

"이 꽃향기가 여간 않아요."

하며 내게 선물하는 것이다.

받어 보고 나는 깜짝 놀래였다.

"웬일야? 역화변이 넷밖에 없으니?"

한 닢 모자라는 꽃을 받었다고 깨달자 사실 나의 머리에는 번개같이 불길한 예감이 스치었던 것이다.

"뭐? 왜 네 닢밖에 없을나구요! 다섯이지."

나의 보고에 순영도 확실히 불길한 압박을 느낀 듯 나의 손에서 꽃을 빼앗다싶이 해서 밖앝 화변을 하나하나 헤수해 보았으나 없는 것은 역시 없었다.

"웬일일까? 바람에 불려 떠러졌을까…?"

순영의 얼굴은 금시로 새팔해진다.

"하필 왜 네 닢짜리를 주십니까? 클로오버어라면 모르지만—"

"내 한 송이 더 따다 드릴께!"

"싫습니다. 부자연하게 주시는 꽃은—!"

우리들의 마음에는 갑재기 어두움이 온 듯했다. 구지 미신을 믿으려는 것은 아니지만 나를 준다고 무심히 따온 장미가 공교롭게도 한 닢 모자라는 것이라고 알았을 때 결코 유쾌할 리는 없었다.

"불길한 징조군."

"그런가 바요."

순영은 솔직하게 수긍하고 나서 화변을 하나하나 따서는 무슨 맥임이라도 하듯 바람에 날려 버리는 것이다.

그동안 나는 정원을 내다보고 있었다. 그때, 장미꽃 우을 너훌너훌 날러가는 한 마리의 흰 나븨를, 지나가는 참새가 날새게 채어 물고 달어나 버리는 것이었다.

나는 이 불길한 사실에 또 한 번 압박을 느끼며 고개를 돌려 순영을 바라보니 순영도 언제부터인지 어린애 같은 눈씨로 그윽히 나를 마주 보고 있는 것이다. 두 시선이 딱 마조치는 순간 나는 거이 발작적으로 손을 내밀어 순영의 손을 요구하였다. 순영도 공손히 나의 손을 붙잡고는 가만히 힘을 주는 것이다.

아연같이 둔탁한 침묵이 이삼 분 지낸 후 손을 놓으면서, 우리는 웬일인지 서로의 시선이 두려워 각기 외면하지 않을 수 없었다.

한참 후였다.

"서준 씨의 기분을 전 이해할 수 없어요."

"내 기분? 부질없이 남의 기분만 캐려 하지 말고 착실히 몸조섭이나 하십시요. 무게가 너무 없어 뷉니다."

하고 나는 순영의 야위인 억게를 옷 우으로 만져 보았다.

"살이 펑펑 쪄야만 해요?"

"살이 꼭 쪄야 한다는 건 아니지만 신경이 닻줄처럼 굵을 필욘 있겠지요."

"신경이 닻줄처럼 굵음 행복일 수 있나요?"

"웬 행복을 그렇게 탐내십니까."

"불행하니까……."

순영은 고요한 시선으로 무엇인가 호소하듯 나를 쳐다보아, 나는 순간에 당황하지 않을 수 없었다. 순영의 폐부에서 토해지는 공기가 그대로 나의 혈관에 속속드리 숨어드는 듯한 압박을 느끼었던 때문이었다. 사엽 클로버어가 아니라 네 편짜리 장미꽃을 받은 불길이 당장 이 자리에서 증명되려는가 싶어 나는 용수철을 튕긴 듯 벌떡 일어섰다.

"정원에 나갑시다."

나의 뒤로 순영도 따라 이러섰다.

삼백 평 가량의 지광밖에 안되나 마치 식물원과도 같이 수목의 종류가 풍성한 정원이다.

모란꽃과 작약은 한물 지냈으나 장미와 무궁화는 이제부터가 한창이고 은향과 벗꽃나무는 싱싱한 녹음이 좋고, 젓나무 잣나무는 청청한 절개가 고상하고, 백합과 채송화는 씩씩히 자라는 양이 귀엽고, 포도 넝쿨은 으식한 그늘을 지어 주는 것이 또한 은근하다. 해볕 폭은히 흘러넘치는 초록 빛깔의 바다에 군데군데 빛나는 붉은 꽃송이는 수접은 처녀의 첫사랑처럼 보배롭다.

코 신경을 간지럽히는 향기가 장미의 향기인가 하니 장미의 향기만도 아니오, 라이락의 향기인가 하니 라이락의 향기만도 아니오, 모란의 향기인가 하니 모란의 향기만은 더더구나 아니다.

　온통 통틀어 계절의 향기요, 식물의 향기라고나 해 둘까!

　순영과 나는 붉은 장미나무 숲 곁에 나란히 하여 섰다.

　핀 것만도 백 이 백으로는 못다 헤일 지경이나 부르튼 봉오리는 핀 것의 몇 십 갑절도 넘을 듯하다.

　송이송이의 붉은 빛깔이 다사로운 볕을 받아 정신을 빼앗을 듯이 찰란하다.

　순영은 정신없이 장미꽃의 화변을 하나식 똑똑 따 모으다가 문득

　"아까 그 얘기 참말이세요?"

　머리속에서는 엽때 그 일만을 생각하고 있었든 듯 순영은 묻고 나서 게면쩍어 얼굴을 붉히는 것이나, 불그레한 두 뺨 그대로가 또한 두 송이의 장미꽃만같이 아름답게 느껴지는 것이다.

　"아까 그 얘기라니?"

　"은주와의……."

　"믿고 안 믿고는 순영 씨의 자유시지."

　"그래두……. 어째 그런지 은준 나만큼은 불행스러울 것 같잖어요."

　"언제부터 그렇게 불행되시우?"

　"시방! 아까 그 얘길 들은 순간부터…."

　놓쳐 버리려는 나의 태도까지를 순영은 끝내 참되게 대하여, 순간에 나는 어한이 벙벙했다.

　그러나 다시 농쪼로

　"변덕이 놀라우시군ー"

"놀리셔두 좋아요…. 난 그렇게만 믿어지는걸―"

"또 한 번 의심해 보시죠."

"의심할 여지가 없어요."

"한때의 부질없는 지꺼림이 순영 씨께 불행을 끼쳤다면 난 경망했든 자신을 뉘우치지 않을 수 없는걸요."

"뭐? 뉘우쳐요?"

하더니 순영은 손에 따 모았던 장미의 화변을 번개같이 나의 면상을 견주고 따려 부시는 것이다.

참말 그 찰라의 순영은 미친 고양이처럼 날새고 성난 뱀처럼 매서워 나는 불의의 습격에 깜짝 놀라며 다 못한 발거름 뒤로 물러설 뿐이었다. 여자의 노한 표정이란 그지없이 아름다운 것이었다. 그러나 순간이 지나간 후 순영의 얼굴은 벼락같이 표정을 모주리 뽑아 버린 듯, 한 개의 차디찬 물체로 돌변하였고, 삼십 초가 지난 후에는 다시 생기가 떠올랐으나 그러나 지금의 얼굴에서 아까의 매섭든 표정을 다시 찾아볼 도리는 도저히 없었다.

순영의 얼굴에는 형용할 수 없는 외로운 표정이 떠올랐다. 그것을 가르쳐 불행의 표정이라고나 할까.

"매를 맞어도 꽃으로 맞는다면 영광인걸요."

까딱 섯불리 건드렸다가는 기어코 순영의 눈물을 보고야 말 듯하여 나는 아모 일도 없었던 듯키 또 한 번 농을 걸었다.

"정말?"

"정말."

"그럼 또 때려 드릴께."

하드니 순영은 이번엔 장미를 송이채로 따서 아까처럼 내 얼굴을 목표로 야바다 갈기는 것이었으나 그러나 이번엔 그의 얼굴에는 이해 못할 미소만이 떠돌고 있었다.

나는 아모 말도 못하고 따리는 대로 바보처럼 맞고 있었다. 그러나 순영이가 아까의 진실마저 시방의 농 속에 엄버무러쳐 버리려는 것을 깨달았을 때 나는 명상할 수 없는 공허감이 느껴짐을 어찌하는 수 없었다.

"그만했음 영광이시겠죠?"

하고 순영은 팔매질하던 손을 멈추고 갑분 숨을 내쉰다.

"오히려 불행입니다."

"왜요?"

"진실마저 농으로 엄버무러쳐 버리려니까."

"몰라! 몰라! 몰라!"

순영은 과시 가슴을 찔린 듯 갑분 숨으로 쪼르르 외이며 팽그르르 돌아서더니

"홍, うぬぼれちゃこまるわよ!"*

일부러 소리 높여 중얼거리고는 다리를 가누지 못하여 그 자리에 푹 쓸어지듯 주저앉아 버리는 것이다.

어데까지든 초라한 자존심을 추세워 가려는 순영을 보자 웬일인지 나는 갑재기 울고 싶어져, 반대로 하하하하하 하고 미친 녀석처럼 한번 통쾌하게 웃어 보았으나 웃음소리가 지나치게 컸던 까닭에 그

---

* うぬぼれちゃこまるわよ! : 자기도취라면 곤란하죠!

뒤의 적막감에 나는 정신을 가누기가 몹시 곤란하였다.

　신경을 푹 찌르는 듯, 회오리처럼 비감해지는 감정을 가까수로 참어 넘기는 순간 번개불같이 은주의 환경이 머리를 스치고 지나간다.

　오 분이 지났다.

　순영은 종용히 이러서더니 내게로 도라서며

　"언제 댁으로 가서요?"

하고 침착한 어조로 묻는다.

　"언제든지……. 제가 귀찮으시다면 일절 발을 끊죠."

　"불행을 깨닫게 해 준 죄의 배상은 어떻거실 테애요?"

　"그러기 발을 끊겠다는 게죠."

　"뿌린 씨가 가꾸지 안는다구 안 나리라구 생각하서요?"

　"'내가 진실로 진실로 너희게 닐아노니 한 알의 밀이 따에 떠러져 죽지 아니하면 한 알 그대로 있고 죽으면 많은 열매를 맺나니라.' 성경에 그랬죠."

　"바보! 천지!"

　순영은 포표처럼 사납게 부르짓더니 시드러 떠러진 모란꽃을 땅에서 줍기가 바쁘게 아까처럼 내 면판을 견주고 휘갈겨 부시는 것이다.

　꺼므스레하게 시든 모란꽃이 공교롭게 나의 눈을 따려 순간에 나는 발끈 화가 치꼬라 올랐으나, 그대로 성을 낼 수도 없어

　"하하하 얼마든지 따려 보시지요."

하고 웃어 재꼈을 뿐이다.

　순영은 뜻밖의 웃음에 기가 찔리듯 단박 무츰해지더니 옷또기처럼 송곳하게 서서 비웃음 가득한 눈으로 새츰하니 나를 쏘아본다. 금

시 울음이 터질 것만도 같은 그 얼굴을 발견하자 나는 문득 지나치게 시달렸던 것이 미안쩍어, 한번 위무해 볼 셈으로 고요히 순영의 억게에 손을 얹었다. 그러나 순영은 몸에 붙은 버레나 떠러 버리듯 획 내 손을 뿌리쳐 버리는 것이다.

"아ㅡ주 노여우섰군?"

"누가요?"

"누구든지ㅡ"

"흥, 입씸쟁이! ……. 은준 서준 씨 같은 이허구 결혼 안 허길 잘했어요!"

"그러기 저두 추억마저 지워 버리지 못하는 것이 한인걸요."

순영은 또 한 번 새츰해지며 고개를 숙여 버린다. 순간의 행복은 지나가고 이제는 추억조차 남지 못한 자기네의 가정 생활에 비겨, 지우려야 지우지 못한다는 은주의 환상이 너무나 찰란하게 여겨졌던 까닭인지도 모른다.

설사로운 표정으로 오롯하게 서 있는 순영의 옆모습을 바라보자 나는 문득 아까 응접실에서의 불상지조를 생각해 내고, 뜻 없이 지꺼려 버린 옛 비밀이 원인이 되어 혹은 순영과의 새로운 비밀이 또 하나 양성될냐는 것이나 아닐까 느껴져 새삼스럽게 신변을 경계하지 않을 수 없었다.

묵은 비밀을 팔어서 비밀을 산다는 건 혹은 보람 있는 노릇일 듯도 싶으나 비밀이 비밀로 머믈고 말 바에는 차라리 한 개만을 곱게 지키는 것이 오히려 결백하지 않을까.

그러나 가엾은 동무 은주는 가슴속 제단에 비밀을 모심으로써 늙은 남편에게 복수할 수 있었다고 믿는 순영은, 그러므로 저 자신도 한 개의 비밀을 갖임으로써 배반한 남편에게 복수하려는 심산이나 아닐까.

원체 비밀이란 재산도 보배도 아니오, 오직 마음의 흉터에 지나지 않는 것이다. 그러므로 한 알의 밀이 죽으면 많은 열매를 맺듯, 비밀을 갖고 싶은 욕망을 그대로 죽여 버린다면 훗날 남편이 돌아왔을 때 순영은 많은 열매를 거둘 수 있는 것이 아닐까. 무어 낡어 빠진 도덕에 구애 된다든가 갓잖은 양심에 꺼리어서가 아니라 어째 그런지 나는 순영을 그대로 놓고 한 폭의 생동하는 명화로만 감상하고 싶었던 것이다.

"그렇게 못 잊으신다면 제가 은주께 편지해 드릴까요?"

무슨 심사에서일까, '설마 야릇한 질투심에서는 아니겠지!' 순영은 뚱딴지같이 이런 말을 한다.

"뚜쟁이 노릇을 하시렵니까?"

"전 아무래두 좋아요."

"은준 오늘로써 장사 지내 버렸는걸요."

"너무 비참하잖어요?"

"더 비참한 일인들 얼마나 많다구요."

"서준 씬 너무 잔인하서요."

"계집에게서 받은 상처가 너무 컷든 탓인지도 모르지요."

"제발 은주만은 불상하게 여겨 주서요."

"순영 씬 남만 헤아려 주고 있을 신센 못 될걸요!"

순영은 중추 신경이 막힌 듯 잠작고 고개를 수그려 버린다.

잠간 침묵이 계속되었다.

바다 바람은 일향 언덕을 향하여 훈훈하게 불어온다.

멀리 망망한 바다 우에는 오후의 해볕이 채일처럼 퍼덕이고 검은 연기를 토하며 가뭇가뭇 살아쳐 가는 적은 기선은, 기억에 남은 은주의 목덜미의 거미(黑子)를 연상케 한다.

이윽고 순영은 손꼽 노름으로 장미의 화변을 따서는 향나무 아래에 훌훌 뿌리는 것이다.

"꽃을 왜 하필 거기다 뿌리십니까."

"왠 무슨 왜야요?"

"꽃은 꽃나무 아래 떠러지는 건데."

"바람에 불렸다구 보면 그만 안야요?"

"거즛말을!"

"뭐가 거즛말야요?"

새침하니 고개를 드는 순영의 눈은 페부를 찌를 듯기 날카롭다.

"부자연이지."

"뭐가 부자연하단 말야요?"

"꽃을 향나무 아래에 뿌리는 순영 씨의 심리가……."

"하나에 하나를 두면 꼭 둘이 돼야 한다구. 서준 씬 꼭 그렇게만 믿으서요?"

"그래야 상식인이죠."

"전 오늘부터 상식인을 경멸할 테야요!"

돌연 순영은 바글바글 부르짖는다.

가슴 깊이 숨어 있던 여자의 야성적인 본능이 벼락같이 요동을 친다면 혹은 저런 표정이 생겨질까 싶게 순영의 얼굴에는 형용할 수 없이 어즈러운 표정이 날뛰고 있다. 미움과 그리움과 경멸의 감정을 아무리 잘 뒤섞어 놓아도 저런 표정은 아닐 것이다.

다자꾸 상식을 뛰어넘어 한 개의 비밀을 갖어 보려는 욕망에 순영은 환장이라도 한 듯싶다.

애초 무의식중에 나는 낡은 비밀을 팔어[賣] 한 개의 새 비밀을 사려[買]했던지도 모를 일이었으나 사나운 순영의 얼굴을 발견한 순간, 나는 이 세상에 비밀처럼 추악한 것은 없다고 느끼었다.

"흥! 상식!"

서슬이 푸른 눈초리로 나를 쏘아보며 푹 찌르는 듯한 코방귀를 뀌는 순영의 지금의 얼굴에서는 발서 명화의 아름다움이나 예술의 향기를 찾어볼 도리는 도저히 없었다. 그것은 한낫 그 무엇엔가 주린 즘생의 포악한 야성의 표정으로밖에 더 보이지 않었던 것이다.

그러나 나는 최후로 한마디 말하였다.

"생활의 기초는 역시 상식에 있는걸요!"

"뭐가 상식이야 글세! 이 바보!"

하고 잇발로 물어뜯을 듯이 턱을 치바치며 앙칼지게 발악시는 순영의 일그러진 얼굴을 목초 간에 발견하자, 나는 한 발거름 뒤로 물러서는 서슬에 잽새게 한 송이의 장미를 하우쳐서는 순영의 살 선 눈동자를 견주고 힘껏 야바다 갈기며

"이게 상식이야! 이게."

하고 부르짖었다.

그리하여 한 송이의 장미꽃이 순영의 콧마루에서 붉은 불꽃을 이

르키며 조각조각 부서지는 것을 보는 순간 나는 쏜살같이 언덕을 다름질쳐 내려오며

"바보! 바보! 바보!"

하고 중얼거려 보았다.

아무리 바보라 쳐도 차마 순영의 눈물까지를 보고 섰을 염치는 없었던 것이다. (己卯 五月 二十八日)

잡어(雜魚)

　구즌비 내리는 날 밤의 카페의 분위기처럼 심드렁하고도 서글픈 정서를 자어 주는 것은 없다.

　굿 깐 뒷물림이 무던히 식먹하고 어린애 잃은 가정이 노– 슬프다기로니 구즌비 내리는 날 밤의 카페의 삭막과 애달픔을 따를 수 있을까.

　원족 날을 고대하는 아기들의 심정과도 같이 무료한 낮의 생활에 지처 무던히도 달뿐 기분으로 밤의 향락을 화려히 맞이하려던 여급들의 마음 마음을 구즌비는 무잔히도 뿌려 적신다.

　"이랏샤이마시 쯔바끼상 고안나이!"*

　의 고함 소리의 삶의 보람을 느끼고 손님들의 억센 손아귀가 간지럼 타야 할 곳을 스칠 때마다 청춘의 흥분을 맛보는 것으로 생활의 관습을 길러 온 뜨내기 마음에 취기와 멜로디– 없는 밤의 홀 안은 성당보다도 무기미하다.

　명멸하는 색등조차 오늘 밤 따라는 졸리는 듯 몹시도 몽롱하고, 홀

---

　* 이랏샤이마시 쯔바끼상 고안나이! : 어서 오세요. 쯔바끼상 안내 좀 부탁해!

은 점차 암흑으로 변하려는가 구석구석이 차차루 어둑시근해 오는 것 같은데 빗발은 서름서름 유리창을 따린다.

밤마다 좁던 홀이 짓궂게도 이 밤에는 훼 넓어진 듯 잔기침 한 번에도 바람벽이 흠씰흠씰 물러가는 듯하여 마음은 변으로 쓸쓸하다. 컵과 술병 안 놓인 테불이 이처럼 무의미하고 또 풍경하다고 느낀 것도 이 밤이 처음인 듯하다. 밤이 이슥해 갈수록 비는 기세를 도꾸어 가다가다 세찬 바람이 유리창 밖의 어둠의 세계에서 포효(咆哮)할 때마다 홀 안에도 찬기가 서리는 듯하여 날로를 끼고 둘레둘레 둘려 앉었던 여급들은 제물에 의자를 닥어 서로를 조여든다.

난바다에 고기잽이 나간 배들이 전복되어 수다한 생명이 무참히도 죽고 말았다는 어그제 신문에서 본 비극도 이런 밤에 이러난 것이 아니었을가, 헤아리지 못할 변괴가 눈앞에 다다른 듯한 공포에 각각의 마음은 오들오들 떨었다.

천하디 천하던 사내란 즘성이 이렇게나 그립고 믿업고 한 적도 일찌기 없어 본 일이거니와, 여자가 이처럼이나 초라하고 맹랑하게 여겨지기도 이 밤이 처음인 것 같다.

여럿은 화독을 둘러앉은 채 꺼저 가는 불길과도 같이 조용하다. 마치 서로들 말 않기 내기라도 하는 듯 입과 마음을 굳게 닫드린 채 옷고름을 달달 말고들 있다. 쩍하면 콧노래 불러지던 흥어리 타령도 모두들 까맣게 잊어버린 것일까? 몹시 피곤해 뵈는 얼굴들이기에 침묵이 더욱 짐이 되는 듯도 하다. 한 덩어리로 엉기려고 보이지 않는 애들을 쓰기는 쓰나 마음은 뿔뿔이 다르나 산산히 흩어지는 듯하다.

"아함ㅡ! 아이 졸려! 오늘 밤은 그래 한 마리도 안 걸린담?"

드디어 쯔바끼가 두 팔을 뒤로 느러지게 기지게를 켜고 하품을 하며 중얼거린다. 지난한 공기를 휘저어 볼 사람은 역시 저밖에 없다는 태도다.

그 바람의 여럿의 얼굴은 제각기 먼저 구원을 얻으려는 듯 일제히 들 들리었다.

사람의 음성을 몇 해 만에나 들으면 이렇게 반가울까. 확실히 순간에 생기를 얻은 얼굴들이다.

"언니! 지금 몇 시유?"

머리채를 쌍뚱 잘라 잘끈 동여맨, 잘해야 열일곱이나 그렇게밖에 안 보이는 애숭이 애숭이 한 사나에가 갑재기 원기를 얻은 듯 생글 웃으면서 쯔바끼에게 묻는다.

"여덜 시 반이다."

하는 쯔바끼의 대답에

"아규! 겨우 그렇게밖에 않됐어? 난 열 시나 다 된 줄 알었는데."

"글세 말이다. 아이참 누가 와 줬으믄 大いにかんげい*할 텐데―"

"그러긴 말야."

하고 여럿은 제각기 락망과 기대의 하소연을 연발한다.

"너 담배 있냐?"

엽때 혼자서만 머리를 숙이고 남편 병보의 취직에 대해 골돌히 궁리하고 있던 사유리가 생각난 듯이 머리를 반짝 들며 쯔바끼에게 손을 내밀자

* 大いにかんげい : 매우 환영.

“여급사리 오 년에 제 돈 주고 담배 사 먹던 버릇 다 잊어버렸다네.”
하고 쓰바끼는 신푸넝스럽게 콧쌀을 찡긋해 보인다.

“너두 인제 아주 버렸구나!”

사유리는 그중 고작 세련된 이지적인 얼굴에 상냥한 웃음을 지어 가며 대를 놓았다.

“나 버린 줄 인제야 아냐? 너무 늦었구나. 본서방 차고 이런 데 나왔다면 그만 아니냐 하하하.”

쓰바끼는 엉뚱강산이같이 엄청난 소리로 호들갑스럽게 웃는다. 그 소리가 너무 허황하여 여럿은 오히려 따라 웃지도 못하였다.

“본서방 찬 게 그리 장하냐? 툭 하문 그 얘기니…….”

“그럼 장하잖구! 널 좀 봐라 널 좀 봐! 병본가 바본가 한 사내의 어디가 정든다구 밤낮 장님 떡자루부터 들 듯 꽉 붙어 들구 그 고생이냐 글세.”
하고 쓰바끼는 그 뚱뚱한 몸집을 뒤로 재치며 농간 없이 지꺼린다. 그러나 그 얼굴은 사유리에게 웃음을 건네고 있었다.

사유리는 쓰바끼의 말이 농인 줄은 뻔히 알면서도 마치 아끼던 상처를 건드리운 듯 마음 아리었다.

“그래두 두구 봐라! 병보 씨가 장차 대문호가 되든 네까짓 건 내게 명함두 못 디릴나.”

사유리는 이렇게 농쪼로 대하였으나 속살로는 병보가 장내의 대문호가 되는 것을 바래기보다도 오히려 사십 원 월급사리를 노친 것이 아쉬웠다.

“흥! 너 같은 계집을 데리구 살 적엔 대문호가 될 아량은 있는가 보드라만 대문호만 돼 봐라! 넌 개울 건너는 막떼기의 신세밖에 더 될 게 뭐냐! 어차피 빗나간 궁합이요 어긋난 띠갓을 가지구 뭘 그려냐."

딴은 일러 놓고 보면 쯔바끼의 말이 절절히 옳은 것 같다. 만약에 병보가 리상대로 대문호가 된다면 그때에는 소위 인테리란 여자들이 구두 뒤축에까지 달릴 테니 그래도 병보는 나를 시방처럼 사랑해 줄 것일까?

전혀 몰랐던 일은 아니나 쯔바끼에게 까우치우고 보니 사유리는 짜장 저만이 허발을 치는 것 같은 느낌이 들었다.

하숙에서 우연한 기회에 알게 된 것을 인연으로 사유리는 각까수로 더부러지는 정신을 추세우고 엇나가려는 몸을 직히고 해서 쌓아올린 군색한 생활의 기조가 돌각담처럼 왈칵왈칵 허무러지는 것을 눈앞에 보는 듯도 하였다.

"그래두 두구 봐라! 병보씬 좀 덜 그런단다."

더부러지려는 자신을 부측하는 심산으로 사유리는 한마디 갚으며 간신히 얼굴에 희망을 띠어보다가 제 표정이 무척 어색한 것을 감각하고 뭇츰하였다.

"흥! 두구 봐? 네가 정 고집이라면 두군 볼 일이다만 그 나히를 해 가지구 상기 사내의 근성을 모른다니 차라리 측은하구나!"

쯔바끼는 어처구니없다는 표정이다.

"그래두― 사내두 사내 나름이지 머."

"병보라구 사내겠냐? 회초리처럼 나긋나긋 휘어드는 '밤의 사내'의 속에 기둥처럼 매정하고 냉혹한 '낮의 사내'가 깃드러 있는 줄을 모른다면 쑥이다 쑥이야!"

쓰바끼는 자신 있이 싱글 웃으며 대든다.

"아이! 그만덜 두구 우리 딴 얘기합시다……. 참 오늘 밤엔 한 패거리두 안 올라는가 바."

엽때껏 곁에서 듣고 앉었던 애숭이 사나에가 사유리의 애잔한 표정을 보고 이야기의 공기를 휘저어 놓았다.

"이 계집앤!……. 너두 머 그런 얘길 꽤 알어듣냐? 하하하."

쓰바끼가 너털웃음을 웃으며 사나에의 뺨을 가벼이 갈기여, 사나에는 겸연쩍은 판에 얼굴이 빨애진다.

"언닌! 때리긴 왜 때류?"

"네가 예뻐 그런다! 글 안 쓴 백지장 같구 맛 안 본 포도송이 같구나……. 참 아무두 안 오려나 정말?"

쓰바끼는 새삼스럽게 홀을 두리번거리고 나서 실망한 듯 의자 등에 턱 나가 자빠지듯 하며 축음기 앞에 우울한 표정으로 멀건히 서 있는 히도미더러

"애 히도미야 멀거니 섰지만 말구 레코드나 좀 걸어!"

그 소리에 히도미는 정신이 든 듯 얼추 돌아서 레코드를 고른다.

이윽고 레코트에서 울어 나오는 노래는 〈雨のブルース〉*였다.

雨よ降れ降れ　なやみを流すまで

どうせ涙にぬれつつ 夜每なげく身は

ああかへり來ぬ 心の靑空

----

* 雨のブルース : 〈비의 블루스〉라는 일본 노래. 노래 가사의 원작자는 野川香文, 작곡가는 服部良一.

すすり泣く 雨の夜よ[*]

　동굴처럼 으슥하고 휑한 홀을 멜로디-는 서글프게도 울리었다. 밤
마다 취흥에 겨워 손님들과 어깨를 겼고 스텝을 밟으며 부르군 하든
귀에 익은 노래건만 어째 오늘 밤 따라는 몹시도 애닯게 가슴을 설레
여 준다.

　어차피 눈물에 젖으면서 밤마다 한숨지워야 하는 자기네의 신세
를 노래에 의탁하여 하소하는 것이 저 모르게 생긴 버릇들이었건만
오늘 밤만은 노래에 신세를 하소하기조차 기맥힐 노릇 같다. 홀 밖에
내리붓는 비가 백배의 실감을 강요하는 탓일까, 여럿은 함부로 레코
트에 마초아 노래 부르기조차 둘위운 심정이었다.

　밖았의 빗소리와 함께 노래의 구절구절이 잊어버렸던 슬픔을 일
깨워 주는 듯하여 오히려 무기미하였다.

　"얘 듣기 싫다. 끊어 버려라! 레코트두 술잔간 걸쳐야 어울리는가
보다."

　쯔바끼는 화가 나서 상반신을 벌떡 이르키더니 뿔뿔이 흩어진 동
료들을 휘- 둘러보면서

　"얘들아 다 이 테불루들 와 앉어! 내 술 한턱 쓸 테니. 제-길 너이들
께 술 한턱 쓴다구 어느 하늘이 벼락 치겠냐……. 이보세요. 파-텐!
술 가져오우!"

　쯔바끼는 손님이 왔을 때와 한가지로 쬬-바에다 대고 고래 지른다.

---

　[*] '비여 내려라 내려라 괴로움을 흘러 버릴 때까지 / 어차피 눈물에 젖어서 밤마다 슬퍼하는
　　이 몸은 / 아아 돌아오지 않는 마음의 푸른 하늘 / 흐느껴 우는 밤이여'라는 노래 가사.

"정말이냐? 쯔바끼야."

"참이냐? 네가 웬일이냐?"

"네가 술탁을 낸다면 고주가 되두룩 먹어줄걸!"

산지사방했던 나오미며 스미레며 야에꼬며가 우루루 모이 본 닭들처럼 모여 와서 쯔바끼를 둘러싼다.

"그래 싫껏들 처먹어라. 나라구 남의 술 따려만 준다디? 돈 주구두 더런 사 먹어야지…… 이봐요! 쬬-바상! 술 갖다 주!"

쯔바끼는 제법 뽐내며 사나에의 팔을 끌어댕긴다.

"정말 한턱 쓰려우? 언니이."

"망할 게집애! 그럼 거즛말이겠냐? 어서 술이나 가져와! 내 오늘 저녁 팔자 곤치란다."

"홍 기껏 곤쳐야 칠(七)자밖에 더 될 게 뭐냐!"

곁에 앉았던 사유리가 탄식하듯 노닥거리여 일동은 한찰 호들갑스럽게들 웃었다. 그러나 사유리는 따라 웃지는 않고 경멸에 찬 표정으로 웃는 얼굴들을 바라만 보고 있다.

"칠(七) 짠 대수냐? 여간한 팔(八) 자보다는 똑똑한 칠(七) 자가 났단다! 안 그러냐? 사나에야."

하며 쯔바끼는 사나에를 끌어댕기어 무릎 우에 앉이고는 쩝 소리가 나도록 입을 마추며

"아이 예뻐. 너 내 사나에지?"

"아이 망칙해!"

사나에는 얼굴이 다 익은 고추 송이 빛이 되며 발칵 튀여나는 김에 여럿은 또 한 번 홀이 떠나갈 듯이 웃었다.

그리하여 한참 만에 웃음이 살어지자 지나치게 떠들었던 까닭으로 해서 홀은 좀 더 적막의 세계로 자자드는 듯하였다.

　이윽고 정말 술이 날러저 왔다.

　"돈 주구 담배 사 먹는 버릇조차 잊어버렸는 애가 이 웬일이냐? 내일은 해가 서에서 뜨려나 부지?"

　날러 온 술병을 보고 사유리가 참으로 놀랜다.

　"잔말 말구 어서 먹기나 해라! 장내의 대문호 윤병보 부처의 축하연인 줄 알면 그만 아니냐? ……. 자 다들 가치들 들자. 너이들의 생명을 축복하면서……."

　쓰바끼는 모주리 술을 따르래서는 제가 먼저 잔을 높이 든다. 그 바람에 다들 잔을 들어 모았다가 입으로 가져간다.

　첫 잔의 술맛처럼 자별한 것은 없는 듯싶어 잔을 따고 난 얼굴들은 금단의 과실을 맛보았을 때처럼 모두가 신기한 표정이다.

　"그래 돈 낸 술맛이 어떠냐?"

　마주 앉은 애가 묻는 말에 쓰바끼는

　"달다 달어! 몸과 마음을 함께 허했을 때의 맛과 흡사하다."

　그러고는 쭉 둘러가면서 뷘 잔을 살펴보다가

　"애 히도미야! 넌 왜 술을 남겼냐? 첫 잔은 절대로 남겨서는 안된다는 주도 제 일 조두 모르냐?"

　"댕기질 않어 못 먹겠구나!"

　초최한 낯색으로 시름없이 앉어 있던 히도미는 된 중에서 제 이름을 불리우니까 무슨 큰 죄라도 지은 듯 면란해 한다.

　"댕기질 않어? 술 못 먹는 여급이 대체 어디 있다든? 기분이 나뿌냐? 기분이 나쁘건 어서 마셔라! 술은 약이니라. 슬픈 때 먹음 기뻐지고 기쁜 때 먹음 슬퍼지는 명약인 줄 모르랴?"

"얘 쯔바끼야! 히도민 몸이 달퍼 그런대! 내버려 두구 우리끼리나 먹자!"

하고 사유리는 낮에 히도미에게서 얻어들은 말이 있어 히도미를 보편하는 마음에서 이렇게 방패를 하였다.

오늘 낮에 얻어들은 말이란 – 히도미가 임신을 하였다는 것이다. 인연을 맺은 것은 단 한 사내밖에 없었으나 그는 시방은 북지로 가 버리고, 그래 아이도 아이려니와 장차 영업을 못하게 되고 보면 고향이 있는 부모 양주와 세 동생은 굶어 죽을 판서라는 것이다. 울먹울먹하면서 토설하는 히도미를 보자 사유리는 제 신세와 비겨가면서 동정의 눈물까지 흘려주었다.

시방 히도미가 술이 댕기지 않는다는 것도 첫째는 '입떳'이라는 생리적 현상과 둘째는 제 몸의 처리와 아울러 부모 형제를 생각하는 근심에서 일 것이라고 사유리는 남모르는 한심을 쉬었다.

술이 몇 순배 돌자 여럿은 차츰 어느 날 밤의 기분으로 돌아져 가서 저마다 입에서 흘러나는 대로 유행가를 부른다. 어느새 누가 걸었는지 레코트에서는 〈支那の夜〉*의 애잔한 멜로디-가 울어 나온다.

레코트는 돌고, 술은 점차 얼건지근해 왔으나 역시 가장 요긴한 무엇이 빠진 듯하여 홀의 공기는 어덴지 모르게 어색하며 좀처럼 몸에 깃드리지 않는다.

---

* 支那の夜 : 〈지나의 밤〉이란 일본 노래. 작사자는 西條八十, 작곡가는 竹岡信幸.

쓰바끼는 그것을 사내가 없는 탓으로 돌리고, 애숭이 사나에는 비가 오는 까닭이라 믿고, 히도미는 저만이 그런가 보다고 생각하고, 사유리는 또 사유리대로 여급의 운명이란 원체 이렇게 서글프고 애달프고 우울하고 그런 것이라고 새삼스럽게 깨닫는다.

레코트를 바꿔 거는 틈을 타, 빗소리는 연약하나마 야멸차게 귀에 숨여들어 일껏 흥긋했던 마음들이 또다시 후줄군히 젖었다. 그 바람에 흥성하던 테불이 잠시 고잠기근해졌다. 휘황하던 전등불이 갑재기 외가닥 촛불로 바뀐 듯한 느낌이었다.

이때에 출입문을 박차고 두옥신같이 무시무시하고도 어마어마한 한 패거리의 레인 코-트와 지우산이 줄레줄레 달겨들었다.

"이랏샤이마시! 쓰바끼상 고안나이!"

그물을 치고 오랜동안 기대리던 판에 걸려든 첫 무리의 고기 떼라고나 할까. 행장조차 볼꼴 사나운 축들이었으나 여럿은 팬스리 신기하게만 여겨 총동원의 환영이었다. 홀의 분위기는 갑재기 어수선해졌다.

"요-백화요란이로구나!"

맨 선패로 들어선 레인 코-트가 어설핀 한마디를 던지며 마중 나서는 쓰바끼의 어깨에 손을 얹는다.

"비 오는데 참 잘들 와 주셨군요."

넷이 자리를 잡자 쓰바끼는 좌중을 둘러보고 말하였다. 지나가는 네투로써만이 아니라 어느 정도로는 사실이기도 하였다.

"아씨들이 얼마나 적적할까 싶어서……. 자 술 가져와—"

하고 레인 코-트가 말한다.

여급들도 제각기 의자를 끌어다 놓고 사이사이 끼어 앉았다. 테불을 에워싸고 둘러앉은 품이 자신들이 바라본다 해도 기괴한 풍경일 것 같으다. 네 머리의 사내가 고기를 노리는 사냥개와 흡사하다면 조롱조롱 섞어 앉은 쯔바끼, 사나에, 스미레, 나오미, 히도미, 사유리, 야에꼬……들은 영리한 매추리라고나 할까.

"술 가져와! 내 오늘 밤 호탕이 먹어 때릴 테니……."

그러고 레인 코-트는 쯔바끼를 곁으로 끌어댕기다가

"너 술 먹었구나?"

하며 코으로 흠흠 냄새를 맡는다.

"제가 금박 얘들께 술 한턱 쓴 줄 모르슈?"

"야! 이건! 네가 한턱 썼다? 이왕이면 우리께두 한잔 사 주렴아."

"아따 어렵잖은 일이니 내 그렇걸게요……. 죠-바상 술 가져와요오—"

"정말이냐?"

맞은편 작자가 묻는 말에

"쓴다면 쓴넌 줄 알지 대장부가 왜 그리 잘게 구슈!"

"야— 이걸 콧방이로구나."

"내, 쓸 테니 얼마든지 잡수세요."

쯔바끼의 하두 참된 표정에 옆에 앉았든 애승이 사나에는 간담이 서늘하며 쯔바끼의 곁을 남몰래 꾹꾹 쥐여 찌른다. 아모리 취한 김이로니 어쩌자는 것이냐 하는 근심에서였다.

그러나 쯔바끼는 취한 것도 농도 아니다. 얼핏 보아도 레인 코-트 김인가 한 사내는 사내다운 사내—하룻밤의 술을 건으로 먹여도 그만한 보람은 있을 상싶었고, 또 세상에 인연을 맺기 전의 사내처럼 어수룩하고 고지식한 것은 없어 한 알을 먹이면 열 알을 토하는 법측도 알고 보면 간단한 이치었다.

술을 나르러 죠-바에 갔을 때 죠-바상의 귀뜸하여 주는 말을 듣고 쓰바끼는 제 관찰에 더욱 자신을 가졌다.

레인 코-트 김-태웅은 북지에서 백만금을 잡은 사내로 요새 금의 환향한 기쁨에 돈을 물 쓰듯 한다는 것이 쓰바끼가 얻어들은 새로운 지식이었다.

백만금−의 개념조차 모르는 쓰바끼는 더더구나 백만금의 실감을 느낄 수는 없었다. 백만금이라는 어휘에서 문득 몇 날 전에 점포에서 보고 은근히 탐내었든 싱가라 치마감을 연상하였다고 하면 쓰바끼의 생활이 너무 군색하고 이상이 너무 비속한 탓이라고 책할 수 있을까.

비상시를 빙자로 물까는 다락처럼 뻗어 올으고, 비상시를 핑게로 팁은 줄어만 들고, 비상시를 구실로 노루 꼬리만 하든 월급도 깎이우고, 그리고 비상시인 까닭에 영업시간은 단축되고− 대체 여급들처럼 비상시 때문에 지대한 타격을 받는 축이 또 있을까. 그래도 비상시를 나무랄 수 없으니 어설피 여급의 기구한 팔자라고나 하여 둘까. 대체 누가 지어냈을까 이 세상에 '팔자'처럼 불가해의 세계를 가해의 세계로 산처 주는 요긴한 묘책은 없을 상싶으다.

어쩻든 때가 비상시라 탐나는 치마 한 감을 끊재도 비상시 경제인 까닭에 경제선상에 메꾸기 어려운 확이 생기는 것이므로 쓰바끼가 백만금의 호화판에서 간신히 싱가라 치마감을 연상한 것은 차라리 눈물겨운 현상이기도 하다.

술을 따라 권하고 노래를 부르고 하는 동안에도 흰 바탕에 물든 꺼멍이처럼 쯔바끼의 머리에서도 싱가라 치마감이 좀체 지워지지 않았다. 사내의 낯짝이 있다금식 치마감을 휩쓴 듯 보이기도 하고 가다 가다 지폐장처럼 호기 있어 보이기도 하는 기괴한 착각을 쯔바끼는 수정할 도리가 없었다.

언제부터 이렇게 사내의 가치를 돈으로 따지는 버릇이 생겼든가 스스로도 놀랍고 시스럽고 어처구니없는 사실이 아닐 수는 없었다.

그러나 몇 패거리의 술군이 늘어서 홀 안이 저윽 노래에 어울이게 되엿을 때에는 쯔바끼도 건아하게 취한 판에 육체적인 욕망이 샘솟아 오르기도 하였다.

당번한 축들이 간죠를 마쳤을 때 쯔바끼는 혼돈한 정신에 사내를 그대로 노아 보내기가 하마 아쉬웁다.

줄레줄레 일어서는 서슬에 쯔바끼는 태웅이란 사내의 손을 뜻 있시 힘주어 재그시 붙잡았다. 바래는 시선과 탐하는 두 시선이 마조치는 순간 약속은 쉽사리도 작정되였다.

배웅하러 문밖에 나셨든 동료들은 쯔바끼의 시선에서 '밤의 흥분'을 발견하자 간단한 인사들을 던지기가 바쁘게 홀 안으로 살아졌다. 카페에 근무하는 누구나가 직혀야 하는 밤의 예의는 철측이었다.

어두운 골목을 꺾어 도는 모도리에서 사내는 간단한 두 마디로 동무들을 모다 쫓고는 쯔바끼의 어깨에 덤석 손을 얹는다.

"태웅 씨이!"

다분히 색정적인 어조로 뜻밖에 제 이름을 불리우자 사내는 잠시

눈을 크게 떠 놀래었으나 이내 싱글 웃고 나서 레인 코-트 안으로 쯔바끼를 감싸며

　"집이 어딘데?"

하고 단도직입적으로 묻는다.

　"합숙소야—"

　"합숙소?— 괜찮겠지?"

　태웅은 대답보다 거름을 재촉한다. 쯔바끼는 자기네의 세계의 공기에 익숙한 사내를 새삼스럽게 믿업게 여기며 앞서 거렀다.

　우리[柵]같이 음침하고 지저분하고— 합숙소는 홀의 공기와는 완연히 격리된 딴 세게 같다. 탁한 지분 내음새가 몸을 휩싸는 듯하여 정신이 현혹하고도 어즈럽다. 건아한 판에 홍정은 간단히 맺어졌다…….

　어수선하고 야릇한 기분— 그때마다의 서글프고도 안타까운 심정이 또 한차레 지나갔을 그저 그뿐, 사내가 옷을 주섬주섬 추어 입을 때에 쯔바끼는 흐리멍텅하고 어즈러운 꿈을 깨여난 듯하였다.

　눈부신 지폐 석 장이 손에 쥐여졌을 때에야 쯔바끼는 완전히 제정신을 간수할 수 있었다. 치마감으로 보이든 사내의 얼굴에 싱거운 웃음이 피였다.

　참으로 단순하고도 어이없는 거래에 지나지 않았다. 그 이상의 인연을 바랄 신세도 아니였지만—.

　사내를 비 나리는 어둠 속으로 날러 보냈을 때에는 신기하게도 쯔바끼의 머리는 청신하였다. 흡사 한 목음의 담배 연기를 빨아 버린 때의 기분이라고나 할까.

합숙소로 도라오니 난데없든 애숭이 사나에가 방 한복판에 오롯이 서서 생글생글 재냥스러운 웃음을 웃고 있다.

"아이 깜짝이야!"

쯔바끼는 호들갑스럽게 놀랬으나 비밀을 엿보인 것이 드러워서는 아니었다.

"언닌 그래 날 막우 죄 없이 징역사리를 시기우? 오시꼬미 속에 꼼짝 않고 있을래기 죽을 번했우!"

"다 봐이? 요 앵큼한 계집애야!"

쯔바끼는 어색한 표정으로 사나에를 덥석 껴안는다. 부끄러워할 배 아니나 상대방이 사나에래서 짜장 겸연쩍었다.

"안 볼라야 별수 없는걸 멀— 혼자 있는데 달려드니 오시꼬미밖에 숨을 떼가 어디 있어?"

"부기 재밋떼?"

쯔바끼는 사나에의 입을 마추며 젓가슴을 부벼 준다. 쯔바끼는 사나에의 순결이 부럽고도 탐났든 것이다.

"아이 싫여…… 꼭 이리 같애!"

"누가?"

"누간 뭐야! 그이가 말이지!"

"부럽지? 너두 이리 밥이 되고 싶으냐?"

"아이 망칙해……."

"신비의 세계요 아름다운 락원이란다."

짜장 사나에에게는 신비의 세계요 동경의 나라임에 틀림없었다. 한 발도 디리 밟아 보진 못하고 요지경처럼 구멍으로만 엿본 어른의 세계가 때로는 정신이 형혹할 정도로 그립기도 하였다.

가가가 파하고 합숙소로 구성구성 몰려오는 축들은 화제의 중심을 먼저 쯔바끼에게로 돌렸다.

"오늘 하루에 착실한 버리한 건 쯔바끼밖에 없을나!"

"설마 냉면 한 그릇이야 안 오고루 하겠나!"

"아무렴! 인사 아는 애가 오리(가모) 잡아 혼자 천신하겠나? 시장한 판에 냥껏 먹자!"

자리를 깔며 제각기들 주어섬기나 쯔바끼는 "흥" 코로 대꾸하고 나서 비 때문에 합숙소 신세를 지려고 따라온 사유리를 보고

"넌 왜 왔냐? 집에 안 가구?"

"네가 오고루한다는데 내가 빠져 되겠냐?"

"흥. 요만 비 온다구 안 가면 대문호 씨 분노하실나! 어서 가 봐라!"

"걱정 말구 어서 잔채나 차려라."

하며 사유리는 히도미 곁으로 가 누웠다.

자리를 다 보았을 때 쯔바끼는 짜장 고구마를 한 원어치 사왔다. 약소한 턱이나 몸에 알맞은 분수로들 여겼다.

"일금 얼마드냐?"

슈미-즈 바람인 야에꼬가 묻는 말에

"셋-. 크지?"

하고 쯔바끼는 거침없이 대답한다.

"뭐 셋? 단번에 여섯 마리를 휘여 넘긴 폭이로구!"

"기운은 사나에 말마따나 이리 같구-"

"보람 있었겠다."

참으로 놀낼 만치 비밀이 없는 세계였다. 비밀이 없는 대상으로 괴팍스럽게 시비를 따지는 법도 없다.

"그러다가 너 애 배면 어떻걸나냐?"

엽때 잠자코 고구마만 맛없이 까그적거리고 있든 히도미가 딴전을 폈다. 하두 제 신세가 딱해서 무슨 방도의 암시라도 얻을까 하는 요행을 바라는 심리에서였다. 그러나

"그땐 그때지 머! 구데기 무서워 장 못 다무겠냐?"

쓰바끼의 대답은 너무도 어이없다. ……. 그땐 그때지! 구데기 무서워 장 못 다무랴―지난 때 히도미도 그런 심리를 품은 적도 있었지만 막상 다다르고 보니 앞이 캄캄한 것이었다. 허긴 쓰바끼는 그때에도 시언시언히 해결의 방도를 꾸밀 수 있으리라 여겨져 히도미는 저만이 불행의 모진 바람에 휩쓸리우는 것 같다. 차라리 쓰바끼처럼 툭 터러놓고 중논에 호소하고도 싶었으나 아는 사람이 많을수록 히도미는 번민이 더할 듯싶었다.

히도미는 고구마를 씹다 헛구역을 하였다.

"말째냐?"

사유리가 은근히 귀뜸말로 묻는다.

"응―."

히도미는 대답도 이만저만 변소로 나가 버리었다. 토각질을 할냐는 것이다.

그래 사유리도 좀 뒤로 따라 나가니 히도미는 변소 문밖 어두운 구석에 멍청하니 기대여 서 있다. 사유리는 그 외롭고 경황없고 쓸쓸한 양자에서 문득 남편 병보의 신세를 발견하고 놀래였다. 밤이 깊기까

지 돈도 못 되는 원고를 쓰느라고 꾸무적거리다가 돌아오는 안해를 어린애처럼 반기군 하는 병보─ 비 오는 이 밤에도 병보는 눈이 감도록 나를 기대리리라 하니 사유리는 요만 비에 합숙소 신세를 지려했던 제가 몹시도 박정해 보여 불야불야 집이 그립고 병보가 그리웠다.

허나 이대로 가 버리자니 히도미가 딱해, 가까이 닦아스며

"되게 말째냐?"

"헛구역이 자꾸 나서 그래……."

"기니네를 먹음 떨굴 수 있다는데 좀 먹어 보지 않으련?"

사유리는 눈을 딱 감고 물었다. 잔인하고도 불측한 사설이어서 차마 입 밖에 내기 어려웠으나 오직 두 생명의 장내를 위하는 심정에서였다.

"…………?"

히도미는 대답 대신에 놀람에 찬 눈을 크게 지릅떠 본다. 어둠 속에서도 인광처럼 날카롭게 빛나는 그 시선에 부댓치자 사유리는 소름이 쪼─ㄱ 끼쳤다. 적을 경계하려는 맹렬하고도 날카로운 시선이었다.

모성애─어느 결에 히도미의 몸에 저토록 줄기차게 배여 들었을까. 사유리는 위대한 모성애의 챗죽이 불측한 제가 획획 휘갈기는 듯하였다.

"잘못했다─ 오핸 말어라?"

알속 있는 사과에 히도미는 아니라고 천진스럽게 도리질을 하드니 그냥 눈물이 글성글성해진다. 눈물 먹음은 눈이 어둠 속에서도 으리으리하게 빛난다.

"치위에 몸 해칠나─ 어서 들어가자!"

히도미를 끌고 들어오니 벌써들 노곤히 잠에 취해 있었다. 사유리는 조마조마한 정신을 가까수로 가누며 히도미가 잠이 들기를 기대려 살그머니 일어났다.

히도미의 잠든 호흡이 운명의 상징인 듯 거츨다. 티끌만 한 죄도 없어 보이는 히도미의 몸을 휩쓸어 갈 포악한 폭풍을 추상하면서 방 안을 죽 둘러보다가 사유리는 가슴 서늘하였다. 평화로히 잠든 저 얼굴들도 언젠가는 히도미와 같은 파란을 겪으려니 싶어 사유리는 실 없는 기구에 몸을 떨다가 두 시 치는 시계 소리에 놀래여 알몸으로 비 오는 거리에 나섰다. 콕콕 침질을 하는 초겨울 비에 젖어 들면서도 사유리는 치위를 느낄 여유조차 없이 거리를 거닐면서 금박 합숙소에 남겨 두고 온 가지가지의 얼굴들을 다음에서 다음으로 그려 보았다.

집에 돌아왔을 때 책상 위에 원고지는 지저분히 널려 있는 채 병보는 없었다.

'변소에라도 간 것일가, 비 오는 이 밤에 어딜 갔을까.'

사유리는 짜장 병보 없는 이 방이 몹시도 서글프다고 느끼다가 문득 이대로 병보가 영-영 도망가 버린 것이나 아닐까 하는 생각이 들었다. 그렇게 생각하자 문득 사내의 본정을 알으라든 쓰바끼의 말이 연상되어 정신은 것잡을 수 없이 외롭고 서럽고 하다. 사유리는 눈물 어린 눈으로 책상 위의 원고를 더듬었다. 행여 남겨 놓은 글발이라도 있는가 싶었든 것이다. 허나 글발 대신에 나타난 것은 병보 아버지께서 아들에게 보낸 한 장의 편지였다. 오늘 낮에 온 모양이었다. 사유리는 냅친 김에 알맹이를 꺼내여 읽어 가는 동안에 가슴은 차츰 메여지는 듯했다.

'계집만 버린다면 예전대로 학자도 대 주고 할 테니 그리 알고 일시적 감정으로 인하여 일생을 망치지 말라.'는 사연이 중언부언 간곡히 씌여 있었다.

사유리는 날카로운 메스로 가슴을 후비우는 듯하였다.

병보가 대학을 중도에서 구만둔 원인은 반다시 사유리 혼자서만 질머질 배는 아니라 차라리 중요한 원인은 병보 자신이 대학의 강의에 실망과 실증을 거듭 느낀 데 있었지만, 집에서는 모두가 오직 사유리와의 관계 때문이라고 믿으므로 이제는 사유리 자신도 결국 전폭의 책임이 제게 있는 것만같이 느껴지는 것이었다.

'병보는 이 편지를 읽고 어떤 감상를 이르켰을까. 절절히 끓는 육친의 사랑에 감동되여 이 밤으로 나를 버리고 다러난 것이나 아닐까.'

한번 그런 생각이 들자 언덕에 내닷는 거름처럼 꼭 그럴 것만같이 여겨졌고, 순간에 병본 다 뭐냐 병본 사내 아니라드냐 하든 쓰바끼의 말까지 대바쳐 떠올라서 사유리는 일 년내나 착실히 믿어 왔든 병보의 사랑도 그럼 감족같은 가면이였든가고 알쭌이 속아 넘은 것이 철천으로 분하였다.

"다러나지 않았다면 이 밤에 어딜 갔드란 말이냐?"

사유리는 거이 입 밖에 내여 중얼거렸다. 한시라도 거짓의 나라 가면의 세계에서 깨여나자는 심산에서였다.

그러할 즈음에 문밖에서 병보의 기츰 소리가 들려왔다. 사유리는 철수에 배였든 상념을 순간에 떠러버리기보다 먼저 편지를 웡고 짬에 지펴 넣었다.

"왔나?"

미다지를 드륵 열고 들어서며 병보는 푼수 좋은 웃음을 벙글 웃는다. 그 웃음에 댕치(덩수리)를 휘갈기운 듯하여 사유리는 잠시는 쩔쩔매다가 간신히

"어디 갔댔우?"

하고 물었다.

"우산 가지구 마중 갔드니만 벌써 파했드구만—난봉이라두 난 줄 알았지……."

농담조차 섞어 가며 토설하는 한정 모를 순정에 사유리는 짜장 어안이 벙벙했다. 잠시나마 병보를 의심했든 어리석음이 골수에 쑤신다. 현혹할 행복에 서름이 앞장을 선다. 신다리*를 갈기갈기 갈거낸들 이렇게야 마음이 괴로울까.

금의옥식으로 천하의 영화를 한 몸에다 누린들 이렇게야 행복을 느낄 수 있을까.

기쁨과 괴로움의 착잡한 감정이 서로서로 소용도리치는 곳에 눈물밖에 비저지는 것이 없는 법이어서 사유리는 벼락같이 흐느껴 울며 병보 무릎에 더부러졌다.

"왜 울어? 가가에서 무슨 불쾌한 일이라두 있었나?"

닷다가의 사단에 병보는 달내일 방도에 궁색한 채 말만 어룬다.

사유리는 도리도리를 하였다.

"그럼 왜 그래?……. 말을 해야 알지!"

* 신다리 : '넓적다리'의 방언.

그래도 일향 어깨만 들먹시므로

"말 못할 사정인가?"

하면서 병보는 문득 사유리가 편지를 본 것이나 아닐까 하여 가슴이 서늘했다.

받는 자리로 태워 버리군 하든 것을 오늘따라 큰 실수였다고 뉘우쳤다. 그러나 사유리는 그때 눈물 어린 얼굴을 들어 병보를 웃음과 함께 바라보며

"너무 고마워 그래⋯⋯. 기쁨에 겨운 눈물야⋯⋯. 행복에 겨워서 겨워서 콱 울어야 가슴이 후련할 것 같애서 그래⋯⋯."

하고 어린애같이 재냥스럽게 재잘거리다가 문득 행복의 뒷면은 반드시 불행이 아니든가 최대의 히극은 최대의 비극과 일치하지 않든가 하는 생각이 번개같이 머리를 스쳐 정신은 까무라치는 듯하였다.

"홍진비랜가? 행복에 겨워 울어 보는 것두 그럴 법은 하지만 불행의 과중에서 마음을 도사릴 만한 양심이 있어야⋯⋯."

편지 때문이 아니라고 알자 병보는 자옥히 가슴을 내리쓸며 안해를 끄러댕겨, 사유리는 안는 대로 안기며 병아리처럼 가슴을 파고들다가 문득 병보의 심장에서 수물거리는 순정의 고동을 듣고 깜작 놀래였다. 활화산처럼 기세 좋게 으르렁거리는 병보의 건전한 심장을 고시락 고시락 좀먹어 가는 악착한 버러지의 존재를 사유리는 자기 자신 속에서 발견하였든 것이다.

스물셋과 스물둘―나히로 따지자면 병보가 오히려 한 살 마지긴 하나 생활에 쫄고 파란에 다들리고 풍운에 조련된 폭으로는 사유리 자신이 십 년 노련은 하였다고 자신하는 것도 전혀 터무니없는 자긍

도 아니므로 앞날의 치를 잡아야 할 사람도 역시 사유리 자신이 아닐 수 없었다. 치를 잡아야 할 자신이 구원을 받아야 할 병보와 더부러 취해 버린다면 배의 운명도 빤한 일이 아닌가.

눈섭의 불을 끄자면 사십 원 월급에 목을 매야 할 판이나 그도 뜻같지 못하다니 차라리 다행으로, 소망인 문학에 정진해야 할 것으로 되 핍박한 살림에 정신의 여유가 있을 턱없다. 나만 없다면 병보는 다시 대학을 마치고 소망대로 문학에 성공할 것이 아닌가? 그러나 결국은 인정에 지치는 대로 어린 철부지를 업고 파멸의 구멍에 휘몰아치우는 도리밖에 없든가— 하니 닷다가 외줄기로 떠오르는 방도가 편지의 지시였다.

매몰한 운명의 팻쪽을 질머지고 구몰의 길을 피하여 기구한 도망을 처야 할 사람도 이역 사유리 자신인 것 같으다.

사유리는 차라리 병보가 먼저 편지 사연을 말해 주기를 기대렸으나 병보는 꿈에도 없다. 단단한 다짐을 품은 듯 부모의 측은한 정경조차 아랑곳 않는 병보의 사랑에 사유리는 또 한 번 가슴을 찔리우며 그러면 그런대로 제가 먼저 방침을 헤쳐 뵐가 했으나, 순진한 마음에 놀램과 절망의 충동이 너무 호될 듯싶어 차마 입이 떠러지지 않았다.

이튼날 사유리는 직장에 나가는 길로 히도미를 찾었다.

"재워 놓구 빠저서 미안하게 됐다. 그댐은 괜찮었냐?"

사유리는 하로밤 새에 쪽 여윈 히도미를 정시하기조차 거북했다.

"밤새 겨웠다. 죽는 줄 알었다."

"잠들었기 안심허구 갔구나! 합숙소에서 맘 놓구 잘 팔자나 되니?" 하는데 쓰바끼를 선비두로 한 물커리의 고기 떼가 우루루 모여 온다.

"비밀회의냐?"

쯔바끼는 전에 없든 치마를 입고 노상 싱싱하다.

"어젯밤은 언제 샜냐? 앙큼스럽게……."

"무례하게 아랫뚜리를 들내놓고 자는 네 꼴악선일 보니깐, 순간에 오금이 자려오드구나! 마츰 알마추 비두 멋구….."

"서방 두구 사는 게 무슨 자랑이냐? 갈나면 애당초 들니질 말어야 할 일. 다들 외기력이 신세타령에 한잠 못 자나 보더라."

쯔바끼가 야단스럽게 휘모라세는 바람에 애숭이 사나에도 재미나게 한목 끼여

"언니 나두 한잠두 못 잣다우."

하며 여릿은 입을 한껏들 벌려 웃었다.

사유리도 어이없는 사나에 말에 덩다라 웃다가 문득 눈앞에 벌려진 뿔사나운 입들이 어린 적에 본 당나귀의 아가리와 흡사하다고 생각되어 이것들은 참말 즘성이 아니든가 하고 급작히 웃음을 거두었다. 두 번째 머리에 떠오른 것은 만화로 본 동물원의 폭소 대회의 그림이었다.

짜장 당나귀―가 아니면 우둔한 곰이거나 동물원 히마에 틀림없을 것 같다.

반성하는 버릇을 갖인 사람이 저렇게 웃어만 따릴 수 있을까.

사유리는 항상 자기의 신세를 비관하는 것으로 즘성과 구별되려는 버릇을 갖었기에 히도미를 좋아했고 또 사유리 자신도 자기를 알려는 버릇을 키워 왔든 것이다.

옹색은 하나마 고만한 인식력을 가추게 된 것도 여학교 문을 삼 년

남짓 드나든 덕분이라면 덕분이겠지만 인제는 차라리 즘성이면 즘성인 대로 좋으니 쥐꼬리만한 자아식이 거치장스러웁다. 쓰바끼 일파를 경멸하려드는 심사도 이를테면 그들을 은근히 부러워하는 감정의 반사작이 아니라고 단언하기도 어려웠다.

스스로 돌파치 못하는 고된 고패를 수월히 뛰여넘는 사람을 목격하였을 때의 심정과도 비슷하였다.

눈 딱 감고 말성거리의 고패만 뛰여넘으면 그다음엔 무제한으로 전개될 자유의 나라를 눈앞에 말꼼히 바라다보면서도 발은 동동 굴으는 않다깝고 애숙스러운 심정이나 진배없다.

웃음을 팔고 인심을 사고 해야 할 거리의 무리에게는 양심이란 짜장 넝마전에 딩구는 패물과도 같아 아모런 치장거리도 될 턱없었으나 버리기 아쉬운 린색에 어느덧 짐이 되고만 셈속이었다. 인습을 깨트리고 리성을 박차고 새 세계에 뛰여들기란 종희 한 겹의 간격이면서도 그렇게나 힘에 빚인 일임을 새삼스러히 깨달았다.

쓰바끼며 야에꼬며가 백배 바숭한 세대의 선수임을 오늘에야 알어보았다.

병보를 언덕에 남겨둔 채 혼자서는 운명의 배에 만폭의 돗을 달어야 한다고 느끼면서도 사유리는 한갈같이 망서림으로 나달을 보내였다.

한 닷새가 지난 어떤 날 사유리는 또 한 번 자신을 경멸해야 할 참으로 놀라운 사실을 발견하였다. 마츰 일요일인데 날씨도 겨울답지 않게 온화하여 오소방의 아이들은 가가에 발을 디러놓는 일조차 없이 뿔뿔이들 교외로 '뎀마이'를 나가 버렸다. 사유리는 하야방이어서 일즉부터 가가에 나왔으나 좋은 날씨라 손님이 걸일 턱없어 침침한 홀에 오도거니 앉았다가 적적한 판에 히도미를 만날 겸 합숙소로 가 보았다. 놀랍고도 발칙스러운 꼴을 대낮의 합숙소에서 보게 된 원인은 무시로 드나든 방이라 허락 없이 벌컥 문을 연 데 있었다.

참으로 부끄럽고도 어즈러운 광경이었다. 문제의 인물이 쯔바끼나 야에꼬래도 놀날 필요가 없었겠고 설혹 히도미라 처도 그렇게는 보는 편이 낯간지럽진 않았을 것이다. 애숭이 사나에가 언제 저렇게 대낮을 끼지 않을 정도로 담차게 달었든가.

카페라는 분위기가 석 달 동안의 조련으로 저렇게까지 어린 아해를 담대하게 만드는 것일까. 사유리의 캄캄한 눈앞헤는 찰란하든 한 개의 별이 꼬리를 이으며 암흑 속으로 떠러져 보였다.

놀라운 사실은 그뿐만 아니었다. 사나에의 알똥 같은 몸을 찬찬히 휘감은 검측스러운 구렝이는 쯔바끼에게 싱가라 치마를 선사한 김태웅이었든 것이다. 쯔바끼와의 일이 있은 후로도 때때로 가가에 나타나는 태웅이긴 했으나 불과 사오일에 유일의 숫짜인 사나에를 흠썰 삼켜 버릴 기술이 있는 줄은 깜작 몰랐든 것이다. 한정이 없는 것이 도적의 욕심이어서 구지 태웅을 나무랄 바는 못 되나 스스로 이리의 밥이 된 사나에의 담찬 행동에는 간담이 서늘할 지경이었다. 싱가라 치마가 탐이나서였든가. 밟어 보지 못한 어른의 세계가 그리워서였든가.

구지 판단을 내릴 필요도 없이 문을 닷드리고 돌아서는 순간 사유리는 생활의 락오자는 저만이었다고 깨댔고 신변에 차디찬 삭풍이 휘모라치는 듯한 느낌을 느끼었다.

─ 오늘로 어제를 있고 낮을 밤으로 바꿔 가면서 판에 박은 생활을 번복하는 동안에 한 달이 지냈다. 거리에선 털외투가 행세를 하고 살림사리에는 장작을 장만해야 하는 게절의 위협이 또 하나 늘었다.

　한결같이 원고지와 싸우고 있는 병보의 궁상맞은 뒷모습을 멀거니 바라보다가 사유리는 장작개비를 푸짐히 지펴 놓고 가가로 나오니 파─텐이 듬직한 한 장의 편지를 내여 준다. 가가로 편지가 와 보기는 천생 없든 일이여서 사유리는 웬일인지 소스라칠 예감에 가슴 찔리우며 받었다.

　폐쳐 보니 아니나 다를까 병보의 아버지─이를테면 시아버지께서 온 것이었다.

　읽기 전의 짐작과 편지의 내용은 한 푼의 빗나감도 없었다. 병보를 달래 보다 못해 사유리를 얼으는 속셈이 빤하였다.

　새삼스럽게 놀날 배도 아니었으나 꿈에도 몰랐든 병보에게 안해가 있다는 새로운 사실에는 눈을 크게 하지 안을 수 없었다. 그러나 그런 일은 그저 눈만 한번 크게 떠 보았으면 그뿐으로 불타는 정열 앞혜 안해의 존재쯤이 문제 될 턱없었다. 다못 새삼스러히 가슴 찌르는 문구는, 진실로 병보를 사랑한다면 병보의 양양한 전도를 생각하여 사유리 스스로가 몸을 빼쳐 달라는 호소였다. 밤낮없이 궁리는 하면서도 행동으로 옮기지 못했든 게책이었음으로 사유리는 더한층 어즈러운 기분이었다. 단행할 뜻만 있다면 소요의 금액은 저공하겠다는 편지의 암시에도 사유리는 불쾌를 느끼기보다 차라리 절절히 끓는 골육의 정에 가슴 찔니었다.

　'단줄기 길이란 병보를 내쳐 두고 도망을 치는 그것밖엔 없든가.

그렇게 막다른 골목에 다달은 것일까. 진실 되게 살아 보자는 의사를 세상은 왜 이리 악착스럽게도 무시하는 것일까. 어이고 돌아서는 마음도 마음이려니와 속사정 모르는 병보의 버림받은 쓸아림은 얼마나 맹렬할 것인가.'

짜장 밟아야 할 길이요 그러므로 모두가 병보를 사랑하기 때문이라고 스스로 경려는 하면서도 대체 병보를 어이고 이 몸을 어느 하늘 아래에 의탁할 것인가 하고 사유리는 편지를 웅켜잡은 채 이 층 물치간으로 달려 올라갔다. 시름을 한바탕 울어서 풀어 보자는 료양이었다.

한참을 마음 놓고 울다가 돌아다보니 어느 결에 히도미가 곁에 와 경황없이 시무룩히 서 있었다.

"네겐 서름이 없을 줄 알았는데ー"

닷다가 시선이 정면충돌을 하는 판에 히도미는 울성으로 말한다.

"고맙다."

"울어도 소용없드라."

"그래두 울고 나니 후련할 것 같구나."

"눈물은 여자의 무기랜 것두 한 세기 이전의 말이구⋯⋯. 울 줄 아는 마음엔 현실이 더욱 야박하드라."

새로운 경험의 넉 달을 뱃속에 품은 히도미는 현실을 가늠하는 데 사유리보다 형뻘인 폭이었다. 언젠가의 합숙소 변소 골목에서 본 히도미와는 동떨어지게 이지적인 눈앞헤 히도미였다.

"넌 참 어떠냐?"

사유리는 눈물을 씻고 히도미의 배를 엿보았다.

"나두 네게 사죄와 감사를 함께 해야 할 일이 있다만ー 넌 대체 원

일이냐?"

하고 히도미는 사유리를 건너다본다.

"나라구 너와 딴 나라 사람인 줄 아냐?"

"딴 나라 사람은 아니래두 병보 씨가 널 알뜰히 사랑한다는 건 의심 안었드니……. 병보 씨두 믿지 못할 사내였드냐?"

히도미는 그의 독특한 수심에 찬 눈을 얏게 떠 마주 본다.

"그런 건 아니지만……."

하고 히도미의 빗나간 추상에 놀라 사유리는 구겨들었든 글발을 말없이 내밀었다. 히도미는 편지를 받어 신중히 읽고 나서

"우리들에겐 편지라는 물건은 눈물을 자어 주는 것밖엔 아닌가 보구나……. 그런다기로 네가 도망갈 건 뭐냐! 울 것두 없다. 기둥 같은 사랑을 어일 필요가 어디 있다든. 병보 씨두 헛된 영화보담 실속 있는 생활을 요구하는 바에야 일부러 깃을 지고 불 속으로 뛰여들 건 뭐냐? 부모만 해두 국외자의 입장에서 한가로운 소린데 국외자의 말에 귀를 기우릴 건 없잖으냐."

장황히 늘어놓는 말에 사유리는 딴은 그럴 상도 싶었다. 댓구에 궁한 채 잠간 시간을 걸렀다. 히도미는 다시

"안해 있는 사내를 가루챈 것이 죄라면 병보 씨의 불타는 순정을 박차고 돌아서는 것도 죄이긴 일반일 게구─설혹 장내엔 파란곡절에 두 몸이 시달니드라두 그것두 사랑의 운명인 줄 알면 그만 아니냐?"

"고맙다.─정신이 차차 어즈러워지는구나."

하고 말하면서도 그러나 사유리는 순간에 히도미의 충고와는 반대

의 결론을 내리었다.

병보가 물정을 분별할 수 있는 사십 줄의 사내라면 또 모를 일이어니와 인제 겨우 스물셋의 철부지를 업고 몰락의 길에 빠지기에는 병보가 너무 측은히 여겨졌다. 병보를 도맡을 바이면 생활의 방게도 사유리가 세워야 할 것이고 생활의 방도가 서야 병보를 뜻대로 문학에 정진식힐 수도 있을 것이 아닌가. 이 마당에 있어서 병보의 '순정'이라는 것이 애타게도 사유리를 시달었다.

순정이 아니고, 흔하디 흔한 사내들의 사랑이라면 얼마든지 책임 없이 받어들일 수 있으나 순정에는 갚어야 할 대까가 너무 큼을 깨달었든 까닭이었다.

히도미의 충고에 사유리는 결심을 새로히 하면서

"나두 나거니와 넌 어쩔 테냐?"

하고 반문하였다.

"어리석었음을 인제야 깨달었다—"

눈을 내리깔며 히도미는 한숨 넣고 나서

"네가 일러 주든 지시가 단 한 줄기 길이었음을 깨닷고 어제밤엔 얼마나 널 고맙게 생각했는지 모른다."

"무슨 좋은 수라두 생겼냐?"

사유리는 히도미의 암시적인 말에 순간 정신이 아찔해졌으나 가까수로 아모렇지도 안은 표정을 지었다.

"좋은 순 다 뭐냐— 기니네라나 한 약은 영락없이 듯냐?"

다짐을 먹은 후의 일일 것이나 히도미의 낯색은 과시 파랗게 질니었다. 사유리는 드러맞은 예감에 또 한 번 놀래면서 그런 방법을 들

려주었든 것이 한없이 뉘우쳐져서

"왜 불측스러운 생각을 먹느냐?"

하고 이번엔 사유리 편에서 반대해 보았다.

"하는 수 없는 노릇이다. 일전에 네 말를 나무란 것은 미련한 욕심에서였지만 치운 겨울을 앞두고 내 욕심만 부린다면 여섯 목숨이 무리 장사 날 게 아니냐? 나두 거듭 생각한 남여의 결심이다. 어제 편지에는 동생두 알어누었다 했구—"

솟아오르는 눈물을 숨기려고 히도미는 눈을 자주 갑삭이었다.

하두 놀라운 결심이여서 사유리는 어안이 벙벙하였다. 수심에 꽉 찬 눈을 크게 떠서 원망스럽게 바라다보든 한 달 전의 히도미가 아니었든가?

눈앞의 현실은 마즈막 남은 본능적 욕망인 모성애마저 부처 서지 못하게 하는 것일까— 하니 사유리는 병보를 버리고 저 자신 황량한 사파에 뛰여들었을 때의 초라하고 불상한 꼴이 연상되여 감각이 폭 꺼지는 듯하였다. 그와 동시에

'병보를 떠나서 어떻게 사누? 병보를 떠나서 어떻게 살어?'

하는 부르지즘이 맘속에서 울어나왔다.

"실되게 살어 보겠다는 것두 결국은 허황한 꿈이드라."

지탄 비슷이 뇌까리는 말에도 눈물이 서리인 듯하다.

"그래두……. 그 결심은 너무 참혹하지 않으냐?"

"새삼스러히 참혹할 것두 없다. 세상엔 더 참혹한 일인들 얼마나 많을나구."

"그래두……."

"여러 가지로 생각두 해 보았다. 구지 수단을 피여 배윗 것을 기루자면 못할 바도 아니지만 나 한 몸 희생해슴 다시 기구한 운명을 어린것에게까지 짊어지울 건 없다고 생각했다. 참으로 사랑한다는 것이 결과로 보면 죄악이 되는 법도 세상엔 흔한 일인가 보드라."

장황히 느러놓고 히도미는 손수건으로 눈물을 찍어 내었다. 울어도 소용없는 눈물인 줄 알면서도 참어 낼 도리가 없었든 것이다.

"대체 어떻게야 좋단 말이냐?"

안타까운 마음에 사유리는 짜증 쓰듯 물었다.

"거북한 소리다만 운명을 뒤집어엎을 장산 없나 보드라— 거리의 물을 먹는 밖엔 거리의 풍속을 쫓을 밖에…….."

대답에 궁하고 놀램에 사로잡힌 채 사유리는 눈만 크게 떠 보였다.

'그럼 히도미도 쓰바끼의 뒷길을 밟으려는가.'

애끼는 몸의 반쪽이 폭 쪼개저 나간 듯한 느낌에 사유리는 하맡으면 쓸어질 번하였다. 합숙소에서 본 어즈럽든 광경이 나타나 보이며 그 속에서 히도미의 얼굴이 떠올랐다.

과묵하고 내성적이든 히도미가 딴 때 없이 수다스럽게 장황히 주어셈기는 것도 휘이지 못할 결심을 먹은 반동일까. 히도미를 한번은 모멸해 보고 싶은 감정이면서도 함부로 비웃어 줄 수 없는 엄연한 현실의 압박에 사유리는 현기쯩을 이르켯다.

운명을 뒤집어엎을 장사는 없다는 말은 무슨 뜻일까. 발버둥 치고 악다구니 쓰고 해도 결국엔 휩쓸려 들어갈 수밖에 뾰죽한 도리가 없다는 암시일까. 나의 앞날을 점쳐 준 예언은 아니었던가.

짜장 신통하게도 들어맞을 예언일 듯싶어 사유리는 저 모르게 맘

속으로 병보를 꽉 부여잡았다. 그러자 문득

'…… 어차피 빗나간 궁합이요 어긋난 띠갓을 가지구 뭘 그러냐?
…….'

하던 쯔바끼의 언젠가의 말이 머리에 떠올라, 그러면 그런대로 쯔바
끼는 벌써부터 알고 있은 일을 혼자만 모르고 아그 대고 있은 것이
막대한 손실 같기도 했다.

이왕 손실인 바엔 어린아이를 품고 낭떨어지에서 몸을 던지듯 눈
딱 감고 병보를 끝내 아서 볼까. 어차피 율리의 권외에서 허우적거리
는 신세라 히도미 말마따나 죄라면 죄 아닌 것이 없으니 이왕이면 창
덕궁으로 악에 바칠 대로 바쳐보고도 싶었다.

"쓸데없이 여러 생각 말구 넌 어서 병보 씨만 붙들어라. 다신 맞나
기 어려운 성인군자니라."

한참을 말없이 바라보다가

다시 한 번 못 박듯 닥지는 히도미의 충고에 그러나 사유리는 머처
럼 토라졌던 앙심이 휘줄근히 누그러짐을 깨달았다.

'맞나기 어려운 성인군자'

거리의 관념으로는 '성인군자'란 어휘처럼 못나고 어리석고 초라
한 것의 상징이 또 있었던가. 세상을 농간할 수 있는 놈이 철부지 '성
인군자'의 목에 매어 달려 살려 줍사고 애걸하는 꼴이란 얼마나 비굴
한 짓인가.

어차피 기구할 생애임에 비굴한 짓으로 한 토막쯤 가꾸어 본댔자
보람조차 없을 일—편지는 세 번째의 암시가 되었다.

"그래 넌 그 일을 정말 단행할 테냐."

남의 결심을 엿보아 제 결심을 닥지자는 심사에서일까 사유리는 히도미의 표정을 날카롭게 살핀다.

"내일은 일은 일이구 모레쯤부터 몇 날 휴갈 맡아 가지구 어디 조용한 온천장으로 가 보기루 결심했다. 약은 벌써 넉넉히 작만해 놓았구."

지극히 냉냉한 어조였다.

"경솔히 행동하기 전에 다시 한 번 생각해 볼 필욘 없냐?"

말하고 나서 사유리는 뉘우쳤다. 이런 경우에 '경솔'이란 말을 함부루 쓰는 것처럼 경솔함이 또 어디 있을까 했던 것이다.

그리고 자신이 먼저 일깨워 주었던 방도를 이제는 한 번 더 생각해 보라고 말루하는 것은 순전히 인사꺼리에 지나지 않았음을 깨달았다.

"생각을 거듭할수록 실패하면 어쩌나 하는 근심만이 커 갈 뿐이다……."

솔직한 고백 앞에는 군말이 용허되지 않았다. 핏덩어리를 쏟고 시레기같이 기신없이 더부러졌을 때와, 또는 실패로 돌아갔을 때의 새로운 절망에 우는 히도미―두 경우의 상상에 사유리는 정신이 란마같이 어지러웠다.

이적이 있어, 내락에서 아우성치는 생명을 청천백일의 세계로 구원해 내는 법은 없을까―허황한 생각이나 그 밖에 달리 리지를 달래어 볼 여유도 없었다. 그리고 히도미를 구원해 낼 만한 이적이 있어야 사유리도 구원될 수 있다고 생각하는 것이었다.

밤에 집으로 돌아와서도 사유리는 편지 온 것을 병보에게 알리지 않았다. 될 수만 있다면 자신부터가 편지의 기억을 시쳐 버리고 싶었다. 변복 없는 병보의 사랑을 느낄 때마다 감지덕지 머물러 있는 것이 어째 배신행위를 하는 것만 같아 마음이 눌렸으나 그러나 히도미에게서 모성애마저 략탈해 간 심각한 현실의 위협이 두려워 어쩔 수 없었던 것이다.

　이튿날 사유리는 가가에 나오다가 거리에서 우연히도 쯔바끼와 사나에를 맞났다. 그 일이 있은 후로 사나에는 알아보게 얼굴이 피어올랐다.

　"어디들 가냐?"

하고 사유리가 묻는 말에

　"후후후 썩 좋은 데 간단다. 너두 하냥 가자!"

하고 쯔바끼가 소매를 끄는 대로 사유리는 못 견디는 척 따라서며

　"좋은 데가 어딘데?"

　"언니! 개고기 먹을 줄 알우? 쯔바끼 언닌 개고기가 먹구 싶대서 시방 개고기 추념 가는 길야."

하고 야살스럽게 주어 섬기는 사나에의 말에 사유리는 짜장 놀라 걸음을 멈추며 쯔바끼를 건너다보았다.

　"소증이 나면 무슨 소증이 못 낳서 하필 개고기 소증이냐?"

　말은 그러면서도 사유리의 머리에는 피뜩 '임신'이란 문구가 떠올랐다. 임신 후 입떳이 날 때에는 개고기 소증이 낳는 사람이 있다는 말을 고향에 있을 때 얻어들은 기억이 있었던 것이다.

　"소고기가 고기라면 개고긴들 고기 아니겠냐? 어서 가 먹기나 허자!"

　"고기야 고기 아니겠냐만 딴 때 없이 개고기 소증이라니 웃읍구나."

　"그런 일두 있는 법이야. 너이두 그런 때가 있을껄ㅡ"

　그러고, 개 가장하는 집에 들어앉았을 때 쯔바끼는 사유리를 건너

다보면서

"얘 나 임신했다!"

하고 천연덕스럽게 토설한다.

"뭐?"

"왜 이리 놀래냐? 나이 스물다섯이면 어머니깜 부실하겠냐."

쯔바끼의 너무나 태평세월인 데 또 한 번 놀랐으나 뭐라고 표현할 수는 없었다. 사유리의 머리에는 히도미의 번민하던 얼굴이 떠올랐다. 꼭 같은 처지에 놓여 있으면서도 둘의 태도엔 저렇게나 차의가 있을 것인가.

사유리는 리지의 힘이 큼을 새삼스럽이 깨달았다.

"그래 어떡헐 테냐?"

개고기가 날러져 왔을 때 물었다.

"어떻거긴! 낳지! 뱃으니 낳여지!"

"뱃으니 낳야지만……."

"그저 그뿐이지 뭐냐?"

아주 간단한 론법이었다. 근심과 걱정 같은 것이 발을 들여놓을 여지가 없었다.

"애 아버진 아냐?"

"노상 어림이 없는 것두 아니다만……. 십상팔구는 북지에서 왔다는 김태웅인가 헌 녀석일지 분명하나 걷두 단언을 헐 수 없는 일이다. 그 밖에두 그 어렴에 두어 녀석 더 있었으니까……."

듣기에도 어멍처멍한 놀라운 사실을 이렇게 천연스레 지꺼리자면 얼마만한 수양이 필요한 것일까. 태웅이라는 말에 과시 사나에는 낯이 홍당무가 되었다.

"그럼 어떻걸 테냐?"

"글쎄 경제적 조건으로 보아 뭐스루 보나 김태웅일 붙잡긴 붙잡아야겠는데 녀석이 화량이 돼서 녹녹질 안을 것 같구나."

"조건을 따서 아버질 맺을 게 아니라 사실대로 해야 할 게 아니냐?"

"군소리 작작해라. 김간지 이간지 알지두 못하려니와 설사 안대면 어떻냐? 아이의 장낼 생각해야 할 일이지."

하고 쓰바끼는 핀잔주듯 톡 쏘아부친다. 사유리는 더 할 말이 없었다. 그만해도 쓰바끼의 세계와 제 세계와는 확실히 다른 점이 있어 보였다.

'아이의 장낼 생각해서' 히도미는 낙태를 계획하고, 쓰바끼는 아버지를 물색하고 참말 어느 편이 옳은 길일까.

참으로 사랑한다는 것이 결과로 보면 죄악이 되는 수도 있다고 히도미는 말하였다. 그러나 그건 벌써 선악을 가리려는 관심에서 나온 말일 께고, 쓰바끼는 죄악을 초월한 행동 그것만이 있을 뿐이 아니던가.

"그까짓 거 싫다면 다 구만두라지! 아비 없는 앤 못 기를나구……."

한참 만에 쓰바끼는 군소리 비슷이 중얼거린다. 히도미처럼 아이를 아이의 입장에서 생각해 보는 길은 통이 없는 모양이었다.

"그래도 아버지가 없음 섭섭하지 않겠수?"

하고 사나에가 얄망궂게 장단을 친다.

사유리는 문득 또 한 번 어지럽던 광경을 연상하며 사나에도 임신한 것이나 아닐까, 설마─그렇지만 언제고 간에 사나에도 쓰바끼와 같은 길을 밟을 것이라고 측은한 마음으로 바라보여졌다.

참말 단단한 소증이 났던 듯 쓰바끼는 가장(개고기)를 세 깃[三人分]이나 넘실 삼키고 나서야

"다구지게 먹었다."

하면서 일어섰다.

가가로 오는 길로 사유리는 들은 대로를 히도미에게 알려 주었다. 행여 히도미도 마음을 고쳐먹어 주었으면 하는 생각에서보다도 히도미의 방도를 제 입으로 일깨워 준 것이 암만 해도 꺼리완 했던 것이다. 그러나 히도미는 심각한 표정으로

"난 거기까지 쓰바끼 따라갈 용긴 없다……. 이제부터는 쓰바끼의 세계에 들어선 줄만 알았더니 쓰바끼는 또 한 발을 앞서는구나."

쓰바끼와 사유리와의 경계에 새로운 히도미의 세계가 머리속 지도에 나타나 보였다. 역시 둘의—아니 셋의 헤엄에는 각각 실력의 차의가 있는 모양이었다.

"발을 벗고 나선 김엔 가는 데까지 가 보렴아!"

본의는 아니면서도 오히려 쓰바끼의 세계가 자유로울 상싶어 이렇게 권면해 보았다.

"실력에 비치는 강을 어떻게 건너겠느냐? 역시 내일 온천장으로 가는 길밖에 없다."

"정말 내일 갈나냐?"

"응."

히도미는 고개를 무겁게 끄덕이었다. 다시는 변복시킬 수 없는 굳은 결심을 보자 사유리는 웬일인지 정신이 후락후락 꺼지는 듯하였다.

집에 돌아오는 길로 병보에게 두 사람의 사정을 말하였더니

"왜 그렇게 실되지들 못할까? 아기의 아버지를 정책적으로 붙잡으려는 쓰바끼는 말할 것두 없거니와 제가 좋아서 가져는 놓고 그 애 생명을 문찌른다는 것두 너무 파념치한 일인데!"

하고 병보는 의분에 가까운 흥분까지를 느끼는 것이다. 일견 그럴듯한 의견이요 또 병보로서는 족히 느낄 만한 의분이기는 하지만 그러나 사유리의 눈에는 모두가 웃읍광스럽게밖에 보이지 않았다.

쓰바끼에게는 쓰바끼로서의 이유가 있고, 히도미에게는 히도미로서의 이유가 제각기 있는 것이나 병보가 그들의 세계를 이해치 못할 것은 당연한 일 같다.

대체 저렇게 거리의 풍속에 어둡고야 어떻게 문학을 창조할 수 있을까, 내가 자취를 감추어 버린다면 병보는 그 타격으로 새로운 세계를 탐험할 수 있지 않을까— 하는 생각이 번개같이 떠올랐다. 당장에는 원망하고 미워하고 할 것이지만, 병보가 크게 된 그때에는 나의 숨은 고민을 다 이해하고 반가히 마저 주지 않을까.

스스로도 비웃지 않을 수 없는 어리석고 맹랑한 공상이면서도 사유리는 볼 동안에 공상 속의 화려한 여왕으로 변하였다.

공상에 달뜬 채 잠을 이루지 못하고 사유리는 어리꽝스런 눈으로 안온히 잠든 병보를 오래오래 들여다보았다. 어린아이와도 같이 순결하게 보이는 얼굴이었다.

'이 어린걸 떨어 놓구 어디루 간다누.'

사유리는 입 밖에 내어 중얼거렸다. 마치 어린것에게 푸달지게 젖을 먹여 놓고 잠든 틈을 타서 도망이라도 치는 어머니의 애끓는 심정과 흡사하였다.

하지만 치사한 정에만 끌려 병보의 장내를 돌보아 주지 않는 것도 큰 죄가 아닌가. 물불을 안 가리고 따라나서는 병보이기에 더욱 귀찮게까지 느껴졌다.

사유리는 하루밤을 꼬박히 뜬눈으로 새이고 이튿날은 히도미가 온천장으로 떠난다 하여 일찌감치 가가로 나왔다. 병보 아버지께서의 두 번째의 편지가 가가에서 기다리고 있었다. 같은 내용에 같은 부탁을 번복해 늘어놓고 나서 가부간에 회답을 달라는 것이다.

사유리는 두 번 읽어 볼 새도 없이 핸드빽에 집어넣고 히도미를 따라 정거장으로 나갔다. 마츰 남행과 북행 시간이 몰킨 모양으로 정거장은 복작복작 뒤끌었다.

"넌 다른 생각 말구 내 말대루 병보 씨만 붙들어라. 세상이란 눈 감고 아웅이지 별거 없느니라."

오래 잠잣고 있다가 차에 올라서야 히도미는 이런 말을 한다. 그 말에 사유리는 문득 '성인군자'라는 문구가 또 한 번 떠올라서 무춤해졌다가

"응 내 근심은 말구 너나 어서 수이 단겨오나, 몸조심해서……. 과한 분량 먹지 말구……."

하다가, 문득, 실패하면 어떻걸 텐가, 실패한다면 히도미 성미에 그냥 수격수격 돌아올 수 있을까— 하니 사유리는 다신 히도미를 만나지 못할 것 같은 예감에 눈물이 핑 돌았다.

출발 신호의 벨이 둘의 가슴을 후벼내었다. 우렁찬 기적이 사정없이 두 사이를 푹 갈랐다.

"수이 다녀오너라. 가서 곧 편지 주구……."

그러나 히도미는 대꾸도 않고 손수건으로 감싼 얼굴을 찻 속으로 숨겨 버린다.

'이것이 영 리별이 아닐까.'

가지고 있던 단 한 가지 보배인 히도미와의 우정마져 끊어진 듯하였다. 사유리는 기차가 안게에서 살아진 다음에도 홈에 혼자 오롯이 서서 남겨진 연기를 창연히 바라보고 있었다.

이윽고 출구로 나서면서—나는 장차 어디로 갈 것인가, 가가로 또 가야 할 것인가 하고 넋 없이 생각하고 있는데

"여— 어디 가나?"

하며 어깨를 툭 치는 사람이 있었다.

거들떠보니 벙글벙글 웃는 김태웅이었다.

"아, 어디 가서요?"

뜻 없이 지꺼리면서 사유리는 쯔바끼가 임신한 것을 생각하였다. 사나에와의 광경도 떠올랐다.

"이 차루 천진 들어갈려구!"

"천진은? ……. 쯔바끼 만나 보셨어요?"

"만나 봤지……. 임신했다더구먼."

"그 말뿐예요?"

"나더러 책임을 지라겠지 흥."

"저야 할 책임임 저야 안 해요?"

"그런 책임 다 질나단 책임에 치워 죽었게? 그날 밤으루 세음은 다 칠었는데 훗말이 무슨 소용이라누."

사유리는 회초리로 알몸을 획획 갈기우는 듯하였다. 이것이 숨김

없는 사내의 세계였던가.

구역구역하는 일도 움질꿈질하는 일도 없이 픽픽 내갈기는 그것은 일종의 아름다움이었다. 속박과 구애의 굴레를 벗어난 달관의 세계였다.

쓰바끼조차가 따르지 못하는 찰란한 세계가 여기에 벌어져 있는 것이 아닐까. 이 세계를 경험하지 않고는 병보는 참다운 문학을 창조하지 못할 것이 아닐까.

철부지 병보를 업고 추고, 안고 추고 하면서 무거운 짐에 시달리는 것보다 태웅의 세계는 얼마나 자유로운가.

"그보다두 사유리!"

하고 태웅는 갑작 생각난 듯이 눈을 크게 뜨며

"사유리! 천진 갈까?"

하고 싱글 웃는다.

"데려다 주세요?"

"이 차루 간다면—"

"정말 데려다 주실 테야요?"

짜장 사유리는 구미가 도쳤다. 이 차로 가야만 데려다 주겠다는 말이 피뜩 듣기에는 무던히 박정하게 들렸으나 역시 태웅의 세계의 좋은 점은 거기에 있는 것을 뒤이어 깨달았다.

"갈 텐가? 간다면 차표 사 오지."

"천진 가서 내버림 어떻거게요?"

"그런 게 다 무섭거던 가지 말게지—"

"갈 테야! 갈 테야! 차표 사 오서요!"

콩 튀듯 사유리는 서둘었다.

병보의 장님 같은 순정을 도저히 감당해 낼 수 없는 짐으로 느꼈고, 히도미를 영영 잃어버렸고, 쓰바끼의 세계에조차 환멸을 느낀 지금에 사유리는 오직 태웅의 세계에 휩쓸려 보는 수밖에 딴 도리가 없어 보였다.

태웅의 세계 ─ 병보의 세계에서 출발하여 사유리, 히도미, 쓰바끼의 세계를 거쳐서 비로소 도달할 수 있는, 추악조차가 꽃포기처럼 아름답게 빛나는, 그것은 인간 정신이 도달할 수 있는 최고의 세계, 극치의 세계가 아닐까.

오래동안 고민하면서 찾아내려고 애쓴 것은 결국 그 세계가 아니었던가.

병보가 서 있는 곳이 인간 정신의 아름다움의 최고봉의 하나라면 태웅이가 짚고 있는 곳도 확실히 다른 한 개의 최고봉임에 틀림없어 보였다.

히도미 쓰바끼의 세계는 결국 그 중간이요 내려다보이는 고르체기에 지나지 않아 보였다.

단숨에 이 봉에서 저 봉으로 뛰어 건느다가 떨어져 죽는 한이 있더라도 지금의 사유리는 그 길을 밟을 수밖에 없다고 느껴졌다. 이미 몸은 벼랑 우에 닦아선 각오였다.

핸드백 속에 넣 둔 편지의 회답도 구태어 지저분한 글발을 늘어놓느니 보다 행동으로 보여 주었으면 그만 아닌가.

"어서 차표 사 주세요!"

"정말? 그럼 내 가서 사 올 테니 기대려!"

하고 태웅이 차표를 살어 간 동안에 사유리는 차라리 도망쳐 버릴까 하고 몇 번이고 푸들푸들 떨리는 다리를 꽉 짓눌러 세웠다.

차를 탔다. 차창으로 내다보이는 낯익은 거리거리가 가지가지의 추억을 자어 주는 꽃포기로 보였다.

'이것이 순정에 보답하는 길이었던가, 이 길밖에 없었단 말인가?'

사유리는 잘기잘기 혀를 씹으며 눈을 짓눌러 감았다.

우렁찬 고함을 지르고 사정없이 차는 미지의 나라로 떠났다. 순간 사유리는 화닥닥 일어나려 했으나 그것도 생각뿐이고 다리엔 한 옹큼의 힘도 없었다.

사유리는 어린아이를 버리고 떠나가는 어머니의 심정과 흡사한 비감에 벼락같이 눈물이 눈물이 술술 쏟아졌다.

'병보 씨! 부디 뜻을 이루어 주세요.'

눈물을 흘리며 흘리며 씻을 렴도 않고 사유리는 에누다리*를 하였다.

태웅의 우렁찬 말소리가 곁에서 들려오는 듯하였으나 알아듣지는 못하였다.

벌써 사유리에게는 히도미도 쓰바끼도 태웅도 없었고 오직 어린애같이 순진한 표정으로 곤히 잠들었던 어제밤의 병보의 얼굴만이 눈앞에 화ㅡㄴ 하게 떠올랐을 뿐이었다. (戊寅 秋 稿了)

* 에누다리 : '넋두리'의 평안도 방언.

석별가(惜別曲)

언젠가는 그것을 미워하지 않으면 안될 것으로서, 그것을 사랑하라. 그리고 또 언젠가는 그것을 사랑하지 않으면 안될 것으로서, 그것을 미워하라.

— 몽테뉴, 『수상록(隨想錄)』에서

어차피 도망치는 신세이긴 하나 그래도 떠나는 인사는 있어야 도리에 맞당하리라고 녹주(綠珠)는 간단히 몇 줄 적어 놓는다는 편지를 이럭저럭 열 장을 넘겼다. 마즈막 글자에서 손을 떼고 책상에 실었든 상반신을 일으키며 녹주는 저 모르게 자만한 한숨을 쉬었다. 이것으로써 성건(成健)과의 오 년 동안의 부부 생활도 종막을 고하는가고 생각하니 녹주는 무척 무겁든 짐을 부리워 놓은 듯한 시원함을 느끼면서도 한편으로는 굴네를 벗은 말 같아 장차 어디로 가얄지 앞길이 퍽도 허황하게 느껴졌다. 물론 윤규(允奎)가 언제든지 녹주 한 몸을 맡어 주겠다고는 하였고, 또 녹주가 이렇게 생각했든 것보다도 훨신 빨니 이 '무덤 속의 살림'을 박차게 된 것도 멀니서 윤규가 저를 알뜰히 기대리고 있다는 그 사실에서 원기를 얻은 때문이었음은 말할 것도 없으나 그러나 실상 이렇게 편지를 써 놓고 밤 도망을 치자고 하니 이유 없이 쪼껴나는 듯한 슲음과 함께 정드렀든 살림사리가 갑재기 무턱대로 그리워졌다.

무어 이제조차 성건에게 미련을 느낀다거나 인정을 두어 본다거나 해서가 아니라 비록 셋방일망정 녹주는 정드렀든 방을 떠나기가 괴로웠다. 결혼해서 이내부터 사느니 마느니 하여 거이 날마다 밤마다 울고 몸부림치고 하면서도 열아홉에서부터 스물넷의 오늘날까지의 여자로서는 가장 자랑을 느끼고 보람 있어야 할 꽃다운 시절을 녹주는 이 방에서 살어온 것이 아니었든가. 녹주는 이 방을 떠난다는 것이 변으로 안타까웠고 그래 급기야는 벽에 꼬친 모다귀가 천정에 뚜러진 조그마한 구멍에까지 애정이 느껴저 시름없이 그것들을 둘너보고 있는 동안에 어느듯 바람벽 저편에 성건의 환상이 떠올라 보여 녹주는 깜짝 놀라며 고개를 잘네잘네 흔들었다.

"안될 말이다. 이제조차 꼬물꼬물 망사려서는 안된다."

이렇게 녹주는 거이 입 밖에 내여 중얼거려서 자신에게 타일너 보이며 편지의 번호를 차례차례 맥였다.

채곡채곡히 쓴 것이 열석 장─간단히 몇 줄만 적자는 노릇이 무슨 사연으로 이렇게 열석 장으로까지 느러졌을까. 녹주는 의아하여 고개를 한 번 기우려 보았다.

당신과의 생활을 더 참고 견댈 수 없어 이 밤으로 나는 나 갈 길을 찾어 가니, 과히 나무래지 말고 당신도 부디 행복된 살림을 베프도록 하세요.

이렇게 간단하여야 할 편지였고 또 그렇게밖에 아모 말도 쓰지 말자든 작정이였건만 저 모르게 열석 장이 되었으니 이 열석 장이란 기리는 결국 헤여지자 헤여지자 하면서도 오 년이라는 세월을 한 방에서 함께 보내였든 그 시간이 남긴 생활의 띠끌들이나 아니였을까. 짜장 편지 속에 기록된 사설들은 오 년 동안의 동거 생활이 뿌린 띠끌들밖에 아모것도 아니라고 생각하여 녹주는 편지를 피봉에 넣어서 짐을 꾸리려고 이러섰다.

짐이래야 '스-쯔 · 케이스' 한 개와 적은 튜렁크 하나뿐으로 거기에 입든 옷가지와 화장품 등속을 집어넣었으면 그만으로 제가 떠난 다음에도 성건에게 필요할 물품이면 무었이든지 다 남겨두기로 하였다.

서로 베이고 헤여지는 차제니 네 것 내 것을 가리자고 하면 한정이 없는 것이어서 양복장이니 단스니 찻장이니 그러한 값진 것은 말할 것도 없고 그 외의 구접지근한 살림 기구 등속에 이르기까지가 성건의 손에서 울어난 것은 하나도 없고 모두 녹주가 시집올 때 갖이고 온 저금통장 신세를 진 것뿐이므로 야박스럽게 소유권을 따지자면 응당 녹주가 소유자 행세를 해야 할 것이로되 녹주는 어느 것에든 손을 대고 싶지 않았다.

무어 먼 길 떠나는 신세에 그런 것들이 거치장스럽다거나 그러한 단순한 생각에서가 아니라— 거치장스러우면 영마전에 넘겨도 그만일 것이지만— 워낙 탕아로 태여난 차부애 항산은 없고 게다가 주변성까지 없어서 녹주가 떠난 다음부터는, 잡지 기자의 쥐꼬리만 한 월급으로 입에 풀칠해 갈 수밖에 딴 도리가 없을 성건이를 생각해서였다.

녹주는 제가 도망친 후에 성건이가 족히 다시 안해를 맞어 살림을 베프러 볼 수 있을가 그것부터 의문이긴 했다. 하긴 천품이 돔·판으로 생겨 먹어서 여자라면 사족을 못 쓰는 판에 업친 데 덮치는 격으로 직업을 갖는다는 것이 또 여성 잡지의 기자여서 장안에서 한다 하는 게집은 다 께여 들고 있고 그중의 몇몇은 성건의 손아귀에 들긴 들었지만 그러나 돔·판이라는 것은 단순한 돔·판이지 돔·판이라고 수월히 안해를 맞어드릴 수 있으리라고는 생각되지 않었다. 아니 오히려 돔·판이기 때문에 안해를 맞어드리기가 어려울 것이오, 또 성건 자신도 각별히 안해의 필요를 느끼지 않을는지도 모른다.

그러나 그런 생각은 성건을 객관적으로 비판했을 때의 판단이겠고, 녹주의 처지로서는 역시 그렇게까지 성건을 퇴폐적인 인간으로 보기에는 마음 아리었다.

이렇게 성건을 옹호하고 변호하고 하지 않으면 안되는 것도 역시 그와 오 년간이나 부부라는 녹녹지 않은 인연을 맺어 왔든 미련에서 일까? 성건의 앞길이 뻔히 내다보이는데도 불구하고 녹주는 제가 도 망친 후에 성건이가 이내 결혼하여 알뜰한 살림을 베프러 주기를 바래였고, 또 그때에 다소의 도음이라도 되였으면 싶어서 몸뿐 빠져 나가기로 한 것이었다.

녹주는 튜렁크와 '스–쯔·케이스'에 대강대강 짐을 욱박어 넣고 다갈색 양장을 가러입고 시게를 보았다.

일곱 시 사십 분—아홉 시 발 봉천행 열차 시간까지에는 아직 시간 반이 남어 있었다.

녹주는 다시 책상 앞에 가 가만히 앉었다. 눈앞에 띠이는 쌔하얀 한 장의 봉투—그것은 표정부터가 너무 싸늘해 보였다. 녹주는 지난

오 년 동안에 거이 밤마다 늦게 도라오는 성건에게 야료를 부리고 작패를 뛰고 하였지만 오늘 밤처럼 한 장의 봉투로써 그를 철저히 구박한 적은 일찌기 없었다. 응당 받어야 할 구박이요 멸시이긴 하겠지만 그러나 윤규 — 윤규가 있으므로 해서 이렇게 도망칠 수 있다는 사실이 인제는 오히려 그를 괴롭게 하였다. 윤규가 없었던들 떳떳하게 도망할 수 있었을 것을, 윤규를 믿고 윤규에게로 달녀가는 바에야 돔·판인 성건을 나무랠 재격이 벌서 녹주 자신에게는 없는 것을 깨달었다. 그렇게 중대한 사실을 발견하자 녹주는 제의 생활따운 생활을 찾어 떠난다는 것과 성건의 돔·판 생활과의 사이에 대체 어떤 차별이 있을 것인가를 궁리하게 되였고, 결국 '생활따운 생활'을 찾어간다는 것은 음난한 제 행동을 합리화시키기 위한 구실에 지나져 안는 것같이 느끼어젔다. 성건에게 열석 장식이나 긴 사연을 느러놓으면서도 차마 윤규에게로 간다고는 못 쓴 것도 그 때문이 아니었든가.

착잡한 감정에 녹주는 한바탕 맴을 돌고 난 때처럼 눈앞이 어지러웠고 머리가 횅뗑하였다. 작구만 현기증이 이르켜서 얼빠진 사람처럼 멍하니 앉어 있는데 대문이 삐걱하고 멧센쟈-가 한 장의 편지를 던저 준다. 그것은 성건에게서 온 것으로 오늘 밤은 잡지사 일로 연회가 있어 늦게야 도라가겠으니 그리 알라는 사연이었다.

녹주는 흥 하고 저로서도 이해 못할 코우슴을 처 보았다. 아츰에 집을 나갈 때에도 알녀 준 일을 새삼스럽게 또 멧센쟈-를 보낸 것이 우수웠으나 그것은 성건의 언제나 하는 버릇이었다.

연회가 있다는 둥 야근을 한다는 둥 하는 것은 물론 거짓말일 게고 또 녹주는 거짓말인 줄 알면서도 오 년 동안이나 속아 왔지만, 알고도 속는 줄을 짐작하면서도 역시 거의 날마다 멧센쟈-를 보내군 하는 성건의 버릇을 녹주는 애정으로 이해해야 옳을까? 아침에 집을 나갈 때에 늦게야 도라오겠다고 닥처 놓고도 저녁이면 또 멧센쟈-를 보내는 버릇은 녹주에 대한 성건의 독특한 애정의 변모일 것임은 틀림없으나 그러면 그런대로 녹주를 제대로 사랑하면서도 이 여자 저 여자에게 덥적덥적 손을 대지 않고는 못 백여 나는 것은 또 어떻게 해석해야 옳을까? 처음에는 변태적인 애정에 일종 흥미까지를 느꼈으나 인제는 차라리 그 애정이 귀찮어저서 서로 헤여지는 것이 성건을 위하여서든 녹주를 위하여서든 좋겠다고 결심하고 윤규에게로 도망치기로 하였으나 정작 떠나는 마당에 이르고 보니 그 기괴하고 귀찮든 사랑이 인제는 절절히 온몸에 감겨드는 듯하였다.

속담에 '등치고 배 만저준다.' 는 말이 있드니 성건이야말로 등치고 배 만지는 수단을 쓰는 것이 아닐까? 녹주는 여자 조종술에 능난한 성건에게 문득 미덥성과 경멸을 한거번에 느끼며 책장 빼람을 열고 알범을 찾어내서는 초조하게 성건을 찾었다.

길숙한 통상에, 능능하게 소사오른 코, 귀인성 있어 보이는 입, 숫하고 진하게 도은 눈섭과 언제나 미소를 띠인 듯한 광채 있는 눈─건강한 체격과 아울너 암만 보아도 쾌남아따운 성건이다. 돔·판이면서도 한편으로는 어린애 같은 천진성을 지니고 있는 것은 그 눈 때문일 것이라고 녹주는 정신 뺏긴 채 사진 속의 성건을 마주 보다가 문득 사진에 정신이 팔녔든 자기를 깨닸고 놀래였다.

거리의 여자들이 성건의 풍채에 반하듯 녹주 자신이 상기 미련을 갖는 것도 역시 성건의 애정에 대해서가 아니라, 그 풍채 때문이였든

가고 녹주는 창황히 알범을 덮허 버리며 더 주저하는 겨를을 주지 안 으려고 용수철을 튕긴 듯이 벌떡 이러서 '스-쯔 · 케이스'와 튜렁크를 한 손에 하나식 드렀다. 그리고 스-쯔 · 케이스 든 손으로 미다지를 열었다. 어느덧 밖은 캄캄하게 어두었는데 입동 무렵의 냉랭한 야기 가 묵중한 무게로 방 안에 휘모라 들었다.

이 치운 밤에 나는 어디로 떠나려는 것인가 하물며 봉천은 얼마나 치웁겠기에—그러한 생각을 하다가 녹주는 성건의 자리를 까러 놓 고 가리란 생각이 들었다.

자리를 까러는 놓지만 밤늦게 드러와 안해의 도망친 것을 알면 아 모리 성건이라도 안온히 잘 수는 없으리라고 궁리하니 녹주는 성건 이가 측은도 하게 여겨저 까러 놓은 자리에나마 마즈막으로 잠시 누 어 보고 싶은 충동을 각까수로 억제하고 밖으로 나와 버렸다.

거리에서 지나가는 택시를 붙잡어 몸과 짐을 아울너 싯고 나서야 녹주는 비로소 인제 겨우 새 생활의 스타-트를 밟었다고 느끼었다. 그러나 오래동안 눈에 익었든 거리를 자동차는 사정없이 휙휙 뒤로 장사 지내 버리는 것을 보자 녹주는 문득 몹시 외로운 신세인 자신을 깨닫고 불각시에 자동차를 종노로 돌리라고 명령하였다. 종로에서 책점을 경영하고 있는 경혜를 맞나고 싶었든 것이다. 어찌되면 이번 이 서울을 영원히 떠나는 마즈막 길일지도 모르니 평소에 친히 단니 든 경혜를 맞나 떠나는 인사 겸 제 신세타령이라도 하고 싶어서였다.

자동차로 찾어온 녹주를 보자, "얘 오늘은 왜 이리 자동차를 잡숫 고 뻐기니." 하고 농을 처가며 반가히 맞어 주는 경혜를 녹주는 두말 없이 어서 차예 오르라고 서둘넜다. 긴장된 녹주의 표정을 보자 경혜는 지금껏 놓치든 태도를 갑자기 진실로 돌니며 지체 않고 차에 오르다가 튜렁크를 보고는 눈이 뚱글해졌다. 녹주의 생활의 구석까지를 알고 있는 경혜는 첫눈에 모다를 짐작한 듯, 차가 미끄러저 달리기 시작하자 녹주가 사연을 알엇슬 때에도 별반 놀라는 일도 없었다. 가히 놀랠 만한 일임에도 불구하고 경혜가 놀래지 안는 것을 보자 녹주는 문득 자기네의 지금까지의 생활에 이만한 변동이 생겨 맛당한 것을 이미 경혜까지가 알만한 정도로 모순이 심하였든가고 경혜의 침묵이 오히려 무기미하였다. 나히는 녹주와 동갑인 스물넷이지만 아직 미혼이여서 부부 생활의 경험조차 없는 경혜의 눈에까지 드러나 보였든 모순이였다면 이렇게 밤 도망을 치는 것도 당연한 일이라고 녹주는 순간에 자신을 변호해 보면서도 경혜의 태연한 거동이 어데까지든 불만이여서 내친김에 봉천으로 윤규를 찾어가노라고까지 말하여 버렸다. 그랬드니 경혜는 비로소 고개를 들어 룸 라이트의 히미한 광선으로 녹주를 마주 보며

"봉천으루? 윤규 씨께루? 잘 생각했다. 빚 쉐인 집을 떠받고 있을 장순 없느니라! 벌서 갓서야 할 게지!"
하고 오히려 찬성이다.

경혜의 말에 녹주는 또 한 번 놀래며 그럼 성건과 나와는 숙명적으로 헤여질 관계에 맺여 있었든가 하고 행결 안심이 되였다. 지금 자기의 행동이 무슨 자기의 의사로서가 아니라 운명의 지시를 충성되게 이행하고 있는 것만같이 느껴졌다.

역에 도착하니 찻 시간은 임박하였다. 녹주는 표 사는 사람들의 행렬에 끼여 몸을 비비대며 간신히 봉천행 차표를 사 들었다. 이 차표

하나이면 봉천까지 갈 수 있다는 생각에 문득 녹주는 편지 한 장으로 성건과의 오 년 동안의 부부 생활이 끊어지는 것과 이 차표 한 장으로 윤규와의 새로운 생활이 개시된다는 것이 암만 해도 진실 되게 믿어지지 않았다. 허긴 인간 생활을 너무 진실 되게 생각해 왔든 탓에 그렇게 여겨질 것이라고 이해는 하면서도 조희 조각 한 장으로 좌우된다는 인생이 차라리 우습광스럽기까지 하였다.

홈으로 경혜를 먼저 디려보내여 자리를 잡도록 하고 녹주는 혼자서 개찰구 앞에 장사진을 치고 있는 행렬 속에 끼었다. 시굴서 수학여행으로 올라오는 소학교 생도들보다도 그 수효가 많엄 즉한 이 사람들은 대체 어디로들 가는 것일까. 모다들 봉천행 열차를 탈 것임에는 틀림없으나 그러면 그들도 나처럼 도망을 치는 것이나 아닐까, 모주리 그러리라고는 생각되지 않으나 적어도 이중에서 한두 사람쯤은 도망치는 사람도 있을 상싶어, 녹주는 문득 그 사람을 맞날 수 있다면 하는 허황한 공상까지 품어 보았다.

개찰구에서 녹주는 역부에게 차표를 내밀었다. 역부는 차표를 받어 보고는 표를 찍기보다 먼저 고개를 들어 녹주를 마주 본다. 얼굴에 역부의 시선을 느끼자 녹주는 낯 따끈함을 깨다르며 외면을 하려니 눈앞에 웃뚝 마주서 보이는 것은 정복한 순사였다.

'순사!'

녹주는 순간 가슴이 서늘하였다. 여직것 한 번도 두려워해 본 일 없는 경관이였건만 녹주는 웬일인지 오늘 밤 따라 낯이 달어오고 가슴이 두근거리고 하였다.

구름다리를 거러가면서도 녹주는 순사가 저를 미행하는 것만 같아 전신에 가시 같은 시선을 인식하지 않을 수 없었다.

　녹주는 경혜를 맞나서야 겨우 마음이 눅으러졌다. 경혜는 약게도 침대를 하나 잡아 놓고 앉었다가 녹주를 보자

　"봉천엔 언제쯤 닷나?"

하고 물어, 녹주는 봉천이란 말을 누가 엿듯지나 않었을까 주위를 살피며

　"내일 오후 한 시!"

하고 가만히 대답하였다.

　"서울엔 언제 또 오련?"

　"글세 언제가 될지."

　녹주는 이번이 마즈막이라고 말하기는 차마 괴로워 아모렇게나 말하다가

　"다신 못 올지두 누가 알겠니."

하고 농담 비슷이 말해 보며 생글 웃으려 했으나 표정이 그만 어색해지고 말었다.

　"그런 못난 소린 작작하구 어서 윤규 씰 끌구 서울루 오너라. 상관 뭐냐?"

　"글세―."

하고 녹주는 씀씀이 앉었으면서도 경혜의 강경한 충고에 적지 아니 원기가 회복되었다.

　발차하라는 벨이 울자 경혜는 분주히 차에서 내려서 녹주가 앉었는 차창 밖으로 와 섰다. 녹주는 동무의 씩씩해 뵈는 양자를 잠작고 멀거니 바라보기만 하였다.

이윽고 기적이 요란하게 울어 녹주의 가슴을 뒤흔들어 놓았다.

"곳 편지해! 응."

경혜가 움직이는 차를 따라오면서 다지는데도 녹주는 고개만 흔들어 보였을 뿐이었다. 경혜와도 이것이 마즈막이라고 생각하니 녹주는 불각시에 눈물이 거침없이 소사올랐다. 눈물을 흘리면서 경혜에게 손수건을 흔들어 보였다. 경혜가 흔드는 힌 손수건이 멀니로 다려가는 나븨의 지치와도 같이 가믈가믈해 가다가, 마츰내는 어둠 속에 사러지고 말었다.

녹주는 절망을 느끼며 눈물 어린 눈으로 철도 연변에 산재해 있는 빨간 등불들을 바라보았다.

가정!− 초라한 오막사리 속에도 단락은 무르녹는 듯이 보였다.

차가 차츰 어둠 속으로 질주함을 따라 녹주는 제 코−스는 벌서 달리 변경식힐 수 없음을 굿세게 깨달으며 경혜는 지금 서울 거리를 활보하고 있으리라고 생각해 보았다.

서울에 머물너 있을 수 있는 경혜와 봉천으로 밤 도망치지 않으면 안되는 녹주와의 사이에는 벌서 간과할 수 없는 커다란 차이가 있는 것이 아닌가.

녹주는 문득 경혜를 맛났든 것을 후회하였다. 부부 생활의 경험조차 없는 경혜가 녹주의 심리를 이해할 턱없건만 그래도 녹주는 경혜의 격려에 무턱대고 원기를 얻었든 것이 그지없이 천박하였다고 느껴졌다. 처녀 시절엔 누구나가 다 가지는 허황한 이상주의적 견지에서 제멋대로 단안을 내리는 경혜의 말에 감지덕지했든 것이 한없이 경솔했음을 깨달었다.

열한 시가 다 되자 승객들은 양복을 벗고 침대 속으로 드러맥인다. 녹주는 그러한 사람들을 보자 비로소 저도 오늘 밤은 꼼작 못하고 여기서 한밤을 지내야 할 것을 깨닷고 문득 자리까지 까러 놓고 떠난 비들기 간 같은 방이 그리웠다. 삼십 촉짜리 전등이 켜 있는 채로 자리는 뷔여 있으리란 생각에 마음이 싸늘해 왔다.

이 모양 같아서는 도저히 잠이 이루어질 상싶지는 않으나 어쨋든 누어야겠다고, 녹주는 '스-쯔 · 케이스' 속에서 풍침을 뒤저 내려다가 문득 윤규의 편지를 발견하였다. 그리고 저는 지금 성건을 떠나 윤규에게로 가는 길임에도 불구하고 또 한 번도 윤규를 생각하는 일 없이 오로지 성건만을 생각하고 있었든 것을 새삼스럽게 깨닷고 놀라지 않을 수 없었다. 사람이란 행용 과거 속에 살기 쉬운 법이여서 성건과의 오 년 동안의 동거 생활이 그렇게 만들었을 것임이 짐작은 되나 그러나 이상하게도 윤규를 잊어버리고 있었든 것이 웬일인지 녹주를 불안스럽게 하였다.

녹주는 불안을 지워 버리려고 윤규의 편지를 페처 들었다.

…… 세상에 흔하디 흔한 단순한 남녀 관계에서가 아니라 진실로 녹주의 성격을 이해하고 영혼으로써 녹주를 사랑하는 저라고 윤규는 말하였다. 그리고 나서 한편으로는 그러한 녹주를 몰라주는 성건의 불찰을 책하며 다시, 그러므로 녹주를 사랑하는 것은 결코 친구 성건에게 대한 배신 행위가 아니오 차라리 성건으로서는 받어야 할 천벌이겠고 녹주로서는 밟어야 할 길이라고 열열한 문구가 중언부언 씨여 있었다.

문면에 나타난 표정으로만 따진다면 값싼 러브 · 레터-와 별반 구별될 데가 없었으나 그러나 녹주는 윤규가 저를 위하여 참된 의분을 품고 있다는 것만은 부인치 못하였다. 녹주가 윤규에게로 가기로 결심한 큰 원동역도 어찌 보면 사랑이라느니 보다 그 의협심에 감동되여서가 아닐까도 생각하여 보았다.

성건과 윤규와는 서로 막역지간이라거나 그렇지는 못하였다. 녹주가 알기에는 그저 안면이 있는 정도에 지나지 않았다. 그러나 삼년 전에 윤규가 녹주네 마즌편 집에 하숙을 하면서부터 성건과 윤규는 각금 갓치 단니게 되었든 것이다. 녹주가 윤규를 알게 된 것도 그러한 관계에서였고 그 후 좀 더 인간적으로 친밀해지기는 녹주가 리환을 알게 되면서부터였다.

그때 대학 병원 병리학 연구실에 단이든 윤규는 녹주가 리환을 알는다고 알자 자진하여 에메찐 주사를 노아 주었다. 윤규는 근무하는 시간 관계상 자연히 밤에야 오게 되였는데 올 때마다 성건이 없는 것을 알자 윤규는 그들 부부 사이에 틈이 버러진 것을 깨달었다.

허나 그렇다고 워낙 온건한 사상의 소유자인 윤규가 그 틈을 이용하여 사복을 채우려 한 것도 아니겠고, 녹주 역시 별다른 생각 없이 혼자는 심심하니까 윤규를 붓들고 이야기로 밤을 보내군 하였다. 그러면서도 열 시만 치면 윤규는 반다시 이러서는 것으로 예의를 삼었고 녹주 역시 그러는 것이 맛당한 줄로 알어왔지만 날이 가고 달이 바뀌는 새 시간은 차츰 연장되였다. 녹주는 윤규가 도라간 후의 혼잣 시간이 죽엄같이 괴로웠고 윤규는 윤규대로 녹주를 맛나지 못하는 밤이 사막같이 쓸쓸하였다. 그리하여 어느덧 저 모르게들 신세타령들을 느러놓게 되었다. 한편 성건은 녹주를 혼자만 남겨두고 밤 깊도록 노라 때리는 것이 미안하든 판에 녹주의 동무로 윤규가 나타난 것을 적지 아니 반가워하여 간혹 윤규가 오지 안는 밤이면 솔선하여 윤규를 데려다가 녹주에게 맛기고 저는 밤거리로 나가군 하는 것이었다. 그렇다고 성건은 맘속에 무슨 게획이 있어가 아니라 단지 임이대로 안심하고 싸단니고 싶어서의 한 술책이었고 윤규는 윤규대로 성건에게 달갑게 이용당하였다. 보통 사내라면 성건은 한번쯤은 녹주와 윤규와의 사이를 의심해 봐야 할 것이로되 성건은 녹주와 윤규를 아주 턱 믿어 버리고 말았다. 그 점이 성건의 독특한 성격이였고 또 천진스러운 미쩜이기도 하였다.

어쩻든 그렇게 이태를 지내는 동안에 녹주는 미주알고주알 성건에 대한 불만을 터러놓았고 그래 윤규는 들으면 들을수록 녹주를 동정하는 한편 성건을 경멸하지 않을 수 없었다. 허나 현재의 부부 생활에 불만을 갓기는 윤규도 마찬가지였다. 안해라는 것이 낫 놓고 기억 자도 못 그리는 일짜무식이여서 도저히 그와는 일생을 가치할 수 없다는 말하자면 남에게 숨겨야 맛당할 통사정까지 녹주에게는 거침없이 말하는 윤규였다. 그리하여 이 서로 사정이 비슷하다는 점이 윤규와 녹주로 하여금 급각도로 가까워지게 하였다. 그러나 워낙 내약한 윤규는 적극적으로 녹주를 빼아서 보려는 생념은 도저히 없었고, 녹주 역시 아모리 윤규에게 호의를 갓고 있다 하드라도 버젓한 남편이 있는 몸인 만큼 윤규를 사랑의 상대로 생각해 본 일은 없었든 것이다. 그러므로 둘의 사이를 연애 관게로 보기에는 너무 속단에 지나쳤고 그렇다고 단순한 남남지간만으로도 보기 어려운 아주 이상야릇한 상태에 처해 있었든 것이다.

그렇게 자기네들 자신조차 판단을 내리기가 까다로운 기괴한 상태에 처해 있을 때에 돌연 희순이란 사내가 나타났다.

희순은 지방의 신문 기자로 윤규와는 죽마고우였는데 마츰 상경하여 윤규의 하숙에 유하고 있는 동안에 윤규를 통하여 녹주를 알게 되었다. 희순은 본판이 지방 신문 기자라 높은 교양이 있을 턱없고 따라서 남녀 관계를 원시적인 방법으로밖에 달리 해석할 줄 모르는 사내였다.

그러한 희순이가 윤규를 통하여 녹주를 알게 되자, 또 녹주와 윤규와는 그야말로 순결한 사이라고 알자 오히려 윤규의 어리석고 어이없음을 자소까지 하면서 녹주에게 맹렬한 기세로 접근하려 들었다.

녹주는 촌띠기 희순의 그러한 행동을 보자 내심 냉소를 하면서도 돌연 나타난 한 마리의 사나운 야수를 쟁그러운 표정으로 스스로 달내 보려 하였다. 물론 녹주가 그러한 감정을 이르키게 된 데는 무의식적으로 잠재해 있든 윤규의 너무나 여성적인 약한 성격에의 불만을 품었든 반동이기도 하였다. 울적한 감정이 작구만 쌓여 가든 판에 희순은 풀 가마젔든 녹주의 정신을 흐터 놓았다. 그리하여 윤규가 출근해 있는 낮의 시간을 녹주와 희순이가 맘대로 이용하는 것을 알자 윤규는 비로소 제가 너무 점잖고 어리석었든 것을 깨닫게 되였다. 하잘것없는 의리와 신의를 지키고 있다가 뜻하지 않었든 희순에게 완전히 넉·아웃을 당한 꼴이 되고 말았다. 여기서 비로소 윤규는 제게 녹주를 사랑하는 열렬한 정열이 잠재해 있는 것을 깨달었든 것이다.

희순은 그러나 그저 그뿐 용무를 끝마치자 곳 시굴로 내려가 버렸지만 녹주와 윤규와의 오늘의 사이에 희순이가 결정적인 역활을 하였음은 물론이었다.

잠재해 있든 정열이 한번 폭발하자, 그것은 그칠 바를 몰랐다. 윤규는 맘속으로는 녹주를 제 안해로까지 결정하면서도 그러나 차마 입 밖에는 내지 못하였다. 윤규가 그렇게 내적으로 정열을 열소식히고 있을 무렵에 돌연 병원에서는 윤규더러 봉천 전염병 연구실로 가라는 사령이 내렸다. 안 갈냐면 안 갈 수 있는 사정이였고 또 녹주와 떠나는 것이 쓸아린 일이긴 하였으나 그러나 윤규는 떠나기로 작정하였다. 이대로 서울 바닥에 있어서, 혼자 달떠 해 하느니 보다 봉천으로 가서 편지로써 제 결심을 고백하려 하였든 것이다.

윤규가 봉천으로 떠나려는 바루 전날 밤 조용한 기회를 타서 윤규는 녹주에게 이번에 봉천으로 떠나기로 되였다고 말하였다. 돌연한 사실에 놀란 녹주는 그게 정말이예요 정말 떠나서요 하고 안타까이 반문하면서 거이 울상이 되였든 것이다.

윤규 떠난 후의 외로운 삶을 어떻게 지탱해 갈까 하고 녹주는 새삼스럽게 제 생활에 윤규의 존재가 컸든 것을 인식하게 되였다. 그리고 당사자들조차 용이히 판단키 어렵든 서로의 관계가 이별이라는 감상적인 어휘를 통하여 비로소 애정을 인정하게 되였든 것이다.

자정이 넘어서 성건이가 도라올 만한 무렵이 되자 윤규는 이러섰으나 이 방에 찾아오는 것도 이것이 마즈막이리라고 생각하니 좀체 나오기가 싫었다. 잠시 멍멍하니 서서 마주선 녹주를 바라보노라니 녹주도 그윽히 윤규를 마주 보고 있었다. 둘은 마치 말끔 보기 내기라도 하듯이, 이윽히 시선을 맞추고 섰다가 감정이 충격하는 순간에 약속이나 하였든 듯키 둘은 닦어 안었다.

불덩어리와 불덩어리가 맛부댔기는 듯한 격홍에 정신이 현혹할 지경이었다. 울넝거리는 심장의 고등을 서로서로 느끼면서 한없이 입설을 탐하였다. 오래오래 두고 기대렸든 희구가 가추어진 듯 기분이 흠짓하였으나 그러나 이것으로써 이별이라고 생각하니 석별의 정은 무한히 길었다. 윤규는 차라리 이 기회에 제 결심을 실토해 버릴까 하다가 이내 성건이가 도라올 것을 염녀하여 그대로 헤여지고 말었다.

윤규가 간 다음 녹주는 방바닥에 업더저서 혼자 몸부림치며 울었다.

새루 두 시가 넘어서야 얼건히 취하여 도라온 성건은 녹주가 울고 있는 것을 보자 곁으로 와 엉덩이를 툭툭툭 두들겨 주며

"녹주! 왜 울어? 오늘 밤엔 윤규 군이 안 왔든가? 난 윤규 군이 왔을 줄 알구, 야근하고 도라오다가 K군을 맛난 김에 안심하구 한잔 하구 왔드니 이거 미안하게 됐구먼."

하고 언제나의 수단으로 달래였다.

윤규라는 말에 녹주는 가슴 띠끔함을 느끼며 대체 이 사내는 제 안해를 남이 밤낮없이 대리구 놀아두 한 번 의심해 보는 일조차 없는 바보 못난이든가 하고 성건이가 나무래졌다. 윤규에게 입설을 허하였든 것이 양심에 가책을 받으면 받을수록 성건에게 대한 밤감이 커갔다. 그리하여 바작바작 타오르는 짜증을 부닥칠 데 없어 어리고 달내고 하는 성건의 허리를 찌릅떠 차며

"어서 나가 자빠저요! 이 바보! 돔판!"

하고 악성으로 악다구니를 써 보았다.

"왜 이려 글세! 윤규 군은 멋 허구 오늘 밤엔 안 왔든구!"

성건은 뒤로 나자빠질 듯하다가 다시 상반신을 이르켜 녹주의 곁으로 와 술 냄새를 드럭드럭 피며 또 궁둥이를 툭툭 두두려 주는 것이다. 녹주는 다시 차 버릴 수는 없었다. 성인이라면 성인이랄 수도 있겠고 바보라면 바보랄 수도 있는 성건의 태도에 평범한 녹주로서는 오직 부애가 날 뿐이었다.

　성건은 눕기가 바쁘게 수이 잠이 들어 버렸다. 녹주는 잠든 성건의 얼골을 시름없이 엿보고 있는 동안에 이해 못할 이 사내와 어떻게 한 세상을 사라갈까 하니 새삼스럽게 윤규 떠난다는 일이 안타까웠고, 그래 윤규를 골돌히 사모하다가 문득 언젠가 관상쟁이에게 사주팔자를 보였든 일이 생각키었다. 그때 관상쟁이의 말에 의하면 녹주는 여염집 안해로보다도 남의 첩이나 기생이 될 팔자라고 하였는데 그럼 나는 지금 팔자를 버서나지 못해서 이러는 것일까고 녹주는 저도 모르게 실소까지 하였든 것이다.

　윤규와 녹주가 그렇게 해서 헤여진 지도 이미 여덜 달―관상쟁이의 말대로 녹주는 정말 윤규의 첩이 되려고 이렇게 밤 도망을 치고 있는 자신을 기차 속에서 발견하고 녹주는 새삼스럽게 놀래였다.

　기차는 밤새것 어둠의 나라를 달내다가 날이 훤히 밝어서야 압록강 철교를 건네였다.

　녹주는 수면 부족 때문에 충혈된 눈으로 신새벽의 압록강을 멀거니 내다보다가, 이것으로써 인젠 고국과도 영원히 하직인가 하니 저 모르게 눈물이 비 오듯 하였다. 여지껏 한 번도 애착을 갖어 본 일조차 없는 고국이였건만 인제부터의 땅은 낯선 이방 땅이라는 생각에 뒤로 남겨두는 조선 땅이 무턱대고 그리웠다. 추잡하고 야만스럽다고 생각했든 조선 농민들의 오막사리까지가 기억에 남은 그림 속의 풍경처럼 포기포기 아름답게 떠올랐다. 더구나 벌서부터 차창으로 흔하게 눈에 띠이는 호복한 만주인들에 대한 진절머리 나는 인상이 녹주로 하여금 고토를 더욱 그립게 하였다.

안동현 세관에서 휴제품의 검사를 받으면서 녹주는 비로소 인제부터는 조선말이 소용되지 못함을 알았고 따라서 갑재기 '말하는 벙어리'가 되는 슲음을 뼈저리게 느끼었다.

기차는 다시 무변광야를 달리기 시작하였다. 차간에 빼곡이 드러찻는 흰 옷 입은 사람들은 어느새 감쪽같이 없어저 버리고 언제 바꼇는지 녹주의 좌우 사방에는 시펄한 호복의 무리떼 뿐이었다.

녹주는 살풍경한 환경 속의 자신의 고독에 질색하듯 몸소름 치며 봉천이란 곳은 이렇게 멀고 이렇게 삭막한 고장일까 하고 실망하는 것이었다. 봉천이라면 귀에 익도록 드른 고장이요 또 윤규가 거기에 가 있게 되면서부터는 꿈처럼 아름다운 도시리라고 상상하였든 것이나 실제로 닦처오는 봉천은 너무나 무참히도 녹주의 공상을 흐트러 줄 것 같은 예감이 작구만 들었다. 공상과 현실과의 거리는 어떻게 먼 것일까.

녹주는 도저히 단축식힐 수 없는 무제한으로 넓은 거리를 눈앞에 그려 보며 윤규와의 관게마저 환멸로 도라가면 어쩌나 하는 생각에 치가 부르르 떨니었다. 그때 차장이 와서 여러분 다음은 종점인 봉천 역이니 내리실 때에 잊어버리시는 물건이 없도록 하라고 주의식히는 바람에 문득 녹주는 이십 시간 여행의 피로도 깨달음 없이 가슴만이 콩 튀듯 하였다. 윤규를 맞나게 되었다는 기쁨도 아니오, 지루함을 버서나게 되였다는 즐거움도 아니오, 무었이라고 명상할 수 없는 불안에 가까운 감정이었다.

차라리 녹주는 어디든지 이 궤도가 계속된 데까지—아니 지구의 끝장에까지 한정 없이 달리여 주었으면 싶었다. 만약 봉천에 내렸다가 윤규가 역까지 마중 나오지 않았다면 그때에는 정말 어쩌나 하는 불안이 갑재기 소사올랐고 그와 동시에 인제는 이철 리 밖인 서울 거리에 남아 있을 성건의 환상이 핏뜩 머리속에 떠버려졌다.

퍼렁 마구자中國周衣가 넘실넘실 범람하는 낯설고 말 모르는 거리에서 혼자 방황하는 자신의 양자에 녹주는 치를 부르르 떨었다.

아편굴, 도박단, 마적, 요술쟁이……. 이런 무기미한 어휘들이 무질서하게 녹주의 머리속을 휙휙 스치고 지나갔다.

기차는 이철 리 장거의 여행을 무사히 마쳤다고 기세 좋게 우렁찬 기적을 울리며 프랫트·홈으로 드러선다.

녹주는 또 한 번 기적 소리에 가슴을 들북기이며 창밖을 내다보다가 가슴 찔끔하였다.

무었이라고들 지꺼리는지 홈에 고기 때처럼 밀리는 군중의 아우성! 아우성! 지옥의 아우성인들 저렇게야 무기미할까 알어들을 수 있는 인간의 지꺼림이 아니라 먹을 것을 놓고 서로들 겼고 틀고 하며 으르렁대는 야수의 포호같이 진절머리낳고 무시무시한 아우성이었다.

기차가 묵중한 체구를 홈에 턱 가루 갓다 대이자 와—몰녀드는 군중 군중!

무러 찢고 핥어 삼키고 차고 채우고 밟어 죽이고 하는 듯한 참혹한 비애의 포호! 마치 한 머리의 크낙한 벌레를 보고 몰켜드는 불가사리의 떼 산산이와도 같다. 저 무리 속에서 어떻게 윤규를 찾아낼 수 있을까.

녹주는 간신히 몸을 빠처 홈에 내리기는 내렸으나 어찌할 바를 몰라 다만 앞으로 뒤로 몰녀오고 몰녀가는 군중 속에서 쓸니듯 하며 망연히 윤규의 얼굴을 더듬고 있었다. 그러나 뭇 얼굴을 하나하나 바라보고 있는 동안에 어느듯 이 얼굴도 저 얼굴 같고 저 얼굴도 이 얼굴 같은 착각이 이르켜졌다. 그래 이번엔 먼 하늘만을 우러러보고 있노라니까 고층건물 저편에서 떠도는 구름가에 문득 윤규와 성건의 얼굴이 환등처럼 환이 나타나 보이드니 다음 순간에는 꼭 같은 얼굴들이 열이고 스물이고 백이고 천이고 작구만 기하학급수적으로 분렬되고 번식되고 하여서 마츰내는 하늘가에 또 하나 봉천역 프랫트·홈의 광경이 나타나 보일 뿐이었다.

— 작자 부기(作者 附記) : 이 소설(小說)은 이것으로써 완결(完結)된 것은 아니다. 그러나 이것만으로도 단편(短篇)을 이루었다고 볼 수 있겠기에 위선(爲先) 발표(發表)하고 기회(機會)를 보아 다시 계속(繼續)을 쓸 것을 말하여 둔다.

삼대(三代)

철학(哲學)은 과거(過去)의 불행(不幸), 미래(未來)의 불행(不幸)에서는 용이(容易)히 이긴다. 허나, 현재(現在)의 불행(不幸)은 항상 학(哲學)에게 이긴다.

—라·로슈프—코,『잠언록(箴言錄)』

아파-트의 오전은 이유 없이 소란하다. 바닥이 콩크리-트로 포장된 복도를 사뭇 배바쁜 걸음거리로들 오락가락하는 징 박은 구두 굼치의 딱딱한 음향에 형세(亨世)는 기어코 단잠이 바서지고 말았다.

그는 눈이 짜개지는 길로 이내 곁에서 자든 미례(美禮)를 더듬었다. 허나 미례는 이미 간 곳 없고 빈 이부자리만이 벗어 번린 뱀의 허물처럼 궁그리고 있었다.

순간 형세는 주인 없는 방에 혼자 남겨진 불안을 간얄피게 느끼며 고개를 비틀어 머리맡에 놓인 사발시계를 쳐다보다가 벌써 열 시가 넘었음을 발견하고 미례의 없어진 이유를 깨닫고 건성 고개를 끄덕였다.

미례가 출근한 것을 그제야 알아냈든 것이었다. 형세는 미례가 아까 잠든 제의 몸집을 대구 흔들며

"시간이 돼서 먼저 회사로 가니 푸짐히 즈므세요. 그리구 쇠 여기 있으니 가실 땐 잠거 주세요 네!"

이렇게 닥지든 말을 잠결에 들은 것이 이제야 꿈결같이 생각났다.

"체!"

형세는 약간의 불만을 느끼며 혀를 찼다. 비상시라도 유만부동이지 정월 초사흗날부터 출근을 하지 않으면 안된다는 미례의 신세의 공연한 짜증이 생겨지는 것을 무슨 싸라리맨에 대한 의협심에서가 아니라 단지 멋처럼의 아침에 미례를 빼앗긴 단순한 불평에서였다. 허긴 어제밤에도 미례가

"언제나 그렇게 각박한 건 아니구 금년은 전시가 돼서 그렇다우! 생각해 보세요! 만드러지는 간즈메[罐詰]라는 게 죄다 제일선의 용사들의 찬거리가 되는 게거든요. 그러니까 이를테면 우리두 싸움의 한 목을 담당한 병사인 셈이예요. 만약 우리가 하루를 더 쉰다면 제일선의 용사들은 그만큼 밸 주려야 할 게 안야요?"

하고, 필시 간즈메 회사 사장이 직원들을 모아 놓고 일렀을 그 말을 충실한 여사무원인 미례가 그 뽄대로 되푸리하는 것을 형세는 듣기는 들었고 또 그러긴 그렇겠다고 수긍까지 하였든 것이 생각나지 않는 배도 아니었다. 하지만 이태 동안을 담담히 사괴여 오다가 비로소 처음 잊을 수 없는 인연을 맺고 난 오늘 아침에 미례를 수월히 빼앗긴 것은 암만 해도 섭섭했다. 인연이란 것은 원체 야릇한 것이여서 형세가 미례와의 어제밤을 가지게 된 것도 전혀 '전시'의 덕분이기도

하였던 것이다.

어제— 마침 정초여서 오래간만에 미례는 하루의 자유로운 시간을 가질 수 있었고 형세는 또 형세대로 오래동안 졸업 론문 준비에 지쳤든 판이여서 둘이는 아주 한가로운 기분으로서 극장엘 가기로 했던 것이다.

영화관에 들어가자 양화가 곧 끝나고 뉴-쓰 영화가 이여 상영돼었다.

무려 수천의 기마병 대가 맹렬한 기세로 광야를 정벌하면서 돌연 스크린의 한복판으로 질풍같이 나타났다. 평화롭든 벌판엔 별안간에 휘호리바람이 휘모라치는 듯 정복의 의욕에 물닐 줄을 모르는 기마와 병사는 멀리 산 위의 적을 목표로 우뢰같이 휩쓸며 매진한다.

말은— 대가리를 뒤로 번쩍 제치며, 삼킬 듯이 아가리를 헤벌이며 앞가슴을 잔뜩 내솟고 네 굽을 볼 새 없이 놀리면서 공중을 나르는 듯, 땅에서는 난데없는 흙 연기만이 태풍같이 어즈럽게 뭉게인다.

기마가 앞으로 앞으로 내닷는 족족 벌판의 풀이 더부러지고 숲이 흩어지고 풀 속에 깃드렸든 짐승들이 난데없는 날벼락에 미친 듯이 이리저리 날뛰고— 허나 말 위의 용사들은 그것만으로도 유부족이여서 챗죽으로 말 궁둥이를 연방 호되게 갈기며 혁을 날내게 챈다. 그리하여 광막하든 황무지가 눈결에 정복되자 마즌편에 웃뚝 마주 서는 것은 험악한 산악이었다. 저 '산악의 반항'을 기마병 대들은 어떻게 처리하려나 하고 형세가 주먹을 불끈 부러 쥐여 보고 있는 동안에 날내는 대오(隊伍)의 중복판의 한 사람이 기다랗게 번득이는 칼을 높이 뽑아 들며 뭐라고 호령을 하자 (싸이렌트 영화였으므로 호령을 듣는 재주는 없었다.) 갓득이나 질풍같이 용감하든 기마병들은 더한층 자세를 도사리며 챗죽을 휘드르니 말들은 앞발을 번쩍 들며 놀랍게도 험악한 산을 향하여 덤벼 오른다. 말 발굽치에 채여 돌이 윙윙 나러나고, 바위가 급전직하로 굴러 떨어지고 그래도 기마병 대는 아랑곳 않고 상봉으로 상봉으로 산을 휩쓸며 올라간다. 나포레옹의 알프스 정벌인들 저렇기야 험악했을까. 형세는 정복의 아름다움에 정신을 송두리채 뽑히며 보고 있는 동안에 기마병 대는 수월히도 산의 반항을 정복하고 상상봉에 처올랐다. 산 넘은 편에 매복했든 적군이 창황하여 어쩔 줄을 몰라 쩔쩔매면서도 반항을 하나 기마병 대는 힘 안 드리고 적군을 소탕해 버리고 상상봉에 일장기를 꽂는 데서 영화는 끝난다.

형세는 지금 본 화면의 인상을 지워 버릴 수는 도저히 없었다. 다음 화면이 나타났으나 형세의 눈에는 역시 지금의 그 장면만이 떠버려저 보였다. 숨을 헐떡이며 주먹에 땀을 부러 쥐였든 것을 깨달은 것은 오랜 후의 일이었다.

물론 한 사람의 병사와 한 머리의 기마로 본다면 거기에는 더할 수 없는 고난과 고초가 였보이기는 하나 수백이 한 덩어리로 엉크러져 산과 들을 정복해 나가는 거기에는 고난인세레 오직 정복의 찰란한 아름다움밖에 없어 보였다.

형세가 그 화면에서 그만치나 강렬한 인상을 받게 된 것은 혹은 그 직전의 영화에서 인생의 소극적이고 퇴패적인 장면만을 본 그 반항이었을는지는 모르나 어쨋던 이상한 흥분으로서 절실히 몸에 배여드는 정복감에는 괜스리 팔다리가 수물거렸든 것이다.

오랜 시간을 두고─다른 영화가 상영되는 동안에도 형세는 줄곳 아까의 화면만을 머리속에 그려 보고 있었다. 시간이 끝나고 미례가 일어서기를 재촉하였을 때에야 형세는 비로소 미례의 존재와 함께 뉴-쓰 영화에 취해 있었든 저를 깨달으며 밖으로 나왔다.

그러나 거리의 레스트란에서 미례와 함께 식사를 할 때에 형세는 다시 '정복의 장면'에 취해 버리지 않을 수 없었든 것이다.

"뭘 그렇게 골돌히 생각하세요?"

마침내 미례가 묻는 말에 형세는 잠간 당황하였다가 이내 겸연쩍은 어조로

"정복의 아름다움을 오늘에야 절절히 깨달았어!"

하며 미례를 마주 보았다.

"아까 그 기마병 대의 영화에서 말씀이죠?"

"그래, 보는 사람이 그만치 감동될 젠 실상의 병사들은 얼마나 상쾌한 것일가."

"그보다두 전 피정복자의 입장에서 생각해 봤어요. 정복이 그만치나 철저한 것이라면 정복되는 편으로도 오히려 상쾌할 것 같았어요! 찰란이라는 문구의 참된 뜻을 오늘에야 알아보았어요!"

하며 형세를 빤히 처다보는 미례의 눈에는 고혹적인 광채가 어리여 있었다.

형세는 유난스럽게 빛나는 미례의 눈에서 또 한 번 정복의 쾌감을 맛보며 말 다리같이 굼틀거려지는 자기의 사족을 느끼었다.

식사가 끝나고 다시 거리에 나섰을 때에도 둘의 가슴에서는 정복, 피정복의 쾌감이 좀체 사라지지 않았다. 몇 군데 찻집을 도랐을 때에는 밤도 임이 깊었고 서로 헤여져야 할 마당에 이르자 또 한 번 새삼스럽게 정복의 화면이 생각되여서 형세는 기마를 달래듯 미례를 달

래여 미례의 아파—트로 오게 되였든 것이다.

─그러한 어제밤의 웃읍광스런 경험을 되푸리하며 형세는 옷을 주서 입고는 방에 쇠를 잠그고 거리로 나섰다.

정월 초사흗날이라 여니 해 같으면 상기 거리에는 새해의 기분이 풍비할 것이나 때가 전시래서 거리는 오히려 적막하여 쌀쌀한 바람만이 아스팔트의 먼지를 휘모라친다.

형세는 어디로 갈까 하고 잠간 망사렸으나 역시 집으로밖에 갈 곳이 없었다.

집으로밖에 갈 곳이 없다는 생각이 형세를 몹시 우울케 하였다. 상기껏 탕건을 짓눌러 쓰고 밤낮 사랑간에 도사리고 앉아서 사서삼경만 숭상하고 있는 아버지라든가, 요새로 유난스럽게 우울병이 심해 가는 한때에 투사이든 형 경세(經世)라든가, 곰처럼 비굴해 보이는 안해 정숙(靜淑)이라든가, 형세와 경세를 한갈같이 사랑스럽지 않게 여기는 주제넘은 형수라든가─ 가족은 모두가 형세에게는 시금직한 화상들이었다. 집으로 가느니 어디 친구라도 찾아갈가 했으나 공교롭게 방학이여서 다들 고향으로 돌아가 버리고 없었다. 마지못해 형세는 떨지—한 걸음거리로 집으로 돌아오기로 하였다.

큰 대문께로 해서 사랑 앞을 지나다가 형세는 문득 사랑문 앞에 놓인 다 해여진 시대화를 발견하고 문칫 걸음을 멈추었다. 그 시대화는 틀림없는 형의 것인데 형 경세가 사랑에 나왔다는 것, 도저히 믿을 수 없는 일이었기 때문이었다. 더구나 아버지의 경제화와 가즈런히 놓여 있는 것이 형세를 더욱 놀랍게 하였다.

아버지가 경세와 따뜻이 이야기하는 것을 형세는 아직껏 한 번도 본 길이 없었다.

아버지— 구한국 시대에 병조판서를 지내든 아버지는 정변 때문에 벼슬을 떼우고 사랑간에 들어앉게 되자부터 주소로 연연해 하는 것은 벼슬에 대한 미련이었다. 높은 자리에 도사리고 앉아 하속배에게 호통하든 그 시대를 잊을 수 없었든 것이다. 그래 판서 영감은 욕망을 아들에게서나 채워 볼 작정으로 경세를 내지 유학까지 시키며 거기에 전 촉망을 붙였든 것이다. 허나 경세는 대학 이 학년 때 시대의 유령에 휩쓸려 껏득거리다가 자유를 빼앗기는 몸이 돼였고 거기서 삼 년을 살고 나서도 이내 집으로 돌아오지는 않았다. 이에 판서 영감의 슬픔과 절망은 컸든 것이다. 그러므로 그 후 시대의 정세가 바뀌여 경세가 육 년 전에 돌연 귀가하였을 때에도 판서 영감은 아들을 쓴 도라지 보듯 하였고 또 육 년 되이는 오늘날까지에도 그가 아들과 마조 앉아 담화를 한다든가 하는 일은 통이 없었든 것이다.

그러한 사이인 아버지와 형이 이제 뜻밖에도 사랑에 마조 앉았을 것을 상상하고 형세는 몹시도 어울리지 않는 장면을 그려 보면서 잠시 거기에 망서리고 서 있었다.

사랑에서는 얼마간 잠잠하다가 문득

"가부간에 대답을 하라무나!……. 내 생각 같아서는 불감청이언정 고소원이라 네 편에서 망사릴 건 없을 것 같구나! 초봉으로 칠십오 환이라면 봉급으로만 따저도 결코 적은 편이 아니겠고 (그야 월급으로 보가사리를 하려고는 생각도 않는다마) 또 직함은 본부 사회과 촉탁이라지만 촉탁이라는 벼슬이 명색뿐이지 실상 보는 일은 별로 없고 가끔가다 연설 마디나 했으면 그만이라니까……."

하고 전에 없이 부드러운 목성으로 타일는 듯 설복하는 아버지의 말이 들려나왔다.

형세는 그 한마디로 모든 것을 짐작할 수 있었다. 아버지는 벼슬에 대한 욕망을 아들에게서 채워 보려는 기대를 상기도 포기하지 않은 모양이었다. 형세는 형의 국민복 차림새로 연단에 나섰을 광경을 잠시 상상하고 시니칼한 웃음을 웃어 보면서 형의 대답에 귀를 바짝 귀우렸다. 그러나 형은 가타부타 소리 없는 모양으로 아무 말도 들려나오지 않았다. 형세는 호랑이 앞에 나선 개 모양으로 고개를 수그린 채 쭈구리고 앉아 있을 형의 형상을 그려 보는데 다시 아버지가

"어서 대답을 하려므나……. 윤판서 영감께서두 널 특별히 생각하시구 알선해 주신 게니 남의 호의를 무시하는 것도 사람된 도리가 아니겠고……."

하고 처음에는 좀 명령적인 어조이다가 나종에는 애원쪼로 변한다.

"이삼일간 생각하도록 여유를 두서 주십시우."

경세는 겨우 이 한마디를 그것도 아주 나즌 목소리로 들릴락 말락 하게 말한다.

아버지는 아들의 말에 못마땅한 듯이 얼마를 움두쿰두 없이 있다가

"그럼 잘 생각해 봐라……. 허지만 달리 여러 가지루 생각 말구 천재의 일우를 놓지지 않도록 해라. 내 그동안 윤참판 영감껜 뭐라구 핑곌 대 둘 테니……."

하고 마치 감판 사나운 아기라도 달래듯 온공히 말한다.

형세는 아버지 말대로 짜장 형에게는 좋건 궂건 간에 천재의 일우인 취직처임은 틀림없다고 생각되었다. 사실 시대가 바뀌고 사람이

발라지고 했으니 말이지 붉은 사상의 세례를 받은 경세를 촉탁으로 써 준다는 것은 어림도 없는 일이 아닌가!

형세는 새삼스럽게 시대가 대담하게 변천되였음을 느끼며, 세상이 그렇게 바뀐 줄도 모르고 아버지는 닷자곳자로 벼슬 숭상만 하는 것이 어이없게도 딱한 존재로 여겨졌다. 형 경세를 촉탁 자리에 앉혀 보는 것도 우습광스런 일이어니와 아버지가 바로 내 아들은 본부 촉탁 나리요 하고 배통 내밀고 혹세할 것은 더더구나 웃으운 일 같았다.

형세는 그만 엿듣고 건넌방으로 들어오니 안해 정숙은 송구리고 앉아서 바느질을 하다가 거이 무표정한 얼굴로 살멋이 일어서며

"인제 들어오세요?" 할 뿐이다.

형세는 대답조차 귀찮아 잠작고 책상 앞으로 가 앉았다. 남편이 밖에 나가 밤을 새고 들어와도 일언반사 불평을 토설할 줄 모르는 안해의 태도를 아버지는 부덕(婦德)이라고 해석할는지 모른다. 칠거지악(七去之惡)에도 '투거(妬去)'라고 하여 안해된 몸으로 지아비에게 질투를 해선 절대로 못 쓴다고 했으니까.

하지만 형세의 눈에는 안해의 그 부덕(婦德)이 비굴(卑屈)로밖에 보이지 않았다. 그것은 동물적인 굴종이었다. 돌아가신 어머니가 항상 굴종으로써 자기의 현재의 지위(동물적인)를 무난히 옹호해 가려든 것과 마찬가지로 정숙도 역시 그런 것이 틀림없다고 생각되었다. 짜장 형세 자신은 안해와는 야욕적인 교섭을 제하고는 아모런 거래도 없었든 것이다. 형세가 안해를 맞은 것은 열일곱 살 때의 일이니까 벌써 칠(七) 년이 되였으나 그 칠(七) 년 동안에 그는 안해를 '말하는 동물'로밖에 보아 오지 않았다. 아버지의 억지에 못 이겨 지은 결혼이

므로 이제조자 책임을 느낄 필요도 없게 여겨졌다. 형세는 일체의 과거를 부인하면서 미례와의 새로운 출발만을 생각하면 그만이라 하였다.

형세가 그러한 생각에 잠시 취해 있는데 마당에서 발자국 소리가 나기에 내다보니 어느새 사랑에서 들어왔는지 형은 퇴마루에 웅숭구리고 앉아서 해볕을 쪼이고 있었다. 그 꼴악선이가 하두 어이없어 형세는 희랍 철학자 '지오게네스'를 연상하며 형에게도 역시 볕은 필요한 모양이라고 혼자 웃었다. 그리고 나서 얼마 후에 다시 내다보니 이번엔 이외에도 형은 제 아들인 영훈(永勳)을 안고 있었다. 형이 아이를 안아 보기는 오늘이 처음이므로 형세는 더욱 이상히 여기며 그냥 형을 직혀보고 있었다.

영훈은 난생 처음 아버지에게 안겨 보니까 반가움보다도 오히려 어색하고 두려워하는 기색이 얼굴에 충만하였고, 형 경세는 아기를 안기는 안았으면서도 역시 예전이나 다름없이 시무룩한 표정으로 먼 산만 바라보고 있으므로 마치 곰이 강아지 새끼라도 안은 듯이 어울리지 않았다.

형은 그러한 채로 얼마를 멀거니 있다가 문득 무슨 생각이 났든지 아이를 달래며

"애 너 몇 살이지?"

하고 퉁명스럽게 묻는다.

영훈은 뜻밖의 질문에 잠시 공포에 찬 눈을 어릇뚜릇하다가

"다섯 살!"

하고 대답한다. 그리자 형은 또다시

“너 몇 살이지?”

“다섯 살!”

하고 아이는 아까보다는 높은 어조로 대답하였다. 그래도 그는 또다시

“너 몇 살이지?”

하고 무뚝한 표정을 조곰도 누그리는 일 없이 곱캐여 묻는다.

“다섯 살!”

“너 몇 살이야?”

“다섯 살이래는데!”

“너 몇 살이지?”

“씨! 다섯 살이래는데—”

아이의 얼굴에는 확실히 불평과 분노와 공포의 표정이 서리어 있었다. 그래도 경세는 아랑곳 않고

“너 몇 살이지?”

“씨 다섯 살이야! 다섯 살!”

그래도 또 먼 산만 바라보면서

“너 몇 살이지?”

그러니까 아이는 더 참고 견딜 수가 없어 얼굴을 찡그려 울상이 되며 울성으로 간신히

“다섯 살이래는데—”

하며 눈물과 공포에 찬 눈으로 아버지를 마주 처다본다. 그 얼굴에는 도저히 더 감당해 낼 수 없는 곤궁한 빛이 차 있었다.

그러건만 경세는 사정없이 또 한갈같은 목성으로 천연스럽게

“너 몇 살이지?”

하니까 이번엔 영훈은 아ㅡㄱ 벼락같은 소리를 지르고 통곡을 하면서 경세의 품에서 벌떡 뛰어나 대청으로 해서 큰방으로 달아나 버린다. 갑자기 고요하든 집 안에 통곡하는 아이의 우름이 처량하기까지 하였다.

형의 그러한 꼴을 처음부터 엿보고 있었든 형세는 그 너무나 어이없음에 실소치 않을 수 없었다. 다섯 살이라는 말에서 형은 침체한 자기 생활의 육 년간을 연상한 것임에는 틀림없으나 한번 품었든 시대에의 신념을 마치 영원불변의 신주처럼 고집하는 농간 없는 형의 성격이 아이를 달래는 태도에까지 나타난 듯이 보여 형세는 새삼스럽게 형에게 대한 경멸감이 느껴졌다. 형세는 와락 달려 나가서 형의 뺨이라도 갈겨 부치고 싶었다. 허나 형세보다 먼저 큰방 형수의 입에서 공격의 폭탄이 터저 나왔다.

"아니 원! 애비 구실을 못할망정 애길 울려 놀 건 뭐란 말요. 글쎄!"

그래도 경세는 들은 척 만 척 무안한 낯색조차 었이 아무룩히 앉아서 먼 산만 바라보고 앉았는 꼴이 흡사 바보만 같았다.

그러한 집안 분위기의 도시가 질식할 지경이여서 형세는 훌쩍 일어서 외투를 걸치며 밖으로 나섰다. 등 뒤에 안해의 차디찬 시선을 바늘같이 느끼면서 형세가 중대문을 막 나서는데

"형세!"

하고 형이 부르는 소리가 들려왔다.

형세는 잠시 발을 멈추고 형을 돌아서 마주 보다가 가만히 형의 곁으로 왔다.

아마 아까 그 취직일로 제 의견을 물으려나 부다 했든 것이다. 허

나 형은 그 일은 감쪽같이 숨기고 곁에 놓인 신문을 잡아다려 정치면을 가르키며

"너 이 구주 정셀 어떻게 생각하니?"

하고 묻는다.

경세는 이와 꼭 같은 질문을 형세에게 벌써 세 번씩이나 물은 일이 있었다. 또 아이를 울리든 식이 나왔구나 생각하면서 형세는

"무얼 어떻게 생각하겠어요. 모두들 영토적 안심에서 나오는 침략과 그 침략을 물리치려는 대립과 두 가지로 난울 수 있으니까 결국 힘센 자가 이길 따름이겠지요. 형님은 또 무슨 딴 견핼 가지구 계시우?"

하고 일부러 형의 비위를 거스러처 보려고 과장해 말하였다.

"⋯⋯⋯⋯⋯."

허나 경세는 손끝으로 밤송이같이 뾰죽뾰죽한 턱 아랫수염을 쓸쓸 쓸 뿐 아모 말도 없었다.

형세가 중학교에 다닐 때 내지서 가제 집에 돌아온 형은 아우를 붙잡고 곳잘 변증법이 어떠니 유물 사회관이 어떠니 하고 지식을 휘두른 일이 있었다. 사실 그때만 해도 경세에게는 사회적인 어떤 확고한 신념이 있었든 것이다. 허나 그로부터 육(六) 년이 지낸 오늘에는 형은 놀랍게도 변하여 가는 새로운 사실 앞에서 오직 자기의 품었든 신념에의 회의와 고민을 거듭하면서 인제는 좀체 입을 열지 못하였다.

경세가 사회과 촉탁의 의자를 차지할나면 차지할 수 있는 것도 벌써 사회 정세가 그만치 전환된 증좌임에 틀림없었다.

형세는 자기 신념에 대한 자신을 잃어버려 가는 형을 보는 것이 무한한 재미였다. 아니 보다도 형이 지니고 있든 지식 혹은 신념 그것

이 몰락하여 가는 것을 보는 것이 여간한 흥미가 아니었다. 그것은 또한 질서의 파멸에 대한 예찬이기도 하였다.

형은 2 + 3 = 5를 어디까지든지 믿어 왔다. 그리고 사실 그러한 시대가 오래—너무나 오래 계속되였든 것이다. 그러므로 사람들은 2 + 3 = 5를 굳세게 믿으면서도 거기에 적지 않은 염증을 느낀 것도 사실이었다. 거기서 비로소 사람들은 2 + 3 = 5로서는 해결할 수 없는—다시 말하자면 2 + 3 = 5가 되는 질서를 파괴하는 비상시라는 것을 무의식중에 갈망한 것이 아니었을가(물론 갈망한다고 기적처럼 올 것은 아니지만). 그리하여 만인이 학문의 위력을 확신하는 그 절정에 도달하였을 때에 무질서의 시대가 영웅처럼 나타난 것이 아닐가. 따라서 경세가 새로운 사실에 아연실색하는 반면 형세는 농간 없는 형을 비웃으면서 새날을 환영하지 않을 수 없었다. 누구는 삼십(三十) 년대와 이십(二十) 년대 사이에 언어가 통치 않는다고 했지만 형세의 생각으로는 오히려 문제의 출발점부터 부인하고 싶었다. 왜냐하면 오늘에는 벌써 삼십(三十) 년대의 언어는 이십(二十) 년대에게는커녕 삼십(三十) 년대인 그들 자신에게까지 통치 않을 것이니까. 아니 언어란 언제나 질서를 설명할 수 있는 것이지 결코 무질서까지를 설명할 수는 없는 것이니까.

그러한 것을 생각하며 형세는 옛날과는 달리 경세가 입이 무거워졌음을 차라리 현명타고 생각하였다. 사실 발언권을 학탈당한 형에게는 무슨 말을 할 권력도 거리도 없을 것이었다.

경세와 형세는 한참이나 말이 없었다. 이윽고 형세가 말을 헐었다.

"형님은 오늘의 시대를 부정(否定)의 시대라고 생각하시나요, 혹은 긍정(肯定)의 시대라고 생각하시나요? 전 그것이 가장 요긴한 문제라고 생각하는데요."

"부정이라든가 긍정이라든가 한 것을 일언(一言)으로 말할 수는 없겠지! 어느 사회를 물론하고 사회란 한 음직이는 물건이요 음직이는 것에는 언제나 부정적 측면과 긍정적 측면이 있으니까."

"그야 그렇겠죠. 하지만 지금의 사실을 부정해야 옳겠는가 혹은 긍정해야 옳겠는가 말이죠."

"글세………."

하고 경세는 둔탁한 표정으로 생각에 잠겨져 버린다.

"형님은 어떻게 생각하실지 모르지만."

하고 형세는 말을 계속한다.

"저로서는 이 사실을 긍정하고 싶습니다. 아니 긍정하지 않을 수 없다고 생각합니다. 왜냐면 우리가 이 사실을 긍정하고 안 하고 와는 아모런 관계없이 사실은 사실대로 전개될 것이니까……."

"그러나 이 사실 속에서 질서를 추려내는 것이 성인의 임무가 아닐가?"

"그렇겠죠. 하지만 지성이라는 것이 시대적인 운명 앞에서는 아무런 힘도 용납되지 못했든 것을 우리는 얼마든지 역사에서 찾아볼 수 있지 않아요?"

"운명?"

하고 경세는 운명이란 말에 의심을 가져 본다.

"그렇지요 운명이지요. 오늘의 사실도 틀림없는 운명적인 것이라고 보는 것이 타당하겠지요. 운명이란 말은 필연이라는 말과 상통된다고 전 생각해요. 성자필멸(盛者必滅)의 불교적 관념(佛敎的 觀念)으로 보나, 극성즉쇠(極盛則衰)한다는 유교적 관념(儒敎的 觀念)으로 보나, 혹은 형님이 늘 말씀하시든 변증법적 론리로 보드라도 질서의 뒤에는 반듯이 ─ 필연적으로 무질서의 세계가 올 것이 아닐가요."

"허나 그 무질서를 지성의 눈으로 질서의 세계에까지 지양시키는 것이 지식인의 해야 할 임무가 아닐가?"

"건 이상이겠죠. 적어도 사회의 운동은 그 자체의 운동 론리로써 움직이는 것이요, 움직인다는 것은 힘과 힘의 싸움을 의미하는 것이니까 단순한 지식의 힘만으로서 그 힘을 이겨낸다는 것은 도저히 어려운 일일걸요."

"…………."

경세는 입을 다문 채 아무 말도 없다.

"운명 ─ 현대야말로 틀림없는 운명의 시대라 하겠지요."

하고 형세는 다시 계속하였다.

"운명이라는 말을 형님은 우습게 생각하실지 모르겠습니다만 운명을 부인한다는 말은 동시에 변증법을 무시하는 말이라고 해도 과언은 아닐 겝니다. 왜냐하면 운명이란 말은 사람의 힘으로는 어떻걸 수 없는 운동의 론리를 말하는 것이니까. 그러므로 '운명'을 고처 말하면 변증법의 걸어가는 코-스라고 해도 좋겠지요."

"그렇다면 이 세상엔 지식과 노력의 필요가 없을 게 아니냐?"

"천만에! 주어진 운명의 권내에서 그것을 잘 이용해 가는 덴 지식이 절실히 필요하겠지요. 결국 사람은 오늘을 가장 즐겁게 보람 있게 살아가면서야 비로소 내일을 생각하도록 마련된 것이 아닐가 해요.

대체 먼 장래의 일을 누가 알겠습니까. 과거의 수다한 철학자들이 미래를 알아보려 애썼지만 아무도 모르지 않았어요. 가령 우리가 우리의 죽을 날을 안다고 합시다. 그러면 살아간다는 것이 얼마나 두렵고 괴로운 일이겠어요. 오늘밖에 모르기에 살아가는 재미가 있지 않을가요? 따라서 오늘의 일을 가장 옳다고 긍정하는 것이 가장 현명한 처세술이겠지요. 대체 선악의 기준을 어디다 둔단 말입니까 선악의 기준부터가 시대를 따라 변천되는 겐데……."

"네 말대로 하자면 오늘에 승리하는 자가 역사상으로도 승리하는 폭이 되겠구나?"

"물론이죠. 승리란 항상 반복되는 것이니까 오늘의 승리가 내일엔 패부의 비운을 면할 수 없지만 적어도 오늘에 승리한 것은 오늘의 선이겠죠. 선이니 악이니 승리니 패부니 하는 것은 결국 힘의 문제니까요."

경세는 다시 말이 없었다. 형세도 형의 옆얼굴을 바라보며 잠시 가만히 앉아 있었다. 허나 형세는 몹시 유쾌하였다. 그는 형의 묵묵부답하는 태도를 지식의 패부로 돌렸다. 리론적으로 싸운다면 형이 저보다는 월등하게 배승할 줄 알면서도 형세는 거이 생리적으로 형에게 대한 우월감을 느끼었든 것이다.

경세는 그러나 아우처럼 새로운 사실에만 취할 수는 없었다. 형세는 형의 그러한 양심적인 고민을 엿보고

"세상에 양심을 고집하는 것처럼 미찌는 일이 어디 있을라구요! 혼자서만 어질[賢]려고 하는 사람처럼 어리석은 자는 없다는데. 첫째 신념이란 것도 사회의 경험에서 얻은 것인 이상 신념도 자꾸 변해 가야만 옳겠죠. 형님은, 어떤 시대의 '이성(理性)'을 그대로 다음 시대에까

지 고집하고 있으면 모르는 결에 그것이 '감정(感情)'으로 변해 버린다는 걸 생각해 본 일은 없으서요."

하고 형에게 물었다.

아우의 말에 경세는 가슴이라도 찔리운 듯이 잉큼 놀라며 머리를 들었다.

형세는 문득 어제 본 뉴-쓰 영화의 장면이 회상되었다. 일 초도 유여 없이 절박히 달려오는 현실의 힘을 형은 어떻게 막아 보려는 것일가.

"집에만 앉아 계시지 말구 더러 전항 뉴-쓰 같은 것도 구경하시우! 절박한 현실의 상징을 거기서 찾아볼 수 있드군요."

하고 말하였으나 거기에도 형은 아무런 댓구도 없이 천치같이 펄작히 주저앉아서 눈만 무겁게 떴다 감았다 하였다.

형세는 형 앞에 더 앉았을 흥미를 잃어서 벌떡 일어서며 일어서는 서슬에

"흘러가는 물에 곰팽이 쓰는 법 없다구 사람은 항상 현실에 대해 충실히 활동할 필요가 있을 것 같애요."

하고 형세는 형의 취직에 대한 암시적인 말을 던졌다.

그 순간 경세는 일어서는 아우를 반사적으로 치켜보며 팟팟한 표정으로 무엇인가 중대한 결의라도 말하려는 듯, 잠시 입 가장자리를 실룩거리다가 그대로 입을 꽉 다물어 버리고 만다. 형세에게는 순간 형의 입설이 퍼들퍼들 떨리는 것처럼 보였다. 그래 잠시는 먼히 선 채 형의 말 나오기를 기대렸으나 이미 형은 굳은 침묵의 껍질 속에 사족을 가믈어치고 만 듯하였다.

거리로 나오자 형세는 미례에게 전화를 걸었다. 미례는 아침에는

실례하였다고 말하면서 네 시 반에 다방 '향원(香園)'에서 만나자는 부탁이었다.

남은 시간 반을 거리에서 보낸다는 것도 지루한 일이어서 형세는 어제의 뉴-쓰 영화의 감명을 새로히 되씹으면서 가까운 극장으로 들어갔다.

오늘도 또 마츰 뉴-쓰 영화 시간이었다. 영화는 역시 제일선의 전항 뉴-쓰로 어덴지 지명은 알 수 없으나 커다란 도시가 폭격당하는 장면이었다.

맨 처음엔 말리장성인가 싶은 철벽같은 그야말로 란공불락의 성벽이 나타나고 그다음으로 차츰 고색이 창연한 고루거각이 나타나고, 시가지가 나타나고, 성벽을 의지 삼아 진을 친 적의 군사들이 나타나고— 가장 평화스럽게 보이는 도시의 창공에는 돌연 으르렁거리는 폭음과 함께 행열도 정연한 열두 대의 황취(荒鷲) 폭격기가 제비처럼 나타나더니 갑자기 푹 아래로 꺼져 내려오면서 폭탄들을 던진다. 열두 대의 비행기에서 빗발같이 떨어지는 폭탄은 쏜살같은 속력으로 커다란 삘딩에 붓줍기와 함께 쾅! 소리를 내며 지붕이 와슬렁와슬렁 허물어지고 연기가 삽시에 시가에 가득 차지고 그리자 한편에서는 화염이 맹렬한 기세로 하늘을 찌를 듯이 타오른다. 평화롭던 도시, 문화를 자랑하던 도시는 참으로 놀랄 만한 속도로 파멸의 세례를 받는다. 그것은 인간의 힘이 아니라 거대한 운명의 힘만 같았다. 그리고 비행기의 폭격과 시간을 가치하여 세상없어도 문어지지 않을 듯싶던 철벽같은 성벽이 몇 방의 대포알의 세례를 받고 콰드덩 쾅! 요란한 소리를 내며 성은 문어지고 돌은 조각조각으로 부서지고—

번개 같은 찰라에 천지가 문어져 세상은 암흑의 수라장으로 변하려는가, 스크린은 눈알을 뽑을 듯이 분주히 어지러워지면서 오직 파괴의 운동을 찰란하게 계속할 뿐이었다.

이미 화면에서는 요만치의 질서도 찾아볼 수 없었다. 철벽같은 아성도, 정신문화를 자랑하던 사원(寺院)도, 문명의 힘을 자긍하던 마천루도 새로운 힘 앞에서는 오직 한 조각의 고고학적 창고품으로 변해 갈 뿐이었다.

'문화(文化)는 타오르는 혼돈(混沌) 위에 들이운 얇은 능금(林檎) 껍질에 지나지 않는다'라고 말한 니–체가 만약 이 광경을 보았다면 얼마나 오만하게 웃었을 것일가.

이십 세기 동안에 쌓어 올린 모든 것을 단숨에 죄다 부서 버리고 말자는 심산일가.

화면은 다시 바뀌어 어지럽게 파괴된 거기에 문득 시가전이 전개되었다.

육탄과 육탄의 충돌이었다. 배랑을 둘러메고 철 감투를 짓눌러 쓰고– 창검을 든 수백 수천의 용사들이 오직 '이기겠다.'는 한 개의 공통된 목적 하에서 적을 향하여 이리같이 덤벼드는 그것은 야만적인 행동이면서도 벌써 결코 야만적이 아니었다.

형세는 이기는 것이 옳다는 것을 이 순간처럼 굳세게 깨달은 적은 없었다. 만약 지면 어쩔가 하는 생각은 형세를 여지없이 초조케 하였다. 이기느냐 지느냐 그 둘밖에는 없었고 이기기 위하여서는 수단을 가릴 배가 아니라고 생각되었다.

이긴다는 말은 모든 것을 획득한다는 말이요 진다는 것은 존재 가치를 부인당하는 것이다. 이기느냐 지느냐의 막다른 골목에서는 벌써 치사스럽게 선악의 판단이거니 거치장스런 이론이 필요치 않았다. 이기기 위하여 취하는 행동이라면 그것이 어떠한 수단이던 간에 결국 인간의 정의적인 의욕의 치열한 표현에 지나지 않아 보였다.

운명의 패쪽의 표리에는 '승'과 '패'의 두 가지밖에 없다. 그리고 지금까지의 모든 학설은 이기기 위하여서의 한 계통적인 술책에 지나지 않았다. 그러나 책상머리의 작전 계획만으로서는 판결이 안 나는 날, 학설을 비우스면서 전쟁이 전개되는 것이 아닐가?

형세는 완전히 정신을 뽑히운 채 용맹 과감한 스크린의 전향에 취해 있었다. 스크린을 휩쓰는 영웅적인 힘은 형세의 피를 지글지글 끊어 오르게 하였다.

영웅시대― 그러나 시―자―, 아렉산다―, 나포레옹이 개인적으로 시대를 지배했던 것처럼 현대는 군중적인 힘에 지배되고 있는 것이다. 군중적인 영웅시대! 감정을 가진 사람으로서의 어떻게 저런 군중적인 심리에 휩쓸리지 않을 수 있을가.

형세는 주먹이 불끈불끈 부러 쥐어지는 자기 자신을 보람 있게 생각하였다.

역사는 항상 상반되는 두 개의 군중심리의 교류로서 진행되는 것이 아닐가. 후세의 사람들은 어리석게도 군중심리에 휩쓸렸던 옛사람들을 비웃을는지 모르나, 그러나 비웃는 그 자신들이 다른 방법으로서의 군중심리에 지배되지 않는다고 누가 보증할 수 있을가!

그러한 것을 골돌히 생각하면서 스크린을 열씸히 쏘아보고 있던 형세의 눈에는 문득 어지러운 스크린과는 동떨어진 정경으로 무대

위에 한 사람의 양복쟁이가 나타나 보였다.

극장에 근무하는 사람 아마 바람벽에 못이라도 박으려는지 스크린 옆에서 어물거리고 있었다.

순간 형세는 어지러우면서도 극도로 긴장된 스크린의 광경과, 싱겁게 서성거리는 스크린 밖의 그 사내와의 어울리지 않는 광경을 대조해 보다가 문득 집에 있는 형 경세를 연상하지 않을 수 없었다. 세상 사람들은 모두가 다 미치고 형 경세만이 말쩡한 사람인지는 모르나, 애꾸의 나라에서는 두 눈 다 성한 사람이 병신 체를 타야 하는 것처럼 오늘의 세상에서는 경세가 틀림없는 어리석은 사람일 수밖에 없어 보였다. 결국 경세가 미친 사람들과 함께 떠들고 고함치고 하지 않으려면 그 자신의 생을 포기하는 수밖엔 딴 도리가 없을 것이라 여겨졌다.

뉴―쓰 영화가 끝나고 장내에 불이 반짝 켜졌을 때 형세는 저 모르게 우뚝 일어섰다. 고요하던 영화관이 갑자기 자가산이 끓듯 왁자지껄하였다.

형세는 눈앞에 오골쏘골 들끓는 머리 떼를 유연히 바라보면서 미례와의 약속을 생각하고 영화관을 나오려 하였다. 비좁은 통로를 헤치고 막 문밖으로 나오려다가 형세는 뜻밖에도 거기에서 형 경세를 발견하고 발을 뚝 멈추었다.

'형은 어느새 여기에 왔을가 혹 아까 내가 이른 말을 듣고 온 것이나 아닐가.'

형세는 순간 그러한 것을 생각하며 형의 곁으로 한 걸음 닦아갔다. 그러나 형은 팔거리에 팔꿈치를 세워 턱을 바치고 앉아서 눈을 무겁게 내리깐 채 깊은 생각에 잠겨서 형세를 알아보지 못하였다. 아마 금방 본 전항 뉴-쓰 영화의 인상을 정리하고 있는지도 모를 일이었다.

형세는 팔을 들어 형을 찾으려고 하다가 문득 그의 생각을 깨트려 주는 것이 죄스러울 일 같아 그대로 두고 밖으로 나와 버렸다.

시난없는* 겨울 해는 이미 저물어 거리는 사막처럼 쓸쓸하였다. 형세는 영화관에 남겨 두고 나온 명상에 잠겨 있던 형의 모습을 몇 번이고 머리속에 그려 보면서 다방 '항원'에 다달았을 때에는 미례는 벌써 구석진 빡쓰를 차지하고 있었다.

"오래 기대렸수?"

형세는 마조 가 앉으면서 담배를 뽑아 들었다.

"저두 금방 왔어요. 참 아침엔 실례했어요."

미례는 어제밤의 일을 생각하고서인지 얼굴을 붉히며 인사한다. 어제보다도 미례는 행결 씩씩해 보였다. 형세는 담배를 부처 물고 자옥히 피어오르는 연기 넘어로 미례의 얼굴을 더듬으면서

"그래 오늘두 제대루 사물 봤수?"

하고 물었다.

"보구말구요. 우리두 병사(兵士)라는데 자꾸 그러시네! 병사에게 설이 있을라구요!"

"병사라!"

형세는 병사라는 말을 되씹으면서 문득 금방 보고 온 뉴-쓰 영화의 장면을 연상하였다. 짜장 씩씩한 미례의 태도에는 어딘지 모르게

* 시난없다 : '시름없다'의 방언.

아까 본 병사들과 공통되는 용맹이 잠재해 있는 듯하였다. 제일선의 병사들과는 말할 것도 없고 미례에게만 비기더라도 강단에 서서 철학이 어쩌니 문학이 어쩌니 하는 대학 교수들이란 게 얼마나 무력한 존재이냐고 형세는 문득 그런 생각이 났다. 형처럼 세상을 부정하고 회의하고 하는 것보다 현실과 함께 춤추면서 살아간다는 것이 얼마나 아름다운 것인가를 형세는 경세와 미례의 대조로써 확실히 깨다르며 미례의 얼굴을 빤히 마주 보고 있었다.

"아이 싫어요! 왜 사람을 그렇게 빤히 바라보세요!"

"옳구 긇구 간에 사람은 신념을 가져야겠군!"

하면서 형세는 담배를 빨았다.

"그야 물론이죠! 참 북지에 가 보구 싶은 생각 없으세요?"

"북지에?"

"네 북지(北支)에 말야요. 오늘 우리 회사 사장이 그러는데 자기가 관계하는 모 방직 회사에서 이번에 북지로 진출하게 되었다구 혹 희망자가 있다면 그리루 전근시켜 준다나요."

"그래 미례는 간다구 했수?"

"아이! 오늘 신년 인사 때에 그러셨는데 언제 그럴 틈이 있었겠어요. 하옇든 전 가구 싶어요. 사장 말씀이 뭐라시는구 하니 사변은 곳장 끝날지 모르지만 건설은 하루 이틀에 될 일이 못 되니까 이제부터 북지로 갈 사람은 적어두 해골을 북지에 매장할 만한 각오가 있어야 한다나요. 난 그 말에 퍽 매력을 느꼈어요."

"그래 미례두 해골을 북지에 매장할 각오가 있수?"

"호호호 물론……. 형세 씨두 가십시다. 이번에 새루 직원을 많이 모집한다는데."

"北支へかけおちか?"*

하고 형세가 독백 비슷이 중얼거리자

"そうね! かけおちでもいいぢやないの! どうして? こわい?"**

순간 미례의 얼굴에는 옅은 구름이 지내갔다. 형세도 농으로나마 그런 말을 하였던 것이 뉘우쳐졌다. 미례가 형세를 북지로 유인하는 것은 물론 커다란 시대적인 힘에 달떠서일 것은 말할 것도 없으나 그러나 형세에게 이미 안해가 있다는 그 불리한 조건이 미례의 행동에 심리적으로 전연 영향을 미치지 않았다고는 단언할 수 없는 일이었기 때문이었다.

"가면 언제 가누?"

형세는 얼른 말머리를 돌렸다.

"이월 초에는 떠나야 한다나요!"

"이월 초? 그럼 졸업 전이겠는데……."

"졸업 같은 것 못 험 어때요! 졸업장이 뽑낼 수 있는 건 옛날 일야요! 적어두 해골을 그 땅에 묻을 각오로 대륙 진출을 할 사람이 졸업장 같은 데 옹색해서 어떻게 해요!"

하고 미례는 경멸하듯 톡 쏘아 부친다.

짜장 형세 자신도 자기를 경멸치 않을 수 없었다. 형 경세를 볼 때마다 지식의 무력을 조소해 온 제가 저 모르게 졸업장에 애착을 가졌

---

* 北支へかけおちか?: 북지로 사랑의 도피인가?
** そうね! かけおちでもいいぢやないの! どうして? こわい?: 그래! 사랑의 도피도 괜찮지 않아! 어때? 두려워?

던 것을 깨닫고 형세는 자기 환멸이 느껴졌다. 그와 동시에 형세는 광막한 북지의 벌판에 선 개척자의 한 사람으로서의 미례와 자기와의 영웅적인 환상을 그려 보면서 가슴속에 수물거리는 힘을 깨달았다.

"미례! 갈 텐가?"

"가시겠어요!"

"갈 테야. 갈 테야!"

하고 형세는 어린애처럼 씩씩한 표정이다.

"정말은? 가십시다. 네?"

"가구말구—"

형세는 어느새 군중적인 영웅 속에서 자기 자신을 발견하는 꿈을 꾸었다. 오래동안 찾아 헤매였던 꿈을 이제야 찾아낸 듯하였다.

"그럼 전 내일 모집 규정을 잘 알아 올게요."

하며 미례도 참새처럼 희망에 날뛰었다.

손에 손을 맞잡고 광막한 처녀지로 개척의 첫걸음을 내밟는다는 것은 얼마나 낭만적인 사실인가?

형세도 의기 충만한 눈으로 방 안을 휘 둘러보다가 문득 이 구석 저 구석에 널려 앉아서 사뭇 깊은 철학적 명상에라도 잠겨 있는 듯한 뭇 사람들의 무력한 포-즈를 발견하고 갑자기 우울하여졌다. 거기에는 무수한 경세의 해골이 흩어져 있는 듯하였다.

'스스로 생을 포기하고 자기의 무덤을 손톱으로 파고 있는 무리들'

형세는 이렇게 불러 보며 홀 안의 질식할 공기를 더 참고 견딜 수 없어 마루를 박차듯 일어서 나왔다.

형세는 이날 밤도 미례의 아파-트에서 묵었다. 이튿날 미례의 출근을 바래 주고 나서 형세는 다시 자리에 누어서 북지로 갈 궁리를 해 보았다.

어제 본 뉴-쓰 영화의 처참한 장면이 눈앞에 다시 떠버려지면서 그러나 어제는 그렇게나 아름다웁게만 보였던 장면 장면들이 웬심인지 오늘은 도저히 견대 낼 수 없을 고난의 장면으로밖엔 해석되지 않았다.

될 수만 있으면 고난을 피하면서 안일하게 살아가는 것이 가장 영리한 처세술이 아닐가고까지 생각하였다. 미례에게 북지행을 단언하면서 영웅적 심정에 도취했던 것이 어느 무용전을 읽은 듯한 느낌이 들면서 형세는 몇 번이고 몸을 뒤채였다.

지식을 신뢰하면서 살아가야 할 처지에 함부로 행동의 세계에 범접해 본다는 것은 일종 망발인 것만 같기도 했다.

그러나 일단 형 경세의 꼴을 생각하자 형세는 또 한 번 지식을 멸시해 보면서 그러나 눈앞은 오직 캄캄해질 뿐이었다.

그때 문득 문밖에 노크 소리가 나고 문이 열리면서 사환 아이가 미례에게서 전화가 왔다고 알리었다. 형세는 아닌 때의 전화로 해서 불길한 예감에 가슴 찔리우면서 전화를 받았다.

미례는, 어제밤에 경세에게서 회사로 세 번씩이나 전화를 거러 왔다는 것과, 숙직 직원이 무슨 일이냐구 물으니까 이형세라는 사람의 간 곳을 몰라 그러는데 혹 미례 씨가 알 듯싶어서 그런다는 말을 하더라고 하면서 무슨 급한 일이 생겼는지도 모르니 어서 집으로 가 보라고 한다.

전화를 끊고 밖으로 나오면서 형세는 통 영문을 짐작할 수 없었다.

어제 영화관에서의 형의 심각한 표정을 본 것이 생각나기는 하나 그것도 언제나 보던 표정이오— 혹 아버지가 외박하는 걸 아시고 걱정하시는 것이나 아닐까, 또 혹은 요새로 알아보게 침울하여 오던 정숙이가 음독자살의 연극이라도 핀 것이 아닐가……….

형세는 착잡한 상상에 마음 헷갈리면서 집으로 돌아오니 죽은 듯이 조용하던 큰방에서 별안간에 벌컥 뛰어나오는 것은 눈물 어린 형수였다.

"아우님! 영훈 아버지가 글쎄 어제밤에 어디론지 달아나 버렸구료! 이 일을 어쩌우. 글쎄!"

"형님이? ……. 달아나시다니요?"

형수의 말을 되푸리하면서도 형세는 순간에 모든 것을 읽을 수 있었다. 영화관에서의 형의 심각하던 표정이 또 한 번 나타나 보였다.

"이를 어쩌우. 글쎄— 전에 없이 어제는 외출을 하였다가 밤 열 시나 되어서 돌아오기가 바쁘게 저녁상두 안 받구 자리에 누었던 사람이 자다 깨 보니 오니 가니 소리 없이 없어졌군요. 글쎄! 어디 가셨음직한 곳이라두 짐작 안 나시우?"

"글쎄 모르겠군요." 하고 형세는 천연스럽게 말하였다.

"어드메 기생네 집이래두………?"

형세의 천연스런 태도에 형수는 좀 더 달떠서 어쩔 줄을 모른다. 형세는 형수의 말에 어이없음을 느끼며, 여태껏 혼자 고민하는 형의 태도를 가정에 대한 불만으로 알아 온 형수의 단촐한 생각이 칙은하기까지 하였다.

"그래 거리에서 돌아와서두 아무 말도 없었나요?"

"내게야 무슨 말을 허는 성미던가요 머! 참 잠자리에 누어서 얼말 있다가 형세 안 들어왔지? 하고 그 한마디 묻드군요!"

"글발 같은 것 써 놓은 것두 없구요?"

"그런 게 있으면야 속이 왜 상하겠수!" 하고 형수는 짜증 쓰듯 하며 머리를 빡빡 긁는다.

형세는 형수와는 딴 의미로 초조하였다. 미례에게도 전화를 세 번씩이나 걸었다니 형은 집 떠나기 전에 내게 무슨 말을 하려 하였던 것일가. 이제 생각하니 어제 형세가 집을 나올 때에 형이 무슨 중대한 말을 하려다 말던 것도 먼 길 떠난 것과 무슨 관계가 있었을 것이 짐작이 갔다.

형은 대체 어디로 간 것일가. 육 년(六 年)을 두고 끙끙 앓으면서 신념의 세계를 찾아 헤매다가 실패한 남여에 뛰여든 곳이 대체 어떤 나라일가. 형세는 형의 입에서 울어나올 마지막 말을 엿듣지 못하였음이 무던히 안타까웠다.

반드시 승리를 노리면서가 아니라 차라리 패부의 쓸아림을 인식하면서 신념의 나라로 뛰여든 것일가? 막다른 골목에서 절개와 양심을 박차면서 현실의 폭풍에 몸채 휩쓸려 들어간 것일가? 도저히 알아마칠 수 없는 일이면서도 둘 중의 어느 것이든지 간에 형세에게는 어쩐지 형의 세계가 몹시도 찰란하게 느껴졌다.

"그러구 섰지만 말구 어디 갔음 직한 곳에 좀 알아보아 주어요. 어서." 하고 성화같이 재축하는 형수의 말에 형세는 비로소 꿈에서 깨어나면서

"그러리다."

그러고 휙 돌아서 중대문께로 나오다가 형세는 문득, 건는방 문을 열어 잡고 근심 가득찬 눈으로 형세를 내다보고 있는 정숙의 시선과 딱 마조쳤다. 그래 형세는 당황히 외면하고 재빨리 중대문간 밖으로 걸어 나오며, 나도 이로써 영영 이 집에 돌아오지 않으리라고 결심하였다.

순간 형세는 오늘 아침 미례의 아파-트에서 북지로 가는 데 대해 겁을 먹어 보고 혹은 지식에의 미련을 가져 보고 한 것을 뉘우쳤으나 그러나 그것도 말하자면 형세 자신이 다소라도 형과 같은 사조에 물들지 않을 수 없던 오직 그 때문이었음에 틀림없었음을 깨달았다. 허나 형 자신조차가 이미 이 집을 떠난 바엔 벼슬에의 미련에 연연한 아버지나 동물같이 몰리해한 형수나 정숙을 위하여 형세 자신이 이 집에 더 머물어 있을 의무는 조금도 느끼지 않았다.

촉탁 같은 것으로서는 성이 차지 않아 좀 더 엄청난 세계로 뛰어들었을 형을 생각하면 형세는 무척대고 그 세계가 찰란하게 여겨졌다.

허나 그 순간 형세에게는 웬일인지 그 찰란한 세계라는 것이 핏득 자살(自殺)이라는 두 자로 바뀌어 생각되었다. 형은 혹시 자살한 것이나 아닐가. 자살로써 저 혼자만이 미치지 않았다는 걸 고집할 작정이나 아니었을가.

짜장 형에게는 그 길만이 단골 길같이 생각되었다. 허나 자살하였다면 하였지 이제 어쩌는 도리도 없을 게고 또 자살만이 형의 갈 길이었다면 그 역 어쩔 수 없는 일이라고 생각하였다.

형세는 인젠 구지 형의 행방을 탐삭할 것 없이 미례와 더부러 운명의 물길을 쪼차 내달았으면 그만일 것 같았다.

형세가 큰 대문 밖에 나섰을 때 돌연 사랑에서 아버지가 뭐라고 분로에 가까운 목소리로 형세에게 호령하는 것이 들려 나왔으나 형세는 들은 척 만 척 획획 거리로 나와 버리고 말았다. 아들의 권세를 빌어 다시 한 번 옛날의 혹세를 누려 보자던 화려한 꿈이 하룻밤 새에 여지없이 깨트려진 아버지의 처참할 표정을 형세는 바라보고 싶지 않았던 것이다.

　거리에 나선 형세에게는 오직 앞길만이 화—ㄴ 하였다. 한낮 가까워 수라장같이 혼돈한 거리의 인파를 갈라 헤치며 형세는 미례를 만나려고 재빨은 걸음을 이어 나아갔다. (己卯 暮)

천기(天氣)

"체! 육살할 개 가튼 놈어 날!"

아츰이면 으려히 해벗이 쏘여야 할 동향한 바라지가 열 시가 넘도록 구뭇구뭇해 잇는 것은 나의 맘을 그지업시 뒤흔들어 노핫다. 나는 손에 쥐여 든 만년필을 다시는 안 차즐 듯이 원고지 우에 되는대로 내던지며 혀를 툭 차고 다시 한 번 중얼거린다.

"봄날이 이래서야……."

나는 벌덕 이러섯다. 이러서서 잠간 동안 동향 들창을 쏘아본다.

검은 구름과 해벗치 뒤석겨 뭉친 듯 광선이 들창 우를 몹시 얼눅짓고 잇다. 들창을 쏘아보고 섯는 나의 시선은 너무나 슯흠이 가득 차 뵈리라. 눈동자는 들창을 쏘아본다느니 보다 들창을 향하여 애원하는 듯하다. 조곰 후에 나는 귀중품을 다룰 때와 가치 조심스러히 들창을 열고 박글 내다본다. 싸늘한 공기가 문틈으로 쏴~ 흘너서 나의 얼굴을 흔들어 놋는다.

나는 곳장 들창을 닷첫다. 나는 다시 가만히 책상 압혜 안젓다. 그리고 다시 만년필을 들엇지만 일이 될 것 갓지 안엇다. 나는 책상 압헤 걸녀 잇는 카렌더를 두적거려 보앗다.

"인제 닷새!"

나는 아모리 하여도 인제 닷새 동안에 한 편의 소설을 쑤며 노홀 것 갓지 못햇다.

집필하는 데 잇어서 나는 지극히 일기의 영향을 만히 밧는다. 박앗 날이 짜스하고 말하자면 봄이면 봄싸운 날이라든가 가을이면 가을 싸운 날에는 나의 붓은 흐르는 물과 가티 맘대로 잘 움직이는 것이 다. 그러나 만약 그러치 못한—례를 들어 말하면 봄날이 흐리터분해 서 맛치 소낙비 오려는 여름 저녁 가튼 째면 나는 정신이 짜라안지 안코 공연히 우울하고 조바심스러워서 붓이 나갈 줄을 모른다. 그런 날이면 나는 공연히 애만 태우고 원고지만 버리곤 한다. 그래 나는 될 수 잇는 대로 그런 날은 집필은 피하랴고 한다. 그러나 지금과 가 티 잡지 마금 날은 코를 찌를 듯이 닥처오고 일기는 게으른 여편네 집 가싯물과 가티 어즈럽고 하여 나는 무엇이든지 손에 닷는 대로 째 려 부시고 십흔 충동을 어쩔 수가 업다. 이런 날이 발서 사흘채 계속 되여 왓다고 생각하니 인제도 얼마나 게속될지 모르는 일기를 나는 거이 원수와 가티 밉게 본다. 그리고 일기를 원망하는 엉터리업는 자 신을 쌔닷고 나는 픽! 혼자 코우슴 치고 스스로 고소치 안을 수 업섯 다. 나는 정신을 가라안칠냐는 듯이 조용히 만년필을 노코 지금것 써 노흔 원고지를 헤여 본다. 손가락에 침을 발너서 한 장 한 장 분명히 헤여 보다가 겨우 다섯 장박게 못 되는 것을 알고 나는 미간 새에 여 들 팔 자를 그린다.

사흘에 겨우 다섯 장! 팔십 매 예정에 겨우 다섯 장. 그것도 사흘에 다섯 장이니 그 정도로 쓴다면 십 일을 걸녀야 쓰티 날 것이 아니냐!
나는 이러케 짜지고 보니 이 소설을 다 필하기 전에 자기가 몬저 말
나 죽을 것 가탔다.

"체! 망할 놈어 날."

생각하면 할수록 날이 원망스럽다. 인제 닷새 동안에 단 하루라도
날이 개어 준다면 일은 다 해결될 터인데 하고 생각하니 나는 갑자기
천기 예보가 보고 십허서 견댈 수 업섯다.

"여보! 아츰에 온 신문 가저오우."

나는 큰방을 향하여 벼락 가튼 고함을 첫다.

"뭐요!"

안해의 야무진 음성이다.

"신문 말야 신문!"

나는 성난 음성으로 욕이나 퍼붓듯 툭명스럽게 내배텃다. 그리고
수험생이 입학생 발표 번호를 기대리듯 쪼구리고 안저서 신문을 기
대리는 나의 맘은 갈팡질팡하엿다. 신문의 천기 예보난이 눈에 보이
는 듯 보이는 듯하엿다. 이윽고 콩콩콩 하고 어린애 쒸는 소리가 나
는 그리고 그 뒤로 어른의 발소리가 들넌다.

잠간 후에 콩콩 소리가 문 압에서 머믈드니

"아부지 신문! 옛다 신문 바드라우."

하는 소리와 갓치 안해가 스르르 문을 열고 어린애더러

"아부지 무릅에 가저다 드려라."

하며 어린애 뒤에 짜라 방 안에 드러온다. 나는 일부러 안해의 얼굴
을 안 보기로 하고 어린애한테서 신문을 밧어 천기 예보를 두저 보앗

다. 순간 나의 맘은 어쩐지 두근거렷다. 이 결과가 맛치 자기의 일생의 운명이나 결정해 주는 것갓이 아슬아슬하엿다. 나는 약간 쩔니는 손으로 첫 장을 잡어 뒤고 맨 하짓인 천기 예보난을 보앗다 그리고 나는 너무나 실망하여 그대로 물끄럼히 쏘아만 보고 잇엇다.

남서풍 담 일시청(南西風 曇 一時晴)

아모리 보아도 이 일곱 자가 분명하다. 그래 나는 이어 날자를 상구해 보앗지만 역시 래일 것이 분명하엿다. 나는 그대로 신문을 내밀어서 길마루에 보내고 마럿다.

그리고 책상 우에서 어제 배달된 신간 잡지를 의미 업시 뒤적이고 잇섯다. 그리하야 나는 문득 잡지의 목차를 뒤저 보앗다. 창작난에는 자기와 가티 허덕이든 동무들이 혹은 자기보다도 후진이든 사람들이 당당히 일류 문사로 쏩혀 나타나 잇섯다. 나는 보아서는 안될 것을 본 것가티 기분이 언잔엇다. 결국 실력 문제에 잇서서 자기가 가장 뒤쩌러젓거니 하면 붓을 그 자리에서 썩거 버리고 십헛다. 나는 아모리 하여도 그들의 작품을 읽을 만한 용기가 생기지 안엇다. 자기도 쓰면 그 자들만은 하다고 자부하지만 걸작보다 타작이라도 관게찬고 다작하야만 작가로 처주는 조선이니 자기만이 불평한 지위에 잇는 외로움을 어쩔 수 없엇다. 나는 곰곰히 생각할 것도 업시

"에라! 붓을 내던지고 실업게로 나가자."

하며 정신을 채려 보앗지만 쏭 지른 막대기 모양으로 사교술이 제로인 자기가 실업 방면에는 더욱 쓸모가 업서 보엿다. 나는 하잘 것 업는 자신을 그지업시 미워하다가 문득

"그래도 붓을 닥거야…."

그쌔 안해가 다시 편지를 가지고 드러왓다.

"R한테서 퍽 오래간만에 편지가 왓세요."

그러나 나는 못 드른 체 못 본 체하고 만년필을 들고 허튼 글씨를 쩌적거리노라니까 안해는 안해대로 너무나 건드려 주지 안는 것이 원망스러운지

"여보! R의 편지야요. 안 보우!"

나는 문득 어제 생각을 하고—

"응."

겨우 소리를 내어 던젓다.

한참 동안 침묵이 흘넛다. 나는 R의 편지를 쩨 보고 십지만 쑥 참고 그대로 글씨를 쩌적거리고 잇섯다.

고고(孤高)
—춘파 선생 말년기(春坡 先生 末年記)

    저녁상을 물리고 산보차로 법당(法堂) 뜰 앞에 썩 나서자 산들바람
이 대령이나 했든 것처럼 휴우 가슴에 안기듯 웃섶 사이로 불어 들어
나는 제물에 얼굴을 번쩍 들며 뜻하지 않고

    '가을!'

하고 입속말로 중얼거렸다.

    팔월 가위를 지낸 지도 이미 열흘, 음력은 구월 머리로 접어들려는
시절이 시절이라, 수목은 벌써 단풍에 물들어 산(山) 전체로가 크낙하
고 다부지게 핀 꽃송아리처럼 불그레하다.

    어데서 불려오는지 한 조각의 나무잎이 방글방글 바람세 따라 허
공에서 맴을 돌며 법당(法堂) 뜰 앞에 내려앉는다.

    맞은 산(山)봉오리에는 상기 노을이 찬연(燦然)한데 이 용흥사(龍興
寺)에는 이미 구석구석에 모색(暮色)이 창연(蒼然)하다.

    일 년(一 年)을 두루 가야 별(別)로 찾어오는 이 없는 절인지라 법계
(法階)에조차 잡초(雜草)와 다레 넝쿨이 얼크러질 대로 얼크러져서, 다
레 넝쿨 밑에서는 몇 백 년(百 年)의 긴 세월(歲月)이 그대로 묵어나고

썩어 나고 하는가 싶으다.

대웅전(大雄殿) 앞 돌조각으로 몰어 놓은 화단(花壇)에만은 그래도 절지키의 손으로 간신히 몇 포기의 백일홍(百日紅)과 맨드레미가 가꾸어지긴 했으나 그것조차가 다람쥐의 작패 때문에 꽃다웁게 핀 것은 한 송이도 없고, 그저 간들간들 연명(延命)이나 해 가든 판에 무지고 희살 맞은 간밤의 비바람에 여지없이 흩어지고 말었다.

멀리 발아래로 아득히 굽어보이는 두루 산 병풍(山 屛風) 속에 가치운 용읍(龍邑) 마을은 지금(至今)은 쇠락(衰落)했으나 옛날에는 그래도 '원님'이 사시든 곳으로 우물이 아흔아홉— 백 개째 하나가 모자라서 왕 도읍지(王 都邑地)가 못되었다는 전설(傳說)이 시방(時方)도 이 마을 사람들의 자랑거리거니와, 용흥사(龍興寺)의 흥망(興亡)도 저 용읍(龍邑)의 성쇠(盛衰)와 기록(記錄)을 가치하여 인제는 명색(名色)뿐이 절이지 은성(殷盛)하든 옛날의 자최를 찾어볼 길조차 아득하다.

성(城)안 백성들의 저녁 인심과 새벽잠을 놀라게 한든 인경(人更)과 법고(法皷) 소리도 울기를 끄친 지 이미 오래며, 산천만이 의구한 채로 회고에 잠겼을 뿐, 말 없음이 더욱 애닯다.

나는 아닌 때에 감상(感傷)에 잠기는 자신을 깨닫고 서서(徐徐)히 담배를 한 대 피어 물며 뒷산(山)으로 톱아 올랐다. 풀에 잠겨 형적(形跡)을 찾기조차 어렵던 실낯같은 길이 산속 깊숙이 접어들면서부터는 아주 잡초(雜草)에 묻혀 버리고 말았다. 구지 길을 찾어야 할 필요도 없어 나는 낙엽(落葉)을 짓밟는 보드러운 촉감(觸感)과 몹시도 구수한 향훈(香薰)을 즐기며 걸었다.

깊숙이 들어오자 바람은 자고 황혼(黃昏)에 풀어진 송진 내음새만이 코 끝에 지게 아롱진다. 소나무 사이사이를 거닐면서 나는 가슴이 뼈개져라고 공기를 탐내어 디려 마셨다.

발자최 소리에 놀란 산(山)비달기가 잠자리를 옮겨 앉고, 다시 적막(寂寞) 속에 잠들려는 공산(空山)에 문득 이름 모를 산새가 한 곡조 구슬피 울며 먼 하늘가로 사라지고 말어, 어두어 가는 산정(山情)은 한겹 더 처량하다.

나는 거니든 발길을 멈춘 채 새가 우짖으며 살아진 하늘가를 하염없이 우러러보다가 천천히 담배를 한 목음 빨어서는 금붕어의 입처럼 공그려 갖이고 혀끝으로 가만히 연기(煙氣)를 내밀어 보았다. 아슬아슬 저므러가는 송림(松林) 속에서 한 몽큼의 하아얀 연기(煙氣)는 요술(妖術)쟁이와도 같이 나부우시 신기로운 형상(形象)으로 나부끼다가 고요히 사라지고 만다.

맞은 산(山) 중품에 외따루 떨어진 초가(草家) 막사리에서는 인제야 저녁을 짓는 게지, 가느다란 연기(煙氣)가 굴뚝으로 한가로히 떠오르는 것이 보인다.

산(山)을 한 바퀴 돌고 나서 절 방으로 돌아와, 람포에 불을 켜고 책과 마주 앉었으나 어쩐지 정신이 집중되지 않는다.

전등 밑에서 살어온 나에게는 람포라는 존재가 이상하게도 몇 세기를 단박에 뒷걸음치게 하여, 나는 람포를 쓰든 시대에 생겨난 문학과 전등 밑에서 이루어진 현대 문학(現代 文學)을 비겨 보고 싶은 부질없는 생각만이 솟아올랐다. 그뿐더러 좁다란 방만 보아온 나에게는 이 횡뗑하니 넓은 통이간의 절 방이 암만 해도 어색한 느낌을 주었다.

조용한 산(山)속에서 보람 있는 원고(原稿)를 써 보겠다는 욕심(慾心)에서 원고용지(原稿用紙) 몇 첩(帖)과 책(冊) 몇 권(卷)을 꿍여 갖이고 오십 리(五十里) 산(山)길을 찾어오긴 왔으나 주위(周圍)의 생소하고 지나치게 적막한 분위기는 나를 헛되히 애닯게만 할 뿐이었다. 초저녁부터 울어 대는 접동새의 처량한 소리를 듣는 것도 마음 상하는 노릇이거니와, 람포등의 기름 쪼는 연약한 소리는 또 얼마나 몸에 젖어 드는 애처로운 음악인가.

　나는 책도 읽지 않고, 줄기 있는 생각에 잠기는 일도 없이, 얼마를 멍하니 앉어서 담배를 연다러 피우며 람포불만 바라보고 있다가 급기야 살며시 이러서 다시 뜰 앞으로 나섰다.

　달 없는 하늘에는 별이 유난히 총총하여 야기(夜氣)는 차츰 차거워오고 뀌뜨람이의 우름소래는 별들이 일시에 쏟아지는가 싶게 자못 소란스럽다.

　나는 애써 뀌뜨람이의 우름소리를 귀에서 지워 버리며 멀리 용읍(龍邑) 마을을 굽어보았다. 검은 장막이 찰가분히 내리덮인 골자구니에서는 반디불같이 빨간 불들이 집집의 창호지에 비쳐 깨뚜벌기*불처럼 아름답게 보였다.

　하나 둘 셋 넷………. 혜여 가는 동안에 반디불은 이 구석에서도 방긋, 저 구석에서도 방긋, 수효가 차차 늘어 가드니 마츰내는 하늘의 별들과 같이 많어 보였고, 그래 나는 혹시 저 불은 등잔불이 아니라 별들이 땅 우에 내려앉은 것이나 아닐까 생각하였고 일단 그렇게

---

　* 깨두벌기 : '개똥벌레'의 방언.

생각하고 나니 나는 무턱대고 저게까지 내려가 보고 싶은 충동을 막아낼 수 없었다. 그리하여 나는 험한 돌작길*을 걸어 내려가는 위험을 돌아볼 새 없이 저 모르게 어둠 속의 길을 더듬고 있었다.

저 불을 찾아가면 저 등잔 아래에서는 백이숙제(伯夷叔弟)나 죽림칠현(竹林七賢) 같은 어른들이 모여 앉아서 밤을 새여 가며 세상물욕(世上物慾)과는 멀리 떠난 아기자기한 이야기들을 주고받고 있으려니만, 내게는 꼭 그렇게만 굳게 믿어졌든 것이다.

그러나 웬일일까 차츰 마을로 가까이 내려올수록 빨간 불들은 하나씩 둘씩 어둠에 숨어 버리드니 급기야 동구 안에 다다러었을 때에는 하나도 없이 없어지고 말았다. 나는 짜장 빤뜩이든 것이 틀림없는 별이었다고, 그 별들이 인젠 모두 다 하늘로 올라가 버린 것인가고 의심하면서 걸어가고 있노라니까 문득 어둠 속에 생 아까샤 울타리가 마주 섯다.

'과수원(果樹園)!' 이란 생각에 나는 문득, 그럼 아까 반득이든 그 불들은 과수원(果樹園)의 능금(林檎)알들의 조화(造化)가 아니었든가고 참으로 엉터리없는 공상(空想)에 사로잡힌 채 아까샤 울타리를 얼마간 끼고 오노라니까 정문(正門) 비슷한 문(門)이 있고, 거기서 바아루 정면(正面)으로 빨간 등잔불이 하나 보인다.

나는 저것이었다고 맘속으로 부르짖으며 서슴지 않고 과수원(果樹園) 안으로 해서 빨간 불을 찾아갔다.

차츰 가까이 가면서 보니 퇴장에 켜 놓은 람포등 아래에서는 정말

* 돌작길 : '자갈길'의 방언.

내가 상상했던 것처럼 두 늙은이가 마주 앉아서 지금껏 이야기들을 하다가 인기척에 놀래여 말을 끊은 듯 어둠 속의 나를 바라보고 있었다. 나는 대뜸에 태고 시대로 돌아간 듯한 감격에 가슴 울렁거림을 간신히 내리누르며 가만가만 닥어가다가 등불 아래에 앉었는 두 늙은이 중의 한 분이 틀림없는 춘파 선생(春坡先生)임을 발견하고 깜짝 놀래었다. 참말 용흥사(龍興寺)에까지 와서 계림원(鷄林園) 주인(主人) 춘파 선생을 감쪽같이 잊어버렸든 것이 여간 죄송(罪悚)스러운 일이 아니었다고 나는 번개같이 뉘우치면서 걸음을 빨리하여 그의 앞으로 닥어가며 허리를 굽히며

"춘파 선생님!"

하고 내가 듣기에도 엄청나게 높은 음성으로 그를 불렀다. 나는 그렇게밖에 더 부를 말을 미처 찾지 못했든 것이다.

"아 정공(鄭公)! 정공이 이 웬일이시오!"

춘파 선생도 나를 알어보시기가 바쁘게 버선발로 맞받어 나와 나의 손을 붙잡으며 놀람과 반가움을 얼굴에 그득히 나타내신다.

"그간 안녕하셨읍니까?"

나는 겨우 이런 말을 하였으나 그는 못 알아들으신 듯 나를 퇴장 위로 잡어끌며

"아 참 정공이 웬일이시오! ………. 이리 좀 올러앉으시오!"

한다. 나는 주인영감에게 묵례를 하고 퇴장에 올러 앉었다.

"아 언제 오셨오? 여길"

"오늘 왔읍니다. 저어 용흥사(龍興寺)에 놀러……."

나는 그가 귀 먼 것을 알었기에 고락고락 고래를 질렀다.

"용흥사(龍興寺)에?"

하고 그는 잠시 고개를 끄덕이고 나서

"책(冊) 읽으러 오셨군!"

하는데 보니, 허줄한 옷을 입으신 거라든지 또 옷깃에 때가 꾀죄죄하게 흐르는 것이라든지 채림에는 이태 전이나 별반 달라진 것이 없으나 그러나 머리에는 흰 털이 늘었고, 가뜩이나 움푹 백이운 눈이 좀 더 확이 패워 왕방울 같은 눈만이 두룩두룩하였고 그 때문에 광대뼈가 좀 더 똑 두드러져 보였다. 다만 예전보다 더 탐된 것은 수염만으로, 한 자가 넘든 것이 시방은 자 반은 넉넉할 듯하다.

이태라는 세월이 이렇게 선생(先生)의 육신 상에 변화를 이르킨 것일까, 나는 내속 무상감(無常感)에 찔리우며, 그러나 시방도 선생(先生)의 풍채는 예전이나 다름없이 어덴지 모르게 고상(高尙)한 기개(氣槪)를 발휘하는 것만은 역시(亦是) 인격(人格)의 소치(所致)리라고, 나는 마치 생불(生佛)를 대한 듯이 저 모르게 경건(敬虔)한 마음속에 잠겼다.

"그래, 여러 날 묵으시료우?"

"네, 한 사오일(四五日)쯤……. 내내 몸은 건강하셨읍지요?"

나의 물음에 그는 손으로 겹 귀바퀴를 해 가지고 듣고 나서

"몸이야 그저 그렇지! 한 사오일(四五日) 묵으셔?"

"네"

"등화가친(燈火可親)할 시절(時節)이지! 구식 시대(舊式 時代)루 말하면 밤글을 읽을 때거든"

그리고 그는 또 고개를 가볍게 끄덕이었다.

"참 금년(今年) 과수원(果樹園) 성적(成績)은 좋으신지요?"

"다들 염려해 주신 덕분에……."

하고 나서 그는 갑자기 생각나듯키 마주 앉은 주인 영감(主人 令監)더러

　"능금 초실한 걸루 몇 알만–"

한다.

　나를 멕이자는 속셈인 것 같아 나는 먹지 않겠노라고 하니까

　"그럼 그만두. 있다가 내 집 것을 자서 보두룩 허지!……. 왜, 내 집으루 바루 찾어오실 거지!"

하고 그는 핀잔주듯 나무랜다.

　얼마간 이런 얘기 저런 얘기를 나누다가 나는 일어서며 그만 절로 돌라가 봐야겠노라고 하니까

　"올라가시료우? 그럼 나두 가치 올러갑시다. 오래간만에 정공을 만났으니 이야기나 할 겸 오늘 밤만은 미안(未安)한 대루 날 위해 할애(割愛)하시오."

하며 그는 따라 이러선다.

　그래 나는 어둡고 길도 사납고 한데 오늘 밤은 이대로 헤여지고 밝은 날 찾어와 뵙겠다고 했으나 그는 듣지 않고, 무얼 고만 밤길이야 하시면서 얼마를 가치 오시다가 가름길*에 이르더니

　"미안(未安)하오만 슬근슬근 먼저 올러가시오. 내, 집에 잠깐 다녀서 뒤루 올러갈 테니……."

하고는 수격수격 어둠 속으로 살어져 버리신다.

　나는 선생이 올러오실 게 아니라 내가 찾어뵙겠다고 하고 싶었고,

*　가름길 : '갈림길'의 옛말.

설혹 올러오시드라도 밝은 날에 오시라고 만류하고 싶었으나 워낙 그의 고집(固執)을 짐작하는지라 여러 말 못하고 길에 서서 그를 기대리기로 했다. 이러나저러나 그를 뵙게 된 것만으로도 나는 이번 길엔 큰 보람이 있었다고 혼자 기쁨을 억제하지 못하였다. 늙은이를 만난 것이 이렇게 반가워 보기는 나로서는 일찌기 있어 보지 못한 거룩한 경험이었다.

이태 전에 꼭 한 번 뵈온 일밖에 없는 선생이 용히도 대번에 나를 알어주시는 그 고마움에는 나는 거이 눈물겨운 지경이기까지 하였다.

내가 춘파 선생을 처음 뵈온 것은 이태전의 가을에 김석호(金碩浩) 군을 통해서였다.

사회운동가로 이름을 날리든 김군(金君)이 그 후의 시대적(時代的) 정세(情勢)에는 어찌할 도리가 없었든지 운동에서 발을 싯고 고향(故鄕)인 용읍(龍邑)으로 돌아와 농촌 게몽 운동에 종사하면서 나에게 한번 놀러 오라는 편지를 띠였으므로 나는 즉시 오래간만의 친구를 찾어갔든 것이었다. 지금은 그것마저 집어치고 서울로 가서 가부(株)[*] 를 하지만 그때의 석호 군의 정열(情熱)이란 또 대단한 것이어서, 석호 군은 용읍(龍邑) 마을 동구 밖에 있는 연당(蓮堂)으로 나를 끌고 가서 여러 가지로 자기의 계획을 들려주었다.

그리하여 마츰내 이야기가 동이 나고 서로 무료함을 깨달을 즈음에 석호 군은 문득 손을 들어 연못가를 가르키며

* 가부(か、ふ) : '주식'의 일본어.

"자네 저 영감(令監) 아나?"

하고 묻는다.

친구가 가르키는 방향(方向)을 더듬어 보니 연못가 풀숲 속에서 웬 늙은이가 낚시를 드리우고 있었는데 허줄한 옷에 파랭이를 짓눌러 쓰고 돌아앉았으므로 낯을 알어볼 수가 없었다.

"모르겠네그려. 누군가?"

"기인일세! 내 소개할까? 소설(小說) 재료가 능히 되리."

"기인이라니?"

"기인(奇人)말일세. 기인(奇人)."

"기인(奇人)? 어째서?"

하고 내가 사뭇 호기심으로 곱채 물으니까 김군은

"저 영감 아니 춘파 선생으루 말하면 말일세."

하고 다음과 같은 이야기를 들려주었다.

춘파 선생 – 본명(本名)은 이응성(李應星), 연세(年歲)는 예순셋, 춘파 (春坡)는 그의 아호(雅號)고, 워낙 용읍(龍邑) 태생으로 어려서부터 영철 (穎哲)하여 한문(漢文)을 배우되 족(足)히 문일지십(聞一知十)하여 신동 (神童)이라 일커웠고 개화(開化)하자 일본 유학(日本 留學)을 가셨는데 때마침 이조(李朝)의 정변이 생겨서 그는 학생(學生)의 몸으로 청운(靑 雲)의 뜻을 품고 동경(東京)서 표연히 상해로 건너갔다. 그 후 그가 귀 먹어리 폐인(廢人)이 되어 다시 용읍(龍邑)으로 돌아오기까지 그의 십 오 년(十五 年)의 상해 생활(上海 生活)에 대해서는 아모도 아는 이가 없 고, 당신도 거기에는 굳게 입을 다므셨다.

뜬소문으로는 좌익 운동을 하였다고도 하고 혹은 민족 운동을 하였다고도 하지만 도무지가 추측뿐이지 실지로 그의 생활을 아는 사람은 없고, 귀가 멀게 된 원인도 폭탄을 맞은 탓이라고는 하나 그 역 기연가미연가 한 일이었다.

젊은 혈기에 정치적인 충격을 받고 상해로 뛰었드니 만큼 가만 놓고만 있었든 않았으리라고는 누구나가 다 짐작할 수 있는 일이지만—

어쨌든 상해 생활의 십오 년(十五 年) 동안에 그는 한 번도 집에 글발을 보낸 길이 없어 안해는 남편(南便)의 생사(生死)조차 의심하였다고 한다. 그때(지금도 그렇지만) 혈육(血肉)이라고는 어린 딸 하나뿐이었고, 가산(家産)이라고 겨우 사오십 석(四五十 石) 거리가 있었으나 그것도 그가 떠난 지 오래잖어 없어져서 딸은 열네 살에 시집을 가지 않으면 안될 만큼 집 형편은 아주 마루한 지경에까지 이르렀든 것이다.

그런지 몇 해만인 어떤 여름날 석양(夕陽)에 동구 밖 연당(蓮堂)에서 눈물을 먹음고 측연(惻然)히 연꽃을 바라보며 섰는 폐의파립(敝衣破笠)의 행색이 초최한 한 늙은이가 있었으니, 이 늙은이야말로 마을 사람들이 죽은 줄로만 알었던 춘파 선생이었던 것이다. 돌연(突然)한 소식에 놀란 것은 마을 사람들보다도 오히려 그의 늙은 안해와 시집간 딸이었다. 죽었던 사람이 소생해 온 것같이 반가웠으나 그러나 그는 벌써 성성하던 옛날의 그가 아니오 귀 먼 폐인(廢人)이었었다.

그는 돌아오는 날부터 아주 두문불출(杜門不出)로 날마다 무엇인가 원고를 쓰고 있었다. 추측컨댄 그것은 아마 한말 풍운사(韓末 風雲史)가 아니었든가 싶은데 원고만 쓰기를 꼬박히 오 년, 육 년째 드는 해에 그는 무슨 생각에서였든지 지금껏 써 온 원고를 모두 불태워버리고 말았다. 그리고 나서는 몸소 몇 십 리 혹은 몇 백 리 상거에 있는 옛날 친구 몇몇을 찾아가서 이백 원의 돈을 구하여 가지고 그 돈으로 부란기(孵卵器)(주(註) 병아리 까는 기계(機械)) 한 틀과 레그홍(주(註) 이국종(伊國種) 다산계(多産鷄)) 종란(種卵) 이백(二百) 알을 사 가지고 돌아왔다. 이것을 본 마을 사람들은 제각금 코우슴들 치며 흥 저 화식이 아 아주 뼈개구 드러백였드니 인젠 아마 살림이 몹시 군색해졌는 게지 양계(養鷄)루 돈냥 모아 볼 궁냥일 적엔! 수염이 대자래두 먹어야 사는 게로다……. 이렇게 비방이 여북지 않았으나 이십(二十) 일 후에 그는 이백 수(二百 首)의 병아리를 까 내려서는 집집마다 찾아가 열 마리식 나누어 주면서

"알 잘 낳는 닭이니 이 열 마리를 잘 길러서 닭알을 받도록 하구 내게는 가을에 가서 숫탁으루 한 마리만 주시오"

하고 부대 잘 기르라고 신신당부하였다.

그렇게 하기를 두 차례에 사백 수(四百 首), 그러나 그해 가을에 그에게 닭을 갖어오는 사람은 하나도 없었고, 닭알을 받기는커녕 다들 연계(軟鷄)* 채로 반반 팔어먹고 말었다. 그리하여 사위(四圍)의 산(山)을 이용하여 용읍(龍邑) 마을을 양계촌화(養鷄村 化)시켜 보려든 선생의 계획은 완전히 수포(水泡)로 돌아가고 말었다. 그래 그는 다시 두문불출(杜門不出)로 이번엔 책만 읽었다.

그러한 춘파 선생을 보자 몇몇 뜻 있든 친구들이 구수회의(鳩首會議)**를 거듭한 결과 그에게 아직 산림(山林)이 한 삼천 평 가량 남어 있음을 다행으로 거기에다 능금(林檎)나무를 심거 주었든 것이다. 그

* 연계 : '병아리보다 조금 큰 어린 닭, '영계'의 원래 말.
** 구수회의 : 여럿이 모여 머리를 맞대고 조용히 의논함.

것이 바루 오늘 춘파 선생으로 하여금 계림원(鷄林園) 주인(主人)이 되게 한 것이었고, 손수 과수(果樹)를 어루만지지 않으면 안될 형편이 되면서부터 그는 가끔 낚시질을 다니기도 하였다. 술도 무던히 좋아하는 편이나 거리의 주막(酒幕)에는 아직 한 번도 나와 본 일이 없고, 그저 소일거리라고는 단지 낚시뿐이라는 것이다.

"낚시를 무던히 좋아해서 새벽에 떠나면 해가 저야 돌아온단 말일세……. 그 영감이 바루 시방두 저기서 낚시를 드리우고 앉었는 저 영감일세."

하고 석호 군은 긴 이야기를 마치며 또 한 번 그를 가르킨다.

나는 뜻하지 않은 데서 훌륭한 어른을 뵙게 되었음이 여간 반갑지가 않아서

"만나 뵙구 싶으니 소개해 주게나. 자네 잘 아나?"

하고 친구에게 말하였드니

"잘 알구말구. 소개하지. 아마 춘파 선생도 퍽 반가워하리. 청년들은 퍽 좋아하시는 분이니까"

하고 석호 군은 일어스더니 그이에게로 성큼성큼 걸어간다.

친구가 춘파 선생을 연당(蓮堂)으로 뫼시고 올 때까지 나는 거룩한 어른을 만나는 감격에 두근거리는 가슴을 가까수로 진정시켰다.

이윽고 춘파 선생을 뫼시고 연당(蓮堂)으로 돌아오자 나를 가르키며

"정서죽 군(鄭瑞竹 君)이라구 제 친굽니다. 소설(小說)두 쓰구 하는─"

하고 고래 질러 소개한다.

그래 내가 공손히 인사하였드니

"허 그러시요? 나 이웅성(李應星)이요! 소설(小說)을 쓰신다구? 매우

좋은 직업이시군!"

하고 그는 퍽도 다정한 음성으로 말하며 어서 앉으라고 권한다.

"요새두 낚시질 자주 다니십니까?"

이윽고 석호 군이 묻는 말에

"그래! 별루 허는 일이 없어서……."

하고 그는 나를 돌아다보며

"정공은 창작(創作)을 하신다니 매우 귀한 사업이시오"

한다.

"제가 무얼 압니까? 선생께서는 무슨 저술(著述)을 하신다구 들었는데 어떻게 되셨읍니까?"

나는 아까 친구의 말을 들은 결이라 이렇게 물엇다.

"허 저술(著述)은 무슨 저술(著述)이겠소. 내가 주소(晝宵)*로 뫼시는 선배(先輩) 몇 분의 행적(行跡)을 기록(記錄)해 보노라 했지만 도무지 붓이 서질 못해서……."

"탈고(脫稿)하셨든 출판(出版)이라도 해 보시죠?"

"열(熱)에 달려 쓰기는 썼지만 써 놓고 읽어 보니간 하두 피투성이의 기록(記錄)이 돼서……. 훗사람들에게 읽히고 싶은 생각이 없어서 그대도 불태워 버렸오."

"머처럼 쓰신 아까운 걸 왜……."

"그런 걸 읽느니 보다 차라리 지금 청년(靑年)들은 스스로의 손으로 새로운 역사(歷史)를 첫 줄부터 창조(創造)해야 하오."

* 주소(晝宵) : 밤낮.

하고 선생은 깊은 감회에 잠기시는 듯 눈을 무겁게 감었다 뜨신다.

나는 문득 선생에게서 무한한 외로움을 깨닫고

"친구 어른들은 지금두 가끔 만나십니까?"

하고 물었드니

"다들 바뻐서……."

그리고 그는 눈을 스르르 감어 버리시었다.

나는 함부루 그에게 지저분한 질문을 들어대는 것이 어째 죄송스러워 얼마를 잠잫고 있으려니까 그는

"정공(鄭公)은 창작(創作)을 하신다니 많이 읽고 힘드려 쓰시오. 뭐니 뭐니 해두 사후(死後)에 남는 생명(生命)이라구는 저술(著述)밖에 없지 않은가 하오"

하고 나를 격려하는 그 말슴이 마치 지금까지의 나의 경박했음을 경계하는 것 같아 나는 새삼스럽게 진땀이 났다.

그날은 그만 헤여졌으나 그러나 선생의 고상(高尙)한 인격(人格)에서 받은 향훈(香薰)을 나는 오래 두고 잊을 수는 없었다.

두 번째 선생을 뵈온 것은 그 이듬해 초가을의 어느 날이었다.

친구가 유인(誘因)하는 대로 오래간만에 나는 '궁동'이라는 숲에 낚시질을 갔었는데, 알맞은 낚시터를 잡으려고 숲을 한 바퀴 돌다가 외따른 갈밭 속에서 낚시를 드리우고 앉어 계시는 춘파 선생을 문득 발견하고 나는 한편 반갑고 한편 놀래었다.

금시로 와락 달려가 그 앞에 꿇어 업데고 싶은 충동을 그러나 나는 꽉 억누르지 않으면 안되었다. 갈밭에 콱 주저앉어서 눈 한 번 파는

길 없이 곁으로 사람이 지나가는 줄도 모르고 물 우의 일점(一點) 따부만 쏘아보며 무아 삼매경(無我 三昧境)에 잠겨 계시는 선생을 나는 차마 외람되게 건드릴 수 없었든 것이다. 아니 도저히 침범(侵犯)할 수 없는 어떤 위대하고 거룩한 힘이 내게 경솔한 거동(擧動)을 허락지 않는 것같이 느껴졌다. 그래 나는 하는 수 없이 될 수 있는 대로 빨리 선생의 눈에 띠이도록 그와 정반대(正反對)의 편에 자리를 잡고 앉었다.

그러고 기대리기를 한 시간 또 한 시간— 행여 나를 거들떠보아 주실까 하고 아모리 눈이 감도록 고대해도 선생은 마치 자기 자신조차를 잊어버린 사람처럼 눈 한 번 갈픈하는 일 없었다.

언제부터 삼십 리 거리인 여기에 오셔서 저러고 계신지, 언제까지 저러고 계시려는지 도무지 헤아릴 수가 없었다.

그러나 공교롭게도 갑재기 난데없는 거믄 구름이 뭉게뭉게 솟아오르드니 삽시에 온 하늘을 휘덮고 숲 우에까지 두터이 내리깔리듯 하였다. 그리고 그것이 마츰내는 비가 되어 삽시에 밤알 같은 빗방울이 드믄드믄 떨어지기 시작하고 희살진 바람이 수면(水面)을 여지없이 휘갈기며 지나갔다. 험악한 기세가 한 소내기 내리쏟을 징조이어서, 낚시군들은 제각기 서둘러 낚시와 다랭이를 거두어 메고 집으로들 내빼었고, 나도 떠날 차비를 다 차렸으나 그러나 춘파 선생만은 비가 쏟아지거나 우박이 퍼붓거나 오불관언(吾不關焉)이란 문자(文字) 그대로의 태연부동(泰然不動)한 자세(姿勢)로 낚시찌만 견주어 보고 계시었다. 참말 무슨 힘이 저 선생으로 하여금 움직이게 할 쑤 있을 것일까. 선생은 언제까지나 저러고 계시려는 것일까. 커다란 한 덩어리의 바위와도 같이 무표정한 선생은 필연코 하늘땅과 더부러 영원(永

遠)히 저러고 계시려는 것이나 아닐까. 내게는 암만 해도 꼭 그렇게만 여겨졌고, 그러므로 아모리 기대린대야 도저히 선생을 만나 뵐 가망 (可望)은 없을 것 같아, 아쉽고 안타까운 마음에 나는 차마 떼여지지 않는 발길을 억지로 집으로 돌리었다.

돌아오면서도 나는 소내기 퍼붓는 숲가에 외로히 웅크리고 앉아서 역력히 찌만 쏘아보고 계시는 선생을 몇 번이고 몇 번이고 머리속에 그려 보지 않을 수 없었든 것이다.

— 그러니까 이번에 선생을 뵙는 것이 나로서는 세 번째인 셈이나 선생으로서는 두 번째임에 틀림없었고, 단 한 번밖에 만난 일 없는 선생이 대번에 나를 알아보시는 그 고마움에 나는 또 한 번 눈시울 뜨거운 감격을 느끼며 어두운 길가에서 선생을 기대리고 있었든 것이다.

얼마 동안이나 기대렸을까. 시간 관념을 잃어버린 채 발밑에서 우짖는 귀뜨람이 소래와 함께 선생의 추억(追憶)에 잠겨져 있노라니까 문득 저만치 어둠 속에서

"락키이! 락키이야!"

하고 선생이 개를 부르며 이리로 걸어오시는 발자최 소리가 들려왔다.

"락키이?"

나는 의아한 생각에 고개를 기우리며 어둠을 뚫고 내다보았다. 양손에 무었인가를 든 선생이 과시 개 한 머리를 달고 이리로 오신다.

"어두운 데 욕보십니다."

내가 마중 나서니까 선생은

"기대리었오? 먼저 올러가시지 않구!"

하고 나서 나를 보고 지즈려는 개의 등을 툭툭 치며

"츠! 츠! 락키이야! 가만있어!"

하고 달래인다.

　나는 선생에게로 닥어가 손윗 것을 내가 들고 가겠노라 하니까 바른손에 들었던 한 되드리 술병을 내게로 내밀며

"좀 들어다 주시겠오? ……. 정공은 술 허시이지?"

"네 몇 잔 헙니다만……. 웬 술을 이렇게 많이……."

하고 나는 가슴을 푹 찔리울 듯하였다.

　선생이 술을 무척 좋아하신다면서도 아직 한 번도 거리의 주막(酒幕)에는 얼신 않으셨고 꼭 친구를 택해서야 잡수셨다 하셨는데, 그럼 선생은 나를 족히 술벗이 된다고 생각하신 것일까? 나는 스스로 등곬에 진땀이 뱀을 느끼면서 아모리 술 마실 줄을 모르는 판서라도 차마 고지식하게 못 마시노라 대답할 수는 없었던 것이다.

　절에 다다르자 선생은 개더러 토방에 앉으라 일르시고 방 안에 들어오시면서

"이거 공부 오셨는데 미안하오."

하시여, 나는 선깨 떨 듯

"천만의 말씀입니다"

하고 말하자 그는 손에 들고 온 보재기 꾸레미를 풀어헤치며

"이거 내 집읫 사관데 하나 자서 보실까 허구……."

　나는 미처 고맙다는 말도 못하고 사과를 받아 들었다. 새빩앟다 못해 검붉을 정도로 하기는 했으나 이상하게도 모두가 군데군데 멍이

백인 파치 사과였다. 그래 이상하다고 생각하는 새

"모두 꼬두머리의 것이 돼서 험잽이지만 맛은 고작일 께요."
하고 말씀하시어, 나는 또 한 번 선생의 도타운 정(情)에 찔리우지 않을 수 없었다. 앉은 자리에서 한 알 베껴 먹어 보았는데 참말 입안에서 녹아 없어질 듯이 달았다.

이윽고 나는 외람된 짓이라고 알면서도 선생과 주안상을 마주하고 앉았다. 몇 순배 돌자 선생은 소년(少年)처럼 낯에 홍조(紅潮)를 띄이셨다. 갑재기 귀도 밝아지신 듯하였다.

"정공은 용읍(龍邑)에 여러 번째 오시오?"
이윽고 선생이 이렇게 물으신다.

"웬걸요. 재작년에 선생님을 뵐 때가 처음이었고 이번이 두 번잽니다."
"그러시오? 용읍(龍邑)은 참 경개(景槪)로는 빼난 곳이오. 금수강산이 어딘들 부족한 데가 있으리오만 개중에도 용읍(龍邑)은 참 승지(勝地)오 기개(氣槪)가 좀 적은 게 흠이지만………."

"저두 그렇게 생각합니다. 아주 정(情)이 들어요."
"아암. 내 고향이래서 그런지는 모르겠오만 용읍(龍邑)처럼 그리운 고장도 없었오. 인생도처유청산(人生到處有靑山)이란 말은 젊고 혈기방장(血氣 方壯)할 때의 일이고 늙으면 그리운 곳은 역시 뼈 묻힐 곳이었오."
하고 선생은 술을 단숨에 쭉 드리키신다.

어느 여름날 석양(夕陽)에 용읍(龍邑) 마을 동구(洞口) 밖에 있는 연당(蓮堂)에서 눈물먹음은 눈으로 측연(惻然)히 연꽃을 바라보셨다는 선생의 심정(心情)을 나는 이제야 깨닫고 스스로 몸소름이 끼쳤다. 뜻을 이루지 못하면 죽어도 안 돌아오겠다고 굳은 결심을 품고 떠났을 선생이 다시 용읍(龍邑) 땅을 밟게 된 것도 그가 고향 산천(故鄉 山川)을 극진히 사랑하는 '애향심(愛鄉心)'과 사람의 마음을 약(弱)하게 하는 '노쇠(老衰)'에서이었을 것임에 틀림없었다. 처음에 품었든 결심을 고집(固執)하시는 괴로움보다 그 결심을 변복하실 때의 번민이 얼마나 더 지독했을 것인가를 나는 도저히 상상할 수조차 없었다.

한참 침묵(沈默)이 계속된 후였다.

"정공은 용읍 팔경(龍邑 八景)을 다 구경(求景)하셨오?"

하고 물으며 잔을 내게로 주신다.

"못했읍니다. 용읍 팔경(龍邑 八景)은 무엇 무엇입니까?"

"용읍 팔경(龍邑 八景)이라구―"

하고 선생은 내가 쓰다 놓아둔 만년필(萬年筆)과 원고지(原稿紙)를 잡아 다려 다음과 같이 기록(記錄)하시면서 입으로 설명을 달으신다.

"서문망추(西門望秋, 서문령(西門嶺)에서 가을 바라보기)

연당청우(蓮堂聽雨, 연당(蓮堂)에서 빗소리 듣기)

용흥종성(龍興鍾聲, 용흥사(龍興寺)의 인경(人更) 소리 듣기)

남산두견(南山杜鵑 , 남산(南山)에 두견(杜鵑) 우는 소리)

독진냉천(獨鎭冷泉, 독진(獨鎭)의 냉천 적수(冷泉 滴水) 맞기)

아후미늑(衙後彌勒, 아사후(衙舍後)에 있는 미륵불(彌勒佛))

관모송음(冠帽松音, 관모산(冠帽山)에서 송뢰(松籟) 듣기)

그리구………."

하고 선생은 잠깐 붓을 멈추고 나를 바라보시며 빙그레 웃으시고 나서

"계림문향(鷄林聞香, 계림원(鷄林園)에서 향훈(香薰) 맡기)"

하며 마저 쓰신다.

'계림원(鷄林園)' 이란 당신이 경영하시는 과수원(果樹園)이었다. 일러 놓고 보니 딴은 모두가 그럴 뜻했으나 '계림문향(鷄林聞香)'으로 미루어 이른바 용읍 팔경(龍邑 八景)이 무슨 옛날부터 유래(由來)하는 것이 아니라 열렬(熱烈)한 애향심(愛鄕心)으로 당신께서 지으신 것임을 짐작할 쑤 있었다. 더구나 '용흥종성(龍興鍾聲)'은 지금은 얼토당토않은 일이고 다못 선생이 회고심(懷古心)에서 한 조목(條目) 넣으신 것일 것이— 이것으로 미루어도 그가 얼마나 용읍(龍邑)을 사랑하시는 것인가를 가(可)히 짐작할 수 있었다.

"사방(四方) 산(山)이 돼 놔서 닭 즘성 같은 것도 치기에 좋겠습니다."

나는 석호 군에게서 들은 일이 있기에 이렇게 말했드니 선생은

"허어 나두 그런 생각에서 계획을 세워 봤었오만………. 일을 해 보재두 덕이 있어야지! 덕이………."

하고 수염을 내리 쓸며 한탄하듯 뉘우치다가

"참 김공(金公) 소식 더러 들으시오?"

하고 갑재기 생각난 듯이 묻는다.

김공이라는 것은 춘파 선생을 내게 소개한 석호 군을 이름이었다.

"네 각금 편지 옵니다."

"아까운 사람이 용읍(龍邑)을 떠났지………. 농촌 진흥 운동(農村 振興 運動)을 착실히 하더니만—"

"농촌운동을 하재두 돈이 있어야겠다구. 돈 좀 뫄 갖이구 다시 시

작하겠다구 그러드군요. 지금은 서울서 가불허죠"

"허어 돈을 알게 되면 일은 틀리지!"

"그래두 오만 원만 뫃으면 다시 돌아와 사업을 하겠다구 그러드군요"

"욕심에 어디 한정이 있겠오? 오만 원 뫃으면 십만 원 모구 싶구, 십만 원 뫃으면 백만 원 모구 싶구 그런 게지……. 원체 일을 붙잡으면 돈은 생기는 법인데………."

"그래두 지금 세상에서야 돈 없이 무슨 일을 붙잡을 수가 있습니까?"

"돈은 필요한 물건이오만 그렇다구 유용히 쓰자구 돈인데 사람이 되려 돈에게 잽혀서야 무엇에다 쓰겠오. 옛 어른들은 그러지들 않으셨건만………."

선생은 탄식쪼로 뇌아리시고 나서

"김공은 참 아까운 사람이………."

하고 다시 애석해 하신다.

"아마 인제 또 돌아오겠습죠."

"글쎄 말이오! 어려울껄………."

그러고 선생은 술을 따신다. 어찌 보면 사뭇 차는 시름을 술로 풀어 보시자는 심사인 것 같았다.

한 되 드리 술병이 바닥이 날 때에는 산속의 밤도 어지간히 깊었다. 석 잔도 변변히 못하든 내 차부에도 두 홉은 든실히 마셨지만 아마 이야기에 정신을 팔린 탓인지 별로 취하지 않았다. 선생도 낯만이 불그레했을 뿐 정신은 깨끗하시다.

주안상을 물리고도 얼마간 이야기를 하시다가 선생은 돌아가시겠노라고 슬쩍 일어서시므로

"이 밤중에 돌아가시다니요! 불편(不便)하신 대루 하룻밤 여기서 주무시구 내일 내려가십시오."

하고 만류하니까

"아니 웬걸! 길이 서툴가 바서? 눈 감구두 다닐 곳인데………."

하고 선생은 막무가내하시다.

"그래두 얘기두 더 하실 겸 주무시두룩 허세요."

"자구는 싫으오만 걜 데리구 와서………. 걜 한지에서 재울 수두 없구………."

"참 그건 웬 겁니까? 혹시 보신용으루?………."

나는 아까의 의심이 다시 솟아올랐다.

"허허 날 누가 해하리라구 보신용이겠오? 락키이라구 세파아드 종(種)인데 내 유일한 벗이오! 참 의리(義理)에 굳은 즘생이거든………."

"훈련(訓練)을 받은 겁니까?"

"암, 워낙 군견(軍犬)인데 불하(拂下)돼서 내 친구가 기르는 걸 내가 갖어온 게오, 시방도 군적(軍籍)에 매워 있으니까 일(一)단 유사지추(有事之秋)*엔 불리워 나갈른지 모를 게요."

하고 선생은 문(門)을 열고는 밖으로 나서시며

"락키이야! 기대렸지?"

마치 사랑하는 아들에게나 말하시듯 인자하신다.

밖에 나서니 날은 맑으나 워낙 캄캄한 밤이 되서 나 많은 이는 도저히 산(山)길을 내려가실 것 같지 못해

---

* 유사지추 : 뜻밖의 아주 급한 일이 생겼을 때.

"아모래두 못 내려가시겠습니다. 주무시구 내일 일즉 내려가십시오."

하고 또 한 번 붓잡었으나 역시 무가내하시다.

"곤하신데 늦어서 미안하오. 어서 들어가 주무시오. 삼사일(三四日) 후 가실 막에 또 한 번 놀러 오겠오."

그리고 선생은 락키이를 곁에 달으시고 수격수격 내려가신다. 그래 나는 모셔다 드릴 양으로 뒤로 따러 내려가니까

"아 왜 내려오시오? 용읍(龍邑) 마을 길엔 정공이 나보다 서트루실 걸! 어서 들어가시오."

하고 선생은 종시 나를 돌려보내고야 만다. 나는 마지못해 머물러 서서 어둠 속으로 살아지는 선생의 뒷모습을 망연히 바라보며 마음속으로 선생이 별 실수 없으시기를 한없이 바래였다.

어둠 속에서 더벅더벅하는 발자최 소리가 차츰 멀어져 가드니 종내는 자최를 감초아 버리고 잊을막 후에

"락키이야! 락키이야!"

하고 선생이 개 부르시는 소리만이 고요한 밤공기를 간얄피게 진동시키며 들려왔고, 그것마저 사라진 뒤에는 귀뜨람의 우름소리만이 온 산을 뒤흔들 듯이 소란하였다.

산속의 밤은 접동새 우름으로 깊고 귀뜨람이 우름으로 새는 것 같었다.

이튿날 아침 나는 눈을 번쩍 뜨기가 바쁘게 옷을 추려 입고 계림원(鷄林園)으로 향(向)하여 나섰다. 잠자리에 근심을 헌 탓인지 춘파 선생이 낙마를 보신 꿈을 꾼 때문이었다.

산길을 내려가면서도 나는 길 좌우(左右)를 몇 번이고 두리번거렸다.

계림원(鷄林園)은 산길을 다 내려가서 마을을 뚫고 지나, 다시 마즌편 언덕으로 추어 올라야하는 산 중품에 있었다. 단숨에 계림원(鷄林園)까지 달래여 가서 막 과수원(果樹園) 안으로 들어서다가 나는, 파랑을 쓰고 다렝이에 낚시대를 둘러메고 이리로 나오는 선생과 딱 마조쳤다.

"아 선생님! 벌써 낚시질을 떠나십니까!"

나는 선생이 어제밤에 무사히 내려오셨슴을 보고 무겁든 마음이 일시에 개였다.

"일즉 일어나셨구료. 어서 들어오."

선생은 걸음을 멈추었다가 돌다 서신다.

"어서 낚시질 가 보세요. 전 올러가겠습니다."

"무얼………. 가믄 가구 말믄 말군대………. 어서 들어오시오."

하고 선생은 앞서 걸으신다. 나도 따라 들어섰다. 과수원(果樹園) 안에 한 발걸음 디리 놓자 참말 흠뭇한 향내가 몸에 짐기듯 풍기었다. 과시 '계림문향(鷄林聞香)'이 거즛이 아니었다고 느끼며 나는 선생이 권하는 대로 퇴장에 가 앉었다.

선생 댁(先生 宅)은 초가집으로 군데군데 서까레가 썩었고 영도 파락해서 움막 같은 감이 없지 않었으나 그러나 그 집을 에워싸고 무성한 능금나무에서는 지금을 방절(方節)로 새빨한 능금알들이 다닥다닥 쥐어 붙어서 마치 아름다운 그림을 보는 듯하였다.

"과수(果樹)가 참 장협니다."

"친구들 덕택에 이렇게………."

"퍽 취미(趣味) 있으시죠?"

"그래! 자라는 나무를 보기란………. 친구들의 우의(友誼)를 보는 듯해서………."

짜장 한 알 한 알의 붉은 능금알들이 선생의 말씀마따나 내게는 아름다울 우의(友誼)의 열매만 같았다. 아침 볕에 빛이여 샛빨앟게 반사되는 능금 알들은 그것이 단순한 나무 열매가 아니라 참으로 정성과 정열의 결정인 것만 같았다.

이윽고 선생은 어젯 것과 꼭 같은 사과를 몸소 꼬두머리에서 한 이십(二十) 알 따 갖이고 와서 내게 먹기를 권하시면서

"아침 사과는 금이라오. 한 알 자서 보시오."

하신다.

"여기선 대개 어디루 가십니까? 낚시질을………"

나는 사과를 갈으며 언젠가 '궁동'에서의 일을 연상하였다.

"대중없지. 서(西)로 한 십 리(十 里) 허(許) 가면 수리조합(水利組合) 대간선(大幹線)이 있구, 남(南)으로 한 이십 리(二十 里) 가면 '용숲', 북(北)으로 삼십(三十) 릴 가므 가면 '궁동', 거기서 좀 더 가선 '딴도리', 동(東)으로 오십 리(五十 里)를 가면 '물둥지'(저수지(貯水池)), 이 근방엔 대개 그렇고 한 육칠십 리(六七十 里)를 범위로 하면 얼마든지 좋은 숲이 많지."

"육칠십(六七十) 릴 갔다 돌아오십니까?"

"돌아오구말구. 오늘아침은 늦었오만 먼동이 트자 떠나야지."

"그렇게 재미가 나십니까?"

"허허 낚시질이란 큰 외도지."

"오육십(五六十) 릴 가서 고기나 못 잡으심 화가 안 나서요?"

"화? 환 무슨 화라구 허허. 낚시질의 취미가 고기 낚는 데만 있다구 알면 큰 잘못이지………. 거울같이 반뜻한 숲에 일간지(一竿枝)를 펵 드리워 놓구 따불 지다보구 있으믄 세상만사(世上萬事)가 스스로 그 속에 용해(溶解)되구 말거든. 말하자면 일종 정신 수양(精神 修養)이지! 한 점(點) 따부에 온정신을 집중(集中)시켜 천지(天地)와 더부러 동락(同樂)하는 취미(趣味)란 비길 배 없을 게오. 불교(佛敎)에서 해탈(解脫)이니 법열(法悅)이니 공행(公行)이니 하지만 낚시질은 뜻하지 않고 불교(佛敎)의 법리(法理)를 쫓는 게야, 낚시질처럼 물욕지심(物慾之心)을 초연(超然)할 수 있는 것이 또 어데 있으리라구………. 혹자(或者)는 맥이 안 오면 안달복달하며 연방 자리를 옮기는 것을 보았오만 거 낚시군이 아니지. 첫째 고기에만 눈을 건다는 것이 틀렸고, 둘째 자리를 연방 옮겨서야 어디 고길 잡을 수 있으리라구………. 그저 한곳에 자릴 잡음 거기 꽉 짖눌러 앉아 있어야………. 참말 일지청간(一枝淸竿)에 심신(心身)을 의탁(依託)하고 앉았으믄 영고성쇠(榮枯盛衰)와 부귀영화(富貴榮華)가 뜬구름 같치! 뜬구름 같구말구."

하고 곁에 쭈구리고 앉았는 '락키이'의 머리를 쓰윽쓱 쓸으시며 이연(怡然)*이 낚시 철학을 베프시는 선생의 얼굴에는 금시로 화기(和氣)가 돌기 시작한다.

나는 '궁동'에서의 선생의 요지부동(搖之不動)하시든 태도(態度)를 또 한 번 회상하며 세상에 선생같이 참따운 낚시군이 대체 몇 사람이나 될까 궁리해 보았다.

* 아연 : 즐거워하는 모양.

얼마 후에 나는, 삼사일(三四日) 안으로 선생을 다시 뵈올 것을 사뢰며 하직(下直)하고, 싸 주시는 사과를 갖이고 절간으로 올라왔다. 그러나 이튿날 집에서 어머님이 갑재기 탈이 나셨다는 기별이 와서 나는 절직히에게 말만 전하였을 뿐 다신 선생을 뵙지 못하고 섭섭하게 절을 떠나지 않으면 안되였었다.

그로부터 만 이(二) 주년이 지낸 바루 요 몇을 전 일이었다. 농촌 진흥 운동(農村 振興 運動)을 하다 내팽겨치고 서울 가서 가부(株)를 한다든 석호 군에게서 뜻밖에 지금 고향(故鄕)에 돌아왔으니 곧 한번 찾어와 달라는 편지가 왔다. 나는 석호 군의 편지와 함께 용읍(龍邑) 마을을 연상하였고 용읍(龍邑) 마을과 함께 춘파 선생을 회상하면서 석호 군도 역시 실패(失敗)를 하고 돌아온 것이나 아닐까— 이렇게 추측하며 어쨌든 이튿날 일찍 길을 떠났다. 석호 군도 석호 군이려니와 춘파 선생을 한번 뵙고 싶은 심정(心情)도 간절하였든 것은 물론이었다.

"아 오래간만일쎄. 그새 그냥 집에 있었나?"

찾어간 나의 손을 힘주어 잡으며 석호 군은 얼굴에 벙글벙글 웃음을 띠었다.

"그새 재미 좋았나? 혈색(血色)이 좋을 젠 오만 원 잡어 갖이구 온 게로군?"

이태 반 만에 만나는 석호 군은 예전보다 얼굴빛이 붉으려 하고 몸집이 알어보게 뚱뚱해지고— 참말이지 객지에서 이 년 반식이나 딩군 사람 같은 형색은 조끔치도 보이지 않어서 나는 짜장 그가 계획하든 오만 원을 잡어 왔다고 믿기까지 하였다. 그러나 석호 군은

"이 사람! 오만 원커녕 단돈 오 원도 못 잡어 왔네. 잡긴세레 콩국을 먹었단 말일세."

"콩국을 자신 사람이야 그렇게 살이 찔 법이 있나? 허긴 콩국엔 영양 카로리이가 많긴 많겠지만서두………."

"하하하 히니꾼*가? 만약에 십만 원 잡어 왔다면 그런 소린 못 허겠지?"

"자네가 천만장자가 됐대두 자넬 보는 내 눈에야 변동이 있을 법인가?"

"그래두 실상은 그렇지가 않다는 말일쎄. 멋모르고 운동이니 어쩌니 허구 떠드러들 대지만 실사회에 발을 당가 놓고 보니 모두가 돈이데! 돈밖에 없어!"

"대체 자네는 돈을 얼마나 잡었기에 갑재기 배금주의자(拜金主義者)가 되었단 말인가?"

이태 반이란 세월이 이렇게 사람을 변하게 하는 것일까? 나는 한끗 놀라고 한끗 경멸감을 느끼면서 편잔주듯 반문하였다.

"돈을 잡었음 왜 여러 말이 있겠나!"

"그럼 콩국을 자시고 싸 놓은 뚱이 고작 배금주의(拜金主義)란 말인가?"

나는 석호 군을 여지없이 초라하게 보면서 문득 '시방 사람들은 돈에게 지배를 받어 걱정'이라고 하시든 춘파 선생의 말씀을 회상치 않을 수 없었다.

"그럴른지 모르지! 자네로서는 그렇게 말하는 것이 또 당연한 일이

---

* 히니꾸(ひにく) : 빈정기림. 비꼼.

구. 문학(文學)하는 사람은 언제나 '꿈'을 사랑하는 것이니까, 구지 발명하려는 것은 아니네만 정치 운동을 하는 사람과 문학자(文學者)와 갈러서는 성격적(性格的) 요소(要素)가 거기 있다고 나는 생각하네."

"허지만 배금주의(拜金主義)가 정치적인 '이즘'은 아닐 테지."

"그야 그렇지. 하지만, 그래 지금 우리가 무슨— 그만두세. 자네허구 이론 투쟁을 한대야 쓸데없는 일이구. ………. 사실인즉 가부 헐재금두 떠러지구 해서 논말지기 있는 걸 팔어 갖이구 아예 서울루 솔가할 작정인데. 논이 하루 이틀에 팔릴 일두 아니구 하니 자네가 성가신 데루 좀 간섭해 주어어겠네."

하고 석호 군은 서슴지 않고 내게 부탁이다.

나는 갑재기 대답할 바를 몰라서 잠잫고 앉어 있었다. 춘파 선생은 일생(一生)의 결심(決心)을 굽혀서 용읍(龍邑)으로 돌아오셨는데 석호 군은 조금도 애석해 하는 일 없이 용읍(龍邑)을 떠나겠다는 것이 어쩐지 내 가슴을 아프게 하였다.

우리는 오랜동안 침묵 속에 앉어 있었다.

"자네 춘파 선생 만나 봤나?"

나는 친구에게 물었다.

"못 봤어"

"찾어가 볼까?"

나는 갑재기 선생을 만나 뵈고 싶었다. 그래야만 이 암담한 가슴이 후련히 풀릴 것만 같았든 것이다.

석호 군과 내가 계림원(鷄林園)을 찾어갔을 때는 마침 석양(夕陽)이라 과수(果樹)에는 노을이 짙게 비치었으나 그러나 웬일인지 능금도 다부지게 열들 앓아서 능금나무는 이상하게도 엉성했고 과수원(果樹園) 전체(全體)에 쓸쓸한 가을 기색만이 농후하였다. 어덴지 모르게 삭막(索漠)한 과수원(果樹園)을 발견하자 나는 또 한 번 가슴 눌리우는 듯한 슬픔에 잠겨지며 능금을 따오는 인부(人夫)더러

"춘파 선생 계십니까?"

하고 물었다.

"어디 나가셨는데………. 아마 또 산(山)에 올라가신 게죠."

"산(山)이라뇨"

"서문령(西門嶺) 고개 말이요. 가을이 되면서부터 날마다 고개에만 올러가 계시는 걸요."

서문령(西門嶺) 고개라는 말에 나는 번개같이 용읍 팔경(龍邑 八景)의 하나인 '서문망추(西門望秋)'가 생각나서 멀리 서문령(西門嶺)을 한참 우러러보았다.

"요새두 낚시질 가끔 다니시나요?"

나는 파치가 아닌 성성한 사과를 먹으면서 또 물었다.

"웬걸요. 작년부터 눈이 멀어지시드니 금년 여름 드러서부턴 똥 찌가 안 뵈서 낚시질두 못 가신다우"

"낚시질을 못 가셔요? 그런 밤낮 산(山)에만 올라가시나요?"

"그렇죠. 밤낮 그저 산(山)에만………. 개꺼정 없어 놔서………."

"개가 없어지다니요?"

나는 깜짝 놀랐다. 선생이 돌아가셨다 처도 나는 그 이상 놀랄 수는 없었을 것이다. '내 유일(唯一)한 벗'이라구 하시든 그 개가 없어지다니?

"아니 개가 없어지다니요? 죽었나요?"

"웬걸요! 죽은 게 아니라 쌈 때문에 군대(軍隊)에서 데려갔지요."

"군대(軍隊)에서?"

나는 순간에 모든 것을 깨달았다. 군적(軍籍)에 매웠기 때문에 일단 유사지추(有事之秋)에는 다시 불려 간다고 하든 락키이가 아니었든가. 그리고 사변이 일어난 지도 이미 삼 년째—

유일한 취미든 낚시질도 못하고, 단 하나의 동무이든 락키이마저 전장으로 보내고, 인제 혼자서 갈바람 희살진 산(山)등세기를 감돌지 않으면 안되는 춘파 선생의 영자를 나는 눈앞에 그려 보고 가슴 서늘하였다. 락키이가 어서 선생의 곁으로 돌아와야 하겠다는 그 한 가지 사실만으로도 사변이 어서 끝나기를 바라는 바이나 그러나 설령 사변이 끝난다 처도 락키이가 제대로 선생의 곁에까지 돌아올 수 있을까 어쩔까를 생각하자 나는 사과가 좀체 목구멍을 넘어가지 않았다.

이윽고 과수원(果樹園)을 나선 우리는 마치 약속이나 한 듯이 뒷산(山)으로 올라가고 있었다.

단풍 든 츩넝쿨을 밟으며 밟으며 우리는 오래동안 말없이 걸었다. 산(山)골자기에 버려진 마을에서는 저녁연기가 한가로히 떠오르고 있다.

"암만 해두 서울루 떠나야 하겠나?"

산(山)꼭데기에 다 올러와서 나는 먼저 입을 열었다. 석호 군은 아까와는 딴판으로 한참이나 말없이 마을을 내려다보고 섰다가

"응, 아무래두⋯⋯⋯."

하고 나즉한 대답이다.

우리는 또 말이 동이 나서, 것기를 시작하였다. 김군과의 교분(交分)은 오늘로서 종막(終幕)을 고(告)하지 않으면 안된다고 궁리하면서……. 까마귀 네댓 마리가 머리 우로 분주히 날어 서문령 넘어로 넘어가 버린다. 우리는 까마귀의 뒤를 따러 걸었다. 우리는 저므르게 서문령(西門嶺)을 향(向)하여 것고 있었든 것이다.

서문령(西門嶺)이 가까워 오자 나는 행여 춘파 선생이 계시나 하고 앞을 살펴보았으나 보이지 않았다. 그래 다시 더 걸어 나가며 고개 저편을 넘겨다보다가, 아 나는 거기에서 선생을 발견하였다.

역시 전날과 같이 허줄한 옷채림으로 가을 끝난 수수밭에서 선생은 허리를 굽혀 떠러진 수수이삭을 주서 모으고 계시었다.

나는 제 깐에 와락 달려가다가 다음 순간에는 발을 뚝 멈추었다. 나를 만나시면 선생은 응당 반가워하실 것이나 그러나 우리는 다시 헤여지고 말 처지이니 헤여진 후의 선생의 심정을 헤아려 차마 손쉽게 선생을 찾어뵐 수가 없었든 것이다.

곁에 선 석호 군도 말없이 선생을 바라만 보고 섰었다.

이윽고 선생은 서문령(西門嶺) 높이 올라서드니 바람에 구레나룻을 휘날리우면서 초연히 버티고 서서 안하(眼下)에 창파만경 격(滄波萬頃格)으로 벼 물결치는 들판의 가을을 언제까지고 망연히 바라보고 계시었다.

눈이 어두어 낚시질도 못하시고 락키이마저 잃어버리시고, 참말 선생은 인젠 떠러진 이삭이나 주어 모으며 외로히 서문령(西門嶺)에서 가을을 바라보시는 오직 그 길밖에 딴 도리가 없던가!

고향을 떠나므로 재생의 길을 닦으려 하는 석호 군에게 비기면 굶어도 고향의 경개 속에서 살아가려는 선생의 태도는 이미 처음부터 가 비극적이 아니었던가.

겨울이 머잖은 들을 하염없이 바라보며 계시는 선생은 이미 오래 전부터 숙명적(宿命的)으로 떠러진 이삭이나 주서 모을 그러한 말로(末路)를 타고 나신 것이나 아니었던가.

고개 우 바람받이에 초연히 서 계신 선생의 뒷모습을 우러러보며 우리는 언제까지든 애달픈 감개에 잠기지 않을 수 없었다.

해가 서산(西山)에 숨자 황혼(黃昏)은 산(山)골자기에서부터 안개처럼 갈개를 펴기 시작하였다.

먼 데서 개 짖는 소리가 간간히 들려왔다. (己卯 秋)

제삼(第三)의 우정(友情)

1

정초의 거리에서 한 패거리의 자별한 친구들을 우연히 만나게 된
것은 진정 반가운 일이긴 했으나 그들이 대뜸 헌다는 소리가 참 잘
만났네 그러잖어두 자넬 불러 내자구 시방 공론들 하든 판인데 어서
가 한잔 마시세―. 이러기가 바쁘게 소맷귀를 꼭 부여잡는 데는 나는
참 딱 질색이었다.

그래 난 긴히 볼일이 있어 못 가겠으니 이 옷소맬랑은 부디 놓아
달라고 애걸하니까 또 헌다는 소리가 정초에야 술 마시는 일보다 더
긴한 볼일이 어데 있겠느냐? 자네겐 진홍(眞紅)이 불러 독차지시켜 줄
테니 제 잡담하고 어서 가자고 좌우 곁을 떠받고 뒤에서 거치고 하는
바람에 옴작달삭 못하고 요정에까지 붓들려 오긴 왔으나 나는 참 란
처했다. 금노 석 잔이면 알어보는 불출인 내가 말술을 사양 않는 그
들 축에 붓들렸다는 그 한 가지 사실만으로도 흥은커녕 겁이 십 리나
앞선다. 정초부터 이 모양일 젠 금년 운수도 보잘것없다고 내속 뇌까

리며 꿔 온 보리자루처럼 멀거니 앉았노라니까 친구들은 진홍이니 월계니 선옥이니……. 또 누구 누구 하고 기생 이름을 냅더 부르며 하나 앞에 하나식 여섯만 불러ー 하고 명령하니까

"진홍인 벌서 노름 났는 걸입쇼."

하고 뽀이가 알니어

"허ー진홍이가 없으니 김군께 안됐는데ー어느 요리집에 불렸누? 이 집에 불렀어? 그 잘됐군! 나중 뽀찐 두둑이 줄 테니 개평을 좀 떼오게. 개평을……."

하고 친구들은 기세가 매우 등등하다.

허나 솔직히 말하자면 진홍이가 없다는 데 나는 적지 아니 실망을 느꼈다.

무어 진홍을 꼭 만나야만 헌다는 건 아니지만 그가 지금 딴 사내의 술을 따르고 있으리라고 그렇게 생각하니 기분은 몹시 우울하다. 그 뿐더러 나 자신이 노래 재주가 있다든가 기생 다루는 솜씨가 능난하다든가 해서 알마추 이 좌석에 어울릴 수 있다면 있거니와 술좌석엔 당최 쭝이어서 진홍이같이 내 정지를 알어주는 말벗이나 있어야 할 텐데ー. 나는 좌우를 살펴보자 짜장 물 우에 뜬 기름방울 같은 나의 고독을 발견하여 혼자 초조해 하고 제풀에 얼굴이 다러오르고 하였다.

메ー도루가 높아 가자 좌석은 한창 흥이 겨웠다. 기생을 품고 서튼 스텝을 밟는 자가 있고 배뱅이 타령이 나오고 만고강산 유람차로 열락선은 떠나간다.

방 안은 아주 난탕이나 그 어느 것이고 멋드러지지 않은 것이 없다.

그렇게 축들이 농탕을 처 갈수록 나는 나대로 정신이 차츰 말쩡해

저 도저히 이 자리에 끝내 섞여 있지 못할 나임을 깨닫고 틈 보아 살그머니 새여 나왔다.

그리하여 머리를 수굿하고 현관께로 창황히 다러 나오는데

"요— 김군 아니여?"

하며 나의 어깨를 툭 치는 이가 있다.

나는 순간 놀램과 함께 눈앞의 와이샤쯔 바람의 뚱뚱하고도 키가 훤츨하니 큰 사내를 잠간 영문 모르게 바라보다가

"아니 이거 오군 아닌가?"

하며 그의 손을 덥석 잡었다.

"오래간만일세. 현각 군! 자넨 면모가 조곰도 변치 않었네그려."

하며 오군은 힘차게 나의 팔을 흔든다.

"참 자넨 좀해선 몰라보겠는데……. 지금 검사 시보루 있다지?"

나는 맘속으로 그가 틀림없는 오창석이라는 걸 한 번 더 다지지 않을 수 없었다.

최최하든 눈이 소누깔처럼 으리으리해진 거라든지 빼빼 말랐든 몸이 절구통처럼 뚱뚱해진 거라든지 지금의 그에게서 옛날의 그의 모습을 찾어보기란 용이한 일이 아니었든 것이다.

"응! 지난번에 검사가 됐네. 그보다두 자넨 당당한 신진 문사가 됐데그려!"

"이 사람 대문혼 어쩌다고 하필 신진 문산가!"

나는 문사라는 말에 얼굴을 붉히며 농을 처 버리고 나서

"그래 검사님 재미가 어떤가?"

하고 슬쩍 말머리를 돌렸다.

"츠— 그렇지 머………."

오군은 혀를 한 번 차고 나서 빙그레 웃으며 초라한 내 행색을 아래위로 훑어본다. 오군의 그 태도는 나를 넘보는 것만 같아 나는 무안과 함께 내심 매우 불쾌했다. 더구나 오군의 지금의 유연한 태도를 보자 나는 불쾌와 함께 불현듯 십삼 년 전에 오창석을 회상치 아니할 수 없었다.

십삼 년 전— 오군이 나와 함께 사립 보교 사 학년 때, 그의 집은 몹시 비난하여 달마다 월사금을 쩔쩔맷고 또 교복은 언제나 람누한 것을 입었으므로 아모리 교육자인 선생들이라도 음으로 양으로 오군을 차별 대우해 오는 것은 사실이었다. 헌데 그와 반대로 당시 나의 집에서는 학교에 거액의 기부를 하였으므로 나는 분에 넘치는 총애를 받아 왔다.

오군과 나의 그러한 처지를 발견하자 나는 내심 오군에게 적지 아니 민망하여 은근히 그를 동정하였고 언젠가는 그가 월사금 독촉에 몰리는 것을 보고 그의 책상 속에 남몰래 오 원 지폐 한 장을 넣 준 일도 있었다. 한데 그 일이 있은 바루 다음 달 월사금 납입 기일이 훨신 가까워서였다.

오군은 월사금에 몰려 반 동무의 지갑을 흠쳤다가 드러나서 급기야 졸업을 일 년 앞두고 학교를 쪼껴나고 말었다.

오군에게 그런 못된 버릇을 가르켜 준 것을 내가 아니었든가 하고 그때 나는 꽤 오랫동안 불안 상태에 빠저 있었다.

그야 어쨋건, 오군은 그길로 동경으로 건너가서 고학으로 N 대학에 단인다는 소식도 풍문에 들었고 고문에 파스하여 사법관 시보가

되었다는 것을 작년 봄 가뭄에서 보아 알았을 땐 나는 나 자신의 성
공인 양 기뻐하였다.

그 오군을 지금 만난 것이다.

"아니 그래 지금 어디서 근무하나?"

하고 내가 묻자

"나두 바루 여기 재판소루 왔다네."

"아니 이리루 왔어? 그런 걸 몰랐구먼?"

"자― 우리 방으루 가서 얘기나 좀 하세."

하고 오군이 나의 손을 잡어끌으므로 나도 사양 않고 그의 뒤를 따랐다.

복도를 세 번식이나 꺾어 돌아서서 말하자면 그의 방은 조용하고
은근한 유측방이었다.

"이 방일세. 드러가세!"

하며 오군이 드러가는 뒤로 나도 따라 드러서다가 나는 깜짝 놀래였다.

진수성찬으로 법직히 채린 요리ㅅ상 앞에 단정히 앉어 있는 기생
은 내가 이제까지 맘속으로 그리워하든 진홍이가 아닌가!

순간 나는 얼굴이 확 달어오르는 것을 가까수로 숨기었다.

"아규! 김선생님이 웬일이세요?"

진홍도 나를 뜻밖에 발견하자 몹시 당황하여 몸가짐이 퍽은 어색
했다.

"여― 진홍이………."

나는 아모렇게나 중얼거리다가 문득 그 옆에 낯모를 분이 한 분 앉
었는 것을 발견하여 실례합니다고 허리를 굽혔드니 오군은 이내 그
분에게

"참 소개하죠. 소설가 김형각 군! 내 친굽니다. ……. 이분은─ 참 이 어른을 자네 모르시나? 안승호 씨."

하고 오군은 더 설명할 필요조차 없다는 듯이 말을 끊는다. 딴은 안승호 씨라면 이 지방에서는 삼척동자라도 다 알만치 이름난 부자다.

이분이 안승호 씬가 하고 나는 새삼스러히 그를 건너다보았다.

오십 줄을 훨신 넘은 듯 반백이 다 된 안승호 영감은 그 퉁방울같이 으리으리한 눈으로 나를 마주 보며 소설가시라? 참 화려한 직업이시군 하고 억양 있게 고개를 끄덕이어 나는 괜스리 기가 찔녀 고개를 수그리지 않을 수 없었다.

"그리자 한잔 드세요!"

하고 진홍이가 잔을 내게 내미니까

"호─ 김군은 진홍이와 괜찮은 샌 모양이지?"

하며 오군은 나를 힐끗 처다보는데 그 시선은 이상히 날카롭다. 나는 직각적으로 오군의 진홍에게 뜻을 품고 있다고도 느끼면서 순간 옷싹 몸소름이 끼쳐졌다. 그래 술을 단숨에 꿀꺽 삼키고 잔을 오군에게 돌렸다.

"그래 요새두 뭣 쓰나?"

잔을 받으며 오군이 묻는 말에

"요새두 뭣 쓰나─가 뭐애요. 그럼 소설가가 소설 안 쓰시겠어요. 호호호."

하고 진홍이가 재미나게 웃으며 대답을 가루채니까

"호오─ 진홍은 아주 김군 팬인가 본데……. 어쩌면 단순한 팬만이 아닌지두 모르지만─"

이렇게 말하는 오군의 어조에는 확실히 불쾌와 질투의 감정이 나타나 보였다.

오군은 짤짤 넘치는 술을 단숨에 쭉 드리키고 나서 잔을 또 내게로 돌리므로 나는 술을 그렇게 많이는 먹지 못하노라고 사양하니까

"소설가가 술을 못 마시다니! 그렇고야 어떻게 글을 쓰겠나 하하하 그렇잖읍니까. 안선생님!"

오군은 안승호에게 동의를 구하면서 연방 조소에 가까운 웃음을 웃어 대여 나는 순간 멸시와 모욕의 감정을 느끼지 않을 수 없었다.

십삼 년 전의 오창석의 입에서 오늘 이렇게 남을 비웃는 말이 나올 줄이야. 신 아닌 사람이 누가 알았으랴.

나는 세상 변천에 감개무량하면서도 십삼 년 전의 군의 처지에 지금 내가 놓여 있음을 깨닫지 않을 수 없었다.

그리자 안승호가 한자리 나 앉으며

"사양지심은 예지단야*라구 사양하시누라구 그러시겠지 술을 왜 못 허실나구! 자— 내 술 한 잔!"

하며 잔을 내밀어 별수 없이 받기는 받으면서도 나는 부닥칠 데 없는 짜증과 울화가 바글바글 끓어올랐다.

진홍이가 역석 빠르게 술을 농간하여 붓는 것을 나는 홧김에 가득 부으라고 하여 여봐란 듯이 쭈—ㄱ 디리켰다.

얼마 후였다.

"원고료 수입은 얼마나 돼나?"

---

* 사양지심 예지단야(辭讓之心 禮之端也) : 사랑하는 마음이 예의의 실마리이다.

오군은 마치 나의 약점을 쪼차가면서 건드리려는 듯 이렇게 물어
나는 불현듯 불낄 같은 반발심이 솟아올랐으나 다음 순간에는 그가
그러면 그러는 대로 나는 얼마든지 내 초라한 현재를 감춤 없이 터러
보이리라는 심정이 생겼다.

"이럭저럭 한 백 환 가량 돼지!"

"백 원? 머 얼마 동안에? 한 달에?"

"아니 일 년에."

"일 년에? 일 년에 백 원으루야 게죽인들 쑤어 먹겠나? 허긴 자넨
재산가니까……."

오군이 이렇게 말하여 나는 우리 집은 벌-써 파산하고 지금은 한
푼도 없다고 설명했드니

"파산을 했어? 허-거 안됐네그려! 허긴 부귀란 원악 부운이어든!"

"부운인대루 몇 백만 원 있었음 좋겠네."

백만 원의 개념조차 모르면서 뜬소리로 중얼거렸드니

옆에 앉었든 진홍이가

"김선생님두 돈 걱정하실 적이 있네."

하고 재냥스레 웃는다.

나는 진홍의 말에 적지 아니 락종하면서도 진홍이가 말참견할 때
마다 낯깔이 언짠어지는 오군을 발견하여 가슴이 절로 뜨끔거렸다.

사실이지 가치의 기준을 돈에다 두려는 오군보다 진홍이가 백 배
숭해 보이기도 하였든 것이다.

"자네 돈을 그렇게 몰라서야 되겠나? 이 세상은 돈 세상인데."

오군은 이번엔 진실한 태도다.

"돈을 모르는 게 아니라 있든 것은 없어지구. 별 재준 없구 해서 자연 돈과 범연해지려구 할 따름이네."

"그래두 돈과 범연해서야 되겠나? 이 세상이 전쟁판이라면 돈은 무기가 아닌가? 안 그렀읍니까. 안선생님?"

"허허허 지당한 말씀이시지!"

안승호는 통쾌하게 웃으며 가엾다는 눈찌로 나를 바라본다. 그리자 진홍이가

"전 돈만 보면 사족을 못 쓰겠든데요. 이 자리에서래두 돈 천 원만 준다면야 무슨 짓인들 못하겠어요. 호호호."

하고 그럴뜨시 맛장구를 치니까 안승호는 또 한 번 방 안이 떠나갈 듯이 하하하하하 웃고 나서

"아주 통쾌한 말일진저!"

하고 침을 주르르 흘리며 감탄사를 연발하였고 오군은 또 오군대로 진홍의 몸둥아리를 삼킬 듯이 덥석 껴안으며

"요거 그저 신통두 허지."

하고 음흉한 눈시울을 굴린다.

나는 진홍의 오돌진 태도에 잠간 당황했으나 이내 진홍이가 그런 말을 한 것은 나를 비웃자는 심사에서가 아니라 실로 그들을 한번 농락하자는 심사에서였음을 깨달았다. 그도 그렇게 해석할 수밖에 없는 것이 여적 그에게 일 원 한 장 주어 본 길 없는 나였고 언젠가는 그 때문에 미안타고 했드니 진홍은 단박 샐죽해지면서

"돈이나 나꿀 심사여든 당신 같은 간난뱅이와 친할 거 뭐겠어요? 광주나 그런 나리낑을 물고 느러지면 그만이지! 그런 말 할랴거든 다

신 우리 집에 발길 마세요!"

하고 톡톡이 나무랬든 그가 아니었든가?

그러틋 갸륵한 진홍이라 눈꼽만치도 의심할 처지가 아니지만 그러나 오군 품에 호락호락 안기는 진홍의 꼴은 시방 눈앞에 바라보고 있는 나의 마음이 어덴지 모르게 쓸쓸해지는 것은 또 어찌한다는 도리가 없다.

십삼 년 전의 오군에게는 내가 원수만치 보였을 거와 마찬가지로 지금의 오군은 내게 한 개의 라이발밖에 아모것도 아니다. 허나 라이발이 다른 사람 아닌 오창석이래서 나는 행결 마음 가벼웠다.

왜냐면 순환 법측으로 보아 오군이 언제든 한번은 나보다 뭐시나 우세한 지위에 놓일 것이므로 내가 오군에게 당하는 참패는 말하자면 대인 관게가 아니라 한 개의 운명에 지나지 안을 것이다. 내가 이렇게 생각하는 것도 상기 무의식중에 오군을 동정하는 십삼 년 전의 심리를 그대로 지니고 있는 탔이나 아닐까? 어쩻든 오군의 호담스런 태도를 목격하는 동안에 나는 불쾌가 아니라 차라리 일종의 감격까지 이르키었다. 인제는 오군보다도 내게는 안승호의 안하무인하고 태연자약한 태도가 까닭 모를 압박이었다.

"그래 사법관 재미가 어떤가?"

나는 아까 물었든 말을 다시 물었다.

"그저 그렇지! 자네가 소설 쓰는 거나 마찬가질세. 허긴 사법관의 일이란 인권의 생살여탈을 좌우하는 산 일이니깐 자네가 원고지 우에서 사람을 죽이고 살리고 하는 것과는 문제가 좀 다르지만 허허허."

딴은 그럴른지 모른다. 하지만 소설이 독자에게 주는 보이지 안는 영향도 오군이 단정하듯 그렇게 만만한 것도 아니리라고 나는 나대로 궁리는 했으나 입을 열어 요래조래 설파할 요량은 없다.

그보다도 과거에는 월사금 때문에 남의 돈을 훔치지 않으면 안될 처지에 있던 그가 오늘은 또 그렇게나 사법관에 만족한다는 것이 암만 해도 의아쩍어 자네가 오늘에 안심립명한다는 건 참 히니꿀세 했드니 오군은 손쎄를 저어가며 옛날은 옛날이구 오늘은 오늘이 아닌가? 오늘에 있어 옛날을 운운할 필요 없쟎은가? 하고 오늘의 있기를 변호하기에 배바뿐 그의 태도에 나는 오직 아연할 따름이었다. 그는 참말 오늘의 자기만을 알고 어제의 자기가 오늘에도 얼마든지 있다는 사실을 아주 모르는 척하려는가 보다.

나는 오군의 행복된 건망증을 감탄하면서 다시 후일을 약속하고 밤거리로 나와 버렸으나 그러나 진홍이가 아직도 오군 품에 안겨 있으리란 불안과 안승호의 방약무인한 태도에서 받은 압박감이 좀체 머리에서 사라지지 않았다.

2

대체 남을 없인여기기란 얼마나 유쾌한 일이며 또 남에게 수모를 받기란 얼마나 뼈저린 일이기에 오군은 내게 그런 당치 않은 태도를 부리는 것일까?

나는 암만 해도 그 심리를 해득할 수 없는 채 닷새 후인 초엿샛날 저녁에 그가 가르켜 준 대로 그의 집을 찾았다. 멋처럼의 기회에서 우리는 옛날의 우의를 회복할 수도 없었고 그렇다고 정확한 적대 의식도 얻지 못한 말하자면 뜻뜻미지근한 그 공기를 제거하고 좀 더 확실한 무었을 맛보고 싶은 까닭에서였는지도 모른다.

겨울이라 정원은 삭막했으나 그래도 세 그루의 청청한 전나무가 설 자리에들 서 있어 오군의 주택은 썩 보기에도 외양이 아담했다. 외양뿐 아니라 안 소장도 청신하여 응접실의 셋트 같은 것도 도저히 흔히 볼 수 있는 류의 것이 아니었다.

이만한 살림이 맡겨질 정도로 오군은 출세했든가고 나는 새삼스럽게 그를 바라보다가 권하는 대로 해태를 피여 물며

"바뿌지 않은가?"

하고 말을 허렀다.

"무얼⋯⋯. 바뿌다면 바뿌지만−"

오군은 담배를 푹푹 피며 유리창 넘어로 끝 먼 하늘을 유연히 바라본다.

한참 침묵이 계속된 후였다.

"참 일을 보아 가누라면 각금 법률 조목만으른 처결키 힘든 대목도 있을 테지−"

하고 나는 물었다.

"있구말구!"

"자넨 그런 것 어떻게 처결하나?"

"것두 법률 조목대로 처결할 밖에 별수 없지! 법률은 바이불의 십게명과는 다르니까⋯⋯⋯."

법률 그것처럼 준엄한 그의 태도에 나는 잠시 어리둥절하였다가 다시

　"립법의 근본정신이 바이불의 십게명과 다름이 있는가."
하고 반문하였다.

　"같을는지두 모르지! 하지만 십게명으룬 사회 질설 유지할 수 없어두 법률은 그걸 유지할 수 있잖은가? 법률이 십게명보다 투철한 점을 그 행형녁[行刑力]이다라 볼 수 있겠지! 강제루 악을 응징할 수 있는 힘 말일세."

　"그래두 사람에겐 양심이란 게 있잖은가? 형을 받지 않아도 스스로 회개할 수 있는 금수와 구별되는 양심이………."

　"그렇지 양심이란 게 있지! 허나 양심에 의하여서의 질서의 유지란 성인 현자에게만 적용될 일이구……. 솔직히 말하자면 난 양심이란 걸 경멸하네. 양심이란 즉 뉘우친다는 건데 행동이 있은 댐에 후회가 무슨 소용이겠나? 덮어놓구 범죄에는 처벌이 있을 뿐이지."

　"하지만 법률의 궁극적 목적은 처벌에 있지 않고 고도로 세련된 도덕적 양심에 의한 안령 질서의 유지에 있잖고 어떤가?"

　"건 이상이지 적어두 현실은 아닐세! 우리는 이상을 론할 게 아니라 언제나 현실을 토대루 해야 하네. 자 보게! 옛날 로-마 법왕을 그처럼이나 신성시하게 된 건 법왕이 법왕인 탓이 아니라 실로 그가 창맹의 그렇지 로-마 법왕에게는 그렇게밖에 안 보였을걸세. 창맹의 생살권을 손아귀에 주무르고 있은 탓이 아니고 무었인가?"

　십삼 년이란 세월이 저 늠늠한 체구와 아울러 오군의 사상을 이렇게 철저하게 만든 것일까? 나는 감탄과 함께 담배를 피여 물고 잠시

는 말에 궁하였다.

"그럼 그렇게 신성한 법률을 악용하는 사람도 있으니 그건 어떻거나?"

"로–마 법왕이 종교를 이용했듯 안 할 말루 특권인지두 모르지 하하하 허나 법망은 회회(恢恢)나 소이불루(疏而不漏)*야."

이처럼 법률에 굳은 신뢰를 갖는 오군의 사상에 나는 일종 숭배에 가까운 감정을 느끼며 머리가 이렇게 확고하고야 출세를 하나 보다 했다. 그러자 나는 불현듯 출세라는 문구가 탐이 나서

"성공의 비결은 무얼까?"

하고 물었다.

"나더러 출세 철학을 강의하란 말인가? 조롱인 줄 알면서 감히 대답한다면 '노력'이란 두 자겠지!"

"노력해돼 출세 못하는 사람 하 많잖은가?"

"거야 참 돼자니까 어느 구석에 노력이 부족했든 탓이지! 가령 사교나 아첨 같은 것두 일종의 노력이라는 걸 잊어선 안되네. 사회란 따윈의 말마따나 생존 경쟁의 전장이니까 이기기 위하여서는 수단을 가릴 배가 아니겠지. ……. 참 싸움이란 말이 났으니 말이지. 자네 진홍일 나허구 경쟁해 볼 맘은 없나?"

오군은 정면으로 나를 바라보며 말하여 나는 잠시 대답할 바를 몰랐다.

"왜 대답이 없나? 터러놓고 말하자면 난 요새 진홍이한테 반했네. 헌데 자네두 그 애에게 호일 갖이는 모양이니 이런 경우엔 누가 양보

---

* 회회 소이불루(恢恢 疏而不漏) : 『논어』에서 유래된 말로, '크고 넓어서 엉성해 보이지만 새어 나가지는 못한다'는 뜻.

한다는 것두 비겁한 일이구. 그러니까 서루 경쟁을 해 보는 수밖에……. 라이발이 자네고 보니 나두 보람이 있을 듯하구먼. 하하하. 김군 유쾌하지 않은가?"

오군은 마치 무슨 흥정이라도 하듯 말하며 정말 유쾌하게 웃는다. 라이발이 자네고 보니 나두 보람이 있을 듯싶다는 말은 옛날의 나와 자기를 머리속에 그려 보면서 한 말이 아닐까! 어쨌든 나는 진홍의 진심을 믿으므로 속살로는 오군을 코웃음 하면서

"자네허구 걸어서야 백여나겠나?"

"그렇지두 않어! 그 앤 자넬 존경한다구 제 입으루 그러든데ㅡ"

"문제의 초점은 자네가 반한 데 있지 않구 진홍이가 날 존경한다는 데 있지나 않은가?"

하고 나는 한번 오군의 심리를 엿볼 셈으로 좀 독한 화살인 줄은 알면서도 이렇게 물었다. 허나 오군은 서슴지 않고 다음과 같이 대답한다.

"천만에! 난 단지 그 애에게 알뜰한 식욕을 느꼈을 뿐이지. 그 밖의 아모것도 아닐세!"

"무어? ……. 자네가 진홍에게서 느꼈다는 건 애정인가 혹은 단순한 정욕인가?"

오군의 말에 나는 불현듯 모욕을 느껴서 이렇게 따져 묻지 않을 수 없었다.

"말하자면 단순한 정욕이지."

오군의 대답은 너무 태연하여 나는 오히려 그의 말을 그대로 신용하기가 어려웠다. 하지만 순간에 피여오르는 울분을 참을 수가 없어

"자넨 애정을 한 번이라도 느껴 본 적이 있었나?"

하고 모멸찬 어조를 물었다.

"애정이 정욕보다 고상하단 말인가?"

"정신의 존중성을 알란 말이네."

"난 문학간 아니니까……. 단순한 현실주의자인 내겐 남녀 관게란 단순한 홀몬 작용으로밖엔 안 보이데그려!"

"그래 그런 심사루 진홍일 후릴 텐가?"

하고 나는 심쌀스런 눈초리로 그를 노려보지 안을 수 없었다.

"그렇지! 단순한 홀몬 작용으루……."

오군의 그 말에 나는 기가 바짝 떠올라 더 참을 수 없는 채 마루를 박차고 이러서며

"자신이 있거든 얼마든지 해 보게! 내 장담코 그 애 몸에 자네 손가락 하나 못 닿게 해 뵐 테니!"

이 한마디를 퍼붓듯 하고는 분연히 그의 응접실을 뛰여나왔으나 그러나 치는 여전히 와들와들 떨리었다.

3

그길로 고추 진홍을 찾아가다 말고 나는 위선 찻집에 드러앉어 조금 전에 지나간 일을 꼼꼼히 생각해 봤다.

그의 몸에 손가락 하나 못 닿게 하겠다고 오군께 장담한 일이 어느 무용전의 한 구절같이 아련하다. 아모리 보편되게 생각해도 그 장담

은 오군 앞에서 한 개의 추체를 연출한 데 지나지 않아 보인다. 참말 진홍은 가난 때문에 기생이 된 몸─그에게 피천 한 푼 주어 본 일 없는 내가 무슨 체모에 오군을 물리치라 할 수 있을까.

애초에 찻집에 들린 것이 잘못으로 두 시간 후에 다시 거리로 나섰을 때에는 나는 진홍이 찾어갈 기력을 완전히 잃어버리고 말았다. 결국 나더러 그를 찾어갈 수 있게끔 만든 것은 결벽과 사랑의 힘이라니보다 차라리 객적은 흥분의 여독이었든 듯싶으니 행동의 근거를 흥분에 두다니 이 얼마나 구린내 나는 생의 부패냐!
하지만 망사림과 자조로 몇 날을 지내다가 내가 이렇게 망사리고 있는 새 오군은 저 볼장 다 보리라 싶어 어느 날 불야불야 진홍의 집에 단숨에 달려간 것도 역시 어떤 순간의 일이었다.

허나 일은 갈수록 놀랍고도 야박해 찾어간 진홍이네 집은 감쪽같이 없어지고 타 버린 재만 지지리 남어 있는 것이 아닌가. 나는 참말 잠간은 얼빠진 사람처럼 황량한 화재의 터만 바라볼 뿐이었다.

한 시간 후에 각까수로 조사해서 진홍이가 지금 유숙하고 있다는 게월네 집으로 찾어가니 뜰 안에서 담뇨를 떨고 있든 진홍은 대문간에 서성거리는 나를 민첩하게 발견하자

"아유!"

외마디로 부르짓기보다 잽세게 대문께로 달려 나와 나를 제 방으로 인도한다.

단간방에 의거리*라 장농이다 이부자리라가 겹겹이 쌓여 있어 둘

---

* 의거리 : '의걸이'의 방언. 위는 옷을 걸 수 있고, 아래는 반닫이로 된 장.

이 앉기에도 비좁을 지경이다. 나는 눈에 익은 그 가구들에 저윽 안심은 했으나 갑재기 화재 위문에 적절한 인사의 말이 떠오르지 않어 어릇뜨룻 하다가 엉겁결에

"아니 어떻게 이렇게 불이……."

했드니 진홍은 썼든 수건을 베껴든 채 대답보다 서름이 앞서는 듯 눈물이 가랑가랑 괴인 눈으로 그윽하게 나를 마조 볼 뿐이어서 나는 그만 중추 신경이 깜하게 맥키고 말었다. 나는 진홍을 위로할 말을 종시 찾어내지 못했다.

긴 침묵이 지난 후였다.

"왜 알려 주지두 안쿠."

나는 겨우 이렇게밖에 할 말이 없었다.

"무슨 경사라구 알려 드리겠어요."

"불은 어디서 낫는데?"

"바루 초엿셋 날 오후 여섯 시 경이였어요. 엽집에서 불이야 하드니………."

"엿셋 날 오후 여섯 시?"

그날 그 시라면 바루 내가 오군의 응접실에서 그와 승강하고 있든 그 시각이 아닌가. 내가 진홍을 위하여 흥분하든 같은 그 시간에 진홍은 진홍이대로 딴 참변을 격고 있었다는 건 이 무슨 짓구즌 신의 작난이냐!

"보험엔 들었우?"

"보험이 다 뭐애요?"

"그럼 앞으룬 어떻거누?"

불쑥 말해 놓고 뒤미처 나는 뉘우쳤다. 위로는 못해 줄망정 애끼는 상처를 건드릴 필요는 애당초 없었고 느꼈으나 배터 논 말을 주어 삼키는 수도 없었다.

진홍은 암말 없이 얼마간 고개를 수그리고 있다가 마츰내 고개를 고스란히 들며

"돈이 좀 생기긴 생겼어요."

하고 속절없는 시선으로 나를 마주 본다.

"생겼어?……."

"네…. 저…. 오창석 씨가 그날 밤에 이백 원을 보냈어요. 그리구 안승호 씨가 오백 원을 보내 주시구…."

"머? 오군이?"

하마트면 소리를 찌를 뻔하다가 꿀꺽 삼켰으나 아닌 게 아니라 청천에 벽력같은 그 말이었다. 안승호는 문제 외라 하고 깜앟게 잊어버렸든 오군이 이 자리에 번개같이 뚜렷한 색채를 띠고 나타난 데 나는 막어 낼 수 없는 증오와 질투를 느끼다가 돈 보낸 그 시간이 바루 내가 큰소리 치고 그의 응접실을 뛰여나온 그다음 순간이었다는 사실에는 오직 놀랄 뿐이었다.

한번 마음 단정을 내린 다음에는 일 초도 유여치 안는 오군의 민첩하고도 준렬한 태도에 나는 패배의 쓸아림을 느끼기보다 차라리 찰란한 그 무었을 발견했을 따름이었다.

"받지 안을 돈을 받었나 바요."

나의 침묵의 뜻을 알어챈 진홍은 되려 민망쩍은 듯이 눈을 내리깔았다가 다시 말을 잇는다.

"암만 안 받으려구 하면서두 작구 손이 먼저 나가져서."

변명이 아니라 구절구절이 실감 고대로인 느낌이었다. 내키지 안는 돈을 손에 못 익여 받았을 때의 진홍의 괴로움을 추상하기에만도 가슴은 아프다.

"인제라두 돌녀보낼까 봐요."

"돌녀보내긴……. 왜……."

기껏 한다는 소리가 겨우 이 한마디뿐이었으나 이 변변치 못한 말도 확실히 진홍의 비위를 거스린 듯싶어 그의 긴장됐든 얼굴이 금시에 노여움으로 변하드니

"왜 돌녀보내라구 못해 주서요! 뭣 때문에 그런 돈을 받느냐구. 왜 핀잔을 못 주서요? 셋집에선 못 사느냐구. 왜 옳게 일러 주지 않으서요?"

갑분 숨으로 시악 부리듯 드러 발악시는 진홍이여스나 나게는 그 말보다도 발악이라도 쓰지 않고는 백여날 수 없는 그 심정이 더 매섭게 느껴졌다. 남을 나무래기보다 천박한 자기 자신을 가혹히 책죽질하는 그 심정이…….

"기생 년이 무얼 주제넘게 받을 돈 안 받을 돈을 가리느냔 말슴이지요?"

진홍은 좀 더 분이 떠오르는 듯

입설이 포들포들 떨녔다. 여차하면 사내 하나쯤 못 삼킬 내가 아니라는 듯한 그의 눈시울이었다.

나는 이를 새려물었다. 새팔한 불길이 팔팔 소사오르는 그의 시선에 부댓길 때마다 작구만 느껴지든 자신에 대한 경멸이 마츰내는 진홍을 따려 부시고 싶은 충동으로 표변할 심리 상태에 이른 것이다.

그래도 흥분을 업누르고 옴두쿰두 없이 앉노라니 진홍은 제물에 서름이 복바처 그 자리에 쓸어지드니 억게를 들먹시며 꺼이꺼이 느껴 울었다. 허나 그때에는 나는 벌서 아모런 감격도 감흥도 없이 눈앞헤 쓸어진 진홍을 차라리 한 개의 물체로 바라볼 뿐이었다.

한숨 겨운 후에 진홍은 충혈된 눈과 함께 얼눅진 얼굴을 들었다.

"흥― 참 내가 미친년이지. 개 돼슴 똥 먹어 안다는데 기생 년이 무얼 이 돈 저 돈을 가린다구……."

"웨 그리 억설이야?"

제 기분에 달뜬 채 나는 버럭 고래를 찔넜다.

"억설은 뭐가 억설이애요? 진정으루 생각해 주신다면 그런 돈을 왜 받었냐구 제 뺨을 왜 좀 못 따려요. 글세."

진홍은 말끝에 차디찬 한숨을 내쉰다.

나는 더 할 말이 없다. 마음으로는 몇 백 번이고 따려슬는지 모르는 그 뺨이건만 육신으로 따릴 용기가 없었읍만이 안타가웠다.

"오늘처럼 당신께 환멸을 느껴 보긴 처음이야요."

진홍의 입에서는 마츰내 이런 말이 튀여나왔다. 당연히 받어야 할 모욕인지도 모른다. 나는 다만 수모를 주는 그가 다른 사람 아닌 진홍이라는 데 잔인한 운명의 작패를 저주할 그저 그뿐이었다.

얼마든지 달갑게 받고 싶은 수모였으나 신뢰 못할 이 심리가 어느 고패여서 또 어떻게 미처 어떤 야단을 부릴지 몰라 나는 훌쩍 이러서 밖으로 나와 버리려 하였다. 그 순간 진홍은 날새게 내의 주의 고롬을 붙잡고 느러지므로 나는 몸을 탁 나꾸채였다.

주의 고롬이 뚜루루 떠러지자 진홍은 제김에 털썩 업뜨러지드니 그대로 흑흑 느끼었다. 나는 날세게 문밖으로 나서며 내살로 이렇게 부르지었다.

"'진홍이! 나는 오늘처럼 당신을 알뜰히 사랑해 본 적은 없소. 그러나 그러나……'

4

긴히 맛날 일이 있어 철도 회관에서 기대리니 꼭 와 달라는 오군의 편지를 받은 것은 그다음 다음날 저녁이었다.

긴히 맛날 일이란 대체 무얼까.

나는 오군을 다신 맏나고 싶지 않어 볼일이 있어 못 가겠으니 그렇게 가 일느라고 마치 사환 군을 오군으로만 여겨 역정을 써 보내였스나 그러나 사환 군이 대문을 채 나서기 전에 나는 갑재기 그를 맏나기로 작정하였다.

나는 오군을 모피할 필요를 느끼지 않었든 까닭이었다. 언제고 꼬물꼬물 옹생원으로 망사리기만 하다 죽느니 보다 차라리 모욕을 지천으로 받어 그래서 하로라도 사람 구실을 해 보고 싶었든 것이다.

주의를 떨처 입고 숨 갑부게 철도 회관으로 달리여 가니 끽연실(喫煙室)에 앉어 있든 오군이 나를 발견하자

"불너내서 미안하이."

하는데 어쩐지 오군도 신색이 전에 없이 출출치를 못해 보였다.

나는 암말 없이 마즌편 의자에 가 앉으며 담배를 피여 물었다. 오군도 이여는 말이 없다.

나는 장차 오군의 입에서 떠러질 화제에 무한한 불안을 느꼈고 그때문에 침묵이 단순한 침묵으로 여겨지지 않았다.

"자네 ××일보 석간 보았나?"

얼마 후에 오군은 불쑥 뚱딴지같은 말을 물어 나는 대답 대신 그를 마조 바라볼 밖에 없었다. 그리자 오군은 포켙에서 신문을 꺼내여 내 앞에 페처 주며

"이것 좀 읽어 보게!"

하고 사회면 맨 우엘 손가락질한다.

그 기사는 다음과 같다.

백수한산(白鬚寒山)에 심불노호(心不老乎)

노부호 미기(老富豪 美妓)와 애욕 도피행(愛慾 逃避行)!

고비원주(高飛遠走)의 원인(原因)은 범죄 탄로(犯罪 綻露).

제목을 읽자 나는 정신이 앗찔했다. 육감이라 할까 직성이라 할까 었쨋든 그 무었인가가 나의 가슴을 푹 찌르는 듯한 느낌이 느껴진 때문이었다.

"내용마저 읽어 보게나ㅡ"

오군의 채근도 드른 체 만 체 나는 번개같이 몇 날 전의 진홍을 회상하며 신문을 저리 치어 버렸다.

"안 읽고도 직감이 간단 말인가?"

“노부호란 대체 누군가?”

부질없다고 알면서도 물었다.

“새삼스레 물을 건 뭔가?”

하고 오군은 뜻 없는 코우슴을 친다.

언젠가 진홍이가 돈만 준다면 무슨 짓이야 못하겠느냐 하자 요리
집이 떠나갈 뜨시 홍소 폭소하며 아—주 통쾌한 말일진저 하고 감탄
사를 연발하든 안승호!

진홍이가 화재 당했을 때 대뜸 돈 오백 원을 보냈드라는 안승호—
돈이라면 의리를 모른다는 안승호가 오백 원이란 돈을 진홍에게 보
낸 것을 아모렇게도 생각지 않었든 나의 우둔했음을 나는 새삼스럽
게 깨달었다.

“사실인가.”

나는 무의미하게 반문했다.

“진홍일 독수리에게 채운 것 같애 못 믿겠나?”

아닌 게 아니라 사실 나는 오래동안 두고두고 손때 테운 종달새를
불시에 독수리에게 채워 버린 감이 없지 않었다.

그뿐더러 진홍을 환상의 세계에서 현실의 세계로 내쫓아 그렇게
‘애욕 도피행’을 하게 한 천 겹 만 겹의 죄도 내가 역시 저야 할 것이
다. 나는 자승자박이었다.

“오늘처럼 당신께 환멸을 느껴 보긴 처음이애요.”

하며 흐느껴 울든 진홍이가 아니었든가?

“아— 진홍아!”

나는 미칠 듯이 부르지젔다.

"김군ㅡ 형각 군ㅡ"

오군의 부름에 나는 대답할 경황조차 없었다.

"김군! 우리 앞에는 난데없은 독수리가 나타난 셈이네. 자네의 라이발이 설혹 오창석이라 처두 자넨 문제가 아니야. 하지만 안승혼 나보다두 백 배 배승하단 말이네. 안의 돈은 가장 용감하고 심복한 그의 병정이요 무기거든ㅡ이번 안승호일루만 해두 자네나 내난 배울 점이 많어."

"그러나 설마 진홍이가 안승호와…….."

"아직두 믿어지지 안는단 말이지? 하지만 일개 기생이 품고 있는 정신주의(나는 손쉽게 이렇게 부르겠네)가 버티면 얼마나 버틴단 말인가. 저번 날 내가 남녀 관계란 단순한 홀몬 작용에 지나지 안는다 했다고 자넨 노상 분개했데만, 그래 자네의 그 정신주의가 무슨 보람을 나타냈나? 그 애가 화재를 당했을 때만 해두 자네의 정성이 그 애에게 무슨 보탬이 되었는가 말이네. 나는 사실 자넬 한편으룬 비우섰네만 솔직히 말하면 자넬 생각하여 참아 진홍일 손에 넣려고는 않었네. 돈 이백 원 보낸 건 자넬 한번 비우서 줄 겸 갸룩한 그 앨 동정한 데 지나지 안었구ㅡ"

오군은 차를 한 목음 마시고 나서 말을 게속했다.

"ㅡ부질없다면 부질없고 어이없다면 어이없은 자네의 생각을 나는 측은히 여기지 안을 수 없었네. 보게ㅡ 내가 손을 안 댄다고 세상이 진홍을 끝내 고이 자네에게 맡겨 두나 어쩌나!

우리가 처음 요정에서 맡났을 때 나는 옛일을 회고하고 자네게 결코 호감은 못 갖었었네만 두 번째 맡났을 때 자네의 주장을 듯고 이 세상에 상기 이런 숭맥이 있는가 하고 일방 놀라면서두 일방 자넬 존경했네. 비로소 처음 우정을 느꼈다고 해두 좋겠지. 그건 내게 단 하나의 우정이지만—"

오군은 말을 끊고 나를 바라보며 담배를 피워 내게도 권하는 것이다.

동정이니 측은이니 어리석으니 하는 오군의 말에 나는 응당 모욕을 느껴야 맛당할 줄 알면서도 어쩐지 맹낭하게도 그럴 기력조차 없은 채 구절구절이 속속드리 나의 페부를 찌르는 듯만 했다.

"그야 문학가란 자기 주의 주장을 고집해야 옳긴 하겠지만 그러타구 시댈 착오해서야 될 말인가. 안빈락도는 맹자 왈 공자 왈 시대의 일이지 지금엔 무의미거든. 이왕 말이 낫으니 말이지 자넨 문학을 집어치구 돈을 모으게. 집이 넉넉하다문 취미룬 좋은 일이지만 일 년에 백 원 수입으루야 살림을 지탱할 수 없자은가! 그뿐더러 자넨 대문호가 되기엔 시아가 너무 좁아. 있으나 마나 한 문사루 일생을 궁상맞게 지내느니 차라리 돈을 모으란 말이네. 발작크의 '웨-지니 그란데'를 나는 가장 존경하네. 세상은 그를 수전노라 비웃지만 국가적 견지루 보드래두 자네 또래 천만 명보다 차라리 '웨-지니-그란데' 한 사람이 필요하거든. 자네두 돈 모을 공불 해서 요새 말루 나리낑 보국(成金 報國)을 하게. 충고하네."

말을 마치고 오군은 또 한 번 참된 시선으로 나를 마조 본다. 나는 오군의 말에 전혀 판단력을 잃어버린 채 얼빠진 시선으로 멍하니 테불만 바라볼 뿐이었다.

테불 우에는 흐느껴 울든 진홍의 얼굴이 수없이 나타나 보였다.

"내 말이 불쾌한가?"

얼마 후에 오군이 뭇는 말에

"아 아니!"

나는 불쑥 대답하고 나서 그 음성이 너무 또렸했음에 놀래여 스스로 관자노리가 다러옴을 느끼었다.

"자 식당으루 가서 천천히 얘기나 하세."

구지 마다기도 성가서 오군의 뒤를 따라 식당으로 가다가 나는 문득 안승호의 '범죄'란 말이 떠올라

"안은 무슨 범죄 사실이 있었나?"

하고 물었드니 오군은 잠간 머뭇거리다가 이내

"응 금 밀수 사건이……."

할 뿐 분주히 뽀이를 불른다.

나는 순간 저번에 오군이 안승호와 요정에 갔든 일에 어떤 의혹을 품어 보다가 이내 부질없은 생각이라고 지워 버리고 다시 진홍의 환상만을 더듬었다.

뽀이가 술을 날너 왔다.

"자— 한 잔 들게. 일전에두 말했지만 자넨 술을 못해서 탈야."

"못 먹는 걸 어떻거나."

"못 먹긴— 못 먹으면 배워야지. 살어갈려믄 아첨할 줄두 알어야 하구 남을 욱박지를 줄두 알어야 하네. 자넨 주변성이 없어 탈이데."

"………………."

"자— 오늘 저녁은 취토록 마서 주게. 내가 이처럼 우정을 느껴 보기는 자네가 처음이야. 그러컨만 자네허구 이렇게 마시기는 오늘 밤이 마즈막인지두 몰라. 참 자네 모르지? 난 이번엔 신경으루 전근 가

기루 됐네."

"신경? 신경으룬 왜?"

나는 잔을 들다 말고 그대로 놓아 버렸다.

"내가 자진해 가는 거야— 조선은 무대가 너무 좁아. 그래 신경으루 가려네! 자 어서 들게나."

나는 더 물을 말이 없어 권하는 대로 술을 드리키며 그의 진취성에 오직 경탄할 뿐이었다. 한 목음의 양주는 목구멍을 싹싹 어여 내는 듯하다. 그래도 나는 마셨다. 마시고 싶어 마시고 싶어 견댈 수가 없었다. 흐들지게 마시고 고주가 된 채 한바탕 시름을 푸러 보고 싶은 심사였다. 술의 힘을 빌어 설레는 심회를 풀어 보겠다는 것이 또 어리석긴 하나 오늘 밤만은 그런 것을 생각하기조차 두려웠다.

"허허 자네가 마시는 것을 보니 내 맘이 유쾌하이. 자 한 잔 더."

오군은 붉으레한 얼굴에 우슴을 그득 띄우며 잔을 건넨다.

나는 또 마시었다. 얼마를 마셨는지 모른다. 방 안이 배깐인 양 흠물거렸다.

불종을 울리듯 심장이 훗뚝훗뚝 뛰놀았다. 진홍의 얼굴이 불꽃처럼 눈앞에 어른거렸다.

"김군! 조선이 싫어지거든 신경으루 오게. 내 돈버리 알선해 주지."

오군의 이 말에도 나는 모욕을 느끼지는 못했다. 모욕은세레 오히려 명상할 수 없이 뜨거운 우정만이 비로소 느껴져

"부탁하네. 부탁하네."

하며 오군의 손을 더듬어 잡으려는 순간 문득 진홍이가 안승호 따위와 함께 다러났다는 사실에 것잡을 수 없는 비감이 회오리처럼 소사

올를 뿐이어서 "응—" 외마디로 부르짓다가 제물에 앞으로 꼬꾸라지는 순간 내 눈앞에는 한 머리의 험상구진 독수리가 나타나 보였다.

청춘궤도(青春軌道)

오후(午後) 다섯 시(時)

하로의 근무를 마치고 거리의 페이브멘트로 힘찬 첫 발거름을 내밟는 유라의 다리는 생선처럼 싱싱하였다. 한 발 한 발 앞으로 내밟는 거름거리에는 피로는세레 건강이 거기에만 무르녹는 듯하다.

신녹의 오월 볕을 함북 먹음은 아스팔트는 해면처럼 촉감이 보드럽고, 나부끼는 치마폭의 주름살 사이사이에까지 다새로히 감겨드는 양광은 떨어 보아도 떨어 보아도 작구만 감겨들어서 차라리 안타깝고도 다정스럽다. 치마를 훨-훨 버서 둘레둘레 한 단으로 꿍겨 빨래처럼 꼭 쥐여짜면 금새 주루룩 소리를 내며 오월 볕이 흘러내릴 것만 같다.

요새 유난스럽게 오피스의 분위기가 시산스럽고 지루하고 했든 것도 반다시 날로를 거더치운 탓만이 아니라 차라리 계절의 용간이였음을 이제서 깨달으며 유라는 숙소인 아파-트에까지 것기로 하였다. 물컥물컥 찌는 전차의 신세를 지느니 훨훨 거러 보고 싶었고 그리고 어데든 좋으니 언제까지든 것고 싶은 심정이었다.

그렇게 것느라면 무언지 또렷이 지적할 수는 없으나 어쨌든 커다란 행운이 찾아올 것만 같고 그리고 그러한 예감 때문에 좀 더 명랑해지고 좀 더 원기 있어 보이는 유라의 거름거리였다.

아파-트로 도라와 옷을 가려입은 유라는 다시 동무를 찾어 거리로 나서려는데 돌연 녹크 소리가 나고 뒤니여 급사 아이가 조그만 상자를 들고 드러오면서

"이것 아까 M 백화점에서 배달되였어요." 한다.

"응?" 유라는 뜻밖의 일에 잠시 놀라다가 이내 침착을 회복하고 아이가 나가기를 기대려 선물과 함께 보낸 편지를 뜯어보았다.

유라 씨! 실례인 준 알면서도 변변치 못한 것이나마 보내오니 곁방에 사시는 우의로써 받어 주시옵소서. 조용히 맞날 기회를 베프러 주신다면 그때 긴 말슴 드리기로 하고 지금은 이만 주리겠읍니다.

곁방에서 Y생(生) 올림

읽고 나서 유라는 어리둥절하였다. 선물 상자를 끄러 보고 그것이 악어 핸드빽이었음을 발견하자 그는 더욱 당황하였다.

곁방— 이라면 바른편 쪽인 칠(七) 호실에는 신문사에 단인다는 키 크고 몸집이 두둑한 분이고 왼편 쪽인 오(五) 호실에는 은행에 근무한다는 키 적고 몸이 호양호양한 분인데 둘 중의 누구일까? 유라는 누구리라구 성큼 짐작이 가지 않었다. 유라로서도 둘 중의 누구에게든 치우처 친절했든 기억도 없을 뿐 아니라 그저 모두들 서로 인사나 건네는 사이였었고 그러므로 악어 핸드빽의 주인공을 알어 마처 본다

는 재주는 없었다. 그래 편지를 다시 한 번 읽어 보다가 문득 'Y생(生)'이다는 글자가 눈에 띠여 옳지 은행에 다니는 키 적은 분이 유 무었이었지 하고 제법 신이 나서 건성 고개를 끄덕이였으나 그러나 다음 순간에는 '가만있자 칠(七) 호실의 성씨가 뭐드라.' 하며 유라는 칠(七)호실 앞에 와 패쪽을 탐지해 보다가 하마트면 소리를 지를 번하게 놀래였다. 칠(七) 호실은 윤 씨가 아닌가? 유나 윤이나 다 이니시알이 Y이긴 마찬가지가 아닌가?

인제 남은 탐사의 방도는 글씨를 상고해 보는 수밖에 없으나 그도 졸연찮은 일이 그-악어 핸드빽을 앞에 놓고 유라는 비생리적인 골치를 끙끙 앓다가 마츰내 결심을 굳게 하고 펜을 들어 쪽지에 다음과 같은 글발을 적어 문밖에 내붙였다.

　　Y선생님!
　　보내 주신 것 감사합니다. 내일 아홉 시에 다방 '에덴'에서 기대리겠어요.
　　　　　　　　　　　　　　　　　　　　　　　　　　　　유라 드림

초조한 하로를 보내고 이튿날 밤 유라가 '에덴'에 자리를 잡은 것은 약속 시간보다 삼십 분 전인 여덟 시 반이었다. 유라는 차를 받어 놓고도 연성 출입구를 바라보기만 하였다. 유(兪)냐? 윤(尹)이냐? 유는 침착해서 믿엄적스러웠고 윤(尹)은 서글서글한 것이 맘에 듬직하게 느껴졌다. '누굴까?'

유라는 참새처럼 가슴을 할닥이며 찻잔을 들었다는 놓고 들었다는 놓고 하는데 출입문이 벌컥 밀리드니 불쑥 낱아나는 것은 신문 기자 윤이였다.

'아— 저 이! 역시 저이였구나!'

유라는 무이미한 말을 입속으로 종알거리다가 반만큼 이러서며 허리를 굽였다.

"혼자세요?"

하며 윤은 서슴지 않고 싱글 웃으며 마조 와 앉는다.

유라는 악어 핸드빽을 보낸 분이 확실히 이분이었든가고 맘속에 한 번 더 다지고 나서

"어제 보내 주신 것 감사합니다."

하고 약간 떨리는 소리로 말하자 윤은 잠간 당황하다가 이내

"천만에……. 어디 조용한 데루 가서 천천히 얘기나 헙시다."

명령이나 하듯 한마디 던지고 성큼 이러선다. 유라도 마지못해 따라 이러서며 울렁거리는 가슴을 진정하기에 무척 애를 썼다.

이윽고 남녀가 억개를 나란히 하고 '에덴'을 나와 열 아문 간 거러 나갔을까. 그러한 무렵에 몹시도 배바뿐 거름거리로 '에덴'을 찾어오다가 두 남녀의 뒷모양을 실신이나 한 듯이 망연히 바라보고 섰는 사나히가 있었으니 그는 진실로 오(五) 호실의 유이였든 것이다.

하로를 결근하고 오전(午前) 아홉 시에 '에덴'에서 꼬박이 세 시간을 기대린 것도 그였고 오후(午後) 아홉 시에 다시 찾어오다가 닭 쫓든 개의 신세가 된 것도 역시 그가 아닌가.

"아아! 물에 놓은 악어 핸드빽!"

하고 유는 처참하게 부르지졌으나 등 뒤의 일을 알 턱없는 유라는 뭐라고 사나히에게 도란거리며 밤거리의 파도를 헤집고 앞으로 앞으

로 나가 마츰내는 유의 시야에서 살어지고 말었다.

　그리고 유의 눈에는 네온싸인만이 자기를 비웃는 듯 싱글거려 보였다.

초록(草綠)의 변(辯)

마치 심심파적거리로 팔패라도 떼는 폭 잡고 책상 우에 놓인 『앙드레·지-드의 일기(日記)』를 폐처지는 대로 몇 대목 내리 읽었으나 그도 이내 실증이 나는 채, 뒷산에서 야드러지게 우짓는 꾀꼴새의 유혹만이 호돼여, 나는 튕겨 이러서면서 벽에 걸린 카메라를 억게에 걸치고 나섰다.

산속의 봄은 오월 달로 접어들면서야 비로소 게절의 면목을 가추었다. 할미꽃, 개나리, 문들레, 오랑캐, 앉은방이, 진달내……. 다 같은 봄꽃이면서도 으레 선후가 있어야 할 것이로돼, 뒤떠러진 게절만큼을 어서들 회복하느라고 제각기 먼저를 다토아 피기에 배바뿐 듯하다. 나는 렌스에 접수 되는대로 몇 장의 필림에 봄을 흠처 간직하면서 산속을 지향 없이 거닐다 보니 어느듯 눈앞에 경채의 산장이 바라다 보인다. 반다시 경채를 맞나자는 의식적인 행동에서가 아니라 차라리 지난 몇 달 동안의 관습이 나의 발길로 하여금 이 산장에 다다르게 하였다고 해석하는 것이 옳을 듯했다. 그야 어쨌던 찾어온 산장의 문이란 문은 활작들 여러제처서 집 전체로가 봄 분위기 속에 해방—이라기보다도 용해된 채 주인은 아모데서도 보이지 않는다. 주인이래야 스물두 살의 처녀 경채와, 그의 올케이자 작년 가을에 미망인이 된 스물아홉 살의 옥협 부인과 그의 딸 애극— 행용 명상에 잠기기 쉬운 사람들뿐이므로 이 넓은 산장이 어느 구석에 박혀 있은들 알거나 없었다.

구지 주인을 찾어 알뜰한 명상을 깨처 주는 것도 부질없는 일이었다. 나는 나대로 정원을 고요히 거닐면서 풍부한 식물들을 하나하나 어루만저 보기로 하였다.

카—네슌, 히야신스, 하—데후룩쓰, 라이락, 간나, 따리어……. 옥협 부인의 남편 응수는 동양적인 취미보다도 오히려 서양적인 교양에 젖은 사람이었다. 응수와 내가 알게 된 것은 옥협 부인을 통해서— 라기보다도 응수가 옥협의 남편이란 이유에서었든 것이다. 응수와 결혼하기 오래 전부터 나는 옥협을 알었고 일시는 서로 약혼까지 하려고 마음 다젔든 사이었으나 세상일이란 행용 어긋나기 쉬운 법이였어 옥협은 필시 응수와 결혼하게 되였든 것이다. 그 후 시누이 경채를 내게 소개한 것도 역시 옥협 부인이였고 불시에 응수가 딸 하나를 남기고 불귀의 객이 되자, 경채와 나과의 사이를 서둘러 약혼까지 맺게 한 것도 역시 옥협 부인이었다. 남편이 죽었기 때문에 경채와 나와의 약혼을 서두루지 않을 수 없었든 옥협 부인의 데리케이트한 심리를 반다시 짐작 못하는 배도 아니였고, 그 심리를 헤아릴 수 있었기에 나는 조건을 따지기보다 먼저 옥협 부인의 지시에 쫓지 않을 수 없었든 것이다.

얄구즌 운명은 그렇게 우리를 희롱하건만 응수가 심거 놓은 이 화초들은 이 봄에도 작년이나 진배없이 피려고 봉오리를 마련하고 있는 것이 차라리 서글프다. 나는 억게에 질머진 카메라가 거치장스러워 락이락 가지에 걸처 놓고 발길을 후원으로 돌렸다.

은행나무 그늘을 지나 초록으로 욱어진 장미 숲으로 무심코 거러나가다가 하마트면 나는 소래질너 놀랠 번하였다.

소복단장에 전정(剪定) 가위를 들고 푸른 장미 가지를 짜르며 서 있는 옥협 부인 — 은 사람이라기보다도 흡사 전설 속에 나타나는 선녀만 같었든 것이다. 서로 시선이 마조처졌을 때 그는 놀리든 가위를 딱 멈추면서

"아규! ……. 오시는 분이 동진 씨일 줄은—"

하고 꿈에서라도 깨여난 듯 눈을 크낙하게 떠 보인다. 기대와 실망으로 얼켜진 그러나 인상적인 눈이다.

"딴, 누구를 기대리셨기에?"

하고 나는 대뜸 반문하였다.

"꼬집어 누굴 기대렸다는 건 아니지만…………." 하고 그는 잠시 고개를 수그렸다가

"시내에 드러간 경채과 애극도 도라올 무렵이 됐구……."

"그 밖에 또 누굴……?"

"그렇게 악착스럽게 추궁하시는 법이 어데 있어요?"

"왔어는 안될 시간에 왔어는 안될 사람이 온 것 같애 죄송스럽군요."

하고 나는 말로는 비꼬아 보면서도 신상의 심리는 몹시도 야릇하였다. 이 층 어느 구석에서 우리를 감시하고 있는 것만 같든 경채가 이외에도 애극과 함께 시내에 드러갔다는 소식을 알자, 불현듯 나는 눈

앞의 옥협 부인을 팔 년 전의 옥협으로 보았든 것이다 옥협 부인이 경채과 나를 억지로 결합시킨 것도 역시 이 순간의 나와 꼭 같은 심리의 반사에서가 아니었을까? 고처 말하자면 그는 '옥협'으로서가 아니라 '옥협 부인'으로서 살어나가고 싶어서가 아니었든가? 옥협 부인의 행복을 위하여서라면 초라한 나의 일생쯤 반다시 희생 못할 바도 아니나, 그러나 벌서부터 성격상 파탄을 이르키는 경채와 나는 결혼할 필요도 없거니와 우리의 결혼이 기어코 옥협 부인에게 행복을 갖어온다고 보장도 할 수 없는 일이 아닌가.

"경채가 없어 그 홧푸릴 제게 하시려는 거애요."

하고 그는 가위를 건으로 놀리며 비로소 웃어 보인다. 이 시간에 또 한 번 경채를 끄러낸 것도 자기반성을 할 유여를 갖이자는 심사에서인 것 같아

"차라리 알맞은 기회에 왔다고 생각한다면?"

하고 나는 또 한 번 공격의 화살을 던졌다.

"실없으신 소릴……. 경채가 드르면 어떻거실 테애요?"

"경채에게 대놓고 해야 할 시급한 말이 그 말이라면 어떻거실 테요? 약혼에서 벌서 구속감을 느끼면서 결혼까지 해 버린다면 게서 더 큰 죄악은 없을 게구!"

"그래, 저더러 어쩌시란 말슴야요?"

"어쩌라는 건 아니지만……. 옥협 씨의 말은 맹종(盲從)하는 것만이 옥협 씨게 충실한 태도라고는 볼 수 없겠죠."

"전 동진 씨게 맹종해 달랄 권릴 느끼고 싶지 않어요. 그건 제게 고통이야요."

하고 옥협 부인은 몸자세를 저리로 돌리면서 가위를 들어 무심코 성성한 장미 가지를 짜른다.

잠시는 서로 말이 없었다. 옥협 부인은 웬일인지, 어린아이의 작난과도 같이 분별없이 성성한 장미 가지를 짜르고 있다. 부질없는 데까지 참견할 필요는 없어서 가만히 서 바라만 보고 있었으나 급기야 허트러진 가위 소리와 함께 그의 숨결까지가 몹시 거츤 것을 알어들었을 때에는 짜장 나의 가슴조차가 가시에 찔니운 듯 아리었다.

애꾸지게 참변을 겪는 장미도 장미려니와 어데까지든 쟁기를 함부로 번득이는 옥협 부인의 손에는 살이 선 것 같아 나는 더 참지를 못하고

"가위는 제게 보내세요."

하며 그의 바른팔을 붓들었다. 순간

"내버려 두세요!"

하면서 그는 붓잡힌 팔을 휙 뿌리치다가 가위 끝이 치마에 걸처 제김에 뚜루루 치마폭이 헤여졌다. 그제사 옥협 부인은 입을 굳게 다문 채 가위는 말없이 내게 내밀고 헤여진 치마폭을 감싸면서 방으로 드러가 버리는 것이다.

얼마가 지났을가. 팔 년 전의 달큼한 추억에 잠기면서 내가 대여섯 그루의 아까샤 나무를 전정하였을 때 옥협 부인은 다시 후원에 나타났다. 이번엔 소복이 아니라 유록색 완피-스로 몸을 감었다.

초록이 지천으로 흘러넘치는 정원에 유록의 완피-스! 제법 환경에 어울리는 빛깔일 뿐 아니라 얼굴도 아까와는 판이하게 부드러웁다.

심리의 변환일까, 혹은 바꾸어 입은 한 벌의 옷이 심리에 밎이는

영향이 저렇게 컸든 탓일까. 따져 볼 수 없는 채로 묵묵히 가위를 놀리며 피부로써 여인의 호흡을 느끼고 있노라니까

"점(占), 안 처 보시려우?"

하고 옥협 부인은 그대로 발밑 클로버 밭에 쪼그리고 앉으며 무었인가를 찾는다. 필시 사협 클로버를 찾는 것임에 틀림없어 보여, 나도 가위를 든 채 허리를 꾸부렸다.

"누가 먼저 찾나 내기해 봅시다."

"싫어요!"

"찾으면서 싫다는 심리는……?"

"아이……. 몰라요……."

그리고 옥협 부인은 또 한 번 심리의 돌변에 옷뚝 이러서드니 장미 나무 그늘로 가 봉오리를 따다가

"아코!"

하며 손을 가슴페기로 디리 흠친다.

가시에 손가락이 찔린 것이었다. 볼 동안에 무명지에서는 앵도빛 피가 홍옥처럼 방울 매쳤다. 허나 옥협 부인은 싯츨 넘은 않고 신기로운 그 무었이라도 바라보듯 언제이고, 눈 익여 그것을 직히고 있는 것이다.

이윽고 피가 껌허케 영글 무렵에 나는 나의 흰 손수건으로 상처를 감싸 주면서

"피의 순결성에 찔녀 보긴 오늘이 처음인데."

군소리가 아니라 짜장 앵도빛 피에 가슴 찔니었든 것이다. 옥협 부인이 경채와 나의 결합을 서두른 것도 결국 그 피의 순결을 직히자는

결심에서가 아니었을까.

"아규 수건에 픠가 배요!"

흰 바탕에 앵도알 형으로 픠가 물드는 것을 보자 옥협 부인은 가시에 찔렸을 때보다도 더 크게 놀랜다.

"수건에 픠가 배는 건 무슨 상징일까— 흰 바탕엔 픠는 기어코 배는 법이구……."

그러나 정오의 해볕이 지튼 탓일까 옥협 부인은 댓구도 없이 상처를 가슴에 앉은 채 아까샤 그늘로 간다. 나는 담배를 피여 연기를 날리며 한순간 얼빠진 사람처럼 멍하니 섰는데

"아규! 이걸 어째!"

하고 옥협 부인은 또 부르짖는다. 도라다보니 이번엔 손가락이 아니라, 머리칼이 아까샤 가지에 걸닌 것이다. 오늘이라는 날수가 옥협 부인에게는 퍽도 액일인 듯싶다.

나는 얼른 달여가 구하려 했으나 워낙 까다로운 가지에 걸첬으므로 해서 좀체 빼여지지 않는다. 하는 수 없이 꼬처진 핀을 하나하나 빼여 머리를 숫째 푸러 헤치기로 하였다. 이윽고 가지에서 해방되였을 때 푸시시 헤퍼지는 기다란 머리채를 먼저 희롱하는 것은 봄바람이었는데 꼬리로 노대를 치며 바람에 나부끼는 머리채는 뜻밖에도 필요 이상으로 길다는 느낌을 주었다.

"전정(剪定)에 부즈런해야 할 시절에 쓸데없는 부분까질 길게 남겨둘 필욘 뭘까?"

하고 나는 헤여지는 머리채를 한 단으로 웅켜잡었다. 순간 전정가위 든 바른손이 절로 떨리었다.

"필요를 느껴서가 아니라 자연에 매껴 버렸을 따름이애요."

"그러타면 전정가위 든 책임도 어지간한데."

하며 나는 눈 딱 감고 목덜미께의 머리칼을 가위로 쌍둥 잘라 버렸다. 마치 능금나무의 한 가지 도양지(盜養枝)라도 짤라 버리듯…….

그리하여 웅켜졌든 머리채가 가위 끝에서 포시시 날개처럼 펴지는 그 순간—

"호호호호……."

하고 이 층 로비—에서 자지러진 웃음소리가 터저 나온다. 놀램과 함께 올려다보니 뜻밖에도 외출복을 입은 채로의 경채가 란간이 날뜨시 거러앉어서 십육 미리 영사기(映寫機)의 렌즈를 이리로 견주고 샷타—를 누르면서 입을 벌려 웃고 있는 것이다. 너무나 뜻밖의 광경에 어삥삥해 있노라니까

"잠간만 더……. 잠간만 더 그 씨—ㄴ을 그대루 게속해 주세요. 네……. 어서 어서………."

마치 영화감독과도 같이 경채는 소래 지르며 필림을 연방 돌려 댄다. 다소 게면쩍지 않은 배도 아니나 구지 두려워할 장면도 아니여서 나는 어색함을 웃음으로 흐려 버리었다.

"경채! 작난은 그만해요!"

경채의 손옛 것이 영사기였음을 비로소 발견한 옥협 부인은 그러나 별반 노여운 기색도 없이 침착히 명령한다.

그리자 경채의 곁에 숨어서 아랬 풍경을 엿보고 있든 애극이가

"엄만 퍼머넨트가 멋이유!"

하며 눈에 쌍안경을 대인 채 역시 렌즈를 이리로 견주고 있었다.

경채의 영사기에도 별반 놀라는 일 없는 옥협 부인도 애극의 쌍안경에만은 과시 놀래인 듯 순간 얼굴이 햇쓱히 찔려지드니

"애극이가………."

하고 뜻 모를 외마디를 부르지즈며 비조처럼 재빠르게 이 층 안으로 달래여 올러간다.

부질없는 장면을 경채와 애극에게 엿보인 불쾌를 느끼며 그러나 나는 이것을 기회로 경채와의 약혼은 해소해 버리기로 순간에 작정하였다.

내가 이 층으로 올러갔을 때 셋은 응접실에 몰여 앉은 채, 경채의 손에는 상기 영사기가 돌려 있었고 애극은 애극대로 여적 쌍안경으로 나와 엄마를 번가러 보는 것이다.

"오기는 언제 왔으며 난데없는 영사기는 또 웬 것야?"

하며 옥협 부인은 애극의 쌍안경 뿌리를 피하느라고 얼굴을 돌려 경채를 건너다본다.

"어쩐지 사구 싶어서 샀지만 이렇게까지 단밖에 효괄 낼 줄은 몰랐어! 아마 사람에겐 역시 인스피레이슌이란 게 있는가 부지? 어쩌다 안 사왔드면 통곡할 번했다구. 시방두 가슴이 두근거리유!"

수다스럽게 까버리는 경채의 심리가 단순한 질투심에서만이 아닌 증거로 그의 표정이 명랑한 것은 웬일일까. 결정되었든 자기의 운명의 코―스가 벼락같이 문허지지 않을 수 없이 된 슲음보다도 그릇된 출발이였음을 '온·자·마―크 껠·쎌'의 순간에서 발견한 기쁨이 더 큰 탓일까.

내 입으로 이래저래 긴말 느러놓기보다 먼처 경채가 시언스럽게

약혼을 해소해 준다면 나로서는 다시없어 고마운 일이었다.

그러나 옥협 부인의 입장은 또 좀 달라, 의외의 장면에 의외에 튀여나온 경채의 온갖 행동이 벌써 굴레를 버슨 말과 같음을 발견하자 차츰 가슴 눌리움을 깨닸고 헤퍼진 머리를 저 모르게 쓰다듬으면서

"경채! 그 필림은 그대루 날 줘!"

"않 될 말을 하시네. …… 뭐 시떠버허실 건 없잔어요. 퍽 얼리는 장면이라구 애극두 글세 그러는구랴! 그랬지? 애극아!"

"응 엄만 퍼머넨트가 뭐야!"

하고 여덟 살짜리 애극은 멋도 모르고 아까 하든 말을 되푸리한다.

"거봐요! 인물과 인물이 한데 얼리기도 어려운 일인데 하물며 인물과 인물, 그리구 그 인물들과 풍경이 밀착히 일치되긴 그리 쉬운 일도 아닐 법해! 그런 걸 손쉽게 알어보는 덴 역시 천진란만한 애극이가 나보다 난가 부지! 카메라의 렌즈를 먼저 견준 것두 역시 애극이라우!"

"카메라?"

순간 나는 반문하였다. 아까 앞뜰 락이락 가지에 카메라를 걸어 둔 생각이 번개같이 떠올라서였다.

"그래요! 줌 안에 드는 볼타빗트 카메라가 라이락 가지에 걸처진 것을 먼저 발견하고 아젓씨가 오신 게라구 떠든 것두 애극이 너였지?"

"응! 응! 아젓씨! 참 난 사진 찍었다우."

하고 애극이가 엉석을 부리는 앞을 질러

"찍히운 장면이 어떤 순간인 줄 아서요, 역시 두 분의 ─ 장미 가시에 찔린 상처를 수건으로 싸매 주시면서 '수건에 피가 배는 건 무슨

상징일가─ 흰 바탕엔 피는 기어코 배는 법이구' 하시든 그 장면이였다우!"

하고 경채는 아주 명랑하다. 그러나 그 말을 듣자 옥협 부인은 갑재기 상반신을 이르키면서

"경채! 그만둬요! 날 더 괴롭히지 말어요!"

하고 몹시 흥분된 어조다.

"언닌 왜 그렇게 오헬 허세요? 사실 동진 씨 말슴마따나 픠(血) 흰 바탕엔 기어코 배는 법인걸………."

"경채! 난 경채가 그렇게 매운 사람인 줄은 몰랐어! 그렇게 맵고 짜고 지독한 성격인 줄은 몰랐어!"

하고 옥협 부인은 햇슥하니 질린 얼굴을 들어 경채를 정시한다. 이마에 내리덮인 머리칼이 포들포들 떨리었다.

"맵고 짜고 지독하다구요? 언닌 상기 날 오해하시네! 언닌 내가 무슨 질투래두 허는 줄 아시나 부지? 그러시면 건 큰 오해야요. 난 동진 씨와 언니 두 분이 자연 풍경에 신통히도 얼리는 걸 본 순간 동진 씨와 나와의 관계는 아마 그릇친 출발이었다구 깨달았어요."

하고 경채는, 눈썹 한 대 허트리지 않고 입가에는 우슴까지 띄여 가면서 말한다.

"경채! 난 경채의 그 우슴이 무서워! 경채! 지금 내겐 경채가 꼭 사탄만 같애 견댈 수 없어."

옥협 부인은 인젠 고개까지를 잘래잘래 흔들며 그러나 불꽃이 튀여날 듯이 날카로운 눈은 사탄을 태워 버리고야 말듯이 역시 경채를 쏘아보고 있다.

"사탄? 그래요 언니껜 사탄처럼 보이는 지두 몰라요. 그리구 난 구지 사탄의 역활을 사양하고 싶지도 않어요. 세상 사람들은 아담과 이브가 사탄 때문에 에덴동산에서 쫓겨났다는 단지 그 한 가지 이유로 사탄을 모라셉디다만 사탄이야말로, 애꾸진 액이라구 난 생각해요. 왜냐구요? 인간 생활이란 역시 변화와 경쟁과 선악을 범하는 거기에 신비성이 숨어었을 게애요! 그것을 아르켜 준 것은 사탄이 아니구 뭐애요. 에덴동산에서 무사태평으루 살어가는 것보다 지금 우리가 사는 이 세상에서 파란곡절 속에 사는 것이 얼마나 보람 있는 일이라구요! 언니와 경채가 이렇게 승강을 하는 것두 이 세상에 태어났으니 애당초 없었을 일 않어요?"

하고 경채는 역시 침착한 태도다.

"경채! 그래 나더러 어찌라는 말유!"

옥협 부인은 갑재기 거이 울성이 되면서 애원하듯 말한다.

"경채더러 사탄이랄 바엔 벌서 운명의 암실 깨달었으면서 뭇길 뭘 무르서요! 언니! 저─뜰에 화초들을 보세요. 엄동설한엔 말러 버린 가지나 진배없이 처량한 표정들을 허구 었지만서두 봄만 되면, 그 험상구진 틈에서두 저렇게 초록으로 잎과 꽃이 터저 나오는 게 않아요? 때가 오면 으레 저렇게 되는 겐데 저걸 누가 먹어 낼 수 있겠어요? 인간 생활이란 것두 결국 그 법측을 버서나지 못하는 것 같어요. 그러기에 난 남의 시비를 가리는 사람처럼 어리석게 뵈는 건 없읍니다! 도시가 사람의 의지로 운행되는 것이 아니라 사람이란 한 말로 박치면 기존한 운명의 코─스를 밟어가는 로봇트에 지나지 않는다구 나는 굳게 믿어요."

하고 경채는 조곰도 흥분하는 일 없이 침착히 말하나 그 침착이 옥협 부인에게는 더욱 흥분을 주어서 그는 마츰내

"경채! 난! 무서워 그 운명이란 게 무서워."

하며 괴로움을 더 참을 수 없어 그대로 암췌어의 팔거리에 머리를 박고 쓸어진다.

그리자 그러한 엄마를 바라보든 애극은 불시에 엄마에게로 달려가 목을 쓸어안으며

"엄마! 열두 시 사십 분야. 라디오 음악 시간야! 음악 들을가!"

하고 묻는다.

쓸쓸하고 외롭고 서글프고 할 때마다 음악으로 위로를 얻는 엄마의 습성을 애극은 알고 있었든 것이다.

"응……. 그래 어서………."

옥협 부인은 두 팔 속에 머리를 파문은 채 고개를 주악신다. 그리자 애극은 나풀하니, 라디오 있는 데로 가 고사리같이 적은 손으로 스윗치를 틀어 놓았다. 순간 수은처럼 고요히 담겨 있든 응접실의 공기를 여지없이 뒤흔드는 파도같이 거센 멜로디- 그것은 빼-도오벤의 운명(運命) 심포니-였다.

"아!"

옥협 부인은 외마디로 부르지즈며 고개를 팔적 들어 라디오와 애극을 번가러 바라본다.

일 초 이 초 오 초 각일각으로 그의 눈에는 공포와 전률의 빛이 지터 간다.

"하필 애극이가………."

이윽고 그의 입에서는 미친 사람의 혜푼 소리처럼 넋 없는 탄식이 흘러나왔다. 그러나 운명 심포니-의 멜로디-는 좀 더 어즈러운 선률을 지으면서 방 안의 공기를 진동시켰다.

다시 일 초 이 초가 지내는 동안에 옥협 부인은— 아니 옥협은 드디여 모든 것을 관렴한 듯 눈을 스르르 감으면서 최후의 시선을 내게로 돌리는 것이다.

나는 역시 모든 것이 기정된 운명이였든가고 경채의 말을 되푸리해 생각하면서 루성[流星]의 꼬리처럼 흘러간 옥협의 시선을 가슴 깊이 색여 보는 수밖에 없었다.

국화진열(菊花陳列)

소설가(小說家) 성수(聖洙)가 고향(故鄕)에 한순 다녀와야겠다고 벼르기 시작한 것은 구월(九月) 초순(初旬)부터였으나 시월(十月)도 스무 날이 넘도록 그는 한갈같이 서울 거리에서 움줄거리고 있었다.

매사(每事)에 과단성(果斷性)이 없는 것은 스스로도 시인(是認)하는 바이나 특(特)히 여행(旅行)을 떠날 제 그는 유난히 꿈질거리는 버릇이 전에부터 있었다.

여행(旅行)을 싫어하는 성격은 아니나— 아니 누구에게도 뒤지지 않게 여행(旅行)을 좋아하면서도 '출발(出發)'이라는 두 자(字)가 어쩐지 그에게는 질색이었든 것이다.

어물어물하는 동안에 시월 달도 다 지내려니 싶어, 그러면 그런대로 동짓달 초순(初旬)에나 떠날까 하고 혼자 꿍꿍이를 하고 있을 무렵에

'자친(慈親)의 회갑연(回甲宴)은 군(君)의 환향(還鄕)을 기대려서 베플기로……운운(云云).'

당형(堂兄)에게서 이러한 편지를 받고 성수(聖洙)는 마치 깜앟게 잊어버렸든 사실을 새삼스러히 발견이나 한 때처럼 당황히 놀라며 어

서 가 봐야겠다고 서둘렀다.

이튿날 아침 성수는 사소한 말다툼 끝에 안해의 뺨을 갈기고 손가방 한 개를 들고 거리에 건들 나섰다. 북경 행(北京 行) 오후 차(午後 車)로 떠날 작정이었으나 어쩌면 달포를 체류(滯留)하게 될 듯도 싶어 떠나기 전에 본정(本町)*이라도 한 바퀴 휘돌고 싶었든 것이다.

거이 매일같이 거닐던 본정통(本町通)이었고 또 그때마다 즐비(櫛比)한 '소비(消費)의 거리'에 스스로 환멸(幻滅)을 느껴 오면서도 정작 떠나게 되고 보니 어쩐지 사랑하는 사람과 헤여지는 것과도 같이 석별(惜別)의 정(情)이 새로웠다. 자조(自嘲)와 권태(倦怠)를 거듭하면서도 소비(消費)의 거리는 그의 영원(永遠)한 오아시스였는지도 모른다.

손가방을 데렁궁데렁궁 놀리면서 부청(府廳) 앞으로 꺾어 돌아 장곡천(長谷川) 거리로 접어들다가 문득 덕수궁(德壽宮)께를 바라다보니 대한문(大漢門) 앞에 먹 자최도 임리(淋漓)하게 '국화진열(菊花陳列)'이라 쓴 간판(看板)이 눈에 띠었다.

손수 화초(花草)를 가꾸거나 그러한 거치장스러운 짓은 질색이면서도 성수는 화초(花草)를 좋아하는 축이었다. 차 시간(車 時間)은 아직 멀었겠다, 별로 볼일도 없는 터이므로 성수는 주저 않고 '국화진열(菊花陳列)'을 구경하려고 덕수궁(德壽宮)으로 발길을 돌렸다.

장내(場內)에 진열(陳列)된 천(千)에 가까운 수(數)의 국화(菊花)는 어느 것 하나 성수의 정신(精神)을 현혹(眩惑)하게 하지 않는 것이 없었다.

서로 아름다움을 다투는 폼이 혹(或)은 그 빛갈에 있어서 혹(或)은

---

* 본정 : 일제 강점기에 '충무로'를 이르던 '본정통'.

그 형태(形態)에 있어서 모두가 저를 사랑해 달라는 듯하였다.

화분(花盆)에서 화분(花盆)으로 옮을 때마다 성수의 기분(氣分)은 새로워지는 듯하였다.

이 꽃이 제일 아름다운가 부다고 생각하면서 다음 꽃으로 옮으면 그 꽃은 또 그 꽃대로의 특색(特色)를 버릴 수가 없었다.

끝까지 보고 났으나 어느 것이고 보기 싫은 꽃은 없었다.

'이 많흔 꽃을 죄다 사랑한다는 것은 결국 하나도 사랑치 않는다는 푹이 아닐가?'

성수는 문득 이러한 생각이 들어서 처음부터 되푸리해 보기 시작하면서, 이 중(中)에서 어느 꽃이든 맘대로 한 분만 가져가거라 한다면 '이 꽃을 가져가겠습니다.' 하고 선뜩 대답할 수 있을 꽃을 골라내기로 하였다.

맨 처음, 이것이면 하고 골라낸 것이 '천국설(天國雪)'이라는 순백색(純白色) 태관소(太管咲)였다.

천품(天品)이 순결(純潔)하고 고상(高尚)하기 그지없어서 함부로 건드리기조차 외람되게 느껴지는 일품(逸品)이었다.

그러나 다시 얼마를 보아 가는 동안에 원물소종(原物咲種) '제관(帝冠)'의 침착(沈着)한 기품(氣品)과 문인국현애종(文人菊懸崖種)인 '백설(白雪)'의 아담스럽고도 알뜰한 자태도 맘을 끌고 놓지 않았다.

그뿐이랴! 세관소(細管咲)는 또 세관소(細管咲)대로의 아름다움이 유난하여서 '전택압(田澤鴨)'의 눈같이 쌔하얀 한 개 한 개의 화판(花瓣)*

---

* 화판(花瓣) : 여기서는 '꽃부리를 이루고 있는 낱낱의 조각'이란 의미.

달달 말려서 실실히 느려진 그대로 한 송이의 호화(豪華)를 이룬 품(品)이란 요기(妖氣)롭게스리 정신을 빼앗는 바 있었다.

'전택압(田澤鴨)' 앞에 오랫동안 머물러 서서 성수는 물끄럼히 꽃을 바라보고 있다가 문득 미라(美羅)를 연상(連想)하였다. '전택압(田澤鴨)'의 가스라우면서도 어덴지 모르게 정겨운 태가 미라의 기품(氣品)과 흡사하게 느껴졌던 것이다.

'전택압(田澤鴨)'을 미라에게 비긴다면 '천국설(天國雪)'과 '백설(白雪)'과 '제관(帝冠)'은 누구에게 비길가?

그리고 그중(中)의 어느 꽃을 제일 나는 사랑하는 것일가?

성수는 스스로 혼궁에 빠지고 말았다. 도무지 채택(採擇)이 곤란했든 것이다. 가장 사랑하는 꽃을 분별(分別)치 못한다는 것은 가장 사랑할 사람을 고를 줄 모른다는 것과 일반이 아닐가?

성수는 오랫동안 '전택압(田澤鴨)' 앞에 머물러 서서 자기의 어리석고 못난 꼴을 맘속으로 비웃고 있을 제 문득 등 뒤에서

"국화(菊花) 속에서 뉘 얼굴을 엿보시려구 그렇게 애쓰고 계서요?"

하고 귀에 익은 여자의 음성의 들려왔다.

도라다보지 않아도 목소리의 주인공(主人公)이 미라임을 성수는 대뜸 알어낼 수 있었다.

우연이었다.

참말 우연이었다.

"대체 이런 우연이 또 다시 있을 수 있을가? 꽃송이 속에서 미라의 얼굴을 엿보고 있을 하필 지금에 실물(實物)의 미라가 나타났다는 것은 너무나 신기한 일인데." 말하며 돌아다보니 짜장 미라는 '전택압

(田澤鴨)'과도 가치 날뜻한 채림새였다. 웃음이 흘러넘치는 얼굴 그대로를 한 송이의 국화(菊花)로 보았대도 과히 나무랠 착감(錯感)은 아닐 상싶다.

"전택압(田澤鴨)에서 미라의 얼굴을 엿보셨다면 다른 꽃송이에서는 뉘 얼굴을 발견하셨단 말슴이세요?"

"꽃을 보면서같지 샘을 부려야 하도록 여자는 요물(妖物)일가?"

"자연(自然)스러운 질문을 샘으루 해석허도록 사내들은 우물(愚物)이든가요?"

미라는 생글생글 웃으면서 곧잘 대를 놓는다.

"우문우답(愚問愚答)은 꽃 보기 부끄러운 일인데—"

성수는 앞서 밖으로 나섰다.

오후(午後)의 하늘이 천 리(千 里)로 티었다. 지튼 꽃향기(香氣)에서 해방되면서 정신은 별안간에 날듯이 가벼웠다.

"손가방은? ······. 어딜 가시려는 심산이세요?"

손에 들린 가방을 보자 미라는 거니든 발길을 멈추었다.

"고향에 다녀오려구!"

"고향에요?"

미라는 또 한 번 놀라면서

"갸륵하게도 향수병(鄕愁病)만은 상기껏 지니고 계신 게죠?"

"흥! 누굴 짚씨로 알고 있었단 말요?"

"짚씨로 알고 있었다는 건 아니지만 마음의 고향을 잃어버린 지 오래시면서 새삼스러히 고향엔 뭘 허러 가세요? 어머니의 젖이 잡숫구 싶으세요?"

"쓸데없는 소릴……."

성수는 아픈 상처를 건드리운 듯 가슴 띠끔하였다.

"가시면 몇 시 차루 가셔요?"

"세 시 반"

"오래 계셔요?"

"글세……. 한 달포 가량—"

"달포식이나?"

미라는 또 한 번 거니든 발길을 멈춘다.

"달포구 두 달이구!"

하고 성수는 부러 엇나가다가 문득 내가 미라에게 이렇게 빈정거리는 것은 혹은 그를 좋아하는 때문이 아닐가 하고 생각하였다.

　　전차(電車) 길을 횡단(橫斷)하였을 때 성수는 무두무미(無頭無尾)하게*

"전찰 타지!"

하며 마츰 와 머무는 원정 행(元町 行) 전차(電車)에 오르려고 하였다.

"어딜 가시게요?"

"용산까지—"

"용산엔 왜요?"

하고 무르면서도 미라는 대답을 기대릴 새 없이 성수의 뒤로 따라 탔다.

　　용산서 내린 그들이 거리의 레스란에서 간단한 점심을 나누는 데는 그리 오랜 시간이 필요치 않았다.

　　식사(食事)가 끝났을 때 성수는

---

*　무두무미하게 : 단도직입적으로.

"이제 그만 돌아가시오!"

하고 미라에게 퉁명스럽게 명령하듯 말하였다. 언제까지고 붙들어 두고 싶은 심리(心理)의 반영(反映)이었음을 스스로 부인(否認)할 수는 없었다.

마음대로 예까지 끌어다 놓고는 또 마음대로 쫓어 보내려는 심사가 괘약하다고 생각했음일가, 미라는 잠시 해석에 곤란한 표정을 지어 보이다가

"기대리서야 할 시간은 아직 머렀겠죠! 혼자 어떻거실 작정이세요?"

"혼자서 거리를 싸돌아다녔으면 그만이지……."

억지에 가까운 대답이었다. 대답하면서 성수는 또 한 번 나는 이 여자를 사랑함에 틀림없다고 깨달었다.

성수의 경위에 있어서 여자에게 불친절(不親切)하다는 것은 사랑의 증거였든 때문이다.

"별로 볼일도 없고 한데 시간까지 동무해 드릴께요."

"그럼 어딜 좀 걸어 볼가……."

미라가 가라는 대로 가겠다고 일어섰다면 성수는 짜장 섭섭함을 금치 못하면서도 그대로 보내고 말었을 것이다. 그러한 것을 생각하면 그는 자기의 소극적이고 뒤트러진 성격이 그지없이 미웁기도 하였다.

둘은 철도 관사(鐵道 官舍) 사이로 뚫린, 프라탄-이 나라니 해 서 있는 호젓한 거리를 거닐었다.

조용한 오후였다.

가로수(街路樹)의 저편 넘어는 울창한 숲이어서 거니는 마음을 변

으로 유혹하였다.

　호수같이 고요한 거리의 한복판을 거니는 둘의 구두 소리는 마음과 마음을 연결하는 무슨 신호(信號)인 것만 같았다.

　이윽고 철도 공원(鐵道 公園)으로 들어가 낙엽(落葉)을 밟으며 단풍 든 나무 그늘을 거닐게 되자, 환경의 지배를 받는 탓일가 성수는 불현듯이 이 여자를 사랑해서 안된다는 충격을 굳세게 느끼었다.

　사랑해서는 안된다는 것은 사랑하고 있다는 것의 반동 작용이었는지도 모른다.

　성수는 암말 없이 숲가에 놓여 있는 뺀취에 가 털석 걸어앉었다.

　아모 말도 해서는 안된다고 느껴졌든 것이다.

　"한 달식이나 계셔요?"

　곁으로 와 나란히 걸어앉으며 미라는 엽때 그것만 생각하고 있었든 듯, 또 불쑥 이렇게 묻는 것이었다. 한 달을 묵거나 일 년(一 年)을 묵거나 간섭할 필요조차 없어야 할 미라가 아니었든가. 심심파적거리로 각금 찻집 같은 데서 만나, 식사(食事)나 가치하는 단순한 그 사이라면 그 이상 아모것도 아닐 미라가 이처럼 한 달을 길게 생각하는 것은 또 웬일일가?"

　"가 봐야 알지! 한 달이 될지 두 달이 될지!"

　"더구나 두 달식이나요? ……. 그러지 말구 두 주일만 계시다 오세요! 아니 한 주일만, ─ 한 주일은 또 무슨 한 주일, 닷새면 넉넉히 다녀오실걸……."

　하두 자별스럽게 재갈거리기에 무심코 쳐다보니 미라의 눈에는 뜻밖에도 눈물이 글성 고여 있었다.

성수는 순간 웬일인지 가슴이 뜨거워 옴을 깨달으면서 성큼 일어섰다.

눈물이 성수는 가장 두리웠든 것이다.

이윽고 개찰(開札)이 시작되었을 때 성수가

"경성역까지 가치 가지! 안해두 경성역에 나오기루 됐스니까……."

"부인이 나오셔요? 나, 부인 만나 뵐가?"

하고 미라는 고개를 개웃둥하며 궁리에 잠기다가 돌연 고개를 살랑살랑 흔들며

"난 싫여! 당신 떠나신 댐에 혼자서 집에까지 걸어갈 테야—"

미라는 핸드빽을 가슴에 품고 차에 오르려다 말고 그대로 홈에 딱 버티고 서서

"두 주일만 계시구 꼭 오세야 해요!"

손가락을 두 개 페치며 승강대에 서 있는 성수에게 쓸쓸한 웃음을 웃어 보였다. 여길사 싶어 그런지 또 눈물이 엿보이는 듯하였다.

차가 떠났다. 미라도 차를 따라 왔으나 둘의 거리는 차츰 멀어 갔다.

미라의 얼굴이 차츰 희미해 가드니 마츰내는 묘연한 윤곽(輪廓)만 남아서, 그것은 마치 아까 덕수궁(德壽宮)에서 본 '전택압(田澤鴨)'이라는 국화(菊花)와 흡사하게 느껴졌었다.

성수는 망막에 떠오르는 미라의 애연한 자태를 굳이 지우려고도 않으면서 경성역에는 안해가 나와 있으려니 그런 것을 궁리해 보는 것이었다.

차가 경성역에 디리 다었을 때, 성수는 안해를 수월히 발견할 수 있었다. 그러나 안해는 차(車) 안엣 성수를 쉬웁게는 찾아내지 못해서

보재기를 가슴에 품은 채 몹시도 혼란된 표정(表情)으로 차창(車窓)에서 차창(車窓)으로 얼굴들을 검삭하고 있었다.

"여기야 여기!"

하고 성수는 안해에게 소래쳤다.

귀에 익은 말씨와 함께 남편을 발견한 안해는 안도의 표정을 지으며 창(窓)으로 보재기를 넘겨주고 나서

"점심 잡수셨어요?"

첫 물음이 그것이었다.

"응!"

했을 뿐 성수는 더 할 말이 없었다.

안해는 무료(無聊)히 서서 한참 동안을 남편의 얼굴만 바라보고 있는 동안에 저 모르게 눈물이 고여 갔다. 성수는 안해의 눈물을 발견하자 문득 아침에 집을 나올 때에 안해의 뺨을 갈겼든 것을 뼈아프게 뉘우쳤다.

'출발(出發)'을 두려워하는 버릇과 함께 성수는 집을 떠날 때에 안해의 뺨을 갈기는 버릇이 있었다. 아모리 안 그렇겠다고 다짐하면서도 출발 직전(出發 直前)에는 번번히 티각태각 싸움이 버러져서 기어코 뺨을 갈기게 되군 하였다. 그런 충격이라도 없다면 순순히는 집을 떠나지 못할 만치 그는 어중이었는지도 모른다.

이날 아츰만 해도 극히 당연한 안해의 제의(提意)를 성수는 죽어도 못 듣겠다고 물리쳤다. 어쩐지 맘에 내키지 않았든 것이다. 허나 안해는 안해대로 제 주장(主張)을 일보(一步)도 사양치 않으려므로

"죽어두 못 듣겠다면 그만이지 무슨 잔소리야!"

하며 안해의 뺨을 갈기고 성수는 훌쩍 나와 버렸든 것이다.

그것을 후회하고 있는 지금에 안해의 눈물을 보았다는 것은 몹시 괴로운 일이었다.

"한 달이면 돌아오세요?"

안해는 떨리는 목소리로 물었다.

헤여지는 슬픔에서 울어나는 눈물일가, 뺨을 얻어맞은 원한의 눈물일가, 분별하기에 곤란해서 성수는 외면한 채 코대답을 하며 먼 곳을 바라볼 뿐이었다.

그리다가 그는 문득 용산역(龍山驛)에서 미라의 배웅을 받은 것을 회상하며 저 안해의 눈물은, 혹은 남편이 딴 여자를 사랑하고 있음을 본능적(本能的)으로 깨달은 불안(不安)에서 오는 눈물이 아닐가 하고 생각하여 보았다.

생각이 거기에 미치자 성수는 이렇게 안해와 마주 바라보고 있는 것이 몹시는 괴롭게 느껴져서 어서 차가 떠나 주기를 고대하였다.

마츰내 차가 음직이자 성수는 안해에게 위안이 될 만한 무슨 말을 남겨 주려고 무진 애를 쓰며 그의 얼굴을 바라보다가 그만 중추가 콱 막혔다.

시름없이 고개를 떨어트리고 서 있는 안해의 눈에서 눈물방울이 연달아 연달아 떨어지는 것을 발견했든 까닭이었다.

용산(龍山)서 미라의 눈물을 보고, 여기서 또 다시 안해의 눈물을 보게 된 것은 불길(不吉)한 징조(徵兆)일가?

성수는 종시 안해에게 아뭇 말도 못하고 말었다.

차(車)가 구내(構內)를 벗어날 무렵에 홈을 바라본 즉, 안해는 상기

껏 오롯이 버티고 서 있었다. 그 침착성에서 성수는 문득 '제관(祭冠)'
을 연상하였다.

"그렇다! 미라를 '전택압(田澤鴨)'에 비긴다면 안해는 '제관(祭冠)'에
해당하리라!"

성수는 입 밖에까지 내여 중얼거렸다.

용산(龍山)과 경성역(京城驛)에서 각각(各各) 한 여자식의 배웅을 받
으면서 나는 대체 어쩌자는 것일가. 미라와의 관계가 좀 더 심각해지
면 그때에는 어찌 될 것인가?

성수에게는 영원히 풀어 볼 수 없는 수수꺼끼였다.

그는 미라와 안해의 얼굴을 되푸리 되푸리해 보면서 꽃밭에서 길
을 잃은 나비와도 같이 엄벙해 있었다.

이튿날 아침 사철(私鐵)로 바꿔 타고 목적(目的)한 정거장에 내린 것
은 정오(正午) 좀 지나서였다.

간밤에 비가 쏟았고, 날이 밝자 바람이 요란해서 겨울날과도 같이
치웠는데 십 리 길을 형수(兄嫂)와 숙모(叔母)가 마중 나와 주었다.

"먼 길에 오시누라 고생되셨겠어요!"

웃음으로써 맞어 주는 그들의 얼굴을 대하자 성수는 불현듯 '천국
설(天國雪)'과 '백설(白雪)'을 연상하였다. 누구에게 해당할가 하고 어제
부터 골돌히 궁리해 오면서도 종시 생각해 내지 못했든 것이 일시(一
時)에 석연(釋然)히 풀리었다.

형수(兄嫂)를 '천국설(天國雪)'이라면 숙모(叔母)는 '백설(白雪)'과 같다
고 할가.

성수가 가장 좋아하는 형수(兄嫂)요 또 가장 존경하는 숙모(叔母)였다.

성수의 단편(短篇)「저기압(低氣壓)」에, 형수(兄嫂)는 '은주'라는 이름으로 등장(登場)한 일이 있었고, 단편(短篇)「귀불귀(歸不歸)」는 숙모(叔母)에게서 힌트를 얻었든 것이다.

형수(兄嫂)의 청초(淸楚)한 태와, 숙모(叔母)의 고독(孤獨)한 생활(生活) 속에서도, 항상 자기를 굳게 간직하려는, 그 아슬아슬한 인종(忍從)이 성수에게는 눈물겨웁도록 숭고(崇高)하게 느껴졌었다. 숙모(叔母)가 홀로된 것은 십오 년 전(十五 年 前)인, 그가 스물네 살 때의 일이었다.

향리(鄕里)에 돌아왔을 때 모든 것이 반가웠다.

보는 사람마다가 기쁨으로 대해 주었고, 성수도 그들의 얼굴 얼굴에서 옛 기억이 새로웠다.

허나 개중에도 제일 성수를 반갑게 한 것은 예전에 그가 살고 있든 집의, 뜰에 무성한 화초(花草)와 수목(樹木)들이였다.

장미(薔薇)니 백합(百合)이니 진달내니 철죽이니 사절화(四節花)니 향(香)나무니 단풍(丹楓)나무니……. 모두 손수 심근 것들이다.

사람 늙은 줄은 별(別)로 몰라도 식물(植物) 자란 것만은 유난스러웠다. 더구나 뜰악 한복판에 심겄든 장미(薔薇)는 사방(四方)으로 요란스럽게 퍼져 나가서 꽃철에는 법자했으리라는 것이 대뜸 상상되였다.

"꽃 땐 훌륭했겠는데요?"

하고 성수는 숙모(叔母)에게 물었다. 지금의 주인(主人)은 숙모(叔母)였든 것이다.

"얼마나 훌륭했다구요! 아마 만(萬) 송이는 실히 되었을걸요! 뜰이 온통 꽃밭이었고, 집이 온통 향기에 쌔혔든데ー"

하고 숙모는 자랑삼아 웃었다.

성수는 뜰로 내려가 서서 식물(植物)들과 악수라도 하듯 일일(一一)히 어루맞어 가며 오랜동안 회고(回顧)에 잠겨 있었다. 다시 고향으로 돌아와 화초(花草)나 가꾸면서 조용히 살어 볼가 하고 생각한 것도 그때의 일이였다.

그날 밤 성수는 친척(親戚)들과 둘러앉어서 아름답고 즐거운 시간을 보낼 수 있었다.

밤이 깊어서 성수가 당분간(當分間) 기거(起居)해야 할 제 방(房)으로 돌아왔을 때 어느새 거기에는 이름 모를 국화분(菊花盆)과 코스모스 꽂힌 화병(花瓶)이 장식되어 있었다.

"고적하실 텐데 꽃이나 보서야지……. 코스모슨 영주(永珠) 씨(형수(兄嫂))가 보내신 게구—"

웬 꽃이냐는 질문에 숙모(叔母)는 이렇게 대답하면서 웃을 뿐이었다.

성수는 무한히 감격된 시선으로 언제까지고 그 꽃들을 바라보고 있다가 문득 미라와 안해의, 최후(最後)에 본 눈물 어린운 얼굴들을 그 꽃송이 속에서 발견하고, 언제쯤이나 그들을 또다시 만날 수 있을가 그러한 것을 생각하자 불현듯 향수(鄕愁)에 가까운 애틋한 기분이 자꾸만 자어짐을 어찌할 도리가 없었다.

그들의 얼굴이 이토록 그리운 것은 미라의 말마따나 성수 자신이 마음의 고향을 잃어버린 탓일가?

아니면, 항상 향수에 시달려야 하는 것은 사람이 선천적(先天的)으로 타고난 불측스러운 숙명(宿命)일가? 그도 아니면, 떠날 때에 그들이 나에게 뿌려 준 눈물의 부채를 질머진 탓일가? 어제 오늘은 마치 진열(陳烈)된 국화(菊花)의 행렬(行列) 속을 걸어온 것과도 흡사하면서 웬지 모르게 불행(不幸)의 예감(豫感)과 비슷한 감상(感傷)이 자꾸만 자어지는 것은, 향기(香氣)에 취(醉)해서 정신조차 가누지 못하는 탓일는지 모른다.

밤은 깊어 가는데 아모리 애써도 잠은 들어지지 않는다.

길고 긴 가을밤, 성수는 멀거니 꽃을 바라보면서 천치(天痴)처럼 번둥번둥 누어 있을 뿐이었다.

밖에서는 나무잎 떨으는 바람이 밤새껏 불고 있었다. (十二 十八日)

난양(難養)

서언(序言)

여자여소인위난양야(女子與小人爲難養也)[*]라고는 공자(孔子)님의 말씀이다. 공자님은 여자 취급에 무척 많은 진땀을 흘리셨던 모양 같다. 성인이란 워낙 무턱대고 고지식만할 뿐이지 아무런 주변도 입씸도 없는 사람의 의칭이다.

따라서 성인의 난양(難養)이 반다시 우리 속인에게도 난양(難養)이랄 법은 없다. 이제 나는 거기 대한 몇 가지의 실례를 드러 보기로 하겠다.

一, 남편(男便)이여! 가정 풍파(家庭風波)를 방지(防止)하려거든 모름지기 위선자(僞善者)가 되라

소설가 목민(牧民)은 첨품이 호탕한 사내였다.

그는 안해를 극진히 사랑하였으나 안해 이외의 여자들과도 많은

---

* 여자여소인위난양야(女子與小人爲難養也) : 여자와 소인은 다루기가 어렵다.

관계를 맺어 왔고 여자와의 관계가 있을 때마다 그를 모델로 한 편의 소설이 제작되군 하였다. 그가 여자와 관계를 맺는다는 것은 일종 창작의 예비 행동이기도 하였다.

목민은 그것을 별로 죄악이라고는 생각지 않았다. 따라서 안해에게 조끔도 숨기는 일 없이 모든 것을 죄다 이야기하였고 그 때문에 하로도 가정 풍파가 끝나는 날이 없었다.

가정 풍파라는 것이 결코 달가운 현상은 아니었다. 하지만 바탕이 솔직한 목민으로서는 사랑하는 안해와의 사이에 비밀을 갖고 싶지 않았다. 그것은 양심이 허락지 않는 일이었다. 부부 사이에 비밀을 갓는 것이야말로 죄악이라고 생각하였다. 허나 목민의 그러한 사상 때문에 가정 풍파는 날로 날로 격심하여 갔다.

거듭 말하거니와 가정 풍파라는 것이 결코 아름다운 풍경일 수는 없다. 더구나 가정을 소중히 여기는 목민에게는 괴롭기 짝 없는 일이었다.

이에 마츰내 목민은 가정 풍파지책을 강구치 아니치 못하게 되었다.

대책으로는 무엇보다도 목민 자신이 여자 교제를 깽그리 청산하는 것이 첩격일 것이었으나 그것은 그의 넘치는 정력이 허락지 않았다. 그래 재삼 심사숙고한 나머지에 일후부터는 자기 자신의 이야기를 절대로 소설로 쓰지 않을 뿐 아니라 여자와의 관계에 한해서는 일체 안해에게 비밀주의를 엄수하기로 결심하였다.

그 술책을 쓰기 시작한 지 불과 십여 일에 효과는 력연하여서 가정은 꽃밭같이 평화로워졌다.

그 후부터 여자와의 관계로 외박(外泊)이 필요할 때마다 목민은 손

가방에 세면도구와 원고지를 챙겨 들고 나서면서,

"남선 지방에 한 이삼일 당겨오리다. A 신문사에서 강연을 해 달라고…."

혹은

"B 잡지사에서 농어산촌 시찰기를 써 달라고 해서 북선에 몇일 댕겨와야겠오!"

제법 은근한 어조로 이런 말을 남기고 도라서며 혀를 길게 내뽑아 보는 것이었으나 다음날 혹은 이삼일 후에 집에 돌아올 때에는 으레히 백화점에 들녀서 다녀오기로 작정된 지방 지방의 특산물을 선물로 사 오는 것을 잊지 않았다. 선물을 받어든 안해는 감사와 감격에 눈물까지 흘렸고 눈물 흘리는 안해를 건너다보며 목민은 빙그레 회심의 미소를 띠였다.

그리하여 목민은 가정 풍파를 전멸시켰을 뿐 아니라 안해가 보기에는 나날이 사회적 지위가 확대되어 가는 실로 자랑할 만한 남편이 되였다.

목민이 우울해 하는 친구를 만날 때마다

"자네도 가정 풍파를 방지하려거던 모름지기 위선자가 되게! 위선자가?"

거이 입버릇처럼 타일르게 된 것은 그 후부터의 일이었다.

二, 박명(薄命)한 여인(女人)이여 너는 미인(美人)이니라.

언젠가 시골서 친구 몇몇과 함께 카페에 갔던 때의 이야기다.

우리가 차지하게 된 유리에라나 한 여급은 불행하게도 결코 미인은 아니었다. 아니 시효가 지냈으니 말이지 미인이라기보다도 어느 편이냐 하면 오히려 추물에 가까웠다. 얼굴 전체의 윤곽이 투박하다던가 눈과 코와 입 들이 제멋대로들 일그러졌던가 그러한 것은 선천적으로 타고난 생김새라 새삼스러이 타박을 부려 본댓자 별수 없으므로 오히려 유리에를 위하여 동정을 금치 못하는 일이나 넉넉지 못한 살림에 막대한 희생을 무릅써 가면서 머처럼 사디렸던 화장품을 역효과가 나타날 정도로 람용했다는 것을 무심히 보아 넘기지 못할 일이었다. 그것은 화장품에 대한 모독이기도 했다.

분은 지지리 처발러서 격지가 이러났고 연지질한 입설은 금방 생쥣마리나 씹어 삼킨 듯이 무기미했고, 없친 데 덮치는 격으로 눈섭을 그린다는 것이 앙우-가 되고 말었다.

아무리 궁했기로 유리에를 미인으로 볼 사람은 모르면 모르되 없을 것이었다.

같이 간 친구들이란 게 워낙 짓굳게도 입씸이 사나운 축들이라 하나가

"야 이건 오늘 재순 억망이로구나!"

하고 봉화를 들자 제각기 덩다러

"양귀비 왔다간 울고 가겠네."

"치마만 둘렀음 고만인가."

"남자로 태여난 것이 천한일세!"

서로 주거니 채거니 맛장구를 쳐 가며 유리에의 박색을 비웃었다.

유리에는 몹시 불쾌한 모양이라 갓득이나 투박한 얼굴이 볼 동안에 우르락프르락 쉬쉬 압바가지가 되여 갔다. 그는 술도 따뜨시 따르

지 않았다.

　술이 몇 순배 돌았을 때 한 친구가 유리에의 손을 덥석 붓잡고 나를 가르키며

　"이 얌전한 친구가 멋 허는 사람인 줄 아니? 소설가야 소설가! 소설을 짓는 사람이란 말이다."

하고 말하니까 유리에는 별안간에 놀램 가득 찬 시선으로 나를 빤히 바라보며

　"아 그러세요? 소설 지으시는 분이세요? 전 참 소설을 퍽 좋아해요!"

하고 십년지기나 만난 듯이 반색을 해서 여럿은 또

　"야 인제야 춘향이 이도령을 만났구나!"

하고 왁자지껄 놀려 대였다. 그러나 나는 진실된 한도로

　"소설이 그렇게 좋아?"

하고 물었다.

　"참 좋아해요. 장거리에서 파는 책은 대개 다 사 읽었어요. 춘향전두 읽구 구운몽두 읽구 추월색 사씨남정기 옥누몽 같은 것두 읽었어요."

　유리에는 그 허다한 소설 제호를 암송하는데 무슨 감당하기 어려운 긍지와 만감회를 한거번에 느끼는 듯하였다.

　"아 그렇게 많은 책을 읽었어? 이를테면 유리에는 문학 소년 셈이구료?"

　"이런 데 나오게 된 동기두 문학에 심취(?)했던 여죄였는지 모르지!"

　친구들은 들은 결이라 다시 놀려 먹기로 마련이다. 그러나 유리에는 놀림에 개의하는 일 없이 별안간 열굴에 수심을 띠여 보이며

　"참 제 신세를 책으루 꾸민대두 소설 한 권은 잘 될 거애요."

"허— 유리에의 생애가 그렇게 기구했던가? 멋 허면 정군(나를 가르키며)이 유리에를 모델로 소설을 쓰게 될지도 모르니 이 자리에서 과거 역사를 잘 얘기해 들여주는 것이 어때?"

언간이 취한 때라 제멋대로들 지꺼렸으나 유리에 자신은 어데까지던 참된 태도로 다시

"글세요. 이야기가 너무 길어서…. 세상에 저처럼 팔자 기박한 년은 없을 게야요."

하며 고개를 푹 떠러트린다. 그의 눈에서는 금방 몇 방울의 눈물이 떠러질 것도 같았다.

"아따 팔자가 기박해 소설의 주인공이 되는 게 아닌가! 유리에를 모델로 소설을 쓰므로 해서 정군과 유리에가 동방화촉* 지전을 베풀게 되는지도 모르고 그렇게 되고 보면 우리는 우리대로 톡톡히 얻어먹을 수가 있으니 그야말로 누이 좋고 매부 좋골세…. 아따 팔녀가는 심청이처럼 구글퍼만 말구 어서 역사를 좀 풀어 봐요!"

친구는 유리에의 어깨를 툭 쳤다.

그래도 유리에는 시무룩해 있을 뿐인데 그 태도가 어덴지 모르게 감정을 과장하는 빛이 엿보였다. 이런 데 있는 여자들이 인끼책으로 흔히 비극의 주인공으로 분장하는 버릇을 알고 있는 바라 나는 한번 넘 떠보려고

"우리가 들어서 차지 없을 일이라면 얘기해 보구료!"

하고 멋허면 소설로 쓰겠다는 암시를 주었다.

---

　* 동방화촉 : 동방에 비치는 환한 촛불이라는 뜻으로, 혼례를 치르고 나서 첫날밤에 신랑이 신부 방에서 자는 의식을 이르는 말.

"글세요…."

하고 유리에는 잠시 망사리다가

"소설로 써 주시겠어요?"

"쓰게 됨 쓰지."

"쓰신다면 제목은 뭐라고 부치시겠어요?"

속담에 배지도 않은 애기 기저기 근심이라고 이야기를 들녀 주기도 전에 소설 제목부터 문제 삼는 것이 언간히 싱거웠으나 나는 시치미를 딱 떼고

"제목? 제목은 뭐라고 헐가? 운명이 꽤 기구했다지?"

"네 참말 복잡했어요!"

"참말 복잡했구 또?"

"참말 기박했어요?"

"참말 기박했구 또?"

"꽤 박명했구요!"

"박명? 옳지 옳아? 인제야 제목이 생각나는군! '미인박명(美人薄命)'이라구 하는 것이 어때?"

"제가 뭐 미인이래야 말이죠?"

하고 말하면서도 유리에는 기대에 충만한 시선으로 나를 건너다 보므로

"옛글에도 미인박명(美人薄命)이라구 했으니까 그 생애가 박명했을 제야 미상불 유리에는 미인임에 틀림없지 않오? 더구나 박색박명이라는 말은 일찌기 들어 본 기억조차 없으니까 유리에는 틀림없는 미인이지 뭐야."

눈 딱 감고 한번 치켜올렸드니

"미인박명(美人薄命)이라구? 호호호 요 소설가는 역시 다르셔. 즉좌에 제목을 잘도 지어내시네. 호호호."

유리에는 금시로 자지러지게 웃으며 윙크를 건네드니 뒤미처 테불 우에 놓인 술잔에 술를 따러 내게로 밀며

"자— 정선생님 한 잔 드세요! 어쩌면 소설가의 눈은 그렇게 예리하실까요!"

하고 재미나게 재까리는 유리에의 얼굴에서 조곰 전의 수심을 찾어낸단 것은 도저히 어려운 일이 아닐 수 없었다. — 여기서 막을 다처야 할 이야기에 한마디만 더 보탠다면 미인박명(美人薄命) 덕분에 나는 달갑지 않은 술을 한 잔 더 마시게 된 셈이나 그때 유리에게서 얼어들은 (박명)한 신세타령을 오늘날까지 소설로 쓸 흥미를 느끼지 못했을 뿐만 아니라 약속했던 제목만 비러 쓰기 수작한 이 콩트로 이만하고 끝을 막지 아니치 못하게 된 것은 실로 나보다도 유리에 자신을 위하여 심히 섭섭한 일이 아닐 수 없었다.

한월(寒月)

　정초(正初) 어떤 친구의 집에서 새해의 모임이 있었을 때 만화가(漫畫家) 일송 형(一松 兄)은 이것도 소설(小說)이 될 수 있으리라고 하면서 다음과 같은 이야기를 들여주었다.

　고향을 떠나 객지로 딩구논 지 이러구레 십칠팔 년이 돼나 안성(安城)에 대한 끈끼 찬 향수가 마음속 깊숙히 깃드러 있기는 예나 지금이나 매 마찬가지였다. 바람 찬 거리를 무심히 거닐다가 가가의 세모 풍경(歲暮 風景)이 문득 눈에 띄일 때면 잃어버렸든 보배를 아닌 곳에서 발견해 냈을 때와도 같이 별안간 고향에의 애착에 마음 설레임을 깨달으면서 이번 설만은 기어코 시굴로 도라가서 부모님 뫼시고 즐겁게 지내겠다고 마음을 다저 먹기 무릇 십여 차였으나 엽때 한 번도 뜻을 이루어 본 기억이 없다. 속무에 얼매인 몸이라 정초면 정초임으로 해서 몸을 뺄 수 없는 일이 생기는 때문이긴 하엿으나 그러나 몇 철 리 떠러저 있다면 또 몰으되 서울서 안성까지 불과 백여 리에 십칠팔 년 동안 한 번도 부모님 뫼신 설을 쇠지 못했다는 것이 해석하

기에 따라서는 몹시 불효자인 까닭인 것도 같아 나는 저윽히 양심의
가책을 느끼지 않을 수 없었다.

그래 금년만은 제만사하고 늙으신 부모님에게 새해를 즐겁게 해
드리려고 마침 방학 중인 열 살잽이 딸년 옥혜(玉惠)를 데리고 정거장
으로 나선 것은 이 해의 대목날도 저물 무렵의 일이었다.

한 해에 한두 차례식 단겨오는 고향이긴 하나 번번히 총총히 상경
하지 아니치 못하든 터에 이번만은 부러 설맞이 가는 판이라 마음은
저 모르게 느긋해 왔다.

고향이란 어머니의 품속과 같다고나 할까. 안타까이 그리운 줄은
몰랐으나 정작 그 품에 안기우리라고 생각하니 어린 때의 소꼽 놀든
기억조차가 새롭다.

향수는 피(血)로도 유전되는 상싶어 옥혜 년도 여름 방학에 단겨온
기억을 더듬어 가면서 이번에도 풋옥수수를 먹을 수 있느냐는 둥, 원
두막에서 갓 따온 참외 먹든 맛이 자별스러웟다는 둥, 앞장서서 종종
거러 나가면서 종알대는 것이었다.

정거장에 다니니 오후 네 시, 차 떠날 시간은 아직 사십 분도 더 남
었는데 개찰구에서부터 느러선 행렬이 역 앞 광장 한복판에서야 꼬
리를 치고 있다.

세상에 인간이 이렇게도 많든가.

그 많은 사람들과 함께 차 안에서 볶애일 일을 생각하면 그저 답답
할 뿐이었으나 그러나 장사진을 친 그 행렬의 구성분자의 대부분이
허술한 둘메기 바람에 낡은 대관절임을 알아냈을 때 나는 무슨 신기
한 발견이나 한 때처럼 가슴이 날뛰엇다.

꾹깃꾹깃 구김살 간 무명 두루마기에 낡은 대관절을 덜렁 올려놓은 사람들—내 고향에는 바루 그런 사람들만이 살고 있지 않든가. 지금 내가 그리운 것은 그런 사람들의 체취가 아니었든가.

삭막하고 깔깔하기 모래 같은 도회인들과의 접촉을 버서나서 가면과 허식이 없는 부드러운 세계로 뛰여드러 보는 것은 얼마나 신성한 일일까.

서슴지 않고 나는 옥혜의 손목을 붓잡고 행열 속의 한 사람이 되였다.

이윽고 개찰이 시작되여 내가 차에 올랐을 때에는 차 안은 이미 초만원이었다.

간신히 설 자리는 얻었으나 손에 든 가방은 놓을 데가 없었다. 헌 버선 커레가 들어 있을 듯싶은 보통이와, 비웃*이나 명태나 그런 생선일시 분명한 꾸레미들과 또 그와 비슷비슷한 구접지근한 잡동산이 보재기들이 넘쳐흐를 듯이 선반은 어수선하다. 그러고도 유부족이여서 통로에도 좌석 사이에도 보통이의 홍수요 꾸레미의 사태다.

대체 웬 짐들이 이렇게나 많을까. 생활은 이처럼 복잡해야만 하는 것일까.

스스로 해답에 골란을 느끼다가 나는 문득 그 모든 짐들이 필시 설 맞이 준비일 것임을 깨닫고, 나 자신도 그들과 상통된 처지에 있다는 생각에 몸에 서리든 고독이 일시에 획 풀니었다.

내가 설 맞으러 안성으로 도라가듯 그들도 각각 타향사리에서 제 각긔의 고향으로 도라가는 것임에 틀림없을 것 같다.

* 비웃 : '청어(青魚)'를 식료품으로 이르는 말.

혹은 품파리꾼으로, 혹은 광부로, 혹은 지게 장수로, 혹은 식모로, 혹은 침모로, 엇쨋듯 기필코 구차한 타향 사리임에 틀림없을 그들이 가진 고초를 그대로 용히들 참고 백였다는 것은 언제든 한번은 고향에 도라갈 수 있다는 오직 그 기대의 힘이 아니었을까. 생활 풍습에 '설'을 설정하였다는 것은 그것을 빙자로 떠도는 무리들이 한번 고향으로 도라가 보는 단지 그 한 가지 이유만으로도 얼마나 요긴한 것인가에 우리는 다시 한 번 놀라도 좋을 것 같다.

긔차가 몇 정거장 지나가는 동안에 차체의 연속적인 파동이 서있는 육체에 미치는 피로도 어지간하여서 옥혜는 노곤해 오는 다리를 더 지탕해 낼 긔력이 없어 통로에 놓여 있는 크낙한 보따리에 펄작 주저앉어 버렸다. 그리자 옥혜와 마주 건너다보이는 자리에 앉었든 마흔두세 살쯤 나 보이는 여편네가,

"애! 이리와 내 곁에 앉어. 응! 여기 재리 있으니 와 앉어!"

궁하고 엉둥이를 몇 번이고 들어 한편으로 밧싹 닥어가면서 어린애 엉덩이가 드러갈까 말까 한 공석을 티여 놓기에 무진 애를 쓰는 것이다.

"고맙습니다…… 옥혜야 고맙습니다. 인사허구 가 앉어……"

나는 그 여인에게 치하하고 나서 옥혜를 그 자리에 앉치었다.

곁에 갓다 앉치자 그 부인은 옥혜의 머리를 정답게 쓸어 주며 나즈막한 목소리로 너 몇 살이냐, 학교는 몇 학년이며 어느 학교에 단기지? 하고 남의 집 아이들을 귀엽게 여길 때 흔히들 뭇는 그런 투의 질문을 몇 마디 하는 것이다. 그러나 나는 나대로 아까 서울서 떠날 때부터 그 부인에게 특별한 주의를 갖지 안을 수 없었든 것이다.

왜냐하면 서울서 승객들이 차에 몰려 올랐을 때 좁은 차깐이 벌통처럼 와자지껄 들복였지만 그 부인만은 주위 환경의 소란과는 아모런 관게와 인연도 없는 사람인 듯 눈 한 번 파는 길 없이 새침히 앉아 있는 것을 발견하였기 때문이었다. 옷매무시라든가 용모에 무슨 특색이 있는 것도 아니였다. 채림새로만 따진다면 기껏해야 침모나 그렇지 않으면 안잠자기일 것인데 손가락 매디가 투박한 것으로 미루어 안잠자기로 보는 것이 오히려 타당할 상싶었다. 필시 안잠자기에 틀림없을 평범한 그 여자가 나의 특별한 주의를 끌게 된 것은 오직 그의 표정이 주위의 분위기와는 너무나 대조적인 까닭이었다. 이렇듯 소란한 환경 속에서 신경 갖인 사람으로 족키 저렇게 침착할 수 있을까 싶게 그는 바루 돌로 쪼아 놓은 여인처럼 눈을 살며시 내리깜고 무슨 수심에 잠겨 있었다. 그러다가 옥혜가 지쳐서 통로에 놓여 있는 꿍제기 우에 주저앉는 걸을 보았을 때 비로소 제정신으로 도라와 옥혜에게 자리를 비켜준 것이었다.

그러나 옥혜와 주고받는 대화도 결코 수다치는 않았다. 간단한 몇 마디의 문답이 끝난 후에는 다시 예전대로 침통한 표정으로 도라가서 거이 기계적으로 옥혜의 손을 어루만지며 거기에 시선을 던진 채 넋 잃은 사람처럼 깊은 생각에 잠겨 있는 품이 암만 해도 가슴을 내리누르는 무슨 근심이 숨어 있음에 틀림없어 보였다.

우리가 내려야 할 평택(平澤) 정거장이 가까워 왔을 때 나는 옥혜더러

"애! 인제 내려야 한다."

내릴 준비를 재촉하였드니 그 여자는 아까보다도 역시 구슬픈 표정으로 앉았다가 깜짝 놀란 듯 고개를 호되게 들며,

"평택이얘요?"

하고 당황히 묻는 것이었다.

"이번 정거하는 데가 평택입니다. 평택서 내리시렵니까?"

"아이구만……."

내 말에 그는 용수철처럼 튕겨 이러서드니 선반에서 커다란 껌정 보퉁이를 내려 들고 우리의 뒤로 쪼차 내리는 것이다.

밤은 어느듯 여덜 시가 가까워서 열이틀 달이 '플렡·홈'에 환히 밝다.

정거장 밖에 나선 나는 그러나 안성행 막차 버스 시간이 촉박하므로 해서 그 여자를 다시 도라볼 사이도 없이 불이나케 차부로 와 간신히 차표를 두 장 사 들고 도라서는데 그 여자가 머리에 보퉁이를 인 채 대합실 문 안으로 막 드러서는 것이 아닌가. 갑분 숨을 훅훅 내뿜는 품이 몹시 달려온 모양이었다.

이번에는 내가 놀라지 않을 수 없었다. 그러면 이 여인도 안성으로 가는 것일가?―

어쩌면 그도 고향이 안성일찌 모른다는 생각에 나는 불현듯 그에게 어떤 친밀감까지를 느끼게 되였다.

그는 머리엣 보퉁이를 내려놓을 여가도 없이 개찰구로 가서 꼬깃꼬깃한 일 원 지폐 한 장을 디려밀다

"안성 표 한 장 삽시다."

하였다.

"만원입니다."

사무원이 디려민 지폐를 도루 내밀며 이렇게 말하자 그 여인은,

"아이구만나… 이를 어째!"

더할 나위 없이 절망적인 어조로 부르지즈며 날노를 끼고 둘러앉은 승객들을 락망의 시선으로 죽 둘러보는데 그 표정이 몹시도 가엾었다.

의탁할 곳 없는 어릿한 그 눈동자에서 금방 눈물이 몇 방울 떠러질 것 같다고 느긴 것은 나뿐이었을까.

'만원임니다.'의 그 한마디가 한 사람의 운명을 이처럼 처참하게 할 법이 있을까. 그는 커다란 운명 앞헤 어쩔 줄을 모르는 어린애와도 같이 멍청 서 있을 뿐이었다.

어른의 얼굴에서 그렇게 순수하고 애처로운 표정이 나타날 줄은 일찌기 꿈도 못 꾸었든 일이므로 나는 무슨 예리한 것에 가슴 찔니운 때와도 같이 몸서리치지 않을 수 없었다. 섯달 그믐의 마즈막 뻐스인 이 차를 노치므로 해서 그는 영원히 불행에서 버서나지 못할 것같이 작구 그렇게만 느껴져서 나는 순간에 마음을 다지고 한 거름 그의 앞으로 닦어서며,

"차표 못 사섯소?"

하고 물었다.

"만원이래요!"

그는 떠러지려는 머리 우엣 보통이를 두 손으로 붓들며 호소하듯 대답한다.

"꼭 가서야 할 일이라면 제 표를 한 장 드리죠. 어린애 표지만 애는 내가 안어도 되니까 이 표로 타도록 하십시요."

하며 내가 내주는 차표를 그는 이여는 받지 못하고 얼마간 주저하다가

"그럼 그 표 제게 파세요."

하며 손에 들었든 지폐를 내주는 것이다.

"아닙니다. 그저 타세요."

"건 너무 미안해요. 차퐐 주시는 것만두 고마운데 거저꺼정이야……."

"아닙니다. 괜찮습니다."

"그래두 돈은 받으서요."

"너 두세요. 이 표두 받으시구……."

그제야 그는 마지못해 표를 받고 나서

"참 이렇게꺼정 해 주시니 얼마나 고맙운지요."

하며 몇 번이고 충심으로 치하하는 것이다.

그러자 마츰 밤 아홉 시는 되여서 종 뻐스는 떠나려고 일변 목탄불을 피이면서 승객더러 타라고 하였다.

정원 이십이 인승 뻐스에 승객 수는 어린애 둘까지 합쳐서 스물다섯 명인데 여자는 아까 그 여인뿐이고 양복쟁이라고는 나까지 다섯, 그밖에는 모두가 허술한 두루마기만이었다.

나는 공교롭게도 양복 친구와 같이 앉게 되였는데 깜한 락타 외투에 '수달피' '에리'를 대여 입은 얼른 보기에 광산 부로커쯤 되여 보이는 이 뚱뚱한 양복 친구는 인정이라는 것을 통히 모르는 듯 남이야 아이를 안고 쪼그리고 있거나 말거나 나만 편했으면 그만이라는 듯키 두 다리를 떡 버티고 앉었는 것이었다. 직접 피해를 잊는 감정으로서가 아니라 냉정한 제삼자의 입장으로 보드라도 그의 거동이 결코 신사적은 아니었다.

승객들이 자리를 잡자 뻐스는 떠나려고 하였으나 목탄이 날내 피지 않었다.

운전수와 조수는 번가러 차에 올랐다 내렸다 하면서 무진 애를 쓰나 좀처럼 발동이 되지 않는 데는 어쩔 수 없다.

십 분 이십 분……. 갓득이나 치운데 한데나 진배없는 버스 안에 가만 앉어 있자니 어느듯 손발이 얼어들었다.

문을 여닫을 때마다 차디찬 밤바람이 쏼쏼 뼈를 쑤시듯이 몰려든다.

"여보 운전수! 대체 이 차가 떠나는 거요 안 떠나는 거요?"

그러찮어도 일동이 치위와 불안으로 떨고 있는 판에 내 곁에 앉은 '수달피' 씨가 먼저 시빗쪼로 나선다.

"미안합니다. 날시가 하두 치워서 목탄이 발활해 줘야지요. 곳 떠나겠으니 잠간만 기대려 주십시요."

하고 사죄하는 운전수의 말에 '수달피' 씨는 한술 더 떠서 좀 더 높은 어조로

"오늘이 섯달그믐인 줄 모루? 이러다간 노상에서 설을 거지같이 맞게 되겠오!"

아닌 게 아니라 이러다가는 열한 시 안으로 안성에 대기는커녕 떠나지도 못할 상싶다. 이 밤이 바루 저야除夜므로 해서 일반의 불안은 더욱 컸으나 그러나 불안하면 불안할수록 입을 다므러 버리는 것이 시굴 사람들의 공통된 성격이여서 죄다 불불 떨며 어서 바삐 출발하기만 기대리고 있는데 '수달피' 씨는 여기서 발언권 갖인 사람은 나밖에 없다는 듯키,

"제─길헐! 이래서야 시굴을 엇 눔이 댕겨 먹어! 이래 가지구 남의 큰일 트러저 나가믄 손해배상 낼 텐가? 제─ㄴ 장 오늘 밤으로 못 가믄

손해가 얼마라구!"

하고 혼자 씨떠버린다.

보아하니 승객들이 모두 시굴띠기들이라 한번 제 존재를 알녀 보자는 심산인 것 같았다.

그러나 다른 승객들은 모두 벙어린 듯키 제각기 팔장만 몇 번이고 고쳐 끼면서 한마디의 불평도 없는데 바루 내 뒤에 앉은 예의 그 여인만이 어지간히 초조한 듯 각금 가만한 한숨을 께물어 버리군 하였다.

아홉 시 반이 지나서야 차는 겨우 움직이었다. 출발이었다.

그러나 그것도 겨우 움직였다는 정도여서 간신히 바퀴를 굴려 나가기는 하나 거름발 타는 어린애의 보조와 같이 느리었다. 이대로 가면 어느 세월에 안성에 가 다까 하는 불안과, 그래도 떠난 것만도 다행이라는 안도와의 착잡한 감정을 싫고 뻐스는 괴물같이 육중한 체구를 교외 길로 접어들었다.

열이틀의 한밤중 달빛이 차겁게 흘러넘치는 페허같이 고요한 교외의 신작로를 뻐스는 기신없이 움직이고 있다.

얼마를 가도 뻐스의 속력은 빨러질 줄을 몰랐다. 기진맥진한 늙은이의 단말마와도같이 간신히 연명은 하나 어느 순간에 숨이 꺼질지 몰라 차안의 불안은 다시금 새로워 갔다.

"허ー 이러다간 노상에서 초상나겠군!"

'수달피' 씨가 또 한 번 지꺼리는 바람에 여럿은 불시에 씩 웃어 버렸으나 그 우슴을 암호로나 여긴 듯키 버스는 "으으ーㅇ" 하고 꺼져 가는 신흠소리를 내드니 마츰내 딱 머물러 서고 마는 것이다.

"아 여보! 안성 다 왔오?"

언제나 말성거리인 '수달피' 씨엇다. 운전수는 짜증을 참고 억지 공손으로

"미안합니다. 목탄이 나뻐서 영 픽질 않는데다가 이제부턴 고개가 되 놔서……."

그리고 조수와 함께 차에서 내려 뒤에 달린 목탄통으로 갔다.

그러자 벙어리처럼 참고 있든 차 안 사람들도 저이끼리 수군대기 시작하였고 그 여인은 또 한 번 가만한 한숨을 쉬는 것이 나의 귓가에 들녀왔다.

아닌 게 아니라 화가 동하기는 했다. 치위가 대단해서 유리창은 허옇게 얼어붙고, 떠날 때부터 시리든 발이 인제는 거이 감각을 잃어버릴 정도로 얼어 빠져 온다. '수달피' 씨 말마따나 이러다간 정말 밤중에 노상에서 무리 초상날 것 같다.

시간은 벌서 열한 시 가까워서 냉냉한 달빛이 비수같이 예리하다.

한참 동안을 목탄 통에 붙어서 더벙거리고 있든 운전수는 마츰내 희망을 포기한 듯 차 안으로 도라와 사정한 듯이,

"대단히 죄송됩니다만 발화가 도무지 되지 않으니 다들 내리서서 고개 우까지 찰 좀 떠미러 주서야겠읍니다. 고개 우에만 올라가면 내림 바람에 발화가 될 것 같읍니다."

하고 말하여 여럿은 각별한 항의도 제출하는 일 없이 꼈든 팔장을 풀면서 밖으로들 나섰다.

옷 사이로 숨여드는 달빛이 어름장같이 차다.

여럿은 뻐스의 후면으로 와서 "에잇샤…." "에잇샤…." 고개로 떠밀

었다. '수달피' 씨도 제법 한몫 볼 것처럼 뼈스에 손을 댓다가 잉큼 놀라 팔을 디리 옴츠리며

"에이 차! 어름장 같어 손을 댈 수가 있나. 원!"

하고 너이들이나 하라는 듯키 뒤로 물러서고 만다.

딴은 차기는 차나 차다고 손을 안 대면 누가 뼈스를 고개까지 떠올린단 말인가.

두르매기의 승객들은 가타부타 일언반구 없이 전심전력으로 떠밀었고 예의 여인도 다소 보탬이 되면 하는 생각에서 옆에 와 붙었다.

달빛 차거운 한밤중에 이십여 명이 육중한 뼈스와 단판 씨름을 하는 판이었다.

거이 한 시간 가까이 걸려서 차를 고개 우까지 미려 올리고 나서 우리는 다시 차 안엣 사람이 되였다. 인제부터는 경사진 내림발이라 기관이 절로 도라가는 바람에 발화도 쉽게 될 게요. 그러면 자정까지에는 문제없이 안성에 다으리라는 일루의 기대에 저윽 맘들을 느꾸었다.

그러나 일루의 기대조차가 빗마저서 처음 얼마 동안은 제법 드르렁거리며 구러 내리든 뼈스가 평지에 다다르자 으으-ㅇ 하고 신흠하드니 딱 머무러 버리고 말었다.

운전수는 머리를 뻑뻑 긁고 입을 쩝다시며 차에서 내리드니 기관통의 더펑이를 화푸리로 젱강 열어제끼고 기계를 고치기 시작하였다. 우리는 차 안에 언제고 이러고 앉었으면 더욱 어러 드러와서 차라리 밖에 나서서 오금을 움직이는 편이 났겠다고 다들 차에서 내려 발들을 굴렀다.

밤과 함께 치위는 새차게 날카로웠다. 숨을 디리쉴 때마다 전신이 으스슥 떨니었다. '수달피' 씨는 수달피 속에 머리를 음츠러트리고 발을 동동 구르며

"제-ㄴ 장 시굴서 살자면 밤낮 이 지경일 테지!"

하고 버스 사고의 이유가 시굴에 있는 듯키 중얼거리었다.

나는 옥혜를 앞가슴에 품고 외투로 감싸스나 그래도 옥혜는 바들바들 떤다. 드러앉어 몸을 녹일 인가도 가까이는 없어 이십여 명이 등잔같이 밝은 달빛 아래에서 서성거리며 떨고 있는 수밖에 딴 아모런 도리도 없었다.

산속의 밤은 침침히 기퍼 갔다. 바람도 부지 않고 개 짖는 소리조차 들녀오는 길 없는데 치위만이 고무줄로 조이듯 간담 속으로 쏙쏙 수며들었다. 게다가 배까지 곱았다.

별들이 몹시 차보였다.

이즐막 하드니 저만치서 웬 사람들 둘이 크낙한 집을 억게에 둘러메고 이리로 거러오는이 달빛에 유령같이 나타나 보였다.

여럿은 아닌 때 아닌 존재에 불현듯 공포를 느껴 떨며 바라보다가 그들이 우리의 일행 중의 두 사람임을 알어내자 볼현듯 치위는 더욱 새삼스러워 왔다.

근실한 농사군인 듯싶은 그 두 사람은 어느새 어데서 갖어오는지 짚[藁]을 한 단식 메다가 우리 앞에 내리놓고 성냥을 그어 불을 지르며

"자— 우리 화토불에 발이나 좀 녹입시다."

하였다. 모두들 기다렸다는 듯키 우루루 불 있는 곳으로 몰려왔다.

참말 우리에게는 구원이었다. 세상에 이런 고마운 일이 다신들 있

을 수 었을까 싶게 고마웠다.

이윽고 고요한 밤하늘을 찌를 듯이 요란히 타오르는 화광을 여워싸고 이십여 명은 혹은 발을 녹이고 혹은 손을 쪼이면서 비로소 처음 서로의 얼굴들을 알아보았다.

이렇게 한밤중에 불 하나를 둘러싸고 생면부지의 스물다섯 명이 한 운명에 쪼들리고 있는 것도 결코 우연한 일이 안인 것 같게 따뜻해 오는 것은 육신보다도 오히려 마음이었다.

그러는 동안에도 어러 빠지는 손을 흑흑흑 부러가며 기게 수선을 하고 있든 운전수는 마츰내 뜻을 이루지 못하고 손님들 있는 대로 와서 주저주저

"암만 해두 기구가 불충분해서 고칠 수 없으니 이 차로 가시기는 단념하시는 수밖에 없습니다."

하고 최후의 선언을 내리면서, 조수더러 얼면 안될 테니 기관 속에 든 물을 죄다 뽑아 버리라는 것이었다.

승객들은 불 쪼이기를 머추고 일제히들 운전수를 바라보았다.

"그럼 우린 여기서 어떻거란 말이요. 어러 죽으란 말이요?"

언제나 선비두에 서는 '수달피' 씨의 항의였다.

"글세올시다. 어떻거면 좋겠습니까?"

"그거야 당신이 알쪼지 우리의 알 배 아니요."

둘이서 서로 주고받는 싱강에 섞여 등 뒤에서도 불평이 수근덕거렸다.

"글세 전들 어쩔 수 있습니까?"

물론 운전수라고 신통한 묘책이 있을 턱없었다. 누구보다도 무진

애를 쓰고 제일 골머리를 알는 사람이 운전수임은 말할 것도 없다. 그러컨만 '수달피' 씨는 대책을 강구하느니 보다 쓸데없이 운전수 공박만 일삼고 있었다. 정말 이러다가는 여기서 꼬박히 밤을 새이는 수밖에 없을 것이므로 나는 운전수에게,

"여기서 가까운 마을이 어디쯤 있오?"

하고 물었다.

운전수는 여기는 평택이 십 리, 용머리[龍頭里]가 십 리인 꼭 중앙 지점인데 그 사이에는 이렇다 할 마을이 없고, 너덧 마정 앞에 조고마한 주막이 한 채 있을 따름이나 거기에는 이 많흔 사람들이 드러앉을 방이 없다는 것이다.

"그럼 이렇겁시다. 이 많은 사람들이 여기서 이러고 밤을 새일 수도 없는 일이고 그렇다고 어린애를 데리고 평택이나 용머리로 십 리 길을 걷는다는 것도 난처한 일이니 우리는 위선 주막으로 가서 어떻거든지 할 테니 당신은 수고스러운 대로 평택으로 도라가서 딴 차를 보내든가 어쩌든가 해 주."

하고 말하자 '수달피' 씨가

"그거 옳소!

하여, 등 뒤엣 사람들도 덩다러 찬성하였다. 그러나 이번엔 운전수가 미간을 찌프리며

"거 참……. 나 원……."

하고 찌프드렁해 한다.

미상불 싫을 것이다. 이 치운 밤중에 십 리를 거러간다는 것은 여간한 일이 아닐 것이다. 그러나

"물론 당신에게는 귀찮고 괴로운 일일 줄을 모르는 바 아니지만 이십여 승객의 책임을 맡았으니 만큼 이 사람들이 지금 여기서 조난 중이라는 것을 알기라도 해야 하지 않겠오! 혹시 어찌다 여기서 무슨 잘못이라도 생긴다면 그때에는 정말 당신 입장이 곤란할 테니까 지금 미리 손을 써두면 좋지 않겠오? 그두 그렇거니와 당신을 모라세랴는 심산 아니오만 당신이 운전하는 뻐스의 손님이 이런 곤궁에 빠졌으니까 그만한 봉사는 해 주는 것이 인도상으로 보드라도 당연한 일이 아니겠오?"

하고 말하였드니 운전수는 또 한 번 머리를 뻑뻑 글고 입을 쩝 다시며

　"그럼 주막에들 가 게십쇼. 우리가 평택으로 가서 찰 보내도록 하죠."

하고 조수를 데리고 고개길을 거슬러 가는 것이었다.

　그래 우리는 주막을 찾어 밀려가는데, 예의 그 여인이 내 곁으로 가까이 오드니

　"지금 몇 시쯤 됩니까."

하고 나즈막한 어조로 뭇는다.

　"한 시 십 분 지낫습니다."

　"안성까지 것는데 얼마나 걸닐까요?"

　"안성까지요? 안성까지는 삼십 리니까 것자면 네 시간은 걸니겠지만, 왜요? 거러가실려구 그러십니까?"

하고 나는 그를 건너다보았다.

　달빛 받은 그의 얼굴은 유난히 창백해 보였다. 필연코 그에게는 이 밤 안으로 대여 가지 않으면 안될 무슨 급한 일이 있어 보였다.

　"글세요………."

"거러가다니 이 치운 밤에 혼자 어떻게 거러가십니까. 무슨 급한 일이신진 모르지만 운전수가 평택으로 갔으니까 몇 시간 안으로 차가 올 테니 타고 가시는 게 좋을걸요. 거러야 별루 빠르지두 못할 겁니다."

"글세요…………."

그는 또 한 번 뜻 모를 "글세요."를 외이고 나서 옥혜의 손을 붙들고

"아이구 가엾어! 너 얼마나 춥겠니! 내 좀 업어다 주랴?"

하며 싫다는 옥혜를 구지 업는 것이었다.

우리가 목표로 하고 간 주막은 바루 길까에 있어서 수이 발견은 하였으나 이십여 명을 수용하기에는 너무나 적은 집이었다.

방이라고는 부엌 좌우에 달린 단 두 간뿐인데 한 방은 주인집 가족이 사용하므로 여자 승객인 그 여인과 옥혜만이 주인방으로 가고 우리 남자들은 별수 없이 단간방으로 몰리게 되었는데 그 방에 암만 해도 스물세 명을 수용할 상싶지 못했다. 이러나저러나 한 데에 섰을 수도 없고 해서 짐을 일체 밖에 놓아두고 몸뿐으로 열 명이 채 못 드러가 그득 차는 방에 작구 뒤에서 디리몰리었다. 연필단 묶듯 총총히 드러서니까 그래도 다 드러서기는 했으나 숨이 나도 들도 않았다.

위선 주인더러 밥을 좀 지어 주도록 부탁하고 나서 불을 켜 달라고 했드니 섞유 배급이 떠러져서 불만은 어쩔 수 없다는 것이다. 그러자 마츰 아까 짚단을 메온 그 사람이 제사에 쓰려고 사 오는 초[燭]가 제게 있다고 하면서 밖으로 나가드니 초를 갖어왔다.

간신히 자리를 비집고 촛불을 켜 놓은 다음 우리는 될 수 있는 대

로 앉기로 하였다. 너훌너훌 춤추는 촛불을 중심으로 하고 스물세 명이 유령처럼 둘러 백였다.

몸이 차츰 풀리자 자연 이야기들이 퍼지기 시작하였다. 그렇게 얼마의 시간을 보내다가 그중 나 많은 농사군 비슷한 한 분이,

"참 이렇게 오랜 시간 같이 고생을 했으니 일후에 만나드라도 우리 서로 알고 지냅시다."

하고 여러 사람에게 도중으로 통성명을 하여, 다른 사람들도 모두 제 성명을 알니는 수밖에 없었는데 일단 통성을 하고 나니 모두가 오늘 밤 처음 맞난 사람 같지 않게 친근해졌다. 도회인끼리는 도저히 맛볼 수 없는 아름다운 풍경이었다. 더구나 한 번 듯고는 기억이 선명치 않다고 몇 번이고 이름자를 반문하며 무슨 자 무슨 자를 쓰느냐고까지 캐뭇는 것도 시골 특유의 풍경으로 모도가 진정의 표시였다.

촛불 밑에 무르녹는 이 진정 속에서 나는 다시 한 번 어린 시절을 회상하면서 오늘 밤의 조란이 내게는 다시없을 행복으로 느껴졌다.

이야기는 다시 뻐스 사고 때문에 이러나는 개인의 피해담으로 꽃이 피여졌는데, 짚과 초로 우리에게 두 번식이나 광명을 제공한 강춘보(姜春甫)라는 사람이

"난 각별한 손해를 받은 것은 없지만 아부님의 대상(大祥)이 바루 오늘 밤인데 제사에 참예치 못한 것이 큰 유한이오."

하고 정중히 고개를 수그린다.

딴은 듯고 보니 그는 흰 두루마기를 입었고 손에 들고 있는 다 헤여진 모자에도 흰 상짱이 달려 있었다. 시방 우리가 커고 있는 초도 제사에 쓰려든 바루 그 초임에 틀림없었다.

그의 말에 의하건댄 그는 둘째 아들로서 고향인 연천(漣川)에 남어서 농사를 지어 먹고 그의 형은 안성으로 가서 유기업에 종사하고 있는데 피치 못할 일로 부친 대상에 참예하기가 이처럼 늦은데다가 또 이 지경으로 결국 여기서 이 밤을 보내게 되였으니 불효막급이라는 것이다.

그래 모두가 다 그 참 안되였다고 동정을 마지 안는데 유독 이홍섭(李興燮)(이것이 '수달피' 씨의 본명이였다.)만이 벌떡 나서드니

"제사에 참예 못한 것쯤을 가지구 뭘 그러오! 사람은 죽으면 그만입넨다. 속담에두 '죽은 정승이 산 개만 못하다.' 구 죽은 댐에야 제산해 뭘 허우! 다 쓸대없는 일이지………. 난 그런 일쯤이라면 근심부터 안켓수. 이러니 저러니 해두 손해는 나만큼 큰 사람은 이 좌중엔 아마 없을 게요."

하고 그는 은근히 뽑낸다.

"거 무슨 손해가 그리 크시오?"

하고 누가 반문하자 그는

"아. 요 한 보름 전에 내가 안성에 삼만 오천 원짜리 농터를 한 작 삿는데 계약금을 사천 원 걸고 대금을 바루 내일─아니 인젠 오늘이로군─ 오늘 정오에 치르기로 했으니까닥 잘못해서 시간에 늦으면 사천 원이 비거석양풍*이오! 허허……. 그런데 한 가지 우수운 겄은 계약을 할 때 나는 양력으로 하자니까 농터 파라 먹는 친구가 시글띠기라 음력밖에 모른다고 해서 그럼 맘대로 하라고 해 노코 보니

* 비거석양풍(飛去夕陽風) : 흩어지고 사라짐.

대금 지불 날이 공교롭게 양력으루 정월 초하로—바루 오늘이란 말이오. 그런데 은행에서 정초에야 어디 돈 거랠 허나. 그렇다고 이런 시굴에 거액의 현금을 지니고 단닐 수도 없고, 다행히 안성 식은 지점장이 친한 친구여서 정초임에도 특별한 편의를 보아준다기 망정이지 큰일 날 번했오. 허허허 참 시굴 사람들 허구 맛잡으면 도시가 이 지경이여서 허허허…."

혼자 신이 낳서 연신 너털우슴을 우서 가면서 떠드는 것이었다. 그러나 '수달피' 씨의 시굴 사람을 모욕하는 언사에는 모두가 불쾌한 듯 아모도 맛장구를 치지 않아서 방 안은 잠시 무긔미한 침묵에 잠겨져 버렸다.

이윽고 좌중의 한 사람이 나더러 형공은 큰일 트러진 것은 없으시냐 하고 뭇기에 나는 애당초 이번 일을 무슨 조란으로 생각키는커녕 오히려 귀한 체험이었다고 말하고 저번 향항(香港)이 함락할 때 일본인 잔류민(殘留民)들이 우리처럼 좁은 방에 모여서 침착히 영미인의 박해와 싸워 나간 사실까지를 실례로 들어 가면서 대동아 공영권을 확립하려는 우리에게는 이런 경험이 절실히 필요하다는 것을 역설하였다. 그리고 다시 〈십삼 일(十三 日)의 금요일(金曜日)〉이라는 영화의 이야기를 들녀주므로써 오늘 밤 일이 여러분에게 무슨 큰 행복을 줄지 모른다고까지 말하였다.

〈십삼 일(十三 日)의 금요일(金曜日)〉이란 영화의 줄거리는 대략 이러하다.

서양 사람은 '십삼'이라는 숫자를 대단히 싫어하고 요일로는 '금요일'을 제일 꺼리는데 십삼 일이요 겸해 금요일인 어느 날 '시카고'에서 많은 승객을 실은 뻐스가 어느 교외로 달래다가 그만 전복되었다.

그래서 많은 사람들이 부상을 당했으나 다행히 죽은 사람은 없었다. 그러나 바루 우리와 한 모양으로 여러 가지 일에 지장이 많이 생겼다. 혹자는 조란 사건으로 해서 수십만 딸라의 손해를 보게 되었고, 혹자는 그 때문에 연인과의 약속이 어긋나서 실연을 당하게 되었고, 어떤 사람은 중요한 군사 비밀의 보고를 제시간에 전달치 못하게 되었고……. 어떻든 가즌 피해가 그수부지였으나 그러나 결국은 그 조란 사건으로 해서 피해를 입기는커녕 오히려 행복을 모두들 받게 되었다는 것이다.

"그와 마찬가지로 여러분도 오늘 밤 일로 해서 일후에 반다시 좋은 수가 생길 게니까 다들 안심하고 게십시요."

내 말이 끝나자 여럿은

"하하하. 이왕 이렇게 됐으니 그렇게 되기나 바라야겠지만…….'
하고 한바탕들 웃었다.

나도 따라 웃다가 문득 주인방에 있을 그 여인에게 생각이 미처 아까 그처럼 초조해 하든 그에게도 오늘 밤 일이 과연 전화위복이 될 수 있을까 궁금하였다. 그때 마츰 밥상이 드러왔다.

그러나 여러 사람이 한거번에 상을 받기에는 방이 너무 좁아서 절반식 대거리로 먹게 되였는데 선비두로 '그럼 내가 먼저 먹지.' 하고 나서는 것은 '수달피' 씨였다. 자리를 사양하고 이러선 것은 모두 시굴 사람들이고, 먼저 수제 들고 나앉는다는 것이 죄다 양복쟁이뿐이였다. 나도 양복쟁이의 한 사람으로 어지간히 낯간지러움을 느끼며 서울서 전차 탈 때의 아우성을 연상하지 않을 수 없었다. 공중도덕과 지식과는 아모런 관련도 없는 듯싶어 언필칭 시굴띠기들이라고 불니우는 농촌 사람들이 얼마나 겸양하고 순박한가를 새삼스러히 깨달었다.

식사가 끝나자 나는 주인방 토방 앞헤 와서

"옥혜야 자냐?"

하고 불렀다.

대답이 없다. 모두 곤히 잠든 모양이므로 그냥 소변을 보려고 울안으로 도라가다가 나는 뜻밖의 광경에 깜짝 놀래며 뭇춤하고 한 거름 뒤로 물러섰다.

서산에 기우는 달을 하염없이 우러러보는 한 처량한 그림자가 바루 내 앞헤 장승처럼 우두커니 서 있는 것이 아닌가.

그것은 틀림없는 여인이었다. 자서히 보니 바루 아까 그 여인인 것이다.

나는 모른 척하고 도라서 버리려다가 그래도 근심되서 "에헴!" 헛기침을 하였다. 그는 기침 소리에 자지러지게 놀라 전신을 옴츠라치며 이쪽을 바라보므로

"치우신데 왜 밖에 나와 게심니까?"

하고 말을 거렀다. 그는 목소리로 나임을 알고 안심한다기보다 적지 아니 반가운 어조로

"옥혜 아부님이세요?"

그리고 이여

"차 오게 되슬까요?"

하고 뭇는다.

"지금 세 시 좀 지나스니까 아마 곳 올 겜니다."

"혹 안 오지 않을까요!"

"천만이요. 손님을 이십 명식이나 노상에 내버려 두구 안 올 리 있음니까?"

십상 날이 밝어야 차가 올 것이지만 나는 자신 있시 대답하였다.

그래도 그는 믿업지 않은지 잠시 잠작고 섰다가 무두무미하게,

"폐염이라는 병은 급한 병이얘요?"

엉뚱한 말을 뭇는 것이다.

"폐염이요? 무얼 대단한 병이 아닙니다. 혹 댁에 무슨 질고라도 게심니까?"

나는 아모러치도 않게 대답하며 담배를 한 대 피여 물었다. 치위에 이가 떡떡 갈기는데 그는 치운 줄조차 모르는 듯하였다.

"네……. 우리 집 주인이 시방 폐염이래요."

"주인께서요?"

나는 그 한마디로 그가 엽때 몹시 초조해 하든 이유를 알 수 있었다.

"객지에서 앓어 누으셨나요!"

"안얘요. 집에서……. 전 서울서 남의 집에 살고 있었어요!"

"네 그러세요."

또 잠시 침묵이 흐른 후에

'정말 폐염은 급한 병이 아닌가요?'

"바람만 안 쐼 괜찮습니다. 연세는 몇이신데요."

"설흔여덟이얘요."

잠시 침묵이 지난 뒤 나는 부질없는 질문인 줄 알면서

"서을 어듸서 사십니까?"

하고 물었다.

"명륜정 오태영 씨 댁에서……."

"오태영 군 댁에 게서요?"

나는 놀램과 동시에 그러면 이 여인이 바루 언젠가 안해가 말하든 '예뿐이 어멈'인가 하였다.

오태영 군은 나와 중학 동창일 뿐 아니라 그 부인도 내 안해와 친구여서 안해는 각금 놀러가는데 언젠가 갔다 왔어는 그 집에서 '예뿐이 어멈'이라는 식모를 두었는데 사람됨이 얌전한데다가 일이 여간 출출치 않다고 극구 칭찬하면서 우리도 그런 식모를 하나 얻어 두었으면 좋겠다고 하였다. 그리고 나서 '예뿐이 어멈'의 신세타령을 자기 자신의 일인 것처럼 수다스럽게 느러놓은 안해의 이야기는 이러하였다.

그가 지금 폐염으로 앓는 남편에게 시집간 것은 열일곱 살 때의 일로 그때 남편은 안해보다 다섯 살 아래인 열두 살잽이 코흘리게였다. 그래도 남편이라고 깎드시 존대해 가면서 여름엔 더울세라 겨울엔 추울세라 지성껏 뒤받드러 겨우 남편 구실을 할 나희까지 키워 놓았드니 이건 자라기도 전에 뿔부터 나서 스무 살 되든 해부터 외도 바탕에 빠저서 영 본실을 도라보지 않을 뿐만 아니라 구박이 자심했다.

그래도 안해는 언제고 도라올 날이 있으려니 하고 이를 악 새려물며 참었으나 스물아홉 살 되든 해 봄에는 기어코 시앗을 보게 되였다. 허는 수 없어 그는 시가에서 쪼껴나서 보따리 싸 갖이고 서울로 식모사리를 올러왔는데 서울 온 지 삼 년 만에 웬일인지 하로는 남편이 뜻밖에 찾어와서 하룻밤 자고 이튿날 노자가 없다고 푼푼이 모은 돈 십 원을 빼서 가지고 바람처럼 가 버렸다.

헌데 다행인지 불행인지 그날 밤 아이가 들어서 그걸 남의 집에서 낳누라니 고생이 여북지 않었고 그나마도 잘 자랐으면 좋았으련만 세 살 나든 해 겨울에 배탈로 죽고 말었다. 그 애가 바루 '예쁜이'이었는데 아이는 아버지의 얼굴조차 못 보고 이 세상을 떠난 셈이었다.

'그 애가 살었드라면 우리 옥혜와 동갑이었을 거래요.'

나는 안해의 말을 회상하며, 긔차간에서 그가 옥혜의 손을 붙잡고 깊흔 비애에 잠겼든 것도 그러면 그 때문이였든가 싶었다.

"전본 언제 왔습니까?"

"어제저녁에 왔어요. 그동안 통히 소식이 없드니 어제 별안간 병이라구…….

하며 그는 소맷귀로 눈물을 닦고 나서,

"죽지는 않어야겠는데……. 죽기 전에 모습을 한 번만이라도 맛나봤음 좋겠는데…….

하고 울먹울먹하는 그의 태도에는 남편을 원망하는 긔색은 요만치도 없어 보였다.

"뭐 그렇게 도라가실나구요."

"그래두 전보가 왔을 젠…….

하고 그는 말꼬리를 흐려 버리었다.

열이틀 달은 어느듯 서산머리에 저므렀다. 냉냉한 달빛을 바드며 고요히 서 있는 여인은 투철한 미술품같이 숭고하게 느껴졌다.

나는 그를 위로할 적절한 말을 발견치 못해 묵묵히 서 있노라니까.

"아이구 추우신데 쓸데없는 애길 길게 느려놔서……. 하두 답답한 생각에 인자하신 마음만 믿구……."

그는 아닌 사람에게 군소리를 길게 느러노흔 것을 약간 뉘우치는 모양이었다.

나는 몇 번이고 가슴 찔니움을 느끼며 그 정신에 있어서 '수달피' 씨와 '예뿐이 어멈'과는 아주 딴 세게의 사람임을 깨달었다. '예뿐이 어멈'과 강춘보와의, 이해를 초월한 희생과 인종의 숭고한 정신이야말로 지금 시대가 온구하는 그것이 아닐까. '예뿐이 어멈'에게는 객적은 위로의 말이 오히려 부질없는 일일 것 같애 나는 망두석처럼 오랜 동안 멍하니 서있을 뿐이었다.

이윽고 방으로 도라오니 식사는 끝나고 분위기는 아까보다도 좀 더 자별스러운데 '수달피' 씨만은 배포 좋게 아랫목에 느러지게 누어서 코를 드르렁 드르렁 골고 있었다.

네 시 반이 되자 우렁찬 부르렁 소리를 내며 우리를 태울 뻐스가 왔다.

모처럼 다사로워진 방 안 공기가 별안간에 발닥 뒤집혔다.

아까와는 딴 운전수가 퉁명스러운 목소리로 어서들 나와 타라고 하였다. 그리자 강춘보가 운전수에게

'추운데 오실래기 욕보시는군요. 이왕 늦었으니 더운밥으로 몸이나 좀 데구 떠나시죠.'

하고 따뜻한 인정을 보였으나 운전수는 역시 퉁명스럽게

"밥일구 뭐구 귀찮읍니다. 내 근심은 말구 어서들 타십시요."

하고 대답한다.

따뜻한 인정에 대한 보답이 그뿐인가 하니 곁에서 듯는 내가 오히려 낮이 붉어 왔다.

나는 옥혜를 깨이려 갔드니 '예뿐이 어멈'은 어느듯 옥혜의 옷을 고쳐 입혀 가지고 등에 업고 나서는 길이었다. 내려서 걸니라고 하였으나 구지 듯지 않았다.

어느듯 달은 서산 넘어로 잠가져 버리고 사방이 그믐밤같이 캄캄하다.

각각 제대로의 운명을 갖인 스물다섯의 생명을 실은 뻐스는 어둠을 '헷트·라잍'으로 꿰뚤으면서 출발하였다.

뻐스는 어둠 속으로 무작정 달래인다.

동쪽 하늘이 횐히 터 온다.

이윽고 우리 스물다섯 사람에게도 행복의 새날은 올 것이다. 강춘보는 아버지의 제사에는 참여치 못했으나 형제가 반가히 맛날 수 있을 것이요, '수달피' 씨는 토지 대금을 무사히 치르고 나서 새로 매수한 농터를 만족한 마음으로 도라볼 수 있을 것이요, 나는 나대로 오래간만에 부모님을 뵈올 수 있을 것이로되, '예뿐이 어멈'만은 그의 유일의 소원인 남편의 생전의 일굴을 과연 대할 수 있을지 어쩔지 의문이 아닐 수 없었다.

우리들의 누구보다도 불우한 그에게 이해에는 우리들의 누구의 것보다도 더 큰 행복이 찾어 주기를 빌면서, 서산에 기우는 차거운 달을 우러러보며 한숨지든 좀 전의 그의 숭고한 모습을 나는 몇 번이고 머릿속에 그려 보았다.

어둠을 뚫고 새해를 맞이하면서 머잖어 뿔뿔이들 헤여질 스물다섯의 운명을 실은 뻐스는 기세 좋게 동으로 동으로 내달었다.

마을은 봄과 더불어(村は春と共に)

흡사 경쟁이라도 하듯 나란히 솟아 있는 용골산맥의 봉우리들도 서쪽으로 서쪽으로 이동함에 따라 산맥의 형세가 쇠퇴하여 멀리 떨어져 있는 끝이 압록강에 녹아들지 않을까라는 생각이 미치자 갑자기 생각난 듯이 벌떡 일어나 와우산이 솟아 나왔다.

그다지 큰 산도 아니고 산세도 뛰어나지 않고, 강에 인접해 있음에도 불구하고 산 정상에서 바라본 조망도 그저 그런 것뿐이지만, 만약 그것마저 없었다면 사방의 경치가 살풍경했을 것과 와우산 하나로 완전히 바다와 육지의 조화를 이루고 있다는 점 때문에 주민들이 대단히 고마워하는 산이었다.

'매당곡(梅堂谷)'이라는 마을은 이 산 남쪽 기슭에 있다. 뒤쪽으로는 와우산을 짊어지고 동과 서는 구릉으로 막혀 있고 남쪽만이 열려 있어 이른바 분지 비슷한 마을이지만 넓이가 이만 평 정도로 오십여 호의 농가가 여기저기로 흩어진 점처럼 있어 보기에도 평안한 마을이었다. 집들도 모두 초가집으로 크기도 거의 같아 처음 본 사람에게는 분간이 안 갈 정도로 이 집도 저 집도 빼닮았다.

바다 근처에 있으면서도, 황해로부터 끊임없이 불어오는 갯바람에 시달리지 않고, 남쪽으로는 하루 종일 따뜻한 기온의 햇볕이 내리쬐어 '매당곡'은 겨울나기에도 좋은 마을이었다.

'매당곡'은 또한 매화의 명소였다. 기후가 춥기 이를 데 없는 서북 일대에서는 매화가 자랄 수 없었으나 여기만은 밭두둑에도 산의 기슭에도 집의 정원에도 반드시 매화나무가 우거졌다.

이 마을을 '매당곡'이라고 부르는 것은 매화에 기인한 것이지만 오백 년 전부터 매화의 명소였다는 촌노(村老)의 이야기를 그대로 믿어버리는 것도 어리석은 일일 터이다. 여하튼 옛날 일이 나오는 읍지(邑誌)에 절대 의지를 할 수도 없는데 매당곡은 지금도 그렇지만 옛날에도 바깥세계와 전혀 교섭이 없어서 읍지에도 조사가 누락되어 있기 때문에 촌로의 이야기를 그대로 믿을 수밖에 없다.

그런데 이런 것은 어찌됐건 간에 '매당곡'은 평화스런 마을이었다. 마을 사람들은 피를 나눈 혈육같이 화목했다. 누군가의 집에 재난이라도 있으면 모두가 모여들어 자신의 일처럼 위로하고 위안을 주려했다. 이것은 문자 그대로 아이는 어른을 공경하고 어른은 아이를 사랑한 것이었다.

그러나 그렇다 하더라도 인간의 생활이므로 어느 때는 서로 간에 싸움이 있어 시비를 명확히 해야 하는 일이 생기면 그런 경우에는— 그런 일이 흔치는 않지만— 마을의 어른 중 한 분으로 학식이 풍부한 오제장(吳齊長)의 처소에 찾아가서 자초지종을 말하고 시비곡절을 판단하는 것이 통례였다. 오제장의 판단에 대해 불만에 품는 사람은 마을 중에는 한 명도 없었다.

오제장은 이른바 마을 추장이었다. 제장(齊長)이라는 명칭도 마을 사람들이 부여해 준 존경의 명칭이었다.

마을에는 한학에 능통한 노인이 세 사람 있었지만, 오제장에 비하면 모두 확실히 부족했다. 그래서 마을에서는 오제장을 왕처럼 존경한다. 오제장은 '매당곡'의 토착민은 아니었다. 지금은 토착민과 다를 바 없지만 근본을 따져 보면 그는 제대로 된 양반이었다. 오제장의 아버지 오병호(吳秉豪)는 서른 살에 이미 이름을 날린 명판서였지만 벼슬을 사직하고 일가권속을 데리고 '매당곡'이 있는 변방까지 낙향하여 여생을 자연 속에서 책을 읽으며 보낸 고고한 선비였다. 그는 매화를 굉장히 사랑했었다. '매당곡'에 매화나무가 많은 것은 예부터였지만 현재 살아 있는 매화의 대부분은 오제장의 아버지 손으로 심어 번식한 것이었다.

이러한 아버지의 피를 이어 받은 오제장은 기질이 온순하지만 고집도 세고 결벽성도 있었다. "내가 옳다고 생각하면 백만 인이 뭐라 해도 상관 않는다"라는 맹자의 말을 제일 좋아했다. 이 말 한 마디로 그의 위인됨의 일단을 엿볼 수 있지만 그것만은 아니었다. 마흔 여섯 살에 처와 사별한 이래 후처도 취하지 않고 태어난 지 삼 년밖에 안 된 유일한 딸 옥분이를 정성을 다해 손수 키우고 있었다. 그녀가 벌써 열여섯 살이 되었다. 때로는 어울리는 혼담을 가져와서 오제장의 가슴을 뜨겁게 하고 마음을 흔드는 사람도 있었지만, 그 정도로는 결단을 내리기 어려워 손닿는 대로 고서(古書)를 읽기도 하고 연달아 담배를 피기도 하였다.

아버지의 지극 정성으로 옥분이는 천자문, 계몽편, 사략(史略), 소학, 맹자를 공부해서 한문에 통달하였다. 어느 때 시집을 가더라도 한문에 곤란한 일은 없겠지만 그래도 오제장은 새로이 부지런히 논어를 매일 아침 두 시간씩 가르치고 있었다.

이렇듯 엄격한 성격을 지니고 있으므로 젊은 사람들과는 친숙하지 않았지만, 그러나 실제 만나 보면 의외로 생각했던 것과는 반대로 상당히 부드럽고 인간미가 넘치는 인품 좋은 할아버지였다.

지금까지도 상투를 틀고 머리에 탕건을 쓰고 있지만, 양반임을 내세우는 일이 조금도 없이 철두철미 '매당곡'을 열렬히 사랑하는 사람으로 마을을 위해서는 목숨을 걸어도 아깝지 않아 할 그였다. 그것만으로도 그의 의견에는 당연히 애정이 담겨져 있어 흠잡을 데가 없었다.

그런데 이것도 삼사 년 전까지의 일이었고, 윤장의(尹掌議)의 총명한 아들인 윤길호(尹吉浩)가 귀향하고부터 마을의 공기는 미묘한 성향을 띠기 시작했다. 윤길호는 농업 학교를 졸업하고 다른 사람같이 군청의 기수가 되거나 금융 조합의 서기가 되지 않고 졸업식이 끝나자마자 몸에 지닌 소지품을 척척 행장에 집어넣고 그것을 직접 짊어지고 도망치듯 '매당곡'으로 돌아온 것이었다. 그는 마을에서 유일한 유학생이어서 가족들은 물론 마을 사람들도 그의 장래를 촉망하고 있었는데도 그렇게 초라한 모습으로 돌아오니 모두 너무 놀라서 열린 입이 닫히지 않았고 그놈이 도대체 어떻게 할 작정인가 의심하면서 그의 행동거지에 신경을 곤두세웠다. 그런데 당사자는 마을 사람들의 그런 기미도 아랑곳하지 않고 모르는 척하면서 소학교 동창인 이영삼(李永三)이나 강일준(姜一俊)과 때때로 무언가 속삭이며 얘기하는가 싶더니 폐옥처럼 된 서당을 뚝딱 자기들끼리 개축한 것이었다.

무엇을 하느냐고 물어보면 학원을 열어 소학교에 못 가는 마을 아이들을 가르칠 것이라고 했다.

그것은 대단히 좋은 이야기임에 틀림없었지만 그러나 그런 일을 할 생각이라면 왜 굳이 농업 학교에까지 다닐 필요가 어디에 있었는가, 실제로 소학교 졸업생인 이영삼이나 강일준도 괜찮게 가르치고 있지 않느냐며 마을 사람들의 뒷공론이 끊이지 않았다. 그런데 입으로는 말하지 않지만 윤길호의 거동에 내심 감복하는 유일한 마을 사람이 있었다. 그것이 오제장이었다.

오제장은 윤길호의 나이에 걸맞지 않는 결단에는 진심으로 감탄했다. 그럼에도 그가 윤길호에게 호의를 가질 수 없는 것은 윤길호가 다소 건방지다고 생각했기 때문이었다. 왜냐하면 마을의 일이라면 무엇이든 일단 오제장에게 상의한 후에 시작해야 하는데 그는 학원을 열면서 일언반구도 알리러 오지 않았기 때문이다.

학원 개원 당시에는 아동도 삼십 명이 될까 말까 해서 빈약한 것이었지만 차츰 멀리까지 알려졌고 삼 년째가 되는 올해는 벌써 주야반 학생을 합치면 삼백 명을 훨씬 넘었고, 종전의 교실로는 도저히 감당할 수가 없어 봄에는 증축까지 하는, 눈부시게 발전하는 모습을 보여주었다. 그래서 지금까지 뒤에서 비난했던 사람도 이번에는 거꾸로 윤길호를 칭찬하게 되었다.

그런 까닭으로 마을에서 윤길호의 존재는 모르는 사이에 점점 빛을 발하였다. 특히 청년들은 윤길호의 명령이라면 불 속에라도 뛰어들 기세였다. 윤길호의 세력이 번창하는 것은 다름이 아니라 지금까지의 기성세력인 오제장 쪽의 붕괴를 의미하는 것이었다.

어느덧 진취적인 윤길호의 신흥 세력과 보수적인 오제장의 기성 세력이 은연중 대치하고 암암리에 다투게 되었다.

무슨 일이든 양쪽의 의견은 대립했다. 그것은 노인과 청년의 대립이었다. 노인들의 전통을 존경하는 정신과 진취에 불타는 청년의 기상이 타협할 수 없는 것은 당연한 결과이다. 그리고 세월이 지남에 따라 오제장의 상황은 나빠져 가고 그 때문에 그의 심기는 불편해졌다.

이런저런 정면충돌도 두세 번 있었다. 작년 가을에는 '성황당제' 건으로 격렬한 논쟁까지 있었던 것이다.

성황당제란 마을마다 있는 '성황당'이라는 사당에서 일 년에 두 번, 입춘과 입추가 지나 일주일 내에 소를 한 마리씩 잡아서 제사를 지내는 것이다. 이는 머나먼 예부터의 관습이었다. 물론 제사에 소요될 일체 비용은 마을 사람들이 나누는데 근래에 와서 소 값이 대단히 비싸서 작년 봄에는 한 집당 배당이 십 원 사십 전이었다. 그것이 일 년에 두 번이니까 이십 원이 넘는 것이다. 하찮은 일로 이십 원이나 낭비할 필요가 어디에 있느냐, 차라리 성황당제를 중지하자는 것이 윤길호가 내놓은 의견이었다. 이에 대해 오제장을 비롯한 노인네들은 성황당제를 폐지하자는 것은 상상 밖의, 마치 벌을 받을 만한 무서운 일이었다. 난폭한 일에도 한계가 있지 않느냐, 아무리 분별없는 젊은이들이라 해도 성황당제를 중지하라니 신도 슬퍼하실 일이라고 연이어 비난했다.

그러자 젊은이들도 가만히 있지 않는다.

지금 세상에 귀신을 떠받드는 것은 더없이 어리석다. 좀 더 눈을 크게 떠서 시세를 바라보아라. 하찮은 일로 한 호당 이십 원을 낭비할 정도의 여유가 있으면 그 돈을 국방헌금으로 써야 된다고 반박했다.

어느 쪽도 주장의 근거는 있었고 결국 작년 가을에 겨우 예년대로 제사를 지내기는 했지만 이 때문에 노인들은 심기가 불편해졌을 뿐만 아니라 자기들의 존재가 차츰 희미해져 감을 새삼 느꼈던 것이다.

아무튼 성황당제 건으로 서로 격앙되었던 마음이 아직 완전히 가라앉지 않은 참에 이번에야말로 마을의 존망을 결정하는 큰 문제가 터졌다. 때는 매화가 여기저기서 피기 시작한 삼월 중순경이었다. 누구의 입이라 할 것도 없이 마을에는 갑자기 '용꼬리벌[龍尾平野]'에 K 방직 회사 공장이 건설된다는 소문이 퍼졌다. 용꼬리벌은 용와산 남쪽에 있는 평야이며 '매당곡'의 오십 호의 농가는 모두 여기에 농작지를 소유하고 있었다. 그래서 만약 여기에 공장이 건설되면 오십 호의 매당곡 주민들은 하루아침에 농작지를 잃게 되는 것이다.

이 사실이 한번 마을에 알려지자 마을 사람들은 큰일 났다, 진짜로 그렇게 되면 안된다며 놀라면서 무언가 좋은 대책이 없느냐고 서로 외쳤다. 설마 그런 일은 있을 리가 없다, 그것은 뜬소문이라며 관심을 안 갖는 사람이 있는가 하면, 그렇게 되어도 어쩔 수 없는 일이고 쓸데없는 소요를 일으키기보다는 어디 좋은 곳으로 이사 갈 터를 찾는 것이 상책이라며 대단히 체념이 빠른 자도 있어, 마을은 벌집을 쑤신 듯이 난리가 났다.

그러나 그 이야기를 듣고 누구보다도 놀란 사람은 오제장이었다. 오제장의 모든 가산인 두 섬 논이 모두 용꼬리벌에 있다. 그래서 만약 방직 회사 운운이라는 말이 진실이라면 오제장은 몇 푼도 안되는 보상금을 받고 매당곡을 떠나야 한다. 이는 물론 오제장 혼자만의 운명이 아니다. 마을 자체가 직접 피해를 입을 것 같지는 않지만 농민에게 경작지를 빼앗는 것은 직접 목숨의 뿌리를 솎아 내는 것과 마찬가지였다.

오제장은 그것이 슬펐다. 자신의 소유지가 없어지는 것도 적지 않은 피해였다. 그러나 그것은 그것대로 토짓값은 받을 수 있을 거니까 어떻게든 되겠지만, 뼈를 매당곡에 묻을 생각을 했던 그는 또다시 어디의 토지를 제이의 매당곡으로 정해야 하는 것인가.

그러나 단지 한탄하고만 있을 때가 아니었다. 곧바로 노인들을 모아서 선후책을 강구했다. 중론이 분분했지만 무엇보다 우선 이야기의 진위를 확인해야 했다. 그리고 확실하다면 마을 사람들의 연서로 도지사에게 한번 진정서를 제출해 보자고 결의되었다.

그래서 그는 진정서의 초안을 여러 가지로 머릿속에 떠올리면서 손수 반나절 걸리는 면사무소까지 소문의 진상을 확인하러 갔다. 그러자 오랫동안 가슴 깊은 데에 숨어 있던 정열의 샘이 한꺼번에 보가 터진 듯이 솟아 나오는 것이었다. 순진한 그의 눈동자가 청춘 시절처럼 생생히 빛났다. 순식간에 절망의 심연 속에 매장당하려는 향토의 운명을 막다른 곳에서 구출해 낸다— 이것이야말로 남자의 소망이 아니면 무엇이겠는가.

그는 노인에게 벅찬 먼 길을 아무렇지도 않게 걸어가면서 계속해서 생각했다. 매당곡은 부친이 스스로 골라 뼈를 묻은 곳이다. 또한 오제장 자신도 그럴 생각이다. 지금 만약 매당곡의 운명을 구할 수 없다면 그것은 조상에 대해서 면목 없는 일일 터이다.

정오쯤에 면사무소에 다다르자 코밑에 조금 수염을 기른 마흔 두세 살 정도의 면장이 곧 만나 주었다.

오제장은 권유하는 의자에도 앉지 않고 우선 자신의 옷차림을 바로 잡고 자신보다 훨씬 연하의 면장 앞에 차렷 자세로 서서 공손하게 인사를 하고 격조했음을 미안해하는 말을 하였다.

그리고 여러 가지 이야기를 잠시 한 후에 겨우 하려던 이야기를 꺼냈다. 그러자 면장은 오제장이 토지 건으로 온 줄을 알았던지 곧

"맞습니다! 방직 회사 공장이 건설된다는 이야기는 소문대로입니다. 그런데 토지 매수건으로 여러 지역의 지주들이 여러 가지 항의나 불복 등을 제기하여 실은 저도 상당히 입장이 어렵습니다. 항의는 거의 의미가 없는 겁니다. 왜냐하면 이번에 생기는 방직 회사 공장은 국책에 순응해서 건설되는 것이며 만약 공장의 부지 매수에 지주가 응하지 않으면 얼마든지 '토지 수용령'이라는 법령으로 필요한 평수만큼 수용이 가능하니까……. 그리고 이번에 생길 공장은 인조 견사를 제조할 것이며 인조견은 주로 누에고치를 원료로 하는 건데 아시다시피 우리 군은 서북에서 으뜸가는 누에고치 산지니까, 공장이 건설되는 것도 당연한 이야기입니다. 하하하 ……."

하고 면장을 소리 높이 웃었다.

오제장도 단번에 낙심했다.

'……그러면 매당곡은 올해로 망해 버리는 건가……'

하고 생각한 다음 순간에 그는 머리를 부르르 좌우로 흔들었다.

면장은 다시 덧붙여서 말한다.

"무엇이든 공익 우선의 시대입니다. 게다가 결코 민에게 해가 될 것 같은 일은 안 합니다. 지금 방직 회사도 이번 봄 초에 착공하니까

영감님도 그렇게 생각하고 돌아가셔서 마을 사람들에게 잘 설명해 주십시오"

하고 반대로 부탁을 받게 되었으니 그는 잠시 어리둥절하다가 곧

"아니, 실은 나는 면장님에게 그것과 정반대의 일을 부탁하려고 왔습니다. 용꼬리벌에 공장이 건설된다는 것은 다름이 아니라 매당곡의 몰락을 의미하는 것이니 어떻게 하든지 그렇게 되지 않도록 부탁을 드리러 찾아온 것이었는데……."

오제장은 치밀어 오르는 감정을 억누르고 차분한 어조로 이 말만 했다.

"아니 그건 좀 실례의 말이 되겠지만 인식 부족입니다! 면모(綿毛)를 거의 외국에서 수입하고 있는 일본으로서는 전시 하에서의 의료품(衣料品) 재료는 여하튼 인조견에 의지할 수밖에 없다고 생각합니다. 그것만이라도 인식한다면 개인적인 사정은 말할 수 없을 텐데요."

면장은 호인처럼 웃으면서 말했다.

"그래도……" 하고 오제장은 입술을 굳게 다물었다. 아무 말도 하지 않겠다고 생각했다.

오제장이 의기소침하여 매당곡으로 돌아온 것은 이미 해가 저문지 오래된 저녁이었다. 그는 딸 옥분이가 밥상을 가져왔는데도 젓가락도 들지 않고 그대로 도로 가져가게 하고 문갑(문방구가 든 상자)을 가져오라고 명하였다. 도지사에게 보낼 진정서 초안을 쓰려는 것이었다.

"아버지 무슨 일이 있었어요? 아버지의 안색이 대단히 나빠요!"

아버지의 심상치 않는 표정을 알아차린 옥분이는 조심스럽게 물

어봤다. 그러자 오제장은 이 일의 대강을 딸에게 알려 주었다.

　비장한 표정으로 진심으로 알려 주는 아버지의 말을 옥분이는 한 마디 한 마디 가슴에 새기는 듯이 진지하게 듣고 있었다. 자신을 낳아준 매당곡이 뜻밖에도 폐허와 마찬가지 운명으로 영락해 간다고 하니 옥분이 역시 슬펐다. 게다가 효성스러운 그녀에게는 나이 든 부친의 실망한 모습을 눈앞에 보는 것은 차츰 간이 오그라드는 것같이 견디기 어려운 고통이었다.

　어떻게 해서든지 나이 든 아버지의 바람을 이루게 해 줄 수 없을까 하고 몇 번이나 머리를 갸우뚱거리면서 생각해 보는 것이었다.

　이튿날 정오경 진정서의 초안이 완성되었다. 오제장은 밤을 새면서 한잠도 안자고 생각을 굴리고 굴리면서 써낸 것이었다. 순 한문체로 미농지(美濃紙) 석 장을 가득 채웠다.

　품위 있는 표지까지 붙여 이것을 묶고 오제장이 손수 집집마다 방문해서 서명 날인을 받으러 돌아다녔다.

　마을 노인들은 물론 기꺼이 서명해 주었다. 역시 오제장이 훌륭하다며 그를 마을의 구세주처럼 생각하는 사람도 있었다. 그런데 해 질 무렵에 윤장의를 찾아가자 야학에 가르치러 가는 것인지 옆구리에 책을 두세 권 끼고서 대문에서 나오는 아들 윤길호와 부딪쳤다.

　"어이 길호야! 아버님은 댁에 계시는가."

　오제장은 까닭 없이 갑자기 가슴에 화증이 나서 좀 볼멘소리로 말했다.

　"아버지는 아침에 읍내에 가셔서 아직 안 돌아오셨습니다만…….
무슨 볼일이 있으십니까?"

"아니……. 돌아오시면 나한테 잠깐 들르시라고 전해 줘"
라고 말하고 오제장은 서둘러 그곳을 떠났다. 무슨 까닭인지 그는 윤길호를 좋아할 수 없었다. 젊은 탓인지 좀 건방져서 그러겠지만 이성적으로 윤길호를 비범한 청년이라고 생각해도 감정적으로 융합할 수 없는 것은 서로 성격이 맞지 않기 때문이라고 생각했다.

윤길호가 오제장과 헤어져 학원에 오자 동료 이영삼이 오제장이 지금 진정서를 작성하여 서명을 받으러 온 마을을 돌아다니고 있는 중이라고 말했다. 윤길호는 금시초문이었다. 그러면 아까 우리 집을 찾아온 것도 그 일 때문이었나 하고 그는 노인의 우직함에 어이가 없었다.

수십, 수백 명이 연서한 진정서 정도로 공장 설립이 중지된다고 생각하다니 얼마나 어리석은 생각일까. 하나의 공장 부설지가 결정될 때까지 나라 내외의 정세는 물론이며 부지의 지질이라든가 원료 구입이라든가 제품 판매로라든가 온갖 조건이 주도면밀히 조사되고 난 후에 비로소 공표된다는 점을 노인은 전혀 모르는 것이다.

그러나 이는 오제장 한 사람이 일이 아니라 마을 전체의 명예에 관한 일이기 때문에 남의 일처럼 방관하며 비웃을 수만은 없었다. 윤길호는 야학 수업이 끝나자마자 곧바로 청년 단원을 소집하여 사정을 자세히 말한 다음에 나아가 전시 하 산업의 중요성과 국민의 결의까지 당부하고 각기 집에 돌아가서 부형을 타일러 오제장의 어리석은 행동에 동조하지 않도록 신신당부를 해 두었다. 그리고 괜스레 상부 방침에 반대하는 사람은 감옥에 갇힌다는 것까지 덧붙여 두었다.

그래도 아직 마음을 놓을 수가 없어서 다음날 아침 일찍 윤길호는 스스로 오제장 집으로 쳐들어갔다. 무엇보다 직접 당사자를 만나 설득하는 것이 빠른 지름길이라고 생각했기 때문이다. 오제장의 집은 마을의 약간 북쪽 후미진 용와산 기슭에 매화나무로 덮인 조용한 집이었다. 윤길호가 찾아가자 딸 옥분이는 수건을 머리에 쓰고 익숙한 손놀림으로 마당을 쓸고 있는 중이었다.

"안녕. 아저씨 계신가?"

오제장에게 규중처녀가 있는 것은 예전부터 알고 있었지만 그의 기억에 있는 옥분이는 코흘리개이며 아직 어려 걷기도 어려운 꼬마 소녀였는데 어느덧 이렇게 컸는지. 눈앞에 그녀는 처녀티가 물신 풍겼다. 잘 익은 감 같았다. 자신이 농업 학교를 다니거나 학원 일에 빠져 있는 동안 옥분이 또한 제대로 성장했구나 하고 그는 잃어버린 팔년이란 세월을 옥분의 몸을 보고 되찾았다.

"아버지는 안 계셔요."

빗자루를 잡은 손을 놓고 목을 들어 힐긋 유길호를 보는가 싶더니 곧바로 시선을 돌리면서 희미하게 들릴 정도로 수줍은 목소리로 옥분이는 대답하였다. 그리고 다음 순간에 다시 한 번 올려다보는 옥분이의 시선이 윤길호의 시선과 부딪치자 그녀는 약간 당황한 듯 확 붉어지는 얼굴을 살짝 돌리는 것이었다.

윤길호는 이제 그녀에게 아무 볼일도 없었지만 이대로 되돌아가기에는 허전했다. 지금까지 한번도 깨닫지 못했던 자신의 청춘이 갑자기 불타는 듯이 가슴에 와 닿아 숨이 막힐 지경이었다.

이삼 분 동안에 두 남녀는 묵묵히 서 있었다. 그러자 다음 순간에
"나 윤길호인데……."

옥분이는 그 순간에 가지고 있던 빗자루를 떨어뜨렸다.

"나 윤길호인데……. 아저씨가 돌아오시면 내가 왔다고 전해 주세요. 그럼 안녕히 계세요."

그는 좀 더 말하고 싶었고, 또한 말하고 싶은 것도 많이 있었지만 혀가 엉키고 가슴이 두근거려 무슨 말을 해야 할지 전혀 몰랐다. 게다가 성숙한 여자에게 너무 대놓고 말하는 것도 결례라고 생각하였기에 그 곳을 나와 헤어졌지만 돌아오는 길에 윤길호의 눈에는 옥분이의 침착하고 차분한 모습이 눈에 어른거려 어쩔 줄을 몰랐다.

마침 그 시각에 오제장은 진정서를 들고 온 마을을 돌아다녔지만 어제와는 달리 사람들의 태도가 급변하여 지금 도장이 없으니 어떡하냐며 무슨 구실을 만들어 아무도 서명하려고 하지 않았다. 감옥에 갇히는 것이 무서웠던 것이다. 그런 이유가 모두 윤길호의 사주임을 알아채고 오제장은 정오경에 머리끝까지 화가 치밀어서 집에 돌아오자마자 혼자서

"윤길호 이 불량배 자식"

하고 옥분이가 아직 한 번도 아버지 입에서 들어본 적이 없는 욕설로 호통 치듯이 아버지는 말하는 것이었다.

이 또한 어찌 된 일인가 하고 옥분이는 안절부절못했다. 윤길호가 눈앞에 있으면 물어 죽이기라도 할 것 같은 성난 얼굴이라서 옥분이는 아까 윤길호가 찾아온 것을 전하기는커녕 아버지 옆에서 몸을 웅크리고 있었다. 그런데 윤길호가 무엇을 잘못했기에 아버지가 이렇게 노하실까. 그가 아까 찾아온 것이 아버지에게 사과하기 위해서였는가. 아무튼 그가 아버지가 안 계실 때 찾아와서 다행이지 만약 길

가에서 부딪치기나 했으면 그거야말로 큰일이었다고 옥분이는 뜻밖의 일까지 생각하며 가슴을 졸이는 것이었다. 그리고 잠시 후에 기회를 노려서

"아버지 윤길호 씨가 무슨 일 했어요?"

아무렇지도 않게 물어봤다. 그러자 아버지는

"니가 참견할 바가 아냐!"

하고 한번 호통을 쳐서 말을 못하게 하였다.

옥분이는 말을 붙여 볼 수도 없어 울고 싶은 정도로 갑자기 슬픈 기분이 되었다. 그러자 아버지도 딸의 기분을 알아채고 좀 지나쳤나 싶어서 후회하면서

"윤길호 놈! 풋내기 주제에……. 그놈은 고향을 팔아먹을 놈이다. 매당곡이 쑥대밭으로 변하는 것을 그놈은 바라고 있어. 아니면 하늘을 찌르는 굴뚝을 매당곡에 세우는 것이 그놈의 소망이야!"

하고 약간 소리를 낮추어 중얼거린다. 이 말을 통해 옥분이는 아버지가 노하신 이유를 대충 알 것 같았다. 그리고 아니나 다를까 아버지와 윤길호가 서로 붙잡고 싸우게 되다니 무슨 짓궂은 운명인가 하고 홀로 슬퍼했다.

그러자 그때 밖에서 누가 부르는 기미가 있어 옥분이는 재빠르게 일어나 장지문을 열어 보니 울타리 옆에 또다시 윤길호가 찾아와서 묵묵히 서 있었다. 옥분이는 그 순간 온몸에 냉수를 끼얹은 것 같았다. 하마터면 소리를 지를 뻔했다. 할 수 있다면 부탁이니까 얼른 엎드려 있으라고 부탁하고 싶었다. 그러나 이제 어쩔 수 없는 절체절명의 순간이다. 옥분이가 숨이 막힐 듯이 안절부절못하고 있으니 뒤에서

"무슨 일이냐. 누가 왔냐?"

하고 책망하는 듯한 아버지 소리가 들려왔다.

끝내 이러지도 저러지도 못하는 사태가 되어 버렸다. 옥분이는 발끝의 땅이 무너질 것 같아 현기증이 났다.

"아버지! 윤길호 씨가 오셨어요."

옥분이는 뒷걸음질 하면서 슬픈 목소리로 애원하듯이 말했다. 그러나 오제장은 그런 것은 아랑곳하지 않고 윤길호라는 이름을 듣자 눈알이 뛰어나올 듯이 노하여 열려 있는 장지문으로 뛰쳐나와 밖에 있는 윤길호를 향해

"이 바보 같은 놈! 이 불량배가 무슨 일로 내 집 문턱을 넘어오려고 해! 썩 나가. 이 배은망덕한 놈!"

하고 피라도 토할 듯이 호통을 치는 것이었다.

그러나 윤길호는 오제장이 머리끝까지 화가 나 있다고 이미 마을 사람들에게 들었기 때문에 전혀 신경을 쓰지 않고 얼굴에는 미소조차 띠면서 재빨리 바로 앞까지 다가와서

"아저씨께 말씀드리고 싶은 것이 있습니다"

하고 공경스럽게 머리를 꾸벅 숙였다. 그러자 오제장은 쫓아내듯이

"이 멍청아! 너 같은 매국노의 이야기를 듣는 귀를 나는 가지고 있지 않아. 뻔뻔스럽게 서 있지 말고 한시바삐 눈앞에서 꺼져!"

하고 거듭 내질렀지만 윤길호는 여전히 상냥하게 웃으면서

"저, 노하시는 것은 나중에 얼마든지 할 수 있는 일이니까 제 말을 한번 들어주세요. 제가 말한 다음에 그래도 제가 잘못했다면 얼마든지 화내세요. 아저씨가 마을을 위해서라면 저도 마을을 위해서입니

다. 단지 목적은 같아도 그 방법이 다를 뿐이니까 이야기하면 알 수 있다고 저는 생각합니다. 지금이야말로 터놓고 서로 이야기하는 것이 무엇보다 긴급한 일입니다. 꼬인 감정을 고집하며 이러쿵저러쿵 말해 봤자 긴요한 사건은 조금도 진전되지 않습니다. 아니, 감정의 꼬임은 결국 감정의 꼬임밖에 되지 않습니다. 아저씨의 애향심을 조금도 저는 의심해 본 적이 없습니다만, 목숨을 걸고 말씀드리지만 저도 매당곡을 사랑하는 사람 중의 한 사람입니다. 애향심에는 두 가지가 있을 까닭이 없습니다. 그런데도 지금 두 가지 길이 우리 앞에 뻗어 있다고 하면 그 두 가지 중 어느 한 가지는 틀린 길입니다. 그렇다면 우리는 각자의 길을 가는 것보다는 서로 기탄없이 이야기하고 올바른 길을 취해야 한다고 생각합니다. 그런 의미에서 지금 저는 아저씨를 찾아왔습니다. 아저씨의 의견을 듣고 만약 제 의견이 틀린 것이라면 백 번이라도 사과하고 아저씨를 따르겠습니다. 그 대신에……. 저 잠시라도 좋으니 방에 들어가게 해 주세요.”

윤길호는 물고를 틀 기회를 잡자 한꺼번에 물이 흐르는 듯이 단번에 여기까지 말해 버렸다.

그러자 오제장은 깜짝 놀란 듯이 잠시 가만히 있다가 이윽고

“그럼, 네 이야기부터 듣자. 대신에 내 이야기도 들어야 한다”

하고 윤길호에게 들어오라는 몸짓을 하고

“옥분이! 너는 물러가 있어.”

마음을 조마조마해 하면서 숨이 막힐 듯한 심정으로 서 있는 딸에게 말했다.

외골수 기질이어서 시원하게 솔직한 점도 높이 사 줄만 했다.

옥분이는 둘 사이의 분위기가 갑자기 부드러워진 것 같아 저도 모르게 안도의 숨을 내쉬고 가슴을 쓸어내리면서 부엌 옆문으로 사라졌지만 이번에는 옆문 뒤에서 온몸을 귀로 삼아 듣고 있었다.

방 안에서 둘은 자리에 앉은 뒤에도 이상야릇한 침묵을 이어갔다.

"그럼, 자네 주장부터 들어 보세."

오제장이 재촉하듯이 말하자 윤길호는 낮은 기침을 한 번 한 다음에 차분한 말투로 어젯밤에 동료들에게 말한 것을 한 번 더 되풀이했다. 듣다 보니 듣는 이들을 매료시키는 화술을 윤길호는 지니고 있다고 옥분이는 생각했다.

윤길호는 진정서가 아무 소용이 없는 이유까지 말한 다음에

"…… 그래서, 용꼬리벌에 공장이 건설된다는 것은 벌써 결정된 일이고 따라서 진정서가 아무 소용이 없을 뿐더러 오히려 웃음거리가 되지 않을까 생각합니다. 오백 년의 전통을 지닌 매당곡 주민이 세상의 웃음거리가 되는 것은 아저씨도 견디기 어려운 일이지요"

하고 이야기를 일단 끊자 오제장은 이어받듯이

"자네 말도 그만한 이유가 있네. 그러나 내 의견도 들어 보게. 자네는 지금 웃음거리가 된다고 했지만 웃음거리가 되는 것은 오히려 앉아서 죽음을 기다리는 비굴한 태도 그 자체일 게야. 오백 년이나 되는 역사를 지닌 매당곡의 주민들이 이때 말 한 마디 못하고 망한다고 한다면 이것이야말로 견디기 어려운 굴욕이라고 나는 생각하네. 의리를 지킨다는 것은 진정서가 쓸모없다는 말과는 다른 문제네. 우리들이 예부터 충신 의사를 존경하는 것이 왜인지 자네도 알겠지. 길게 말하지 않겠네. 나는 단지 의(義)에 목숨을 바치려고 할 뿐이네. 매당

곡이 구제될지 안될지는 제이의적(第二義的)인 문제네."

"잘 알았습니다. 그러나 지금 아저씨는 앉아서 죽음을 기다린다고 하셨습니다만, 이번 일은 매당곡의 죽음을 의미한다고는 생각하지 않습니다."

"그럼, 자네는……."

"좀 더 말을 들어주세요. 지금까지 농가 본위였던 매당곡은 이번 일로 망할지도 모릅니다만 용꼬리벌에 공장이 건설되면 매당곡의 주민들은 공장의 직공으로 얼마든지 되살아날 수 있다고 생각합니다."

"잠깐! 자네의 그 생각이 잘못이네. 이유는 얼마든지 갖다 붙일 수 있겠지만 전통을 자랑했던 '매당곡'은 이것으로 끝나는 것이네. 자네는 되살아난다고 하지만 되살아난다는 것은 궤변에 지나지 않네."

"궤변이라니 천만의 말씀입니다. ……. 시대는 항상 변하기 때문에 우리도 끊임없이 실질에 있어 변하고 또 변해야 한다고 생각합니다. 마치 과일이 기후의 온도에 따라 끊임없이 변해가듯이……."

"아니 그 점이 자네와 내가 다른 점이네. 시대가 아무리 어지럽게 변하여도 그 근본에는 진(眞)이라는 것이 있을 터이네. 진이 없는 시세(時世)를 나는 인정할 수 없네. 그리고 그 진에 충실하게 사는 것이 사람의 도(道)일세."

"그러면 사람의 도란 것이 또 문제가 되는 것이지만 큰 것을 위해 작은 자아를 희생하는 것은 사람의, 아니 적어도 국민된 자의 도라고 생각합니다만……."

"그런데 그 말은 하나만 알고 둘을 모르는 소리네. 자아를 사랑할 줄을 모르는 사람이 어떻게 국가를 사랑할 수 있다는 말인가. 공자도

'수신제가(修身齊家) 이후 치국평천하(治國平天下)'라고 말씀하셨지 않 았는가. 몸조차 수양하지 못하는 자가 어떻게 나라를 다스릴 수 있단 말인가."

"개(個)와 전(全)이 상반될 경우에는 그러면 아저씨는 어떻게 하면 좋다고 생각하세요?"

"개와 전이 상반될 경우? 나는 그런 모순이 생길 수 있다고도 생각 하지 않네."

"그것은 얼마든지 있을 수 있는 일입니다. 요새 소위 '공익 우선'이 라는 표어부터가 그런 엉켜진 소식을 말해 주고 있지 않습니까. 요컨 대 아저씨는 봉건시대의…… 적어도 개인주의 시대의 신념을 그대 로 가지고 있으니까 안되는 겁니다. 지금 시대는 더 높은 이상 속에 착안하고 개인 따위는 척척 무시하고 전체를 위해 움직여야 하는 시 대라고 생각합니다."

윤길호는 전혀 지지 않으려고 줄곧 격한 말을 퍼부었다.

"좋아. 모든 것이 사상이 상위(相違)한 결과네. 이렇게 된 바에는 서 로 스스로 최선이라고 생각하는 길을 걸어갈 수밖에 방법이 없네."

아무리 열을 올려 싸워 봤자 끝에 가서 순환론이 될 수밖에 없다고 깨달았는지 오제장은 단호하게 말을 끊어 버렸다. 굳게 다문 그의 입 가는 어떤 결심을 희미하게 내비치고 있었다. 안광이 이상하게 빛나 는 것도 각오가 드러나서일까.

윤길호도 그렇게 매듭짓고 돌아가 버렸다. 더 이상 어떻게 타협할 방법이 없다고 체념했다. 그것은 사상이 서로 다른 것이 아니라 오히 려 시대가 서로 다른 데서 생기는 것이라고 여겼다. 온갖 잔재 물을 흘려보낼 시기라고 생각하자 이제 자신의 의리도 이것으로 다했다는 느낌이 들었다. 그리고 그는 돌아가는 길에 또다시 옥분이를 생각하는 것이었다. 자신도 스물두 살이니까 이제 장가가도 좋을 나이다. 장가를 간다면 옥분이를 놔두고 다른 인연은 없다고 혼자 정해 버렸다.

그로부터 삼사일 후 어느 밤이었다.

야학 수업을 마치고 윤길호가 혼자 옥분이 생각에 빠져 언덕의 좁을 길을 빨리 걸어가니 두세 칸 저쪽 매화나무 뒤에 서둘러 몸을 숨기듯이 서 있는 사람의 모습이 얼핏 눈에 띄었다. 음력 십삼 일의 달밤이라 해도 희미한 봄의 달이기 때문에 누군지는 뚜렷이 분간할 수 없지만 수줍은 듯이 머리를 깊숙이 숙이고 있는 것은 아무래도 여자인 것 같았다.

"설마 옥분이는 아니겠지."

요행을 바라는 마음으로 다가갔는데, 여자는 매화나무 줄기에 딱 몸을 붙이고 이쪽을 뚫어져라 보고 있었다.

윤길호가 가까이 다가가 갑자기 멈추고 서서

"누구?"

하고 물었다. 그러자 여자는 가는 목소리로

"나……. 옥분이에요……."

"앗, 옥분이?"

이것은 꿈만 같았다. 옥분이가 이 한밤중에 이런 인적이 드문 곳에서 누구를 기다리고 있는 것일까. 설마 나를 기다리고 있던 것이 아닐까 하고 생각하니 윤길호는 연이어 종을 두드리듯이 가슴이 두근거렸다. 그는 자신도 모르게 안기듯이 다가갔다.

"당신은 어째서 이런 곳에 서 있었어요?"

그의 목소리는 부르르 떨렸다.

옥분이는 잠시 아무 말도 없었다. 희끗 희끗 피기 시작한 매화꽃이 희미하게 달빛에 옅게 떠올라 보였다. 향로에서 솟아오르는 희미한 연기처럼 옅게 풍기는 매화 향기일까. 혹은 옥분이의 향기일지도 모르겠다고 윤길호는 생각하는 것이었다.

"난 당신에게 부탁할 게 있어요."

옥분이는 고개를 숙인 채 말했다.

"나에게 부탁이? 뭐예요. 그 부탁이란 것은."

그러자 옥분이는 잠깐 생각하는 몸짓을 한 후에

"아버지의 진정서에 찬성해 줄 수 없으세요? 그날부터 아버지는 갑자기 심기가 불편해지셔서 말씀도 하지 않으세요"

하고 옥분이는 금방이라도 울며 쓰러질 정도로 처절한 목소리로 중얼거렸다. 그 일이라는 것을 알자 윤길호는 갑자기 잊었던 자기를 되찾고 경계의 고삐를 당기면서

"글쎄요. 그건 대단한 심려이겠어요. 그러나 그 일이라면 아무 말도 하지 마세요."

"그래도………"

"아뇨, 당신의 아버지도 마음에 없는 동정을 하는 것 따위는 달가워하지 않으실 거예요. 그런 일을 하는 것은 서로간의 치욕이에요."

"과연 그럴까요?"

"당신은 지금 잘못 생각하고 있는 거예요."

그러자 이번에는 아무 말도 하지 않았다. 그리고 사오 분 동안 미

동도 하지 않고 가만히 서 있나 싶더니

"그럼, 실례 많았어요."

부드럽게 허리를 굽혀 머리를 숙이고 돌아가려 했다. 대여섯 걸음을 옮길 때까지 윤길호는 멍하니 서 있었지만, 문득 모든 것을 털어놓으려면 이 기회라고 생각해서 그는 황급히 쫓아가서 갑자기 한 손으로 옥분이의 뒤쪽 어깨를 꽉 잡았다. 그러자 옥분이는 갑자기 멈추어 섰다. 특별히 놀란 기색도 없었지만 그 냉랭하고 차가운 표정은 괜스레 범하기 어려운 위엄이 느껴졌다.

"옥분이……!"

그는 몸을 재빠르게 날려서 옥분이 앞을 막아섰다. 그는 숨이 끊어질 것 같았다. 약간 그녀도 희미하게 떨리고 있는 것 같았다.

"옥분이! 나는……. 나는 옥분이를 좋아해. 내 아내가 되어 주지 않겠어요."

그는 겨우 이 말만 했다. 가슴이 뻥 뚫린 것같이 시원했다.

그러자 그녀는 살짝 남자로부터 몸을 피하듯이 하며

"그런 건, 나는 아직 생각해 본 적이 없어요"

하고 수줍은 듯이 말한다. 그러나 그녀도 윤길호를 싫어할 리 없었다.

"부탁이니까. 일생의 부탁이에요. 반드시 행복하게 해줄 테니 허락해 주세요."

그는 염불이라도 읊듯이 다시 말하는 것이었다.

"그래도……."

"내가 싫다는 말인가요. 말해 주세요. 내가 싫다는 말인가요?"

윤길호는 필사적으로 덮치는 듯이 재촉했다.

"아니에요. ……. 왜냐하면 나에게는 아버지가 계시니까요."

"그러면 아버지가 허락해 주신다면 당신은 와 주실 거죠."

"………."

"말해 주세요. 싫은 겁니까?"

그러자 그녀는 말로 하기가 어려웠던지, 약간 목을 좌우로 흔들었다.

"좋다는 거죠. 고마워요! 고마워요!"

윤길호가 아무 생각 없이 절하듯이 감사해 하자 그녀는 더욱 마음이 가라앉기 시작했다.

"그래도 나는 아직 그런 건 생각해 본 적이 없어요"

라고 말하는가 싶더니 갑자기 언덕을 한달음에 내달렸다.

그는 더 이상 쫓아갈 수 없어서 목소리만으로

"아버지께 조만간 부탁드리러 찾아갈게요. 나한테 와 주실 의향이 있다면 마당의 매화나무 가지에 당신의 빨간 댕기(리본)를 걸어 주세요. 약속해 주세요"

하고 외치듯이 말했지만 들렸을지 어떨지, 옥분이의 발소리도 이제 사라져 주변은 오래된 연못처럼 고요하다.

그때부터는 윤길호는 하루에 몇 번이나 옥분이의 집 매화나무에 빨간 댕기가 걸려 있지 않나 하며 보러 갔지만 그때마다 실망하곤 했다. 그는 더 이상 기다릴 수가 없어서 어느 날 학교에서 돌아오는 길에 오제장 집으로 갔다.

제철을 맞아 만발한 매화꽃을 보고 있던 오제장 노인은 윤길호를 발견하자 지난 일을 까마득히 잊어버린 것같이 친근한 표정으로

"윤길호냐! 잘 왔다. 어때 이 매화는?"

하고 자랑스럽게 말했다.

"굉장히 예쁘네요"

하고 윤길호도 맞장구를 친다.

"그런데 매화꽃 구경도 이번이 마지막이라고 생각하면 잊으려 해도 마르지 않는 슬픔이 있구나."

노인의 얼굴에는 갑자기 근심스러운 기색이 가득 차 있었다. 약간 눈에 눈물이 난 것 같아 보였다.

오제장은 이 두세 주 동안에 급격히 늙은 것 같아 보였다. 그가 지니고 돌아다니던 진정서에 서명한 사람은 도합 열다섯 명, 그것도 거의 그의 동년배들이었다.

윤길호는 왠지 노인에게 죄스러운 일을 저지른 것 같아 미안한 생각이 들었지만 모든 일은 시대의 추세라고 생각을 고쳐먹었다. 둘은 그 일은 까마득히 잊은 듯이 잠시 매화 이야기꽃을 피운 다음에

"실은 꼭 부탁드리고 싶은 일이 있어서 찾아왔는데요……."

"나에게? 용건을 마당에서 들을 수 없지. 들어가세" 하고 윤길호와 함께 방에 들어가 앉아서 자세를 바로잡은 다음에

"그 꼭 부탁하고 싶은 일은 무언데"

하고 똑바로 물어보는 것이었다.

"실은……. 주제넘는 욕망이지만 옥분 씨를 저에게 주시지 않겠습니까."

윤길호는 정신없이 단숨에 이 말만 했다.

"옥분이를 달라는 말인가."

오제장은 별로 놀라지도 않고 조용히 되묻고, 상대의 눈을 노려보

듯이 윤길호의 얼굴을 잠시 동안 지긋이 들여다보다가 갑자기

"이 멍청아!"

하고 호통을 치는 것과 동시에 꽝 하고 노쇠로 된 재떨이를 내려치는 것이었다. 윤길호는 간이 떨어지듯 오싹했다. 역시 안되나 하고 생각할 틈도 없이

"결혼이 인사(人事)의 최대사라는 것을 자네는 모르는 겐가? 그것을 알고 있다면 자네처럼 모자도 쓰지 않고 꼴불견으로 찾아오질 않았을 거네. 모양새는 그 마음을 드러낸다고 하잖은가. 의관을 제대로 차려입지 않는 자와는 같이 결혼을 논하는 일을 나는 하지 않겠네."

윤길호는 걱정했던 것과 완전히 딴말을 하니 도리어 안심이 되었다.

"정말 결례했습니다. 그만 깜빡 잊었습니다……."

윤길호는 솔직히 사과하고 빨리 자리를 떴다. 내일은 예의를 갖추고 다시 찾아와서 직접 담판 짓겠다고 생각했다.

그날 밤 오제장은 홀로 밤을 지새면서 생각했다. 벌써 열여덟 살이나 되었기 때문에 옥분이의 혼사 건으로 남몰래 걱정하고 있던 마당에 윤길호가 그런 말을 했기 때문에 이 일을 어떻게 할지 고민할 수밖에 없었다.

윤길호는 예전부터 자신과는 성격도 안 맞고 진정서의 원한도 있고, 게다가 그 결례를 호통쳤지만 솔직히 말해서 윤길호 정도의 청년이라면 사위로 맞이하여도 그다지 나쁘지 않다고 생각했다. 아니 그가 하는 모든 것이 요새 젊은이로서 기특했다. 비록 자신과는 적대적인 입장에 서 있어도 젊은이로써 그 정도의 자기주장을 고집하는 것은 평가할 만하다고 생각했다. 게다가 개인적으로 물색해 봤지만 이

렇다 할 좋은 혼담이 없을 뿐만 아니라 지금으로서는 윤길호가 최상이었다.

"맞아, 윤길호를 사위로 삼자."

노인은 혼자 중얼거렸다. 이보다 좋은 혼담이 있을 것 같지 않았다.

다음날 아침에 그는 딸을 불러 너는 윤길호에게 시집가기로 했다고 밀어붙이듯이 말했다. 옥분이의 얼굴은 홍당무가 되고 고개를 숙인 채 얼굴을 들지 못했다. 할 일 없이 길게 자란 머리끝에 매달려 있는 빨간 댕기를 옆구리로 손을 뻗어서 만지고 있다가 문득 이삼일 전에 마당의 매화나무 가지에 빨간 댕기를 달아 달라고 했던 윤길호의 목소리가 다시 한 번 귀밑에서 울려오는 것 같아 얼굴이 뜨거워졌다.

오제장도 더 이상은 아무 말도 하지 않고 심각한 표정을 짓고 있었다. 또한 마을의 존망으로 인해 마음 아파하는지 몰랐다.

그날 정오경에 윤길호는 옷을 차려입고 다시 한 번 오제장을 찾아가는 길에 문득 보니 언덕 위에 빨간 측량용 깃발이 서 있었다.

벌써 이미 공장 부설 측량에 착수하고 있는 것이었다. 그는 얼마 되지 않아 거듭날 매당곡을 머릿속에 그리며 들뜬 기분으로 옥분이네 집 근처까지 와서, 조마조마해 하면서 매화나무를 우러러보니 아니나 다를까 제철을 맞아 만발한 매화꽃 사이에 새빨간 댕기가 하늘하늘 미풍에 하늘거리고 있질 않는가.

"앗! 옥분이……!"

감격한 나머지 우뚝 선 윤길호의 마음속은 피가 들끓는 듯했다.

(일문 번역)

조춘(早春)

1

졸업식 날 아침 혼자서 집을 나서는 소년은 몹시 경황없었다.

어린 아들딸의 육 년 동안의 귀여운 공노를 은근히 자랑하면서 지극히 만족한 마음으로 졸업식장에 참석할 여러 학부형들 틈에 유독 제 부모만이 빠지게 되었다는 것이 소년에게는 여간 슬픈 일이 아니었다.

해마다 열리는 학부형회나 후원회에도 부모가 일찌기 참석해 본 기억이 없어 그때보다 소년의 좁은 가슴은 쓸쓸하기 그지없었으나 그러나 가즌 울적을 졸업식 하나로써 획 푸러 버리려고 마즈막 학기로 접어들면서부터 소년은 거이 입버릇처럼 졸업식에만은 꼭 참석해 달라고 몇 번이고 아버지에게 졸랐든 것이다.

아버지는 물론 굳게 약속해 주었다.

그러나 설을 지낸 지 얼마 안 해서 아버지는 이백 리 산속인 광산으로 농한기를 이용하여 품팔이를 떠나게 되었다.

떠나는 날 아침에도 소년은 아버지의 소맷귀를 뷔여잡고

"아바지! 내 졸업식 날꺼정은 꼭 도라와야 해 응! 졸업 날이 양력으루 삼월 스무나흔 날인 줄 알지? 잊어버림 안돼! 양력으루 잘 모르가슴 음력으로 이월 초 야드랫 날야! 잊지 말어 뒀다가 꼭 와야 해. 응!"

이렇게 성화같이 다졌다.

아버지는 듬북한 손으로 어린 아들의 머리를 쓱윽쓱 쓸어 주며 투박스러운 얼굴에 웃음을 그득히 띠여 가지고

"오냐! 걱정 말구 그동안 집안일이나 잘 보살펴라!"

하고 무슨 어른에게나 타일르듯 하며 집을 나섰다.

소년은 다섯 살잽이 게집애 동생을 업고 광산으로 떠나는 아버지를 배웅하러 나섰다. 아버지는 몇 번이고 인제 그만 도라가라고 만누하는 것을 소년은 오 리 길이 넘는 국수당 고개까지 따라왔다.

그러나 더 멀리까지 따러갈 수는 없었다. 고개 우에서 두 남매는 기어코 아버지와 작별하지 않을 수 없이 되였다.

"잘들 있거라! 아버지 잘 댕겨올 테니!"

하고 아버지는 작별이 쓸아린 듯 어린 딸의 머리를 쓰다듬어 보고, 손목을 쥐여 보고 하면서 떨리는 목소리로 말하였다.

"잘 댕겨와요 아바지! 그래 봐! 순아!"

소년은 앞에 서 있는 동생의 머리를 수그려 주며 인사를 시켰다.

어깨에 보따리를 둘러멘 아버지는 차마 떠나기 쓸아린 듯 열 거름에 한 번 도라다보고, 스무 거름에 한 번 도라다보고 하면서 그때마다 어서 집으로 도라가라는 시늉으로 손을 들어 밖으로 휘저어 보이였다. 그러면 소년도 우리 걱정은 말구 어서 아버지나 갈 길 빨리 가라고 팔짓을 해 보였다.

서로의 거리가 머러저 갈수록 서러운 정이 작구만 지터 갔다.

점점 멀리로 적어저 가든 아버지가 마츰내 마즌편 고개 넘어로 살아저, 영영 보이지 않게 되자 소년은 웬일인지 별안간 눈물이 핑 돌아서 뜻하지 않고 앞에 서 있는 어린 동생을 와락 껴안었다.

아버지를 잃어버리고 가뜩이나 울가망스럽든 판에 별안간의 일을 당하고 보니 소녀는 그만 억하고 두려워서

"아바지이!"

하고 와악 목 놓아 울어 대었다.

"울지 마라 순아! 아바지래 돈 많이 버러서 네 때때 조고리 사 가지구 온단다."

우는 동생을 가슴 우까지 번쩍 들어 안고 얼사둥둥을 해 주었으나 웬일인지 소년은 제 자신 까닭 몰을 눈물이 작구만 펑펑 쏟아지는 것을 어찌하는 도리가 없었다. 그래서 작구만 얼사둥둥으로 동생을 흔들어 주면서

"아바지래 돈 많이, 산만큼 많이 버러 개지구 오문 썩 도캇디?"

하고 목멘 음성으로 말해 보는 것이었다.

2

소년은 아버지를 굳게 믿었다.

그 후 아버지께서는 십 원씩 두 차례 돈과 함께 간단한 편지가 왔

는데 그때마다 네 졸업식 날까지에는 꼭 집에 도라가겠다는 사연이 적혀 있었다. 그러든 것이 졸업식을 두어 주일 앞둔 때부터 아버지는 웬일인지 소식도 딱 끊기고 도라오지도 않었다.

소년의 마음은 차츰 초조해졌다.

학교에서 도라올 때에 소년은 반다시 국수당 고개에 들렀다. 고개 우 풀밭에 누어서 소년은 다 저물 때까지 눈이 빠지도록 아버지가 도라오기를 기다렸다.

멀리 거러오는 사람이 보일 때마다 소년의 가슴은 터질 듯이 울렁거렸다. 그러나 아버지가 아님을 알었을 때 소년은 실망에 가슴 메여지군 하였다.

사방이 어슬어슬 어두워서 저만치의 사람이 누군지 알어보기 어려울 정도로 저물 때까지 고개 우에서 기대리든 소년은 드디여 실망을 안고 경황없이 집으로 도라오군 하였다.

"오늘두 소식두 없구 도라오지두 않으니 웬일인디 모르갔구나!"

한탄쪼로 근심하는 어머니 말을 드르며 소년은 방바닥에 쓸어지듯 주저앉어 버리었다.

졸업 날이 모레로 박도했는데도 아버지는 도라오지 않었다. 소년은 아버지가 원망스러웠다. 혹시 객지에 탈 중이나 아닌가 하는 근심도 치밀었다.

졸업식 바루 전날 저녁에 아버지는 안 오고 편지만이 날어왔다.

히미한 등잔불 아래에서 수심에 잠긴 온 가족들과 함께 머리를 모으고 소년은 가슴을 조이며 피봉을 뜯었다.

영길아! 그동안도 온 집안이 다 안녕하냐? 네 졸업 날두 나흘밖에 안 남었는데 아버지는 가 보지 못하게 돼서 미안하기 짝 없다. 생각은 알뜰하나 지금 아버지는 어쩔 수 없는 형편이로다. 지난 초순에 우연히 감기로 누었다가 한 보름 동안 정신없이 앓고 났더니 몇 푼 모였든 돈도 다 없어지고 해서 인젠 암만 해도 좀 더 있어야겠다. 네가 기대릴 걸 생각허믄 금시로 뛰여가고 싶다만 오금이 아직 성치 못하고 수중에 피천 한 푼 없고 하니 무슨 면목으로 집에 가 너이들을 대한단 말이냐……

대략 이런 사연이 중언부언 씌여 있었다.

끝까지 읽고 나서도 소년은 이여는 머리를 들지 못하였다. 모두들 잠작고 고요한 슬픔 속에 잠겨 있었다.

이윽고 잠잠한 가운데 어머니의 한숨 소리가 간얄피게 들여왔다.

소년도 소사오르는 한숨은 그대로 입안에 삼켜 버렸다.

그날 밤 소년은 잠을 이루지 못하였다.

기대렸든 졸업식이 허발이 된 것이 말할 수 없이 섭섭했으나 그보다도 객지에 몸저누은 아버지의 신상을 생각하면 근심이 한정 없었든 것이다.

3

졸업식 날—소년은 학교가 가까워 올수록 다리에 맥이 풀렸다.

웬일인지 여니 날처럼 아모 생각 없이 정문을 통과할 수가 없었다. 시간은 임박하였어 오륙백 명 아이들이 교정에서 왁자지껄 떠들었으나 그 무리가 저와는 아주 딴 세계의 아이들처럼 행복스럽게, 소년에게는 그렇게만 여겨졌다.

소년은 선뜻 교정에 드러서기를 주저하였다. 정문께에서 머뭇머뭇 안을 엿보며 망서리는데 등 뒤에서 인기척이 나기에 힐끗 도라다보니 흰 줄백이 중학교 모자를 쓴 땅딸보가 제 아버지에게 손목을 붙잡힌 채 뭐라고 엉석 비슷이 재갈대며 거러오고 있었다.

소년의 가슴은 철렁하였다. 그는 보아서는 안될 것을 본 때처럼 가슴이 두근거렸다. 소년은 땅딸보한테 제 꼴악선이를 보여서는 안된다고 얼른 몸을 숨기려 하였으나 갑재기 적당한 곳이 눈에 띠이지 않었다. 땅딸보는 점점 가까워 왔으나 다행히 아직 소년을 보지 못한 모양이었다. 막다른 판이라 소년은 잽새게 정문 기둥 뒤에 가 몸을 숨기고 숨도 쉬지 않었다.

땅딸보는 아모것도 모르고 정문을 지나 직원실께로 갔다. 소년은 비로소 안도의 한숨을 쉬었으나 한숨 끝에는 한없는 슬픔이 용소슴쳤다.

땅딸보는 소년과 한 반이였으나 성적으로나 힘으로나 모두 소년에게 밀렸다.

그러든 것이 서울 어느 중학교에 합격돼 가지고 오늘은 흰 줄백이 새 모자를 쓰고 쭐렁대는 것을 보니, 소년은 어쩐지 오늘이라는 날 그들과 저와는 완전히 인연이 끊긴다고밖에 생각되지 않었다.

어제까지 '땅딸보'니 '절구뼁이'니 '덜겅쇠'니 '양철통'이니 '좁쌀'이니 하고 별명을 함부루 불러왔으나 졸업식만 끝나면 그들은 이짝을 거들떠보지 않을 듯키, 소년에게는 작구 그렇게만 생각되였다.

그때 종이 울었다. 마즈막 종소리였다.

아침저녁으로 귀에 못이 백이도록 들어온 그 종소리건만 이것으로써 저 종과도 인연이 끊긴다고 생각하니 소년은 그 종소리에조차 쓸아림을 느끼었다.

응당 기뻐야 할 졸업식이 소년에게는 영결식같이 슬펐다.

교정에 흩어졌든 오륙백 명 아동들이 종소리에 휩쓸리는 듯 강당으로 몰려드러 갔다. 교정이 쓸은 듯이 고요해졌다.

소년도 거이 무의식적으로 몇 발거름 정문 안으로 드러서다가 뭇칫 발을 멈추었다.

암만 해도 그는 졸업식장에 드러갈 용기가 나지 않았다.

래일부터는 뻐젓한 중학생이라고 뻐길 땅딸보 절구꽹이 양철통과 오늘 하로쯤 나란히 서 본댔자 무엇이랴 싶었다.

그렇다고 소년은 학교 부근에서 멀리 떠러질 수도 없었다. 지금 막 강당에서는 졸업식을 거행하고 있으리라 생각하니 작구만 강당 안의 광경이 눈에 떠버러져 견댈 수 없었다.

그는 텅 빈 운동장을 나는 듯키 가루 찔러 강당 뒤에 서 있는 느티나무 밑으로 가서 그늘에 몸을 숨기고 전신 귀가 되여서 강당 안의 이야기를 엿듣고 있었다.

이윽고 강당에서는 〈君が代〉*의 정중한 음률이 울려 나왔다. 소

---

* 君が代: '천황의 치세'라는 뜻의 일본 노래 〈기미가요(きみがよ)〉.

년은 소리 내여 따라 불렀다. 그것이 끝나자 다음 얼마 동안은 조용한 가운데 잇다금식 교장의 음성이 들렸다. 교장의 훈시인 모양이었다. 식순을 따라 그다음이 졸업가(卒業歌)를 부를 참이였다.

아아 졸업가!

소년은 그 노래에 얼마나 많은 희망과 희열을 기대해 왔었든가. 육학년이 된 후로는 창가 시간마다 반다시 한 번식은 연습해 보든 그 졸업가!

피아노의 전주가 시작되는 순간, 소년의 가슴은 바다처럼 퍼덕이었다.

완전히 자기를 잃어버리고, 소년은 피아노의 전주에 뒤이여 노래 부르려고 목을 가다듬었다.

이윽고 우렁차게 울리는 성스러운 곡조!

仰げば尊し　我が師の恩
敎への庭にも　早や幾年
……………………………
……………………………*

소년은 정신없이 쪼차 부르면서 황홀하니 도취된 시선으로 먼 하늘을 우러러보았다. 노래는 소년의 폐부에 속속드리 젖어 드는 듯하였다. 한 절 두 절 불러 가는 동안에 소년의 눈에서는 하염없는 눈물

* '우러러보면 드높은 스승의 은혜/ 교정에도 빨리 세월'로 시작하는 일본 졸업식 노래.

이 방울방울 떨어졌다.

　소년은 마츰내 노래 부르기도 잊어비고 정신없이 멍하니 먼 하늘을 우러러보며 마츰내 흐느껴 울었다.

4

　소년은 바다가 무척 좋았다.

　졸업 후 소년은 바다까에서 헤매는 것을 날마다의 일과로 삼었다. 황해는 소년의 유일한 동무였다. 소년은 몇 시간이고 기슭에 서서 바다를 정신없이 바라보는 일이 두간하였다.

　이천 리 멀고 먼 백두산에서부터 흘러내려 온 이 황해 바다의 물! 이 물이 다시 흘러서 지나해를 이루고, 태평양을 이루고…. 암만 바라보아도 싫지 않은 것은 물뿐일까 하였다.

　동편 하늘에 쏘는 듯이 소사오르는 아침 해볕을 찬연히 반사식히는 아침 바다의 호화로움과, 노을을 담북 먹음고 붉게 타오르는 저녁 바다의 장엄한 풍경은 말할 것도 없고, 여기저기 떠도는 범선의 사이사이를 엮는 듯이 날어단기는 갈메기 있는 바다의 한나절이라든가, 달빛에 얼려 넘실넘실 퍼덕이는 밤의 바다도 소년에게는 무한 신비로웠다.

　소년은 문득 언젠가 신가파가 함락되였을 때 교장 선생이 일러 주든 말슴이 번개같이 머리에 떠올랐다.

'… 앞으로 일본 국민 된 자의 가야 할 곳은 바다밖에 없다. 바다를 정복하는 국민만이 세계를 정복하게 된다. 그러니까 너이들 소년은 항상 바다에 대해 바다와 같은 희망을 갖어야 한다.'

'그렇다! 바다와 같은 희망을 가지자! 신가파도, 보르네오도 인도도 다 우리들의 활동 무대가 아니냐.'

입속말로 중얼거리는 소년은 가슴이 탕 티이는 듯하였다.

땅딸보, 절구꽹이, 양철통이…. 모두 뻐기고 웃쭐거리며 상급 학교에 갔으나 나도 그들보다 못지않은 사람이 되겠다는 희망이 소년의 가슴에 용소슴쳤다.

소년의 가슴은 터질 듯이 부프러 올랐다.

아버지가 광산에서 도라온 지 한 대엿새 후인 어떤 날 밤의 일이었다.

동생들이 다 잠들고 방 안이 고요해졌을 때 아버지는 안해와 아들을 앞에 앉어 놓고 조용한 말로

"영길아! 내래 오늘 네 담임 선생님을 만났는데 그 선생님 말슴이, 읍내 어느 회사에서 금년 졸업생으로 똑똑한 애를 한 사람 천거해 달라는 청이 학교로 왔기에 널 천거했더니, 그 회사에서 널 한번 만나 보잔다는데 내일 나허구 가치 가 선을 보이도록 하자!"
하고 말하는 것이었다.

소년은 무슨 말인가 영문을 몰라 어리둥절하였으나 이내 아버지의 뜻을 알고 실망치 않을 수 없었다.

정령 어떤 회사의 급사일지 틀림없는 그런 취직에 소년이 만족할 리는 만무였다.

그러나 어머니는 아들이 급사 자리나마 얻어 안기게 된 것을 천만

다행으로 여겨

"아이! 고마워라! 그런 자리가 있다면 얼마나 좋겠늬? 에미 애비는 풀 속에 머리를 디밀구 땅을 파 먹어두 너나 그 고락을 면케 되면 여한이 없겠는데! 아모러나 내일은 일직암치 가서 만나 뵈여라! 참 그 머리나 좀 깎구 가야지 안늬?"

이러한 말을 듣고 소년의 가슴은 메여지는 듯하였다.

"월급두 하불시 십오 환은 주리라니꺼니 일 년에 월급만 해두, 가만있자 열 달에 일백 오십 원 허구, 두 달에 삼십 원 허구해서 일백팔십 환은 될 거구, 게다가 상여금두 준다니께 아마 일 년에 이백 환 꽤는 넉넉될 거다."

하는 아버지의 주먹구구의 뒤를 이여

"아이구만나! 한 해에 이천 량(이백 원)이요? 쟬 보구 일 년에 이천 량을 준단 말요 그래? 그게 정말이요?"

하고 어머니는 놀라워서 어쩔 줄을 모른다.

"원 저런 소린… 택지우택해서 뽑아 가는 애에게 그렇게야 안 줄나구! 학교 졸업을 했다구 누구나 다 그렇게 받는 것은 아니지만 우리 영길이야 그만한 자격이야 있디! 있구말구!"

"이천 량이믄 농삿버리보다 훨씬 낫게?"

"아 그야 말할 것두 없지! 농사루 이백 원 옹굴자면 이래저래 넉넉잡구 설흔 가마니는 가저야 할 텐데 원"

"아이구만나…. 설흔 가마니요? 쟨 농살허믄 단 세 가마니두 못 벌텐데…."

"그러기 글이 좋다는 거야! 그러기 사람은 아는 것이 많아야 값이

가는 법야."

이렇게 주거니 받거니 하는 아버지 어머니 사이에 끼여 앉아서 소년은 장차 급사로 한 세상을 보낼 것을 생각하고 눈앞이 아뜩하였다.

소년은 또 한 번 흰 줄백이 새 모자를 쓴 땅딸보를 눈앞에 그려 보았다.

모두들 새로운 것을 보고, 새로운 것을 배우고 하는데 저 혼자만 썩어날 것이 무한 안타가웠다.

당장 집 사정으로 보면 다달이 십오 원이란 수입이 큰 버리긴 했으나 소년은 더 큰 희망이 지금 자기를 고대하고 있는 것 같아 견댈 수 없었다.

그날 밤 소년은 한잠도 이루지 못하였다.

이튿날 소년은 아버지와 함께 담임 선생의 편지를 맡어 가지고 읍내에 그 회사로 찾어갔다. 수부에 찾어온 뜻을 말했드니 밖에서 좀 기대리라고 하였다.

두 시간 넘짓이 기대리다가 급사 아이를 따라 출입문 우에 '서무부(庶務部)'라는 패쪽 붙은 방으로 드러갔다. 서무부장 앞에 가 공손히 절하고 머리를 들다가 소년은 하마트면 소리 질을 번하게 놀랐다.

그는 뜻밖에도 땅딸보의 아버지였든 것이다.

"호―고놈 똑똑하게 생겼는데―"

대뜸 허는 말이 그 말이었다.

칭찬하는 말인 듯싶었으나 웬일인지 소년은 더할 나위 없는 모욕을 당했을 때와 같은 감정을 느끼었다.

나히, 성명, 주소, 학교 성적 같은 것을 간단간단히 몇 마디 묻고 나서 급사더러 데리고 나가라고 턱으로 시늉을 하였다. 추후에 학교로 통지해 줄 테니 그때까지 기대리라는 대답을 듣고 부자는 집으로 도라왔다.

도라오는 길에 아버지는 아들에게 여러 가지 오근까근 물었으나 소년은 경황없는 고개를 끄덕일 뿐 입을 열지 않았다.

아버지는 아들의 대답이 시언치 못했나 보다고 은근히 근심되었다.

소년은 모도가 귀찮었다.

중간쯤 왔을 때다.

별안간 멀리서 '빽-' 하고 기적소리가 들려왔다. 소년은 거름을 멈추며 휘- 둘러 보았다. 멀리, 흰 연기를 확확 내뿜으면서 기차가 달리고 있는 것이 보였다.

"저 기차를 탔으면…."

소년은 얼빠진 사람처럼 중얼거렸다.

저 기차를 타면 서울에 갈 수 있을 것이다. 서울에 가면 낮에는 일하고 밤에는 야학에 단닐 수 있다는데….

소년은 끝없는 공상을 달리였다.

이윽고 소년의 망막에는 또 한 번 땅딸보의 영지가 환등처럼 나타나 보였다. 달려가는 기차 우에 땅딸보가 이중으로 영사되었다. 그리고 그 거만하든 땅딸보의 아버지와, 그 앞에서 연성 허리를 굽신거리든 급사 애의 꼴악선이가 눈앞에 선히 나타나 보였다.

소년은 고개를 절레절레 흔들었다.

방학 때 땅딸보가 집에 도라오면 주인댁 도련님으로 모셔야 할 것을 생각하면 소년은 더 참을 수가 없었다.

'흥 누가…….'

저 모르게 코우슴 치는 소년의 마음은 기차와 함께 정처 없이 달리였다.

"얘 그만 가자!"

하고 등 뒤에서 아버지가 재촉하는 바람에 소년은 소스러치게 놀래였다. 아름다운 소년의 몽상은 여지없이 깨여졌다.

그러나 소년의 눈은 조곰 전과는 딴판으로 이상하게 빛났다.

"니노미야 손또꾸도, 남총독도, 힛틀러도, 뭇소리니-도 모두 고학으로 성공한 사람들이다. 나도 바다와 같은 희망을 가저야 한다. 아모리 못났기루 사내자식으로 생겨나서 누가 급사로 일생을 마친단 말이냐!"

이렇게 부르지즈며 소년은 저 모르게 주먹을 불끈 부러 쥐였다.

5

사흘 후— 급사로 채용하기로 결정이 되였으니 내일부터 출근하라는 통지가 온 바루 그날 밤이었다.

한밤중에 온 가족이 곤히 잠든 틈을 타서 소년은 살며시 이러나 옷을 추려 입었다.

새벽 첫차로 서울로 올러갈 결심이었든 것이다.

급사 채용의 통지서를 받고 기뻐 날뛰든 어머니 아버지를 생각하면 이렇게 부모에게 실망을 드리게 된 것이 어린 가슴에도 쓸아리고 아팠으나 그러나 큰 성공을 위하여서는 적은 불효쯤 어쩔 수 없다고, 소년은 잠든 부모에게 몇 번이고 절하며 용서를 빌었다.

소년은 드디어 어둠 속으로 나섰다.

그의 지갑에는 소학교 육 년 동안에 푼푼히 저금했든 돈 칠 원 삼십 전이 드러 있었다.

그는 밤길 무서운 줄도 모르고 적은 가슴을 할닥시며 정거장 가는 길로 힝하니 내달었다. 내달으면서 그는 몇 번이고 돈 드러 있는 안지갑에 손을 넣 보군 하는 것이었다.

이십 리 산길을 단숨에 내닷 듯해서 정거장이 내려다보이는 고개 우까지 왔을 때에는 동이 훤-히 터 왔다.

소년은 고개 우에 잠시 발을 멈추고 신선한 아침 공기를 힘껏 디리마셨다.

가슴이 풍선처럼 부프러 오르는 듯하였다.

"바다와 같은 희망을 가지자!"

소년은 또 한 번 부르짖었다.

소년은 고요히 밝어 가는 천지에 무엇인가 소리 높여 호령해 보고 싶은 충동을 맹렬히 느끼었다.

진실로 그 순간 소년에게는 온 세상이 제 것으로만 느껴졌든 것이다. (四月 九日 稿)

광명(光明)

　승배 군은 내가 근무하는 회사의 급사 아이였다.

　숙성한 편이라 열여덟 살치고는 키도 크고 몸페도 뚱뚱해서 언뜻 보기에는 제법 어른 꼴이 매였다. 그러나 단 오 분간만 그와 마조 앉었으면 그는 어덴지 모르게 오히려 나히보다도 훨신 애띈 느낌을 주었는데 그것은 아마 그의 눈 때문인지 몰랐다.

　승배의 두 눈은 유난히 인상적이었다. 무어 거론할 정도로 큰 눈은 결코 아니었으나, 남달리 길고 깜으잡잡한 살 눈섭 속에 약간 깊게 파묻쳐 있는 두 눈은, 보는 사람으로 하여금 쓸쓸한 감정을 이르키게 하였다.

　명랑한 듯하면서도 자서히 보면 명랑한 눈동자는 아니었다. 그 무엇인가를 항상 요구하여 마지않으나 이루워지지 않어 초조해 하고 불안해 하는 그런 눈이었다.

　간단히 말하면 애정에 굶주려서 노─따뜻한 애정을 구걸하여 마지않는 듯한 인상을 주는 눈이었다. 그 때문으로 해서 승배는 항상 외롭게, 슬프게 보였다. 그리고 그의 거동도 쾌활하지 못할 뿐 아니라 도무지 제 거동에 자신이 없었다.

내가 처음 입사하였을 때 누구보다도 친절하게 대해 주는 사람이 승배 군이었다. 출근하게 된 지 이삼일 후의 일이었다.

근무 시간 중에 사사로 볼일이 있어 외출하였다가 돌아오니까 승배 군은 문밖에서 기대리고 섰다가 무슨 비밀이나 이야기할 것처럼 외따른 곳으로 나를 끌고 가서는

"선생님 어디 갔다 오서요?"

하고 목소리를 죽여 가면서 묻는다.

"응 좀 볼일이 있어서……. 왜?"

"아니 글세……. 뭐 아무것두 아니지만……."

하고 승배 군은 말하기 거북한 듯 두 눈을 데룩데룩 굴리다가

"저…. 일후엔 외출을 하실랴거든 점심시간에 슬며시 나갔다가 오두룩 허세요. 과장 선생님요, 근무 시간에 외출하는 것은 아주 질색이시니까요."

"그래…. 고맙다. 일후엔 주의허지." 하고 말했더니 승배 군은 고맙다는 말에 약간 당황한 듯 얼굴을 볼그래하니 붉히며

"아니 그렇단 말씀입니다. 그래두 꼭 시간 중에 나가 보서야만 할 일이 있을 땐 모자를 쓰지 마시구 맨머리 바람으루 나가심 되죠. 편지루 될 일이람 제가 갔다 와 드리께요."

하고 말하며 싱글 웃어 보이는데 그 웃을 때의 승배 군의 눈은 놀랍게도 정답게 보였다.

나는 일찌기 이렇게 아름다운 시선에 부댔긴 기억이 없었다. 그것은 오래전부터 무진 애를 써가면서 찾어도 찾어도 종시 찾어내지 못

했든 그 무엇인가를 우연히 눈앞에 발견했을 그 순간의 놀램과 기쁨을 말하는 시선이었다.

그 시선에 부댓기는 순간, 나는 혹시 승배 군은 고아(孤兒)가 아닌가 하는 의문을 이르켰다. 부모 없이 남의 슬하에서 눈치밥으로 자란 아이들에게서 흔히 볼 수 있는 애정에 굶주린 그런 눈과 흡사하였기 때문이었다. 그러나 별안간에 그런 건 물어볼 수도 없고 해서 그날은 그대로 사무실로 도라와 버렸다.

그런 일이 있은 후로 승배 군과 나는 남달리 가까운 사이가 될 수 있었다. 물론 본심이 충직하고 어질어서 어느 직원에게나 헤아림을 받어 오는 승배 군이었지만, 승배 군 자신은— 내가 이렇게 말하는 것은 우습지만—어느 직원보다도 나를 가장 신뢰하였다.

소학교도 번번히 나오지 못했다건만 글씨로 보나, 학력으로 보나 중학교 삼 학년 실력은 넉넉하였고, 시방도 틈만 있으면 책을 붙들고 놓지 않았다. 그 책이 조도전 중학 강의록인 줄 나는 퍽 후에야 알었다.

승배 군은 그만치 배우는 데 열심이었다. 그리고 그의 또 하나 특징은 모르는 것을 그대로 지내 버리지 않고, 즉좌에서 곁엣 사람에서 물어보는 것이었다. 가령 잡지 같은 것을 읽어 내려가다가 모를 문구라든가 이해 못한 대목이 있으면 곧 책을 들고 내 곁으로 조용히 거러와

"오선생님 이거 무슨 뜻이애요?"

하고 묻군 하였다.

나도 승배 군에게 글 아르켜 주는 것을 가장 즐거운 일의 하나로 생각하였었다.

어느 따뜻한 봄날이었다.

나는 밀렸든 사무를 처리하느라고 두 시간은 더 늦게서야 퇴근하게 되였는데 나오려고 모자를 막 쓰는데 저만치 구석에서 책을 읽고 있든 승배 군이 벌떡 이러서 책을 펴처든 채 이리로 거러오드니

"오선생님 이거 무슨 뜻입니까?"

하고 손까락으로 책을 짚는다.

"손가락 끝을 보니 해후(邂逅)라는 두 자가 짚여 있었다.

"해후라구, 뜻하지 않었든 이를 우연히 만났을 때 쓰는 말이다. 가령 내가 부산이면 부산에 가서 우연히 너를 만나게 되었다면 그것두 해후지!"

"네 알었읍니다. 우연히 만났다는 뜻이군요."

"그렇지."

그리고 나는 가방을 집어 들면서

"넌 안 나가려니?"

하고 물었드니

"저두 곧 나가겠습니다."

"그럼 가치 나가자꾸나!"

하자 승배 군은 마치 그 말을 기대리기나 했든 듯키 "네." 하기가 바뿌게 책과 벤또를 웅켜 싸 들고 따라나서면서 싱글벙글 웃는다. 그 웃음을 보자 나는 또 한 번 승배 군은 고아가 아니었든가 생각키여서

"자네 집은 어디랬지?"

"하왕십립니다. 오선생님댁관 정반대 방향이죠."

"부모께선 다 계신가?"

지나가는 말 비슷이 물었드니 승배 군은 잠간 대답에 골란한 듯 머뭇머뭇하다가

"네…. 열일곱 살 난 기집애 동생두 있는데 걘 전매국에 댕기죠."

하고 묻지 않는 말까지 보태 말하였다.

"호― 전매국에 댕기는 누이동생이 있어…. 아버지두 어디 댕기시겠지?"

"네…. 마루보시*에서 인부 감독을 하시죠."

"그럼 낮엔 집엔 어머니 혼자만 게시겠군?"

"어머니두 어디 댕기셔요."

그러고 승배 군은 고개를 떠러트린 채 땅만 보며 거닐었다.

그 태도가 암만 해도 심상치 않았다.

필연코 그의 가정에는 무슨 곡절이 있음에 틀림없었으나 그 이상 더 캐여묻는 것도 부질없은 일이고 해서 화제를 돌려 버리고 말았다.

둘이 헤여져야 할 광화문 네거리에 다다렀을 때

"선생님은 저리로 가서야죠?"

하고 승배는 서대문 방향을 가르키며 묻는데 어쩐지 그는 헤여지기가 몹시 아쉬운 듯한 표정이었다. 그래

"우리 어디서 저녁이나 가치 먹지!"

하고 내가 종로께로 도라서니까

"뭐 댁으루 도라가세요. 저두 여기서 전찰 타겠읍니다."

---

* 마루보시[丸星] : 일제 강점기에 각 철도 정거장에서 물자 운송과 하역 작업을 전담하던 운송 회사. 이후 조선운송 주식회사로 불리다가, 해방 후 국영 회사가 되었다. 1962년 조선미곡창고 주식회사로 출발했던 대한통운으로 합병됨.

"특별히 볼일만 없으면 가치 가세. 내가 한턱 쓰지."

"별루 볼일은 없읍니다만…."

그러고 승배 군은 또 한 번 싱글 웃으면서 따라섰다. 얼마를 잠작고 거러가다가 승배 군은 문득 고개를 들어 나를 보면서

"오선생님은 부인두 게시구 애기들두 있구 그러세요?"

하고 뜻밖의 말을 묻는다.

"있지 왜?"

"아니 그저요…. 다 가치 게서요?"

"그럼…. 그건 왜 묻나?"

"아니요. 아이가 퍽 귀엽겠군요? 몇 살이얘요?"

"다섯 살 두 살 그렇치. 우리두 승배 군처럼 오누인데 큰애가 계집애지."

"네 그러세요. 퍽 귀여우시죠?"

"귀엽지. 그런데 그런 건 왜 작구 캐여묻나? 자네두 장가가 들구 싶은가?"

"선생님두…. 원 천만에…."

승배 군은 당황히 부인하며 얼굴을 붉키었다.

승배 군과 나는 종로 뒷골목 음식집에서 갈비를 먹기로 하였다.

"승배 군은 술을 마실 줄 아나?"

"술이요? 못 마실 것두 없겠지만 일생에 술만은 통히 입에 대지 않기루 했습니다."

"건 또 왜?"

"그저…. 선생님은 술 좋아허세요?"

"나두 못 마시네만….."

"잘하십니다. 원 술에 미친 사람이면 사람 노릇을 못허나 보드군요."

"그 점이 술이 좋은 건지두 모르지!"

"그래두 원….."

그리고 승배 군은 입을 다므러 버리고 만다.

승배 군은 사양 사양하면서 갈비를 세 접시에 백반을 두 그릇이나 먹었다.

"배가 터지게 먹었습니다".

이러설 무렵에 승배 군은 이렇게 인사말을 하였다.

거리에는 이미 황혼이 어리여서 종로 야시는 인파를 이루었다. 저녁은 먹었겄다, 산보 삼아 우리는 오래간만에 야시 구경을 하기로 하고 별로 살 것도 없으면서 이 가가에 기웃거려 보고 저 가가 앞에서 발을 머물고 하면서 탑골 공원 앞에까지 왔을 때다.

이리 밀리고 저리 부댓끼고 하는 그 혼잡한 가운데서 웬 중년 여인 한 분이 승배 코앞에 딱 머물러 서드니

"아이구 이게 승배 아니냐?"

하고, 주위엣 사람들이 모두 고개를 도리켜 볼 만큼 큰소리로 웨치며 승배의 두 손을 꽉 붙든다.

"아! 어머니….."

승배도 저 모르게 부르짖었다. 순간 그의 눈에서는 이상한 광채가 떠올랐다.

둘이는 잠시 억바처 오르는 감격과 흥분을 어찌할 바 몰라 서로 붙잡은 채 벌벌 떨고들만 있었다. 네 눈은 모두 뜨거운 눈물로 어리어

있었다.

이윽고 어머니라 불리운 그 여인은 승배의 팔을 끌다싶이 하여 비교적 어둡고 조용한 가가 뒤로 비켜서드니

"그래 그동안 다들 잘 있었늬? 승자두 잘 자라구?"

하고 정답게 물었으나 승배 군은 감격에 사뭇쳐 변변히 대답도 못하였다.

"승잔 학교를 마쳤겠구나?"

"채 못 마추구 시방 전매국에 댕겨요."

"저런…. 그래 아직두 너 아부진 술미치광이늬? 아직두 정신이 못 드렀늬?"

"………."

승배 군은 그 말에 고개를 떠러트릴 뿐이었다. 그 여인도 얼마를 잠작고 서서 수그린 승배의 덜미만을 눈 익여보고 섰다가

"승배야! 가까이 어디 좀 드러앉을 때 없늬? 우리 얘기나 좀 해 보게!"

하두 물어볼 말이 많어서 도저히 행길가에 서서는 안되겠다는 표정이었다.

그제사 승배 군은 고개를 들어 동행이였든 나를 찾느라고 두리번거리므로, 나는 이어 그의 앞에 나타나, 먼저 가겠노라고 말하였드니

"그럼 먼저 도라가 주세요…. 그리구 저…. 죄송되지만 돈 가지셨거든 일 원만 췌 주시면 고맙겠읍니다." 하였다.

아마 그 여인을 대접할 심산이었든 듯싶었다.

나는 일 원을 살며시 승배 군의 손에 쥐여 주며 그 여인에게 목례를 하고 헤어졌다.

혼자 도라오면서 나는 몇 번이고 승배에게 어머니라고 불리운 그 여인의 얼굴 모습을 눈앞에 그려 보았으나 승배 군은 그 여인과 통히 닮은 데가 없었다. 뿐만 아니라 좀 전에 승배 군은 제 입으로 집에 어머니가 있다 하지 않았든가.

　승자라는 것은 전매국에 댕기는 승배의 누이동생의 이름임을 어림할 수 있었고 아직두 너 아부진 술미치광이늬? 한 것으로 보아 승배 군의 아버지와 그 여인과는 과거에 녹녹지 않은 인연이 있었든 것만은 짐작이 갔으나 그렇다고 친어머니로는 믿어지지 않았다.

　어쨋든 승배 군의 가정에는 무슨 복잡한 곡절이 있고 그 곡절로 해서 승배 군의 성격이 오늘날처럼 쓸쓸해지고 침울해지고 한 것이 아닐까 생각되었다.

　이튿날 승배 군은 나를 만나자 "어제저녁은 실례했읍니다. 뜻밖에 마츰 게신 어머님을 만나 보게 돼서…." 하고 말하였다.

　"그야말로 해후였군 그래. 하하하."

　"참 그렇군요, 하하하 참말 해후였읍니다."

하고 승배 군은 따라 웃으면서 해후라는 말을 신기하게 되푸리하였다.

　그로부터 한 보름 지내서였다. 승배 군은 사흘간의 휴가를 마터 가지고, 친척의 혼인 잔치에 참예하러 그의 고향인 숙천으로 내려갔다 온 일이 있었는데, 고향에 댕겨와서부터 그의 얼굴은 알어보게 수심에 차 있었다. 웬일인지 통히 말이 없어졌고, 틈만 있으면 책상 앞에 멍허니 걸어앉어서 시름없이 먼 산만 바라보고 있는 품이 무슨 근심에 지친 사람 같았다.

　나는 조용한 틈을 타서 그에게 사연을 물어보아, 될 수 있으면 위안을 식혀 주려고 했으나 그럴 기회를 얻기 전에 승배 군은 병으로 인하야 몬저 눕게 되었다.

여름철에 한창 유행인 장질부사에 걸렸든 것이다. 내가 순화병원으로 그를 찾어갔을 때 그는 전연 의식을 잃고 있었다. 그의 곁에는 그를 간호해 주는 아무도 없었다. 병원 간호부의 말에 의하면 며칠에 한 번식 여동생이 찾어올 뿐, 아버지나 어머니는 얼신하지도 않았고 물론 문병객은 그림자조차 없었다는 것이었다.

나는 동료들에게 숨겨 가면서 각금 순화병원에 드나들었고 그럴 틈이 없을 때에는 전화로 병세를 알어보군 하였는데 달포 가까워 오자 병은 훨신 덜리여 갔다. 어느 월급날이었다.

퇴근 시간은 되여서 장부를 다 간직하고 막 나가려는데, 웬 십육칠 세 가량 되여 보이는, 한 손에 벤또 꾸레미를 든 소녀가 몹시 수접은 태도로 머뭇거리며 사무실에 나타났다. 묻지 않고도 대번에 이 소녀가 승배 군의 누이동생 승자임을 나는 알 수 있었다. 얼굴 윤곽이 길숙한 것과 눈자위가 깜으잡잡하면서도 어덴지 모르게 쓸쓸한 느낌을 주는 품이 승배 군과 흡사했든 것이다.

"네가 어떻게 왔늬? 요샌 옵바 병이 좀 어떻냐?"

나는 매우 친근한 아이에게 하는 말투로 대뜸 이렇게 이야기를 걸었다.

그렇잖어도 어떻게 이야기를 허여야 할지 쩔쩔매든 판에 승자는 큰 구원이나마 얻은 듯키 웃음 띤 얼굴을 약간 붉키며

"어제 댕겨왔는데, 정신 났에요…."

"아버지, 어머니두 각금 병원에 가 보시냐?"

"······."

네 하고 들릴까 말까 하게 가느다란 목소리로 대답하며 소녀는 무겁게 고개를 수그렸다.

그 순간 나는, 아차 너무 가혹한 질문이었구나 하고 후회하지 않을 수 없었다. 그래 화제를 얼른 돌리느라고

"그래 어떻게 왔늬?"

하였드니, 소녀는 순간 고개를 들어 수접은 시선으로 잠간 나를 처다보고 나서

"저···. 아부지께서 옵바 월급을 가저오라구 해서···."

"아, 월급···. 참 그렇군!"

순간 나는 언젠가 야시에서 만났든 여인이 승배 군에게 너 아부진 아직두 술미치광이냐 하든 말이 번개같이 머리에 떠올랐다. 월급날을 용하게도 기억해 두었다가, 제가 직접 오는 것도 아니요, 어린 딸을 식혀 아들의 월급을 낚어 가려는 그 태도가 도무지 비위에 거슬렸다. 아모려나 회게 보는 이가 벌서 퇴사했으므로

"오늘은 시간이 지냈으니 아버지더러 내일 아침에 도장을 가지구 와 주십사구 그렇게 말슴 드려 응! 미안하다만···."

이렇게 해서 돌려보냈다.

이튿날 아침 사에 나가니까 수위가

"오선생님, 손님이 와 기대리십니다."

하며 곁에 서 있는 마흔네댓 되어 보이는, 당꼬바지에 세비로 웃저고리를 입은 사람을 가르킨다. 도무지 모를 사람임으로 잠시 어리둥절해 섰노라니까, 그는 더벅더벅 몇 발거름 내게로 가까이 거러오드니

"당신이 오영삼 씨요? 난 승배란 놈의 아비되는 최윤길이오!"

하고 무두란이 없이 지꺼리는데 술 냄새가 코를 푹 찔렀다.

"아 그러십니까. 어젠 부러 앨 보내셨는데 참 실례했습니다."

나는 곧 그를 응접실로 안내하였다.

"승배란 놈이 노형에게 많은 총애를 받는다구 집에 오면 늘 말을 하드군요."

"원 천만에 말슴을……."

열흘 넘어 깍지 않은 턱 아랫수염을 쓰윽쓱 쓸면서 말하는데 그의 눈은 술에 얼근히 저러 있었다. 아침 해정을 조히 한 모양이었다.

"그런데 아시겠지만 승배란 놈의 월급을 주실까 해서."

하고 그는 호주머니를 부스럭거리드니 도장을 꺼집어내여 담배 부스럭지를 아모렇게나 후욱훅 불어 버린 다음 테불 우에 내밀어 놓으며

"앓는 놈두 이것저것 돈은 제대루 써먹는걸요. 허허허…."

"그러시겠죠, 퍽 근심되시겠읍니다. 요샌 좀 어떻습니까."

"네 그저 덕택에…."

하고 우물쭈물해 버리는 꼴악선이가 어째 수상쩍어

"각금 병원에 가십니까?"

하고 좀 가혹한 질문을 하였드니 그는 시침을 딱 떼고

"아 가 보다 뿐이겠오. 여편네와 내가 아침저녁으로 번가러 가 보죠. 자식 놈이 숙맥이여서 어디서 그런 병을…. 어제밤에두 병원에서 자구 시방 막 이리루 바루 온 길인걸요."

나는 깜짝 놀랐다. 어버이된 몸으로 자식에 대한 이런 거짓말도 할 수 있을까 싶었다.

이번 월급도 그러려니와 엽때까지의 승배 군 남매의 월급이 모두 이 사내의 술값으로 낭비되고 말았으리라 상상하니 눈앞의 사내가 아귀같이 보였다.

월급을 주어 보내고 나서도 나는 한종일 떠오르는 의분을 진정 식힐 바를 몰랐다.

입원한 지 석 달째 되는 어떤 날 다섯 번째 순화병원으로 승배 군을 찾아갔드니 그때에는 승배 군은 완전히 나아서 내일 퇴원하겠다고 말하였다.

"완차해서 얼마나 기쁜지 모르겠네."

하고 말하였드니

"여러분들 덕분에…. 살어는 났지만 어쩐지 앞날이 캄캄한 것 같습니다."

하고 승배 군은 시름없이 말하였다.

"왜 그런 소릴 허나. 이 비상시국에 자네 같은 청년이 그래서야 어디 되겠나?"

그 말에 승배 군은 움두쿰두 없이 오랜동안 깊은 생각에 골돌했다가

"오선생님 ·…."

하고 침통히 부르며 나를 건너다본다.

"응? …. 왜?"

"부끄러운 말씀입니다만 저는 이 병원에서 떠나게 되는 것이 오히려 슬퍼요."

"건 또 무슨 말인가?"

"전 집에 들어가기가 싫어요. 언젠가 선생님이 무르셨을 때 부모가

다 게시다고 했지만 그건 거짓말이었어요. 다 게시긴 게시지만 어머님은 친어머님이 아니애요. 말하자면 게모입니다. 그러나 말이 게모지 친어머니나 진배없이 우리 남매를 사랑해 주시는 어지신 어머니십니다."

"호— 그렇다면 더욱 좋지 않은가?"

"그렇지만 아버지가 도무지 집사람들을 못 살게 구십니다. 하로 한시도 술을 안 잡숫는 날이 없는데 자갸 월급이라는 것은 눈곱만밖에 안되니까 우리 남매 월급을 죄다 쓰고 그것두 모자라서 양말 공장에 댕기시는 어머니의 월급까지 야단야단 쳐서 빼서 내죠. 그래두 부족하니까 그땐 괜한 학패로써 집안사람들을 들볶죠. 그러니 어떻겁니까. 술이 취하면 주정으루 들볶구, 취하지 않으면 돈 내놓라구 들볶구…. 우리 남맨 아들딸 된 죄라구나 하려니와 어머니는 참 불상하시죠." 하고 승배 군은 눈물을 닦었다.

역시 내 추측이 드러맞은 모양이었다.

나는 댓구할 바를 몰라 잠작고 있노라니까 승배 군은 눈을 무겁게 떴다 감으면서

"언젠가 야시에서 만난 여인이 게시잖어요? 그분두 제 게모였어요. 그분 역시 지금 어머니나 못지않게 마음이 착하여서 우리를 친자식보다 더 귀해 하시면서 어떻게서든 일켜 살어 보겠다고 가즌 애를 써왔으나 그러면 그럴수록 아버지 눈 밖에 나서 마츰내는 쫓겨나다싶이 헤여졌지만 전 그 어머님의 은혜를 잊지 못해요. 참말 그런 아버지지만 이상하게도 여자 호리는 제주는 비상했든지 어디서 착한 분들만 걸려들거든요…."

"자네 친어머니는 언제 도라가셨나?"

"아버지말로는 내가 네 살이구 승자가 두 살 때 도라가셨다기에 그걸 정말루 믿어 왔는데, 접때 제가 시굴 댕겨온 일이 있지 않습니까? 그때 시굴 가서 먼 친척 되는 할머니에게 알어보니까 도라가신 게 아니라 아버지에게 버림을 받었다는군요. 부끄러운 일을 선생님께만은 염치 불고하고 말씀드립니다만, 어머님은 그 후에 어느 공장에 단니는 분과 재혼해서 곧 대판(大阪)으루 건너갔는데 시방두 고향으룬 각금 편지가 온답니다. 그 할머니 말씀이 여간 착한 어머님이 아니셨다구요……."

하고 승배 군은 그 애정에 굶주린 눈을 허공에 솟고 있었다. 그제사 나는 승배 군이 고향에 댕겨온 후로 더욱 침울해졌든 이유를 알었다.

"제 아버지 흠도 드러내는 것이 한없이 부끄럽습니다만 아버지는 안해도 자식도 안중에 없고, 오직 술만이 있을 따름이죠. 대판 간 어머니는 시방은 살림도 괜찮고 동생들도 여럿 낳다지만 시방도 편지 올 때마다 저이들 얘기뿐이래요."

하고 승배 군은 몹시 언짢은 낯색이었다.

"충고라두 해 보지 왜."

"충고요? 제가 몇 번이나 울며 말씀을 엿줘 봤겠습니까. 그러면 그때마다 공연한 매만 맞지요, 어린 승자와 애매한 어머니만 불상해요. 승잔 아직두 어머니가 도라가신 줄로만 믿고 있습니다. 승자루 말해두, 제가 쌈싸우듯 욱여서 겨우 소학교 사 학년까지 보냈는데 종시 졸업을 못 허구 전매국에 댕기게 됐죠. 새벽부터 어둡두룩 일해야 피천 한 푼 제가 써 볼라구요. 월급봉투를 고대루 고스란히 내놔야

단돈 십 전만 없어저도 벼락이 떠러지는 날이거든요."

나는 무엇이라 위로할 말조차 생각나지 않았다. 남의 아버지 된 몸으로 세상에 이렇게 악독한 자가 있으리라고는 생각조차 못했든 바였다. 얼마 후에야 겨우

"아버지가 그러시다구 자식이 자식 된 도리를 버서나서야 되겠나. 그러니까 내일로라도 집에 도라가면 온 집안사람들과 함께 진심으루 말슴을 드려보게. 한 번에 안 들으심 두 번, 두 번에 안 됨 세 번 백 번이구 천 번이구 깨우처 드리면 그래두 깨달으시는 날이 있겠지."
하고 조용히 타일렀드니 승배 군은 한참이나 잠작고서 무엇인가 열심히 궁리하드니

"글세 어쩌실는지요….."
하고 혼자말 비슷이 중얼거렸다.

그 후 가을이 지나고 겨울이 오고 하는 동안에 나는 몇 번이고 승배 군에게 가정 사정을 물어보았으나, 아버지는 일향 술에서 깨여날 줄을 모른다고 하였다 뿐인가, 요새는 타일르는 자식과 안해를 더욱 미워해서 참아 입으로 옮기지조차 못할 더러운 욕지가지를 막우 퍼붓는다는 것이었다.

나 자신이 한번 직접 만나 충고라도 하렸드니 승배 군은 후에 제게 미칠 앙분이 무섭다고 손잡고 말리는 것이었다.

날이 갈수록 승배 군의 우울증은 더욱 심해 갔다.

그런데 이듬해 봄인 지난 삼월 스무사흔 날— 바루 토요일 날이었다. 승배 군은 조용한 곳으로 나를 불러내드니

"선생님, 매우 죄송된 부탁이옵지만, 모레 월급에서 꼭 갚을 테니

돈 이십 원만 오늘 줴 주실 수 없겠읍니까?"

하고 매우 거북한 듯이 말하였다.

"왜? 또 아버지가 졸라 대나?"

"않요. 이번엔 제가 꼭 좀 쓸데가 있어서…."

"자네가? 정말인가? 아버지한테 야단 만날랴구?"

하고 농말 비슷이 웃었드니

"그렇지만 꼭 좀 쓸데가 있어서요…."

나는 더 묻지 않고 회게과에 가서 이십 원을 줴다 주었다.

다음 일요일은 집에서 지내고 월요일 아침에 사에 나오니 승배 군은 없고 뜻밖에 그의 편지가 기대리고 있었다.

오 선생님! 여러 가지로 선생님의 은혜를 많이 입었읍니다. 선생님이 이 글을 읽으실 때에는 저는 이미 현해탄을 건너갔을 것입니다. 미요시라는, 저와 친한 내지인 친구의 알선으로 대판에 가 공장에 드러가기로 하였읍니다.

지옥 같은 가정에서 소사나기 위한 최후의 수단이기도 하였지만 대판으로 가는 것은 친어머님을 보고 싶은 안타까운 그리움 때문이기도 합니다. 아버지는 지금 어머니와도 사흘 전에 드디어 갈라지고 말었읍니다. 이런 때 제가 뛰쳐나는 것은 자식 된 도리가 아니오나, 천만번의 충고보다도 지금은 아버지를 배반하는 것이 오히려 아버지를 위해서 효도라고도 생각했기 때문입니다. 단지 승자 생각을 하면 저도 가슴이 뻐개지는 듯 괴롭습니다. 집을 떠나기 이렇게 늦은 것도 승자 때문이였읍니다. 그러나 별수 없이 떠났사오며, 또다시 염치없는 부탁이오나 승자를 시급히

어디 딴 직장으로 옮겨서 당분간 아버지의 눈앞에 보이지 않도록 숨겨 주
시면 고맙겠읍니다. 제가 직장을 얻게 되면 곧 승자를 불러드리도록 하겠
읍니다. 떠나기 전에 자서한 말씀 사뢰려 하였사오나 눈물이 앞서 참아
입을 열 수가 없었읍니다. 췌 주신 이십 원은 월급에서 제해 주시기 바라
옵니다….

읽고 나서 나는 제 몸 한 구통이가 떠러진 듯이 섭섭하면서도 한량
없이 통쾌함을 느끼었다. 내가 승배 군에게 이십 원을 췌 준 것도 어쩌
면 무의식중에 승배 군의 출분을 바라는 심사에서였든 것도 같았다.

나는 부대부대 승배 군이 대판서 좋은 직장을 얻고 또 그렇게나 그
리워하는 어머니를 반가히 만나기를 충심으로 빌었다.

그리고 승배 군에게서 기쁜 소식이 있을 때까지 승자를 내 집에 다
려다 두고 절대 보호를 하기로 결심하였다.

참말이지 오랜동안을 두고 내 가슴에 얼켜 돌든 괴로움이 이 편지
한 장으로 탕 티이는 듯 나는 근래에 처음 통쾌함을 느끼었다.

추야장(秋夜章)

상전간월광 의시지상상(牀前看月光 疑是地上霜)

거두망산월 저두사고향(擧頭望山月 低頭思故鄉)[*]

— 이백(李白)

격에 없는 한시를 뒤적어리기 시작한 것도 가을밤이 하두 긴 탓이
었든지 모른다.

일 년 두루 가야 책꽂이에 꽂아 둔 채 별로 거들떠보지조차 않든
당시선(唐詩選)을 이날 밤 따라 뒤적어려 본 것도 기의하다면 기의한
인연이었다. 가위 명일이 래일인 — 오늘이 바루 열나흔 날이고 보니
밖에는 달도 밝으리라 싶어 이태백의 이 시가 나에게는 실감으로 새
로웠다.

그러잖아도 수십 년 내로 가위 명절에는 으레 떡을 먹어 오다가 금

---

[*] 중국 당나라의 시인, 이백이 고향을 그리워하면서 쓴 오언절구(五言絶句). '침상 앞 달빛을
바라보다가 서리가 내렸는지 의심하였네. 고개를 들어 산에 걸린 달을 보다가 머리 숙여
고향을 그리네'란 뜻.

년만은 도저히 가망이 없어 은근히 고향을 그리워하든 판에 또 이런 글을 읽게 되니 향수는 더욱 간절하였다.

나는 이 오언절구(五言絶句)를 몇 번이고 암송할 정도로 되푸리해 외이다가 책을 접어 보며 살며시 방문을 열었다.

아니나 다르랴 달빛은 넘칠 뜨시 뜰에 흐르고 있다. 그야말로 서리가 아닌가 싶게 차고 밝은 달빛이다.

나는 전등을 끄고 헌 신짝을 끌며 뜰로 내려섰다.

앞집 집웅 우으로 항아리만 한 둥근달이 우러러보인다.

구름 한 점 없이 맑게 티인 밤하늘이라 별도 드물었다. 달이 좋기로 말하자면 춘하추동 사시절치고 가을철이 제일이요 가을철치고도 가윗 달이 으뜸이라는 그 말이 바로 저 달인 것이다. 우리 시골서는 저 달을 떡달이라고도 하나니 가위 명절에는 반다시 떡을 만드러 먹는 풍습에서 생겨난 말인 것이다.

해마다 팔월 열나흗 날 저녁이면 동네방네의 이 집 저 집서 떡 찟는 절구 소리가 요란해서 달빛에 저즌 강산이 밤새껏 즈르렁즈르렁 울리였고 허기지든 판에 인절미며 흰무리며 송편이며를 흐벅지게 먹고 난 소년 소녀들은 모두들 마을의 한복판에 있는 김참봉네 마당에 모여서 '옥잡기'며 숨박꼭질 노름으로 달과 함께 긴 밤을 즐겁게 새이는 것이었다.

확실히 팔월 가위는 농촌에 있어서는 소년 소녀들의 명절이나 어른들에게도 다시없을 풍성스러운 명절이기도 했다.

정초가 좋기는 좋으나 섯달그믐 빗쟁이 서슬에 간이 쪼라들 지경이고 오월 단오는 양춘가절 호시절이라 흥이 겨울 법도 하나 앞으로 다사다난한 농번기와 뒤으로 꼭두를 덮누르는 춘궁에 긔가 질려서 사지를 못 펼 지경이건만 가위 명절로 말하면 일 년 농사 다 지어 놓고 논에 밭에 익어 가는 오곡을 조석으로 바라보는 거둠의 시절이니 제 흥에 겨워서 격양가 한 마듸쯤은 저절로 우러날 명절인 것이다.

아모리 빈한한 집에서도 이 명절에 만은 떡을 치는 것이었다. 각각 구미와 주부의 솜씨에 따라 어떤 집에서는 인절미를 치고 어떤 집에서는 시루떡을 찌고 어떤 집에서는 송편을 빗고 또 어떤 집에서는 흰떡을 만들게 된다. 이리하여 마을은 별안간에 떡의 저자를 이루게 돼나니 그래서 시루떡은 인절미와, 송편은 흰떡과, 또 혹은 인절미는 송편과, 시루떡은 흰떡과 서로서로 바꿈질이 시작돼여 등장같이 밝은 달빛 아래 떡 그릇 안은 여인네의 그림자가 쉴 새 없이 오락가락하는 것이었다. 그렇게 해서 어른들은 어른들대로 아이들은 아이들대로 밤을 새이다가 새벽닭이 첫 회를 치면 모두들 다례상(茶禮床)을 베프러 놓고 제사를 지내고 날이 밝자 이여 새 옷을 떨처 입고 탕건에 갓 바처 쓰고 선형으로 성묘를 떠나는 것이었다.

봄 내 여름 내 때와 땀에 절은 베옷을 깨끄시 빨내한 무명옷으로 바꾸어 입는 것도 가위 명절의 행사의 하나인 것이다.

가위 명절은 하로만으로 끝이 나지를 않는다. 아모리 게으른 사람이라도 삼대 조상까지는 성묘를 하였고 좀더 진실한 사람은 오대 육대 조상의 성묘까지 하는데 산소가 모두 가까이 있는 것도 아니요, 또 같은 방향만도 아니므로 이를 사흘 두고 삼사십 리 내지 백여 리를 왕복하지 않으면 않 되는 경우도 두간하였다.

명일을 지내고 나서도 얼마 동안은 마을에서 떡 지지는 기름 내음새가 하로도 가실 줄을 몰랐다….

나는 뜰에 홀로 나서서 떡달을 우러러보고 오늘 밤 고향에 버려졌을 가지가지 잔치를 순서 없이 상상하며 불현듯 이 밤으로 달려가고 싶은 충동을 몇 번이고 느끼었다. 바람은 없건만 논과 밭에 무르익은 오곡의 이삭과 이삭 갈리는 사르락 소리가 귀에 스치는 듯하였고 마을 앞 누동에서 '옥잡기' 하는 어린 적 동무들의 아우성이 작구만 들려와서 저절로 가슴이 울렁거렸다.

달은 어느덧 앞집 집웅에서 힐신 소사 반공에 덩그런히 떳다. 나는 담배를 몇 대고 고처 피여 물고 좁은 뜰 안을 연자말 돌듯 하며 고향 생각에 잠겨 있었다. 정신을 뽑힌 채 얼마를 그렇게 배회하고 있노라니까 문득 대문 밖에서 안해의 말소리가 들녀왔다. 애들을 데리고 달구경 나갔든 안해가 시방 도라오는 모양이었다. 갓득이나 오매로 고향이 그리워서 도무지 서울 살림에는 재미를 붙일 수가 없다는 안해 앞에서 나마저 고향 그리운 빛을 보여서는 안되겠다고 나는 안해가 채 대문 안에 드러서기 전에 불이낳게 내 방으로 드러와 전등을 켜고 다시 당시선을 뒤적어리고 있었다. 그리자 삐걱 대문 소리가 나고 뒤이여

"아버지 잇수?"

하고 고함치는 것은 다섯 살잽이 둘째 딸년이었다.

"응?"

제법 책 읽기에 골돌한 듯키 경황없는 대답을 했드니

"아부지! 나와 달구경해요! 저 달 좀 봐! 두─ㅇ글헌 달."

하고 이번에 서두는 것은 일곱 살잽이였다.

나는 신통스럽게 댓구는 않으면서도 저 어린것들도 달을 바라보는 동안에 까마아득하게 잊어버렸든 고향을 다시 생각해 낸 것이나 아닐까 하고 궁리하였다. 참으로 달을 보고 향수에 젓는 것은 인간이 숙명적으로 타고 난 일종의 본능인 것 같았다.

하지만 나는 어린것들의 권유도 물리치고 완강히 책상머리를 직히고 있었다. 하로 한 시도 고향을 잊어버리지 못하는 안해는 급필코 오늘 밤에도 고향 생각에 혼자서 몇 방울의 눈물을 훔쳤을 것을 상상하니 감정이 잔뜩 부프러 올랐을 안해 앞해서 섯불리 내가 고향 이야기를 꺼집어냈다가는 공연히 집안 공기를 살란케 할 것 같아서였다.

그러나 안해는 나를 가만히 내버려 두지 않았다. 그는 나의 방문을 사르르 열고 디려다보드니

"여보! 따분허게 책만 읽구 있지 말구 저 달구경이나 좀 허세요."

하며 신발을 바루 놓아 주는 것이다.

"늘 보는 달을 새삼스럽게 구경은 무슨 구경인구."

나는 객적은 대답을 하였다.

"늘 본다구 다 같은 달인 줄 아세요? 같은 달이라구 감회가 다 같을 나구요? 그래 가지구 소설을 용히 쓰시네."

"달구경과 소설과 무슨 관연이 있든구?"

나는 책을 접어 밀며 이렇게 댓구를 놓았다.

"달구경은 소설과 직접 관연은 없겠지만 달이면 다 같은 달루만 생각허시는 그런 무딘 감수성을 갖이구서야 어떻게 소설을 쓰시느냐 말이죠."

안해가 유난스럽게 날카로워진 것도 아마 달구경에서 얻은 흥분

의 여파인 듯싶었다.

"허 이건 공격이 맹렬한데― 어디 그럼 나두 달구경을 좀 해 볼까."

나는 어슬렁 이러서 다시 뜰로 나섰다.

"허…. 딴은 밝은 달이로군!"

나의 입에서는 영탄사가 절로 우러나왔다.

"고향 생각 안 나서요?"

안해는 또 추궁이다.

"고향 생각은 안 나두 떡 생각은 나는걸."

"고작 떡 생각뿐얘요?"

안해는 확실히 경멸하는 말씨였다.

내외가 잠시 침묵에 잠겨 있는 동안에 아이들은 열다서 살짜리 심부름 애와 함께

달아 달아 밝은 달아

이태백이 노든 달아!

를, 그리 익숙치 못한 곡조로 합창을 하고 있었다.

그 노래에 나는 또 한 번 놀라지 않을 수 없었다. 내가 이태백의 「정야사(靜夜思)」라는 시에 감동한 것과 아이들이 달아 달아 밝은 달아를 부르고 있는 것과의 이 우연한 일치를 나는 어떻게 해석해야 할까. 우연한 일치라면 그뿐이겟지만 나에게는 어쩐지 거기에는 우연 아닌 어떤 필연이 잠재해 있는 것같이 느껴졌었다.

"시굴서들은 지금쯤 떡 만들기에 한창 바쁠 거얘요."

안해는 불쑥 또 이런 말을 하였다.

"웬걸, 금년에야 배급 쌀에 그런 여유가 있을나구."

"그래도 시굴서들야 어떻게 헐 수 있을 거애요."

"글세 모르겠군……."

내외는 또 잠작고 각기 제대로의 생각에 잠겼다.

아이들은

옥도끼로 찍어 내고
금도끼로 다듬어서
초가삼간 집을 짓고
양친 부모 모서다가
천년만년 살고지고
천년만년 살고지고

하고 서로서로 손을 맞잡고 달을 우러러보며 노래를 부르고 있었다.

초가삼간 집을 짓고
양친 부모 모서다가….

나도 입속으로 따라 외이며 짜장 서울 살림을 집어치고 고향으로 도라가 홀어머님의 여생을 즐겁게 해 드리면서 흙이나 파며 일생을 보낼까 하고 궁리하였다.

나는 문득 작년 가위 명절에 어머님이 우리에게 주신 글월을 회상하였다.

> … 어느 한날한신들 너이들 생각을 잊어버리는 날이 있겠느냐만 온 가
> 족이 모두 한자리에 모이는 명일날이면 이 자리에 함께 참석하지 못하는
> 너이들 네 식구 생각이 더욱 간절타. 네 편지에는 서울서두 가위 명절에
> 는 떡을 해 먹는다고 했지만 내 눈으로 보지 못하니 마음 놓이지 않는다.
> 더구나 흰무리는 네가 좋아하는 떡이기에 다못 조금이라도 부처 주었으
> 면 싶으나 시방 세월에는 그것도 안된다 하니 못 부치는 내 마음이 몹시
> 섭섭하다…….

이런 사연의 서투른 언문으로 원고지 석 장에 그득히 씌여 있었다.
(원고지는 내가 시골을 떠날 때 남겨 두고 온 것으로 어머니는 편지 쓰실 때에
는 반다시 그 원고지를 사용하셨다.)
어머님은 이러틋 우리를 생각해 주시는데 우리는 자식으로서의
도리를 요만치도 못 감당하고 있어 이런 조용한 밤이면 문득 괴로움
이 느껴지군 한다.
오늘 밤도 어머님은 아들이 좋아하는 흰무리를 앞에 놓고 밤새껏
우리들을 생각하실 것임에 틀림없었다.
"여름에 참었다가 이번 명절에 댕겨올 걸 그랬어요."
안해도 여태 고향 생각만 하고 있었든 듯 이렇게 말한다.
지난 여름에 안해는 시원한 바람도 쏘일 겸 시굴에나 한번 댕겨오겠
다고 해서 찻싹을 각까수로 취해서 고향에 단겨오게 한 일이 있었는
데, 그때에는 꼭 여름에 단겨오면 여한이 없겠다고 하드니 정작 가위

명절이 되고 보니 여름에 단겨온 것을 후회하는 것이다. 말하자면 안해는 여름은 여름대로, 가을은 가을대로 고향이 그리운 모양이었다.

"명년에는 가을에 내려갔다 오구료."

"글세……. 한 해를 어떻게 기대리나 지루해서."

안해는 혼잣말 비슷이 중얼거리고 나서 얼마를 우두커니 달만 처다보고 섰다가

"참 여름에 내려갔을 때 '장손 어멈'을 맡났는데 지금은 살림이 여간 피지 않었다는군요."

한다.

"장손 어멈?……."

하고 수이 생각나지 않어 반문하였드니

"아 왜, 언젠가 떡 소내기 맞은 장손네라구 있잖어요? 서당골 언덕바지에 사는 장손네 말유…."

하고 안해의 수심스럽든 표정이 금시로 우숨으로 변한다.

"옳−아! 떡 소내기 맞은 장손네 말인가! 알지 알어! …. 그래 그 집이서 요샌 살림이 좀 피였나?"

"피여두 여간 피이지 않었다는데요. 작년 가을에는 묶은 빗까지 다 갚구 오백여 원이 남었대요."

"허…. 거참 듯든 중 반가운 소식이로군! 떡 소내기 맞든 해 같어서는…."

"참 그때 장손네가 떡 소내기 맞든 일을 생각허믄 자다두 우숴 죽겟어요. 이래저래 해두 시굴은 인심이 후해서 좋아요."

장손네의 떡 소내기 맞은 일은 일시 고향에서도 한 화젯거리였든

일이다.

벌써 몇 해나 됐을까— 장손네는 하두 살림이 구차해서, 남부녀대로 선조의 뼈가 무친 고향 땅을 등지고 눈물을 먹음으며, 압녹강을 건너 만주로 떠나게 되였었다. 허나 당국의 알선을 받어 갖이고 건너 갔드라면 문제없었을 것을 무작정하고 건너갔으니 후원해 주는 사람이 있을 턱도 없었다. 각까수로 해서 몇 말지기 농사랍시고 지어 놓고 나니 설상가상으로 홍수가 나서 곡식이라고는 한 알도 거두지 못하였다. 그래서 일 년이 채 못된 가위 명절 조금 전에 장손네 식구는 다시 고향으로 도라오지 않을 수 없었든 것이다. 그리자 명절이 당도해서 남들은 모두 떡을 치느라고 야단법석이였으나 장손네만은 떡은커녕 조석거리가 마루하였다.

그런데 누구 입에선가 장손네가 떡을 못한다는 소문이 마을에 한 번 펴지자 마을에서는 먼저를 다토아 가면서 우리두 우리두 하고 장손네 집으로 떡을 갖어갔다. 그래서 장손네는 별안간에 떡 소내기를 맞은 셈이었다. 집 안에도 부엌에도 떡이 그득하였다. 사발이며 밥그릇이며 바가지며 이남박이며 집에 있는 그릇이란 그릇에 죄다 떡을 담었으나 그러고도 남어서 나종에는 솥에까지 그득해졌었든 것이다.

참말 그런 일은 인심이 후박하고 인정이 무르녹는 시골이 아니고는 도저히 볼 수 없는 아름다운 풍경이였다. 장손 어멈은 처음 몇 집에서 떡을 받을 때에는 반갑고 고마웠으나 다음에서 다음으로 작구만 연다러 갖어오는 바람에 나종에는 고마움보다도 부꾸러움이 앞서서 떡을 그득히 앞에 받어 놓고 내외가 밤새껏 가난을 탄식하며 울었다는 것은 마을에서는 유명한 이야기꺼리였었다.

안해가 말하는 '떡 소내기'란 그 일을 두고 이름인데 그 장손네가 시방 와서는 오백여 원 돈이 밀리게 되었다니 듯는 나의 마음도 반갑기 한량없었다.

안해와 내가 그런 이야기를 주고받는 동안에도 연성 노래만 부르고 있든 아이들은 인젠 노래에도 실증이 난 듯

"엄마! 방에 드러가 배 먹어요 응!"

하고 간청이다.

달구경에서 도라오는 길에 배를 사 온 모양이었다.

우리는 달을 아끼면서 방으로 드러와 배를 나눠 먹었다. 배에서 고향 내음새가 풍기는 듯해 나는 정성스러히 먹으며 먹는다느니 보다 향기를 즐기고 있었다.

"시골서들은 내일은 산소에 가서 밤[栗]을 따 먹겠죠? 아마."

안해는 배를 먹으며 산소에 갔을 때의 기억을 더듬는 모양이었다.

우리 집 선형[先塋]은 고향 집에서 한 이십 리 떠러진 곳인데 산소 앞에 밤나무가 있어서 성묘 갔든 길에 반다시 밤을 따 가지고 오군 하였다. 말하자면 성묘 가는 것은 또한 요새 유행하는 즐거운 하이킹 노리이기도 했었든 것이다. 그러나 언제까지고 안해가 고향 생각에 잠겨 있게 하는 것은 말하자면 지금의 생활은 불행으로 인도하는 결과가 될 것을 우려해서 나는 슬적

"밤이야 여긴들 얼마든지 있지. 의정부나 안양에 가면 지천한 게 밤인걸."

하고 나는 어느듯 잠들어 버린 아이들을 바라보며 말하였다.

"아이구 어떻게 빗싸다구요. 더구나 시내에선 십 전에 군밤은 여덜

개밖에 안 주는걸요. 애들이 하두 먹겟다구 졸라서 각금 이삼십 전어
치 사 주기는 해두 감질만 내는걸요."

"감질만 내지 말구 먹겟다는 대루 사 줄 것이지!"

"십 전에 여덜 개 주는 걸 무슨 돈다리에 먹겟다는 대루 사 준단 말유?"

"돈 원어치면 시들해질 걸 가지구 뭘 그러누?"

"돈 원이라는 돈이 당신껜 그리 적어 뵈우? 십 원짜리 하나 터치면
아모것두 산 건 없는데 획닥 다러나군 하니깐 돈지갑 열 때마다 간이
달랑거려서 못 견듸겟읍니다."

"돈은 쓰자구 마련된 것인데 쓸데는 써야지 안 쓰구 벌벌 떨면 능
산가?"

"홍! 한가하신 소릴 다 허시는구료. 당신은 나댕기니까 태평세월이
지만 살림을 한번 마터 봐요. 돈 미천은 빤히 듸려다뵈는데 쓸데는
수두룩해서 나오느니 한숨뿐이라우."

"있는 대루 다 쓰구 나서 돈 떠러진 뒤에 쉬여두 늦지 않을 한숨을
미리부터 앞찔러 쉴 건 뭔구!"

"홍 당신은 늣장이 대단허구료…. 시골선 돈이 떠러저두 별루 근심
되질 않었는데 여기선 돈이 말러가믄 기분부터 쩔쩔매지는걸요."

"너무 돈돈 허지 말어! 사람이란 돈만으루 사는 게 아니야! 돈을 위
해 사는 사람이 있다면 그야 더부러 말할 바 못되는 사람이지 뭐야!"

그 말에 안해는 오랜동안 잠작고 있다가

"난 금방이라두 시골루 내려가고 싶어요."
한다.

나는 안해의 이 진정에서 우러나오는 욕망에 가슴이 뭉쿨해 옴을

느끼었다. 우리[欄]에 가친 들즘성이 오매로 광야를 그리워하듯 안해는 자나 깨나 고향 생각뿐인 것이 아닌가.

나라고 고향을 잊어버린 것은 물론 아니다. 기분이 너그럽고 인정이 풍성스러운 시골 살림이 싫은 것도 아니었다.

허지만 사내 대장부가 일생의 먹목을 손바닥만 한 땅덩어리에 걸고, 그것만을 무슨 신주이기나 한 것처럼 부둥켜안고 떤다는 것은 너무나 가엾는 일이므로 일가족의 반대를 떠제치며 나는 서울로 살림을 옮겼든 것이다. 그 후 삼 년 동안의 살림이 안해에게는 줄곧 곤궁의 연사였으므로 안해는 자연 시골만을 그리워했으나 나는 군색한 살림 속에서도 어떤 보람을 느껴 왔었다. 허나 나의 보람이 그대로 안해의 보람이 돼지 못하였다는 것은 더없이 슬픈 일이 아닐 수 없었다.

"당신은 늘 고향 얘기를 허지만 고향이라는 것두 이렇게 멀리 떠러저 있으니까 좋게 생각되지 그 속에 묻혀 살면 따분하긴 일반일 거요. 도대체 사람의 살림이란 것이 워낙 따분헌 것이니까…."
하고 나는 말하였다.

"허지만 고향 가믄 맘이야 시언헐 게 안여요?"

"그건 천박한 생각이야! 실상은 지금의 당신 처지가 가장 행복스러울 거요. 왜 그런고 하면 언제든 한번은 고향에 도라갈 수 있다는 기대 속에 사는 것처럼 행복스러운 일은 없으니까 말요. 부모가 도라가신 후에야 비로소 부모의 참다운 은혜를 깨달을 수 있드시, 멀리서 고향을 그리며 산다는 것이 행복이 아니구 뭐겠오. 인제 가령 고향으로 도라간다면 처음 몇 날 동안은 행복을 늦낄지 모르나 이여 그 행복을 잃어버리게 될 거요. 지금처럼 떠러저 있으면 언제든지 마음은 기대에 차 있을 것이니까….”

“그럼 현실적인 행복이라는 건 도무지 없게요?”

하고 안해는 의아해 한다.

“그러치! 원측적으루 행복이라는 것은 한 개의 꿈에 지나지 안는 거지! 남이 보기에는 행복스러워두 그 자신이 그걸 늣끼지 못한다믄 그 사람에게는 행복이 아니니까…. 어쨌든 행복이란 꿈이 현실화하기 직전 순간을 이름일 거요. 코롬부스가 일생에 가장 참된 행복을 맛본 것을 아메리카 대륙을 발견했을 때가 아니라 대륙을 발견하기 직전 순간이였다는 것은 유명한 이야기가 아닌가. 그런 의미에서 지금 당신은 가장 행복스러운 사람이요.”

나의 말에 안해는 생글하니 이해할 수 없다는 우슴을 웃을 뿐이었다. 그래 나는 다시

“자— 그럼 또 한 가지 실예를 들어 볼까…. 우리 고향에 ‘박통소 영감’이라는 늙은이가 있었든 것을 당신은 아마 모르지!”

“박통소 영감이요! 몰라요.”

하고 안해는 도리질을 하였다.

“당신 시집오기 훨신 전이였으니까 모를 테지…. 어쨌든 박통소 영감은 한때는 우리 시골서 남부럽지 않게 살았는데 어떤 해 졸지에 안해와 딸이 죽어 버리고 박영감 혼자 남게 되었거든! 그래 박영감은 가장즙물과 집을 파러 버리고 세상 구경을 떠나기루 했었지. 헌데 그 영감이 해마다 팔월 가위 명절에는 반다시 고향에 도라오군 했거든. 도라와서 하는 말이 타향에나 나도라댕기니까 고향이 그리워 못 견듸겟드라구. 그래서 다들 있다가 그럼 고향에 다시 도라와 살 거지

왜 또 타향으루 떠나군 하느냐구 물었드니 그때 대답이 아주 명답이야! '정작 고향에 도라오면 신통한 줄두 모르겠는데 떠나기만 하믄 그리워지니까, 떠도라댕기면서 고향을 그리워하는 것이 오히려 행복스럽습니다.' 이렇게 말하였다니 그 얼마나 명언이요. 말하자면 당신두 지금 그 박영감이나 마찬가지로 행복일 꺼요."

말을 마치며 나는 안해를 처다보았다.

"아이! 당신은 꾸며 대긴 잘해요!"

안해는 웃으면서 고개를 수그리는 폭이 짜장 부인하는 표정은 아니었다.

"꾸며 대는 게 아니라 나는 사실을 사실대로 얘기했을 뿐이요."

"글세 알어요…. 그래 그 박통소 영감이라나 한 영감은 아직두 살었어요?"

"버-ㄹ서 도라가셨지."

"타향에서 도라가셨나요?"

"아니. 고향에서…."

"마침 고향에 도라왔을 때 병이 나섰든가요?"

"웬걸! 그때두 역시 타향으루 도라댕겼는데 하루는 꿈에 조상이 나타나서 네 앞날이 멫칠 남지 않었으니 어서 바삐 고향으로 도라가라구 그러드러나! 그래서 몹시 치운 겨울인데 허둥지둥 고향으로 도라왔지! 도라와서는 곳 탈이 나서 이내 죽었어!"

"어쩌믄…. 그 영감두 아마 나만치나 고향을 그리워했든 게죠? 아모러나 그 영감은 행복되게 죽었을 거애요."

"아마 그랬겠지…."

얼마 동안 고요한 침묵이 흘렀다.

그리자 여태 이야기에 취해 미처 깨닫지 못했든 뀌뜨람이 소리가 고요히 들려왔다.

"뀌뜨람이가 우는군요!"

안해는 꿈에서 깨혀난 듯 머리를 살며시 들며 혼잣말 비슷이 중얼거린다.

어느듯 밤이 깊어 옆집 라디오도 소리를 그쳤다.

나는 내 방으로 건너오려고 막 이러서는데 봉천 행 열한 시 밤차가 요란스러운 기적을 울리며 집 앞을 지나갔다.

"아유 벌서 열한 시군요…. 저 차는 래일 오정이믄 신의주에 가 닿는다죠!"

안해는 다시 한 번 고향을 생각하는 모양이었다.

"우리두 저 찰 탈 때가 있을 테지! 모든 것은 운명의 궤도가 있는 법이니 운명의 때가 오면 박통소 영감 모양으로 우린들 어련히 고향으로 도라갈라구!"

하며 나는 내 방으로 건너와 자리에 누었으나 오랜동안 고향 생각에 잠을 잃고 있었다.

고향을 생각하기에 가을밤은 길어서 좋았든 것이다.

사랑의 윤리(愛の倫理)

소독약 냄새가 코를 찌를 것 같은 새로운 가운에 한 팔을 집어넣으면서 수술실에 들어가려는 참이었는데

"현 선생님! 저! 전화 왔어요."

하고 접수 담당 간호부가 쫓아오듯이 달려와서 입가에 미소를 머금으며 말했다.

"나에게?"

간호부의 표정으로 여자에게서 온 것이라고 짐작하자, 현경명(玄慶明)은 쑥스러움을 숨기려고 엄지손가락으로 자기 가슴을 가리켜 보였다.

"네……"

"누구한테서?"

"글쎄요, 정확히 전할 수 없는데요, 이 뭐라고 했어요."

"이?……. 누구일까……."

현은 혼잣말처럼 중얼거리면서 빠른 걸음으로 걸어가서 수화기를 귀에 갖다 대고

"여보세요. 난 현인데요……"

라고 약간 들뜬 어투로 말했다.

"현경명 씨……! 나예요. 알겠어요?"

튕기면 울려 퍼질 것 같은 탄력이 풍부한 아름다운 목소리가 전화 선을 타고 왔다.

"아, 옥채(玉彩) 씨네요. 언제 돌아오셨나요."

현의 얼굴에는 갑자기 기쁨이 넘쳐 났다.

"오늘 아침이요!"

"오늘 아침? 예정보다 빨랐군요."

"네, 예정보다 열흘 정도 빨리 돌아왔어요! 산에는 가을이 달음질 치듯이 찾아오니까요. 아침저녁은 추워서 도저히 견딜 수 없었어요."

"올케와 미짱(美っちゃん)도 같이 왔어요."

"네, 미짱은 많이 건강해졌나요?"

"그래요. 좋아졌어요."

"당신은 여전히 바쁜가요?"

"아, 눈코 뜰 새 없이 바빠서……. 오늘도 지금부터 맹장염 수술이 둘이나 있어요."

"어머, 토요일인데도……. 참 안됐네요. 산에서 선물을 가져왔는 데, 우리가 당신을 초대하려고 지금 전화를 한 것인데요……. 그럼, 지금은 안되겠지요?"

"지금은 못 가겠어요. 왜냐하면 환자가 수술실에서 누워서 기다려 서……. 네 시 이후라면 손이 빌 것 같으니까, 그때 찾아갈게요."

"네 시? 좀 늦네요. ……. 하긴 어쩔 수 없죠, 그럼 꼭."

"꼭 갈 테니까 맛있는 요리 많이 만들어 주세요."

"네, 그럴 게요. 하지만 입에 맛있는 것 말고 귀에 맛있는 거라도 괜찮겠지요?"

"귀에 맛있는 거요. 산 이야기군요. 하하하, 그것도 괜찮아요! 그럼 이따가……."

수화기를 내려놓은 후에도 현은 잠깐 그 자리에 서서 생각에 잠겼다.

저 세 사람— 옥채와 미망인인 올케 정온(貞溫)과 그의 딸 미짱과 꽤 오래 만나지 못했다.

미짱의 가슴이 좋지 않아서 요양 겸 셋이서 석왕사(釋王寺)에 갔던 것이 7월 중순경이었으니까, 그때부터 벌써 두 달이 되었다. 물론 옥채는 항상 산에서 지내는 생활을 눈앞에 보듯이 자세히 적어서 보내오고, 정온도 두 번 정도 간단한 편지를 주어서 셋의 일상생활은 직접 보는 듯했지만, 막상 셋이 돌아와 금방이라도 만날 수 있다고 생각하니 현은 왠지 자꾸 가슴이 두근거렸다.

현과 옥채는 주변 사람들이 약혼자라고 부를 정도로 친하게 사귀고 있는 사이이며, 사실 당사자 간에 마음만 정하면 언제든지 인정받을 수 있는 약혼이었다. 두 사람의 약혼이 미루어지는 것은 엄밀히 말하면 현의 마음이 아직 확정되지 않았기 때문이다. 그는 옥채를 좋아하지만 올케 정온을 더 좋아했다. 그의 번뇌는 거기에 있는 것이었다.

수술 중에는 당연히 옥채를 생각할 여유가 없었다. 첫 환자의 수술을 마치고 두 번째 환자가 운반되어 오는 것을 기다리는 동안에 그는 벽 유리창에 몸을 기대고 긴장에서 해방된 멍한 시선을 창문 너머에 있는 마당에 보냈다.

구월이라도 탈 것 같은 오후의 태양이 넘치듯이 마당을 내리쬐고 있다. 그러나 계절은 속일 수 없듯이, 구석에 있는 오동나무의 잎은 군데군데 좀먹은 것처럼 찢겨 있었다. 파랗게 우거진 잡초에 섞여 두세 줄기의 패랭이가 꽃을 핀 채 남아 있었다.

패랭이꽃이 눈에 들어오자, 현은 문득 산에는 가을이 달음질치듯이 찾아온다는 옥채의 말이 생각났다. 패랭이는 옥채와 같은 꽃이라고 생각했다. 아니, 옥채를 패랭이와 같은 여자라고 하는 편이 적절할지도 모르겠다. 얼굴 생김새도 청초하고, 어딘지 모르게 청결함이 느껴지고, 가을 하늘처럼 맑게 갠 눈을 그녀는 지니고 있었다.

'옥채가 패랭이라고 하면, 그 올케 정온 부인은 무엇에 비유해야 할까.' 그는 문득 그런 것을 생각해 보았다. 그러자 즉각 도라지라는 꽃이름이 머릿속에 떠올랐다.

맞다. 정온 부인은 도라지꽃이 틀림없다. 잡초 속에서 피는데도 잡초에 흡수되지 않고, 어디까지나 대범한 자세를 취하고, 자신을 지켜나가는 그 개성 강함, 그것은 또한 전통의 아름다움이었다.

청징한 잎에서 보이는, 일견 너무 차가운 것 같지만 차가움 속에도 깊은 따스함을 희미하게 뿜어내는, 고상하고 총명한 자태야말로 정온 부인을 빼닮았다고 그는 생각했다.

그녀의 기품은 해가 갈수록 다듬어져 왔지만, 남편을 잃은 후부터는 갑자기 한월(寒月)처럼 맑아졌다. 필시 고민도 많겠지만 그녀의 신변에서는 번뇌의 편린조차 찾아볼 수 없었다. 가만히 바라보고 있으면, 어느덧 그녀는 수정처럼 투명체로 변해 가서 손으로 움켜 올리려고 해도 아무것도 걸릴 것 같지 않고 그러면서도 대단히 강하고 존재를 의식케 만드는 기묘한 생명체였다.

…… 유리창에 기대어 이런저런 생각을 하던 중에 두 번째 환자가 운반되어 왔다.

수술을 모두 마치고 시계를 보니 두 시 반이었다. 의외로 빨리 진행된 것 같았다.

그는 평상복으로 갈아입은 후 약속한 네 시까지 기다리지 않고 바로 곧 옥채를 찾아가기로 했다. 그녀의 집은 효자정(町) 종점에서 내려, 북쪽으로 걸어서 십 분 정도의 북악산 기슭에 있었다.

벨이 울리자 하녀가 나와서 사모님은 지금 뒷마당에 계시니 응접실에서 기다리라고 했지만, 그는 그런 쌀쌀한 행동을 싫어하는 기질이라 그런 것은 개의치 않고, 빠른 걸음으로 뒷마당으로 돌아갔다.

뒷마당─이라 해봤자, 북악산의 일부를 그대로 마당으로 이용한 것이라서 능금나무, 가시나무, 은행나무 등이 울창하게 우거져 있다. 정온의 모습은 좀처럼 보이질 않았다. 소리 내서 부르는 것도 결례라서 혼자 나무 사이를 돌아다니다가, 어느 나무 뒤에서 전지가위에서 나는 금속성의 소리가 들려왔다. 그 소리에 이끌리듯이 수십 걸음 소리가 나는 쪽으로 발을 옮기자, 저쪽 오래된 은행나무 옆에서 정온 부인은 능금나무를 가지치기하고 있었다.

그녀의 옷은 눈처럼 새하얗다.

나무 가득 방울처럼 매달려 있는 새빨갛게 익은 능금의 색깔과 눈처럼 하얀 그녀의 옷 색깔은 아름다운 조화를 이루었다.

우아한 손놀림으로 불필요한 가지를 하나씩, 싹둑싹둑 잘라 버리는 과감함은 무언가 인생에 대한 최대 교훈인 것 같았다. 외과 의사의 수술도 그 손놀림과 같아야 한다고 현은 문득 생각했다.

　과감한 결단성이 있어야만, 지금 눈앞에 보는 것처럼 탐스런 열매를 얻을 수 있는 것이다. 신의 가장 올바른 교훈을 그녀는 대단히도 몸으로 실천하는 것처럼 보인다.

　그는 넋이 나간 듯이 오랫동안 멍하니 서 있었다. 그런 후 빠른 걸음으로 발소리를 내면서 그녀에게 다가갔다.

　"저, 오랜만이네요. 오늘 아침에 돌아오셨다면서요"

라고 말을 걸었다.

　뜻밖의 목소리에 그녀는 휙, 잽싸게 몸을 돌렸다. 굉장히 긴장한 표정이었다. 순간의 움직임에도 늠름한 데가 있었다. 그러나 현인 줄 알자, 그녀는 금방 기색을 고쳐

　"어머……. 잘 오셨어요. 그동안 자주 편지 보내주셔서 정말 고마웠어요."

하고 가볍게 고개를 숙였다.

　"아니 저야말로……. 미짱이 건강해졌다면서요."

　"네, 덕분에 체중이 팔백 돈*이나 늘었어요."

　그녀는 살짝 미소를 지었다. 윤기 있는, 아름다운 눈길이었다.

　"잘되네요. 빨리 보고 싶은데 어디 있어요, 미짱."

　"금방, 옥채 씨와 종점까지 물건 사러 나갔는데, 이제 돌아올 때가 되었어요."

＊ 돈 : 중량 단위. 3.75g.

그렇게 말하면서 그녀는 전지가위를 양손으로 놀리고 있었다.

　"당신이 가지 치는 법까지 아신다니 놀랐어요. 불필요한 가지를 보고 식별하는 것은 보통 일이 아니라면서요."

　"서툰 정원사예요. 책 보고 배웠는데, 실제로 접해 보니, 도저히 식별할 수가 없네요."

　그녀는 정숙하게 웃으며, 가까운 데에 있는 불필요한 가지를 잘라 버렸다.

　"능금 색깔이 볼 만하네요."

　"네, 자연이란 정말 위대한 것이라고 생각해요. 우리들이 산으로 떠날 때는 파랬는데 돌아와 보니 이렇게 모두 새빨갛게 익었어요. 하나 드시겠어요? 칼을 가져올게요."

　칼을 찾으러 가려는 것을 말리며

　"괜찮아요. 나중에 먹을게요. 정열의 덩어리 같아서 먹기가 아까운 생각이 듭니다."

　"미짱도 그런 말을 했는데요. 먹지 않고 구경만 하자고……."

　"하하하, 그랬어요. 그건……."

　그렇게 말하고 그는 문득 아이가 있는 미망인과 결혼하는 것이 도덕상 허락되지 않는가를 생각해 보았다. 옥채에게서 온 전화에 마냥 좋아했던 것은 무의식중에 이 여인을 만날 수 있는 즐거운 기대 때문이었을지도 모른다고 그는 자신을 의심해 보았다.

　그러고 보니, 남편을 잃은 후에, 갑자기 옥채와 현의 약혼을 서둘러 정하려고 재촉하는 정온 부인의 마음은 또한 무엇을 말하는 것일까?

　그는 순식간에 모든 일이 명료해진 것 같은 느낌이 들었다. 그러자

그의 마음속을 꿰뚫어 보는 듯, 그녀는 조용히 얼굴을 들어

"옥채 씨가 이제 돌아올 때가 되었는데……"

하고 잠깐 틈을 두고

"저기……. 또다시 그 이야기인데, 옥채 씨의 마음은 분명해요. 당신만 괜찮으면……"

하고 돌연히 말을 꺼낸다.

약혼 건이었다. 그녀는 자신에게 다가오는 위험을 언뜻 깨닫자, 이를 벗어나기 위해 또한 옥채와의 약혼 건으로 선수를 치는 것이다.

역시 도라지꽃과 같은 여인이라고 그는 생각했다. 주위에서 초연하게 스스로를 유지해 가려고 발버둥치고 있는 그녀의 바지런한 모습이 딱하게 여겨졌다. 이제 이렇게 된 바에는 언제까지나 분명치 않는 생각을 하는 것은 그로서도 견딜 수 없는 괴로움이었다. 한번 해보는 수밖에 다른 길이 없다고 재빨리 마음을 먹고

"정온 씨!"

하고 그는 힘이 들어간, 그러나 떨리는 목소리로 불렀다.

남자의 진지함에 깜짝 놀라 그녀의 안색이 금세 창백해졌다. 그도 숨이 끊어질 것 같은 기분이었다.

"정온 씨! 나에게는 옥채 씨의 결심보다도 당신의 마음이 더 중요합니다! 당신의 대답에 따라서 모든 운명이 정해진다고 생각합니다"

라고 말했을 때 갑자기 이 층 쪽에서

"아저씨!"

하고, 미짱이 부르는 소리가 났다.

깜짝 놀라 올려다보니 이 층의 창가에 나란히 옥채와 미짱이 이쪽

을 내려다보고 있었다. 옥채는 미소를 머금은 명랑한 표정이었다.

"어머! 언제 돌아왔어."

역시 정온 부인도 정신을 차린 것 같았다.

그는 무언가 들키면 안될 것을 들킨 것 같아 마음이 약해졌지만, 옥채가 이상하게 여긴다면 모든 것이 급속히 결말지을 수 있을 것 같아 오히려 기분이 시원했다.

넷이 응접실에 다 모이자, 지역 특산품인 산포도와 구즈베리 열매가 나왔다.

"구즈베리 열매군요. 이런 희귀한……."

현은 염치불구하고 하나 집어먹었다.

"희귀하죠. 근데 그쪽에는 많아요, 우리들은 싫증나도록 먹었어요."

옥채는 아까 본 일 따위는 조금도 개의치 않은 듯이 자랑스럽게 말했다.

"그거 좋았겠네요. 나도 한번 가고 싶네요!"

"가세요. 아직 늦지 않았어요"

라고 옥채가 말한다.

그리고 보니 정온 부인은 평상시보다 좀 더 소심하고 억제하는 태도였다. 아까 있던 일에 신경이 쓰이는 것 아닌가, 현은 불안했다.

그건 그렇고 옥채는 얼마나 순진한 여자인가. 까만 눈을 빛내면서 산에서 있던 이야기를 열심히 해 주는 그녀의 모습을 조용히 바라보니, 현은 단숨에 마음을 끄는 무언가를 그녀에게서 느꼈다. 그녀야말로 의심할 줄 모르는 천사다.

그러나 묘하게도 일단 그녀들과 헤어지자 그는 옥채보다도 정온 부인이 그리웠다.

'나는 역시 정온 부인을 사랑하고 있다.' 현은 그렇게 생각했다.

그녀들의 집을 방문한 그 다음날, 뜻밖에 정온 부인에게서 전화가 왔다. S 다방에서 기다릴 터이니 만나자는 것이었다. 마침 한가해서 곧바로 나가 보니까,

"오시라 해서……."

기다리고 있던 그녀는 살짝 몸을 일으키며 인사를 했다.

"어제는 여러모로……."

그것으로 이야기를 끊어졌다.

이윽고 "전부터 나는……" 하고 현이 말을 하자, 그녀는 상대방의 이야기를 막듯이 순간 눈썹을 움직이며,

"저, 주제넘은 참견이지만, 오늘은 당신의 분명한 대답을 듣고 싶어서 나왔어요. 옥채 씨는 오래 전부터 마음이 분명한데 언제까지 기다리는 것도 안되겠다 싶어서 ……."

말을 마치자 그녀는 숟가락으로 조용히 차를 저었다.

현은 모든 것을 털어놓으려면 이때다 싶었다. 그래서

"그런데 지난번에도 말씀드렸듯이 나에게는 당신의……"

라고 말하자, 그녀는 되받아 치듯이

"아뇨. 나는 그 말을 들으려고 온 것이 아니에요. 옥채 씨에 대한 당신의 마음을 들으려고 왔어요."

"내가 지금 말하려고 하는 것이 이에 대한 대답이 된다고 생각합니다."

현도 물러서지 않았다.

"아뇨. 그건 딴 이야기예요."

그녀는 세게 얼굴을 가로 저었다.

"당신은 옥채 씨를 사랑하고 있는 거예요."

선언하듯이 깨끗이 잘라 말하는 것이었다. 대담한 말투였다.

현은 쇠망치로 뒷머리를 꽝 하고 호되게 맞은 것 같아 눈앞이 어지러웠다. 모든 것이 안되겠다는 생각이 순간 들었다.

"난……. 당신의 마음만은 정말 고맙게 생각해요. 그러나 진실로 나를 생각해 주신다면 더 이상 괴롭히지 말고, 옥채 씨와 결혼해 주세요. 나는 지금 이대로의 생활이 정말 행복해요. 당신이 정말 옥채 씨를 싫어한다면 억지로 부탁하지 않겠지만, 그렇게 생각하지 않아요. 게다가 옥채 씨는 입으로 말하지는 않지만, 매일처럼 당신의 대답을 기다리고 있어요."

낄 틈을 주지 않고, 자기가 해야 할 말만 단숨에 말하는 것이었다. 현은 오히려 아연실색했다. 이 여인에게는 도저히 상대가 되지 않는다고 생각했다.

'…… 당신이 옥채 씨를 사랑하고 있지 않는다고는 생각되지 않아요.……'

얼마나 여자답지도 않은 대담한 말을 이 여자는 잘라 말하는 것인가. 모든 것에 확신을 가지고 말을 계속했다. 듣고 보면 결코 거짓이 아니며, 사랑하지만, 정온 부인을 보다 좋아한다는 말이다……. 그러나 그녀는 지금 이대로의 생활이 가장 행복하다고 잘라 말했다. 이는 전지가위로 불필요한 가지를 단숨에 잘라 버리는 그 과감함 그 자체였다. 그리고 보니 현도 그녀에게는 하나의 불필요한 가지에 지나지 않을지도 모른다.

"잘 알겠습니다."

숙인 고개를 들어 정면으로 상대방을 응시하면서 현은 솔직히 말했다. 목소리가 떨렸다. 비장한 결심의 기색이 적나라하게 얼굴에 나타났다.

정온 부인은 남자의 결심한 기색이 무엇을 의미하는지를 잠시 이해하지 못하고, 단지 가만히 다음 말을 기다리고 있었다.

숨이 막히는 몇 분 동안의 침묵이 이어졌다.

"난……"

하고 현은 말을 더듬거리며 뚫어지게 앞 여인의 눈동자를 응시하고 난 후에

"옥채 씨만 괜찮다면 그리하겠어요."

보기에도 답답할 정도로 더듬거리는 말투였다.

정온 부인은 답답해 보이는 현의 말투가 굳은 결심을 보여주는 것 같아서 오히려 신뢰가 갔다.

"그렇게 해 준다면 정말 감사해요. 옥채 씨가 진심으로 기뻐할 거예요."

정온 부인은 약간 흥분하면서도 공손하게 말했다. 그리고 진심어린 눈동자로 남자를 응시했다.

현은 그녀로부터 감사의 말을 듣자, 갑자기 희미한 애수가 아프게 몸에 스며들어 와 당황해서 눈을 창밖으로 돌렸다. 그리고 하염없이 초점 없는 시선을 보내자 차츰 눈에 눈물이 배어 나왔다. 이윽고 젖은 눈동자에는 전에 수술실 창 너머에서 본 패랭이꽃이 한 줄기 희미하게 비쳤다.

현은 가만히 눈을 감고, 망막에 비친, 등불과 같은 패랭이꽃을 놓치지 않으려고 숨을 크게 들이쉬었다. 그러자 의심할 줄 모르는 순진한 옥채의 얼굴 윤곽이 패랭이꽃 사이에서 서로 겹치면서 확 떠오르는 것이었다.

(일문 번역)

산의 휴식(山の憩ひ)

1

경사가 급한 오르막길을 기차는 숨이 꺼질 듯이 허덕거리며 겨우 기어 올라간다. 다 오르자 해발 팔백 미터의 고원이었다.

고원 — 호흡하는 공기에서마저 무게가 느껴지고, 산악 지대 특유의 운무가 지워도 지워도 창유리를 흐리게 하여 바깥 경치를 바라볼 수도 없었다.

차 안은 동굴처럼 공허했다.

더위가 한창일 때에는 피서객으로 콩나물시루처럼 붐비더니 가을도 끝나가는 지금은 승객의 수효는 손꼽을 정도밖에 없었다.

별것 아닌 물건을 귀중한 것처럼 옆에 끼고 있는 시장에 갔다 돌아오는 농민 여덟아홉 명과 실밥이 터진 노동복에 지카다비[地下足袋]*를 신은 이동 철도 인부풍의 사람이 서너 명, 내가 탄 객차에는 이 정

---

* 지카다비(ちかたび): 노동자용 작업화.

도의 승객이 여기저기 흩어져 앉았고 모두 졸린 듯이 말이 없었다.

차 안은 해저처럼 조용하고 차체를 통해 끊임없이 울려오는 엔진 소리가 마음에까지 스며들어 온다.

나는 꽤 오래전부터 멍하니 열차 시간표에 눈길을 주고, 왠지 모르게 죽은 애라(愛羅)의 추억을 더듬어가고 있었다. 문득 이 다음 정거장이 내가 내릴 Y역이라는 생각이 나자 조용히 일어서 창문을 열었다.

특히 계절이 이른 곳이라 창문에서 들어오는 저녁 바람이 찌르듯이 차가웠다. 나는 오버의 옷깃을 세워서 눈앞에 솟는 설풍산(雪楓山)을 우러러보았다. 이 산을 지난여름에 나는 애라와 함께 이 창가에서 바라보며 즐겼는데……

낙엽에 묻혀서 가을바람이 사납게 불고 있을 산속 깊은 데에 있는 산장으로, 제 계절이 아닌 지금 찾아가는 것은 역시 한 여름을 애라와 함께 즐겁게 보낸 추억의 산장에서 그녀의 옛 모습을 추억하는 것밖에는 이제 애라와는 영원히 만날 수 없는 애달픈 생각에서였다.

원래 몸이 약하여 고원의 냉기가 급성 폐렴을 앓은 몸에는 부담이었지만 그래도 내가 산장에서 내려온 지 이 주가 되기 전에 죽다니, 나는 그녀의 죽음이 아무래도 믿기지가 않았다.

내가 근무하던 미션 스쿨에서는 여름 방학마다 직원끼리 대오를 짜고 지방으로 전도 유세하러 나가는 것이 하나의 연중행사가 되었기 때문에 나는 애라보다 한발 앞서 산에서 내려가야만 했다.

내려가자마자 곧 순회 유세 대의 일원으로 제주도 방면으로 떠났던 것이다.

가는 곳마다 나는 이 여행이 끝나면 즐거이 애라를 볼 수 있다는 기대로 마음은 가득 차 있었고 밤마다 애라의 꿈을 꿀 때마다 둘은 충실한 신의 사자가 되리라 마음속으로 맹세하곤 했다.

두 달이나 긴 여행을 마치고 겨우 경성역에 내려서자⋯⋯. 그러나 모든 것은 덧없는 꿈이었다.

애라의 친구인 옥채(玉彩)에게서 애라의 죽음을 들었을 때, 나는 단지 멍청이처럼 멍하니 서 있기만 했다. 그러나 이윽고 여행의 흥분이 가시고, 관념적인 신의 세계로부터 차츰 현실적인 인간의 생활로 돌아오니 나는 애라의 죽음이 갑자기 슬퍼졌다. 그것은 냉수를 온몸에 끼얹는 것 같은 슬픔이었다. 두 달 동안이나 나는

'죽음을 결코 무서워할 것도 슬퍼할 것도 아니다'

하고 매일처럼 죽음을 설교해 왔다. 그러나 어쩐 일인가? 성스러운 신의 말씀도 지금의 슬픔을 위로해 줄 수 없다.

나는 몇 번이고 성서로 스스로를 위로하려고 노력해 보았다. 그러나 평상시에는 그렇게 감격과 감명을 가져다 준 성서의 모든 구절이 지금 나에게는 전혀 무의미하고 한 푼의 가치도 없는 잠꼬대로밖에 느껴지지 않았다. 충실한 신의 사도가 되기 전에 지금 나는 한 사람의 평범한, 실컷 슬퍼할 수 있는 인간이 되고 싶다.

지금 나에게는 인간이―신의 자식으로서의 그것이 아니라 살 냄새 나고 항간에서 아우성치는 죄인으로서의 인간이 그립다.

이제부터 내가 써 나가려고 하는 이야기는 적나라한 인간의 혹은 유다의 후예로서의 나 자신의 이야기에 지나지 않는다. 독실한 신자였던 내가 이러한 것을 쓰는 것에 대해 세상의 선량한 시민들은 배교자라는 오명과 비난을 퍼부을 것이라는 것도 나는 알고 있다. 그러나

나는 감히 쓰기로 한다.

　기차가 Y역에 도착했다.

　나는 트렁크를 한 손에 들고 플랫폼에 내렸다. 그리고 자신이 가야 할 방향을 모르는 사람처럼 잠시 거기에 서 있었다. 어깨에 타블렛을 맨 쉰 살 정도의 역장이 내 곁으로 가까이 오더니

　"차표 주십시오"

하고 손을 내밀었다.

　가만히 차표를 주자 그는 그것을 물끄러미 들여다본 다음에

　"여기가 처음이십니까?"

하고 조용히 물어보는 것이었다.

　"네…… 아뇨……."

　내 대답은 횡설수설이었다. 내 눈동자에는 갑자기 뜨거운 눈물이 핑 돌았다. 산사람山人 그대로의 애정이 깃든 이 늙은 역장의 태도에 나는 말할 수 없을 만큼 친밀함을 느꼈다. 마음의 이방인인 나는 눈앞의 이 늙은 역장을 부둥켜안고 지금 내가 여기를 찾아온 경위를 자세히 말하고 싶었다. 그러나 마침 그때 늙은 역장은 손을 들고 발차 신호를 보내야 했다.

　내가 내린 기차는 기적을 울리면서 아무런 미련도 없이 움직이기 시작했다. 점점 멀어져 가는 열차를 부동의 자세로 언제까지나 지켜보고 있는 늙은 역장의 뒷모습을 또한 나는 나대로 오랜 시간 동안 멍하니 바라보고 있었다.

　역에서 산장까지는 이십 정(町) 정도의 길이다.

나는 계곡을 따라 풀잎에 뒤덮인 쓸쓸한 산길을 조용히 따라갔다. 구십구 구비 산길에 다가설 듯이 시냇물이 흐르고 있었다. 여울에서 나는 소리가 귀를 즐겁게 해 주었다. 여름에는 물이 굉장히 풍부해서 자주 멱을 감을 수 있었건만, 지금은 앙상하게 여위어 모난 바위가 늙은이의 뼈를 상상케 한다. 오 정 정도 올라가자 미륵 바위가 있었다. 지난여름에 애라를 이 바위 위에서 기다리게 하고 나는 그 아래쪽의 물이 깊은 곳에서 멱을 감았던 일을 잊을 수가 없었다. 그때 애라는 기다리다 지쳐 콧노래로 〈나의 창공〉을 불렀는데 갑자기 속옷 한 장만 걸친 내 벌거숭이를 보자

"기린 같아! 껑충한 꼴이…….."

마치 진짜 기린이라도 발견했을 때처럼 곱상한 표정으로 들떠 있었다.

"괜찮잖아, 기린이라면……."

"맞아, 그래서 기린이라 했잖아……"

라고 말하면서 그녀는 손에 든 돌멩이를 휙 물 깊은 데로 던지는 것이었다.

그러나 전에 애라가 앉았던 바위 위에는 지금은 낙엽이 흩어져 있을 뿐이다. 나는 거기에 서서 잠시 애라의 옛 모습을 상상하다가 문득 돌멩이를 집어 들고 전에 애라가 그랬던 것처럼 물에 던져보았다.

풍덩 하고 공허한 소리만 있을 뿐, 다음에는 온몸에 스며드는 적막뿐이었다.

한 그루의 나무, 한 개의 돌멩이조차도 눈에 들어오는 모든 것에 애라의 추억이 살아났지만, 나는 조금도 그 추억들을 피하고 싶지 않

았다. 아니, 죽으면 그것으로 끝인 인간이니까 추억을 더듬을 수 있다는 것은 얼마나 행복한 일인가 하는 생각조차 들었다.

이윽고 눈앞에 나타난 회상의 산장— 온통 덩굴에 둘러싸여, 마치 호화로운 기선과 같던 여름의 산장이 어느새 이렇게 초라하게 되었단 말인가. 창문이란 창문은 모두 널빤지로 십자형 못질이 되어 있었고 금속제 덧문은 여닫기도 불가능할 것 같았다.

마당에 우거진 코스모스는 서리를 맞아 시들었고 낙엽이 발목까지 덮을 정도로 쌓여 있었다. 어디든 조용해서 폐옥(廢屋) 같았다.

애라는 특히 코스모스를 좋아하여 봄에서 여름에 걸쳐 손수 모종을 심기도 하고 가을에 꽃이 필 때를 즐겁게 기다리곤 했다. 그랬던 그녀가 꽃보다 먼저 가 버렸던 것이다.

나는 풀어 낼 수 없는 기분으로 오랫동안 거기에 서 있었다.

그리고 나서 덧문을 똑똑 하고 조용히 노크하면서

"애라! 애라!"

하고 다정하게 불러 보았다.

닫아버린 지 오래된 산장의 어느 구석에서 애라는 지금 나를 기다리다 지쳐 있는 것 같은 생각이 자꾸 들었기 때문이었다. 그러나 그녀의 대답이 있을 리가 없다.

나는 한숨을 억누르면서 그녀의 무덤을 찾아가기 위해 산장 뒤의 언덕으로 올라갔다.

바다를 바라보는 것을 음악보다 더 좋아했던 그녀였기에 무덤도 바다를 바라볼 수 있는 언덕 위에 만들었다고 옥채는 말했었다.

언덕으로 올라가는 길로 가자 뒤에서

"어머, 경성 나리이신가요……"

하고 여자 목소리가 났다.

되돌아보니 산장 관리인 김서방의 처 순실(順實)이었다.

순실은 다소곳이 고개를 숙이면서 약간 미소를 지어 보였다.

애라와 내가 '모나리자'라고 불렀던 이 여인을 만나자, 나는 또다시 자꾸 애라가 생생히 눈앞에 되살아났다.

애라를 대단히 사모하고 또한 애라에게도 무척 사랑을 받던 순실을 보고 나는 굉장히 기뻤다.

순실은 산장 관리인 김서방의 처이면서 놀랄 만큼 이지적이고 영리한 여인이었다.

애라의 죽음을 진심으로 애도해 준 것은 아마도 순실 한 사람이라고 나에게는 여겨질 정도였다.

"지난번에는 애라 일로 여러 가지 신세를 졌습니다."

순실이가 밤을 새워가면서 애라를 간호하였다는 말을 들었기 때문에 나는 고마움을 표했다. 그러나 순실은 그 일에 대해서는 아무 말도 하지 않았다. 진심에서 나온 간호에 대해 고맙다는 말을 들으니 오히려 마음이 괴로웠던 것이다.

이윽고 내가 무덤 쪽으로 가자 순실도 가만히 따라왔다.

애라의 무덤은 생각대로 황해를 한 눈으로 내려다보는 햇볕이 잘 드는 곳에 있었다. 그리고 그 바로 밑이 지난여름에 애라와 내가 둘이서 자주 산책했던 '우리들의 영원한 과수원'이었다.

순실은 아직 흙내음도 싱싱한 무덤 앞에 다다르자 가만히 고개를 숙였다.

석양빛을 받아 더욱 붉게 보이는 하나의 새로운 무덤 – 애라는 정말 여기에 잠들어 있는 것일까.

인간이 죽으면 육체는 썩어서 흙이 되어 영혼은 승천한다고 성서는 가르친다. 그리고 이를 굳게 믿었던 나였건만, 지금 나는 승천했을 터인 영혼을 축하하는 것보다 이 무덤이 자아내는 비애가 훨씬 크다.

"이애라의 묘[李愛羅之墓]"

라고 먹 자취도 아직 생생한 이 무덤 앞에 서 있는 묘표(墓標)가 얼마나 나에게 슬픈 진실로 육박하는 것인가.

나는 향을 피워서 합장했다. 그러자 슬픔이 밀물처럼 밀려왔다. 얼마를 울었을까. 순실이 어깨를 흔들어서 얼굴을 들어 보니 그녀의 눈언저리도 발갛게 부어 있었다.

나는 신을 배신한 것이다. 신은 십계명의 첫머리에 내 앞 이외에는 무릎을 꿇지 말라고 하였다. 그러나 얼마나 무력한 말인가. 절절하게 애달픈 경우, 무덤에 절을 하지 않을 수 있겠는가. 그것은 혹은 시시한 일일지도 모르지만, 그 시시한 것이 진실로 우러나오는 것은 어쩔 수 없다. 나는 지금까지 속아 온 것이다. 육체로 사는 우리들이 육체가 잠든 무덤에 무릎을 꿇는, 그것보다 절절한 사랑의 표현이 더 있을까.

날이 완전히 저물어 어둡게 황혼이 짙어가는 무덤가를 맴돌면서 나는 자꾸만 그녀의 이름을 마음속에서 부르고 있었다. 사실 그렇게밖에, 나는 그녀에 대한 넘쳐나는 애정을 어떻게 할 수가 없었다.

주위가 완전히 어두워졌을 무렵에 산장으로 돌아와 보니 순실은 신경 써서 애라가 쓰던 방을 내 침실로 마련해 주었다. 모든 것이 애라가 죽었을 그 당시 그대로 남아 있는 이 방에 들어오자 나는 또 한 번 그녀의 죽음을 의심했다. 애라가 마지막 숨을 거두어들였다는 그 침대 위에 누어서 나는 애라가 돌아오기를 이젠가 저젠가 하면서 기다리고 있었다.

서쪽 창가의 피아노 위에 있는 꽃병에는 오래 전에 시든 백장미가 그대로 꽂혀 있었다. 그녀는 시야에서 점점 멀어져 가는 그 꽃을 조용히 바라보면서 평안히 아름다운 마음으로 마지막 숨을 거두어들였음에 틀림없다. 황혼에 뚜렷이 솟아있는 맞은편의 산을 하염없이 바라보면서 나는 애라에 대한 무한한 향수에 잠겨 있었다.

어영부영 하는 사이에 이십 일의 달빛이 쓸쓸하게 동쪽 창문으로 들어왔다. 나는 잠들지 못하고 일어나 과수원 안을 헤매었다. 여름에 찾아왔을 때에는 능금나무는 푸르게 우거져 있었고 정열의 영혼처럼 새빨간 열매가 가지가 휠 정도로 맺어 있었다. 그런데 지금은 모든 것이 쓸쓸하게 달빛만이 냉랭히 맑다.

둘이서 걸었던 그 밤도 마침 지금과 같은 무렵의 달밤이었다. 달빛을 받은 능금 열매가 그 밤에는 얼마나 신비스럽게 보였던가. 몸에 스머드는 행복에 도취되어서 우리들은 직관적으로 영원을 응시하고 있었는데…….

귀뚜라미도 울지 않는 과수원 안을 나는 지향 없이 돌아다녔다. 달 세계에서 애라가 나를 내려다보고 있는 것만 같았다. 그러자 그때

"경성 나리!"

하고 그다지 멀지 않는 곳에서 갑자기 부르는 소리가 났다. 소리가

나는 쪽으로 다가가보니 순실이었다. 그녀는 나를 걱정해서 부르러 온 것 같았다. 다가가니

"이제 돌아가세요. 추운 데 오래 계시어 감기라도 들면 안되니까요"
하고 곱살 맞게 타일렀다.

순실의 눈동자는 차디찬 달빛을 받아 수은 구슬처럼 영롱히 빛나고 있었다.

2

"김서방이 장에서 돌아왔나요."

김서방을 아직 보지 못했기 때문에 발걸음을 옮기면서 그렇게 물어보자

"아직 안 돌아오셨어요. 벌써 돌아오실 때가 지났는데……"
라고 대답하면서 내 뒤를 따라왔다.

방에는 불이 켜져 있었다. 그리고 피아노 위에 조금 전까지 없었던 국화 화분이 하나 놓여 있었다. 피기 시작한 순백의 국화였지만 그 줄기를 보든, 이파리를 살리는 방법이든, 어딘가 보통 이상의 뛰어난 기술이 엿보였다. 순실에게 이런 우아한 취미가 있었구나 하고 놀라면서 나는 언제까지나 그것을 넋을 잃고 바라보고 있었다.

이윽고 나는 잠자리에 들었지만, 아무래도 잠이 오지 않았다. 거의 해가 뜰 무렵이 되어서야 겨우 잠이 들었나 싶더니 곧 다시 악몽에

쫓겨 잠이 깨고 말았다.

결국 잠이 오지 않아 일어나서 나는 옥채에게 편지를 쓰기로 했다. 나의 지금 심정을 알아주는 사람은 옥채 이외에 없다고 생각했기 때문이다.

옥채 씨, 애라의 추억을 더듬으며 나는 지금 산장에 와 있습니다. 그러나 애라의 무덤은 나에게 아무 말도 해주지 않습니다. 무덤 앞에 향을 피우자, 희미한 연기가 올라갈 뿐이었습니다. 다만 그 연기만이 애라 넋의 상징인 것 같았습니다.

옥채 씨! 당신은 왜 좀 더 일찍 그녀의 죽음을 알려 주지 않았습니까. 그녀의 죽음을 한 번이라도 내 눈으로 봤더라면, 이렇게 슬프지는 않았을 겁니다……. 애라가 죽은 지 벌써 오십삼 일, 이제 칠 일이 지나면 두 달째의 기일입니다. 나는 내 손으로 그 제사를 지낼 생각입니다. 크리스천이 무슨 제사냐고 하겠지만 그것만이 지금 내가 할 수 있는 딱 하나의 성의입니다. 레이의 제사장이 비둘기와 양으로 천제께 제사를 지낸 것처럼 나도 그녀에게 사랑의 제사를 지낼 겁니다. 그리고 나는 겨울을 이 산장에서 보내기로 했습니다. 너무나 감상적이라고 당신은 비웃을지도 모르겠지만, 그러나 진실이라는 것은 항상 감상적인 일면을 지니고 있음을 이번에 처음으로 나는 깨달았습니다…….

편지를 다 쓰고 나니 날이 완전히 밝았다.

나는 지팡이를 들고 산책을 나갔다. 서리가 눈처럼 새하얗다. 이제 완전히 꽃을 잃은 마당의 코스모스 앞에 서 있으니 관리소에서 순실

이가 와서

　"안녕히 주무셨어요"

라고 인사를 한다.

　"네. 대단한 서리네요."

　"네, 어젯밤에 갑자기 추워져서……"

라고 말하고 잠시 후에

　"이제 이 코스모스는 베어 버릴까요"

라며 순실은 헛간에 가서 손수 낫을 들고 와서 닥치는 대로 한 그루씩 베기 시작했다.

　한 대 한 대 코스모스가 순실의 낫 끝에서 잇따라 잘리는 것을 보고 있는 동안, 그 한 대 한 대가 모두 다 애라의 손으로 심어졌다는 것이 새삼 기억나서 나는 절절한 생각이 들었다. 순실의 낫은 지금 내 가슴속에 깃들어 있는 추억까지 베어 내는 것 같았다.

　순식간에 마당이 훤칠해졌다. 묶인 코스모스 다발이 애라의 시체 같다는 생각이 들어 볼 수가 없었다.

　"이제 마음이 시원해졌어요."

　뒤처리를 모두 마치자 순실은 "후" 하고 숨을 내쉬면서 말한다.

　"너무 공허하네요"라고 내가 말하자

　"그래도 시든 꽃만큼 보기 흉한 것이 없어요. 내년에는 들국화를 심으면 어떨까요?"

라고 순실은 자신의 취미를 말한다.

　무심코 뱉은 말 한 마디였지만 나는 그 무심한 말에서 무언가 숙명의 암시라도 받은 것처럼 마음이 괴로웠다. 그래서 마주 서면서 아무

말도 못하고 잠시 납덩이처럼 무거운 침묵에 쌓인 그때 마침

　"에헴"

하고 난데없이 기침 소리가 들려왔다. 깜짝 놀라 되돌아보니 아니나 다를까 사오 칸 저쪽 울타리 뒤에 김서방이 서서 메스처럼 날카로운 눈길로 이쪽을 노려보고 있지 않는가.

　나는 그 폐부를 도려낼 듯한 날카로운 눈초리는 도대체 어찌된 일인가 의아해 하면서

　"아, 김서방인가. 오랜만이네"

라고 모르는 척하면서 말을 걸자 그는 갑자기 금세 태도가 누그러져서

　"아! 경성 젊은 나리가……. 언제 오셨습니까? 저는 어제 장에 갔다가 막걸리에 완전히 취해, 헤헤헤. 저도 늙어서 헤헤헤……."

　계속해서 허리를 굽히고 손을 만지작거리면서 미묘하게 불쾌한 웃음을 연방 웃는 것이었다.

　나는 곧 그와 헤어져 뒤쪽 언덕을 올라갔다.

　그러자 아까 얼핏 봤던 그 증오에 불타는 눈초리가 어쩐 일인지 또다시 눈앞에 아른거리기 시작했다. 지극히 심상한 장면이었지만, 그러나 젊은 아내를 가진 늙은이란 항상 조심스러워서 그에게는 아무래도 심상한 풍경으로 볼 수 없었을지도 모른다. 만약 김서방이 진심으로 우리를 의심하는 것 같으면 나는 김서방에게보다도 순실에게 미안하다는 생각이 들었다. "항상 불행은 부질없는 상상에서 초래한다"는 아랑(Alain)의 말이 생각나서, 그 일로 순실이 불행을 겪지나 않을까 하는 상상에 나는 또한 나대로 겁을 먹고 있었다. 불길한 예감이 없는 세상은 얼마나 명랑할까.

모처럼의 아침 산책을 나는 애라에 대한 추억보다도 순실에게 덮칠 것 같은 알 수 없는 불행을 상상하며 완전히 망쳐 버렸다.

　삼 일이 지났다.

　그 후 그들의 가정에는 아무 일도 없었는지 전과 다름이 없다. 나는 안도의 한숨을 쉬며 그날도 전처럼 과수원을 혼자서 배회하고 있었다.

　아직 달이 뜨지 않을 때라 쌀쌀한 서풍이 어쩌다가 후 하고 나뭇가지를 울리면서 지나가 버리자 사방은 갑자기 정적 속에 가라앉았다.

　이윽고 달이 뜨기 시작하자 능금나무마다 허수아비처럼 으스스한 그림자를 자아냈다.

　혼자서 생각에 잠겨 어슬렁거리자

　"젊은 나리!"

하고 희미한 목소리가 바람을 타고 들려왔다.

　순실의 목소리라고 금방 알아챘다. 지난 일이 있은 후 나는 굉장히 신경을 쓰고 있음에도 불구하고 어째서 불렀을까 하는데, 가까이 다가오더니

　"방금 전보가 왔어요"

하고 손에 든 전보를 건네주었다.

　성냥을 그어 전문을 보니

　'아홉 시 도착, 마중 바람, 옥채'

라고 쓰여 있었다.

　지난번에 부친 편지를 보고 옥채가 애라의 제사에 참여하려고 오

는 모양이었다.

서둘러 마중 갈 시간이 아니기 때문에 천천히 걸어가자, 순실도 따라오면서

"옥채 아가씨가 오실 건가요."

소학교 오 학년까지 다녔기에 그녀는 아무래도 전보를 읽을 수 있는 것 같았다. 그리고 지난여름에 옥채도 이 산장에 일 주 동안 머문 적이 있어서 그녀는 옥채를 알고 있었다.

"아, 모레가 기일이니까⋯⋯."

"기일 제사가 끝나면 곧장 돌아가실 건가요."

누구를 두고 묻는 말인지, 분명치 않아서 잠시 머뭇거리다가

"글쎄 옥채는 이내 돌아가겠죠. 나는 겨울을 여기서 지내려고 해요."

"⋯⋯⋯."

그녀는 침묵하였다.

"여기 겨울은 몹시 춥지요?"

"아뇨, 그렇지는 않아요! 그러나 겨울에는 눈에 완전히 고립되어서⋯⋯."

"눈?"

"네, 산도 나무도 완전히 눈에 묻히고 말아요. 사방이 눈뿐이어서 겨울이면 사람이 무척 그리워져요."

순실의 이야기를 들으니, 나는 눈이 쌓인 지붕 밑에서 혼자서 애라의 추억에 잠기고 싶은 생각이 들었다. 그리고 심심할 때에는 김 서방 부부를 상대로 차분하게 전설 같은 이야기를 서로 말하는 것도 즐거운 일일 거라고 생각했다.

"겨울에는 사냥꾼들이 많이 오겠군요?"

"네, 경성에서도 가끔……."

"사냥감은 어떤 것인가요?"

"노루가 제일 많아요."

"노루? 노루요? ……."

나는 노루라는 말에 곧장 기린과 같다고 했던 애라가 연상되어 입 속으로 '노루, 노루' 하고 곱씹어 보았다.

마중하려고 Y역에 도착하자, 벌써 개찰이 시작되었다.

나는 불빛이 꿈처럼 몽롱하게 비치는 플랫폼을 혼자서 서성거렸다.

기차가 도착하자 나는 곧바로 삼등차 쪽으로 달려갔다. 내리는 승객은 육십 세 정도의 노파 한 명뿐, 옥채는 그림자조차 안 보였다.

어떻게 된 일인가. 기차를 놓쳤나 하고 생각하면서 되돌아가려는데

"희순(熙純) 씨"

갑자기 저쪽에서 – 큰 소리로 부르며 옥채가 말처럼 달려와서 내 어깨를 힘차게 두드리는 것이었다.

"아, 열심히 찾아보았는데……. 도대체 어디서 내린 겁니까?"

"이등칸 타고 왔어요!"

그녀는 자랑스럽게 들떠 있었다.

"이등이요? 그건 호사스럽군요."

"네 그래요. 신혼여행 가는 셈 치고 호호호……."

"신혼여행을 가는 셈 치고?"

남자 앞에서 잘도 대담한 말을 할 수 있나 싶어서 나는 어떤 현혹

(眩惑)을 느끼면서 그녀를 바라보았다. 갈색의 양장을 걸친 풍만한 몸에서 고무공 같은 탄력이 느껴졌다. 파마(コテ) 기가 생생한 머리를 달밤에 나부끼게 하면서 램프 밑에 서 있는 옥채는 마치 '헤롯왕' 앞에서 춤추는 '헤로데야'의 딸 '살로메'처럼 요염했다.

역에서 나와서 산길에 접어들었을 때

"편지 정말 고마워요."

그녀는 약간 미소를 짓더니 다시 인사를 하는 것이었다.

"아니……. 나는 당신을 여기로 불러낼 생각으로 그 편지를 보낸 게 아니었어요."

"네, 나도 그 정도는 알아요. 그래도 나는 당신을 경성으로 데려갈 생각으로 왔어요."

"경성으로요?"

"……. 학교는 어떻게 했어요?"

"학교는 이제 그만두기로 했어요."

"그래! 그건 잘 됐네요. 어차피 미션 스쿨 따위는 신체제가 아니니까요. 예수교 같은 것은 코쟁이들의 위선의 가죽이에요."

한마디로 거침없이 폄하하니 나는 예리한 메스로 도려낸 것처럼 오싹했다.

"위선의 가죽이요?"

잠깐 생각에 잠긴 다음에 혼잣말처럼 중얼거리자

"맞아요. 눈앞에 현세를 하찮게 여기고, 있지도 않는 내세를 믿으라니 거짓말이 아니겠어요? 그런 바보 같은 일은 없다고 봐요."

"그러나 눈에 보이는 것만이 생활의 전부라고 할 수 없지 않나요?"

"그건 그래요. 나는 정신이라는 것을 부정하려고 생각하지 않아요. 그러나 우리들이 말하는 정신과 예수교에서 말하는 내세는 전혀 다르다고 생각해요. 우리들의 정신이라는 것은 어디까지나 현세를 기준으로 하여 적극적으로 살기 위한 원동력이라고 생각해요. 예를 들어 조상을 존경한다든가 부처님 앞에서 조아리고 절을 한다든가 조국을 사랑한다든가 하는 것은 존경스러운 정신이며 그것은 대지에 확실히 뿌리를 내린 정신이라고 생각해요. 그런데 그리스도 정신은 이들을 무시하고 내세에 목표를 둔다는 점에서 허황한 것이 아니겠어요. 당신도 좀 더 정신 똑바로 차리세요. 그래도 기특해. 학교를 그만둘 생각을 했으니까. 호호호."

걸어가면서 그녀는 물을 힘차게 끼얹듯이 거침없이 말을 퍼부었다.

나는 갑자기 정신이 번쩍 들었다. 내세에 영원한 낙원을 구하려고 애써 온 나에게는 뿌리를 대지에 내려 정신의 기초를 삶에 두고 있는 그녀의 말이 폐부를 찌르는 것 같았다.

되돌아보면 우리들은 그것 때문에 얼마나 많은 생활을 희생하고 또 국민으로서의 의무를 얼마나 게을리 해 왔던가.

옥채가 말하는 정신이란 내가 애라의 무덤에 이마를 대고 엎드렸을 때의 그 정신일 것이다. 그렇다. 진실로 슬퍼할 수 있다는 것은 진심으로 삶을 사랑하는 자만의 특권이어야 한다. 왠지 애라의 죽음은 내 앞에 하나의 새로운 세계를 전개하는 것 같았지만 그 세계가 나에게는 아직 너무나 생소했다.

산장에 온 지 벌써 삼 일이 되었는데도 그동안 옥채는 애라에 대해서는 일언반구도 입에 올리지 않았다. 애라의 죽음이 옥채에게는 그렇게 무관심한 일인가. 나는 내심으로 그녀의 신의를 의심해 보았지만 그러나 항상 삶에 부지런한 그녀이기에 애라는 죽음과 함께 이제 영원히 그녀의 기억에서 완전히 지워진 것 같았다.

이야기를 하다가 내가 애라의 추억 이야기를 꺼내려고 하면

"저기! 이제 애라에 대해서는 서로 아무 말도 하지 않기로 하죠"

라고 그녀는 말하는 것이었다.

"생각나는 얘기라도 하는 것이 돌아간 사람에 대한 최소한의 의리라고 나는 생각해요. 우정이란 것도 그래야만이 존귀한 것이 아닐까요?"

"네! 그건 그렇지요! 하지만 죽은 사람은 이제 누가 뭐라 해도 죽은 사람이에요. 그러니까 죽은 사람을 그리워한다고 해도 아무것도 달라지지 않아요. 죽은 사람을 슬퍼한다는 것은 그렇게 함으로써 스스로 더욱더 강하게 살지 않는다면 의미가 없다고 생각해요. 그게 아니라면 싸구려 감상이에요. 죽음이 왜 슬프냐 하면 요컨대 삶을 빼앗겼기 때문이 아닐까요? 그렇다면 살아남은 자는 적극적으로 '삶'을 사는 일만이 진실로 죽은 자를 애도하는 것이라고 나는 생각해요! 그런데도 실례이지만 당신은 아무래도 감상 향락자(感傷 享樂者)예요! 너무 상심하지 마세요!" 그런 투로 그녀는 어느덧 화제를 바꾸어 가는 것이었다.

감정이 그렇게 쉽게 말을 들어줄까 하고 나는 오히려 그녀가 부러웠다.

내일이 두 달째의 기일인 그 전날 밤이었다.

잠자리에 들었지만 어떻게 해도 잠이 오지 않아 잠옷에 오버를 걸

친 채 혼자서 언덕을 돌아다녔다. 망령이 있다면 이럴 때에 반드시 나타날 거라고 나는 '햄릿'의 한 장면을 연상하기도 했다.

주위는 호수처럼 조용했고, 달이 금방 구름을 헤치고 모습을 나타냈다.

대지는 정적의 마음속에서 평안히 잠자고, 산들거리는 미풍에는 음율의 리듬이 있었다.

한없이 슬픈 것 같은, 한없이 그리운 것 같은– 소리와 색깔과 정이 하나의 초점 위에서 응결한 순간이 있을 수 있다면 지금 이 순간이 그것이라고 생각하는 그때 어디선가 갑자기 큰 소리로 꾸짖는 목소리가 들렸다.

귀를 기울여 다시 듣고 보니 다름이 아니라 김서방의 목소리였다.

나는 지난번의 일이 번개처럼 머릿속에 번뜩여 갑자기 기분이 언짢아졌다. 올 것이 드디어 온 것이다. 의혹의 정념에 쏠리던 그 눈초리가 그대로 지날 것 같지 않다고 전부터 생각하고 있었지만, 그러나 이렇게 눈앞에서 생생히 보게 되니 나는 전혀 어쩔 줄 몰라서 가슴이 찢어질 것만 같았다.

이십 칸이나 떨어져 있는데도 김서방의 꾸짖는 소리가 손에 잡힐 듯이 들려온다.

"이년, 그놈은 너를 만나러 온 거지. 어서 바른대로 실토해라. 이 짐승 같은 년!"

계속해서 호되게 꾸짖고 철썩철썩하고 때리는 소리가 밤바람을 타고 뚜렷이 들려왔다. 그런가 하면 장지 위에서는 미쳐 날뛰는 괴수의 그림자가 어지럽게 널뛰고 있었다.

그러나 순실은 입을 굳게 다문 채 아무 말도 하지 않는 듯했다.

잔혹하기 짝이 없는 김서방 앞에서 없는 죄에 울면서 아무 말도 하지 않겠다며 이를 악물고 있다. 처참한 광경을 머릿속에 그려 보고 그는 늠연히 몸을 떨었다.

"이 화냥년아! 그놈이 좋다면 좋다고 왜 하지 않느냐! 아무리 멍청해도 나는 그 정도는 잘 알고 있어! 나는 이 눈으로 똑바로 보고 있어! 이 짐승 같은 년!"

그래도 순실이 가만히 있자, 그는 더욱더 열이 올라서

"말 안 해? 안 한다면 하게 하지! 내가 기어이 털어놓게 할 게야. 이대로 일이 끝날 줄 알면 큰코다쳐! ……. 말 안하는 것은 말하지 못할 이유가 있는 거겠지? 이년이 그놈과 과수원에 갔던 것도 나는 이 눈으로 봤어!"

금방이라도 패 죽일 정도로 무서운 분노였다.

나는 새삼 놀랐다. 김서방의 의심하는 눈초리가 집요하게 나와 그녀의 뒤를 따라붙었던 사실을 알자, 벌레에 쏘인 것 같은 불쾌한 느낌이 들었다. 그렇다고 해도 왜 그는 그렇게 우리들 사이를 의심하고 있는 것일까. 나는 자신의 부덕을 마음 아프게 뉘우치면서 차라리 지금 김서방을 만나 일의 진상을 설명하려고 했다. 그러나 그렇게 하면 오히려 그의 의심이 깊어질 우려가 있을 뿐 아니라 이런 한밤중에 자신들을 찾아온 것 자체를 김서방이 수상하게 여길 것이다.

생각이 여기에 미치자 나는 더 이상 엿듣지 않고 그대로 방으로 돌아오고 말았다.

나는 이제 산장에서 겨울 나는 것을 단념할 수밖에 없었다.

순실을 위해 하루라도 빨리 여기를 떠나자. 그녀가 무고한 죄에서 벗어나는 것은 당연히 내 책임이다.

다음날 아침에 얼굴을 씻으러 우물가에 가자 쌀을 씻고 있던 순실이 평상시와 변함없이 공손하게 인사를 하는 것이었다. 어젯밤 일은 깨끗이 씻어 내고 그녀는 평상시와 조금도 변함없는 맑은 표정이었다. 정강이 밑 부분이 파랗게 부어 있는 것은 맞은 매의 흔적인가. 그렇게 호되게 밟혀도 추호도 흐트러짐도 보여 주지 않고 잘도 스스로를 강하게 유지하고 있구나 하고 나는 지금까지 본 적이 없던 어떤 아름다움을 그녀에게 발견하고 감동했다.

그러자 마침 거기에 김서방이 문득 나타나

"젊은 나리! 안녕하세요. 헤헤, 오늘은 많이 춥네요……! 앗, 그건 그렇고, 오늘은 아가씨 기일이죠……. 빠르네요. 바로 어제 같은데 벌써 두 달이나 되었네요……."

그는 몇 번이나 고개를 숙이면서 천하게 아부하는 것이었다. 어젯밤의 김서방의 입에서 잘도 이런 아부가 나오는구나 하고 나는 다만 아연실색할 뿐이었다. 인간성에 이만큼 천한 일면이 있으리라고는 꿈에도 몰랐다.

아침 식사가 끝나자 옥채와 순실과 김서방과 나, 넷이 함께 애라의 무덤에 성묘가기로 했다.

무덤 앞에는 벌써 순실이 꽃을 올려놓았다.

향을 피우고 정성스러운 마음으로 무덤 앞에 조아리자 나도 모르게 눈시울이 뜨거워졌다. 차츰 넘쳐 나오는 눈물을 눈을 질끈 감으며 견디고 있으니까 옆에서 순실이의 울먹이는 소리가 희미하게 들려왔다.

나는 눈물을 훔치려고도 하지 않고 오랫동안 슬픔에 잠겨 있었다. 그러자 마음 깊은 데서 한 줄기의 광명이 어둠을 관통하여 희미하게 비치는 것이 느껴졌다.

애라의 죽음에 우는 것이 나에게는 둘도 없는 생활의 일부분이다. 죽음을 애도하는 것도 삶을 위해서라고 옥채도 말했지만, 사람이 우는 것은 결국 울어서 마음이 깨끗이 맑아지기를 바라는— 즉 자기 자신의 삶을 위해서가 아닌가.

조상을 존경하고 나라를 사랑하는 정신도 그래야만이 고귀한 것이다.

그리스도 정신은 현세를 부정하지 않지만 경시한다는 점에서 이미 지금 세상에서는 패배한 것이다. 거기까지 생각이 미치자 나는 갑자기 시야가 무한대로 열리는 듯했다. 제사가 끝나자

"할 일을 다 했으니까 돌아가시죠"

라고 옥채가 말하는 것이었다.

"그렇군요. 돌아가자고 생각하지만……."

나는 돌아가려고 마음을 먹었지만 하루만 더 머물고 싶었다. 그리고 그 하룻밤 내내 스스로 새로 거듭날 길을 곰곰이 생각해 보고 싶었다.

"'그래요'가 당신에게 항상 안되는 거예요."

"그렇군요!"

"거 봐! 또 했어!"

"내일 돌아가기로 하죠."

"정말! 그럼 됐어! 꼭 약속해요."

드디어 산장에서의 마지막 밤이었다.

밤이 되자 나는 어젯밤 김서방의 일이 마음에 걸려 가만히 있을 수가 없어 살며시 잠자리에서 빠져나와 관리소에 가 보았다.

그러자 어떤가!

어젯밤과 변함없는 비참한 광경이 또다시 행해지고 있는 것이 아닌가?

나는 뱃속에서 치밀어오는 분노를 애써 참았다.

그래도 세상을 정직하게 살아가기 위해서는 그런 고통스런 일을 당해야 하는가. 한마디 변명도 하지 않고 오직 침묵으로 일관하는 순실에게는 내 변명 따위는 애당초 쓸데없는 참견인 것이다.

나는 오직 내일 아침 일찍 여기를 떠나면 그것으로 족하다고 생각하면서 방으로 돌아오니, 자신의 방에서 자고 있어야 할 옥채가 혼자 우두커니 앉아서 기다리고 있었다.

"무슨 일이 있었어요?"

"아무것도 아니에요! 다만 잠이 오지 않아서 당신을 기다리고 있을 뿐이에요. 이런 시간에 어디 가 있었어요?"

"어디라니, 단지 돌아다니고 있었는데……."

"어째서 당신은 돌아다니는 것을 그렇게 좋아하나요? 돌아다니기만 하지 말고 확실히 땅을 밟아 서 보면 어때요?"

옥채를 보면, 나는 왠지 매 맞는 것 같은 느낌이 들었다.

나는 오랫동안 가만히 있었다. 그러자 그녀는 침묵을 참을 수 없다

는 듯이

"저기! 당신은 정말 시시한 사람이에요! 남자인데 왜 남자답게 자신의 길을 개척해 나가지 못하나요?"

"내 성격 탓일지 모르겠어요."

"그럼, 당신은 항상 누군가가 뒤에서 매를 휘두르지 않으면 앞으로 나아가지 못하는 거네요. 한심한 사람!"

그렇게 말하고 그녀는 무심결에 내 손을 잡는 것이었다. 순간, 나는 깜짝 놀란 표정으로 멍하니 있었지만 문득 순실이 머릿속에 떠올랐다.

순실과 옥채는 어딘가 일맥상통하는 점이 있는 것처럼 느껴졌다.

순실은 삶을 깊이 파 내려가려고 하고, 옥채는 삶을 강하게 확장해 나가려고 한다. 차이는 있어도 둘 다 삶에 적극적인 태도는 마찬가지라고 생각했다.

옥채는 내 손을 자신의 손바닥에 얹혀 놓고 손가락을 하나하나 몇 번이나 반복해서 센 다음에 우유부단한 나의 태도에 참을 수 없었는지 문득 얼굴을 들고

"당신은 무엇이든 좋고 싫음을 자신의 입으로 말할 수 없는 거죠?" 하고 당돌하게 그것을 물었다.

그리고 그 순간에 그녀의 눈동자는 경멸의 기색으로 가득 차 있었다.

"날이 밝으면 경성에 돌아가죠. 여기는 이제 우리들에게는 전혀 쓸모가 없군요."

나는 실없는 말을 중얼거리면서 조용히 그녀의 손을 잡았다. 그러자 잠시 후에 잡힌 손을 되잡는 희미한 힘이 내 온몸에 깊이 와 닿았다.

동쪽 하늘이 희미하게 밝아 오자 우리들은 일용품을 여행 가방에
집어넣으며 돌아갈 채비를 하기 시작했다. 그것을 마무리하자 새벽
이 완전히 밝았다.

　얼굴을 씻으려고 우물가에 가자 마침 순실이 얼굴을 씻는 중이었
다. 나는 어젯밤의 일에 대해 순실에게 무슨 위로할 말이라도 하려고
했지만 그대로 입을 다물고 말았다.

　"안녕하세요."

　그녀는 변함없이 공손하게 말한다.

　"네……. 우리들은 오늘 돌아가기로 했어요."

　나는 조용히 말했다.

　그러자 그녀의 얼굴에는 순간 실망하는 기색이 스쳐 지나간 것같
이 보였지만 이내 고쳐서

　"오늘 돌아가시게요"

하고 '오늘'에 힘주어 되물었다.

　"네, 오늘이요."

　그리고 둘은 가만히 서로 마주 보고 이삼 분 동안 서 있었다.

　"이번에는 정말 여러 가지로 폐를 끼쳐서 죄송하게 되었어요."

　내가 겨우 이 말을 하자 그녀는 희미하게 부르르 몸을 떠는 것처럼
보였지만 변함없이 고개를 약간 숙인 채 침묵하고 있었다. 나도 가만
히 그녀의 가슴을 바라보고 있다가 문득 얼굴을 든 순간 뜻밖에 둘의
시선이 바로 부딪쳤다. 그러자 그 순간

　"순수! 순수!"

하고 나는 나도 모르게 입안에서 중얼거렸다.

겨울 하늘의 별처럼 맑은 그녀의 눈동자에서는 한 티끌의 불순물도 찾을 수 없었다.
　　그것은 향기 날 것 같은 아름다운 눈동자였다.

(일문 번역)

가면(化の皮)

　　소화 십 년에 있었던 일이다. 살아 있는 신이라고 신도들이 숭배하는 미국인 선교사 삐찌부렌은 안식년을 이용하여 고국으로 돌아가게 되었다. 평소 그의 둘도 없는 친구이고, 또 가장 충실한 그의 정신적 하인인 목사 최성준(崔成俊)은 신의 나라 미국을 직접 보고 싶어서 그를 따라 가고 싶다고 간청하였다.

　　"아, 좋고말고요. 내가 믿고 사랑하는 형제여!"

　　삐찌부렌은 흔쾌히 승낙하고 최목사와 함께 샌프란시스코행 배에 올라탔다. 배 안에서 그는 변함없이 신과 같이 친절하였다.

　　그러나 배가 하와이 호놀룰루에 기항하자, 그는 최목사에게 짐을 맡긴 채 자기만 홀로 상륙하였다. 최목사는 기분이 좋지는 않았지만, 평소 그를 믿고 있었기 때문에 꾹 참았다.

　　다시 며칠 후 배가 염원했던 대로 샌프란시스코에 입항하였다. 그러자 그는 무거운 트렁크를 최목사에게 맡기고 자기는 훌훌 빈손을 흔들며 상륙하였다.

　　그리고 환영 나온 지인들을 만나자 그는 곧 최목사를 그들에게 다음과 같이 소개했다.

　"이 사람은 조선 야만인인데 내가 저쪽에서 귀여워해 준 충실한 노예입니다. 부디 잘 부탁드립니다."

(일문 번역)

어머니의 말씀이(母の言らひ)

　철아, 네가 지원병으로 갔을 때, 엄마는 너무 슬퍼서 낮에도 여름에도 눈물이 멈추지를 않았구나. 눈에 넣어도 아프지 않은 귀여운 막내아들인 너를 군대에 보낼 거라면 차라리 호랑이가 물어 가는 것이 낫다는 생각마저 했을 정도였다.

　한 달 정도 지나, 너를 만나고 온 아버지는,

　"가 보니까 훈련소도 사람이 사는 곳 같더라. 철이는 조금 살이 찐 것 같았어"

라고 말했지만 어차피 아버지가 나를 안심시키려는 말인 줄 알고 엄마는 제대로 믿지 않았어.

　둘째 형이 면회하고 와서

　"철이 놈이 완전히 인간이 바뀌었어요. 동작이 빈틈이 없고, 말하는 게 똑 부러지게 되었어요"

라고 했지만 그런 거짓말에 속아 넘어가지 않겠다며, 엄마는 여전히 울기만 했단다.

　그러나 이렇게 완전히 거듭난 훌륭한 모습으로 돌아온 너를 내 눈으로 보고, 엄마는 모든 것을 완전히 알았어.

너는 군대에 가서 정말 잘 되었어. 철아 너는 역시 훌륭해졌구나.

(일문 번역)

김첨지(金僉知)

김첨지가 잠을 깨였을 때에는 열잇틀 달빛이 아직도 서창가에 어리어 있었다.

"제-길 언제야 이 밤이 다 밝누?"

김첨지는 속으로 이렇게 뇌까리며 머리맡엣 장죽과 담배쌈지를 더듬었다.

워낙 젊어서부터 잠이 적은 축이기는 하였으나 육십 고개로 접어드는 작금양년부터는 알어보게 잠이 덜리었다. 새끼를 꼰다, 신을 삼는다 하며, 자정이 훨신 넘어서 자기 시작하여도 으레껀 신새벽이면 눈이 짜개졌다. 흔히들 근심이 있으면 잠이 없어진다지만 김첨지는 별로 이렇다 할 근심 걱정이 있는 것도 아닌데 잠은 예대로 없어졌다. 그야 근심이라면 아직 슬하에 손자 없는 것이 근심거리기는 하나, 그런 일은 하로 이틀로 해결될 문제가 아니므로 그 때문에 잠을 해치울 리는 만무하다. 그러구 보면 잠이 없어진 것은 도시 늙은 탓으로 돌리는 수밖에 없었다.

그러나 김첨지는 아랫목에서 곱새등이 되여 아직도 세상모르고 코를 고올골 골고 있는 늙은 안해를 보자, 잠 없는 것을 단순히 늙은 탓으로 돌려 버릴 수만도 없었다.

늙어서 잠이 없어진다면 가치 늙어 가는 마누라도 응당 김첨지 같어야 할 텐데, 노파는 아진부터 고라 떠러저서 먼동이 터야 겨우 인기척을 하였다. 허긴 노파도 한동안은 잠이 없더니만 지난겨울부터 다시 잠이 늘어 갔다.

김첨지는 언제 어디선가 죽을 때가 가까워 오면 잠이 부쩍 늘어 간다는 말을 들은 생각이 나서

"저 늙은것이 나보다 먼저 죽으려나 원!"

하고 혼자 쓸쓸한 생각을 하였다.

그렇게 생각하고 보니 김첨지는 노파가 어디로 보나 자기보다 기력이 쇠약하게 여겨졌다. 김첨지도 자리에 누으면 허리가 아프고 요새도 알어보게 눈이 멀어지고 해서, 인젠 다 살었다는 느낌을 때때로 아니 느끼는 바 아니지만, 그래도 새우등이 다 된 노파에게 비기면 누가 보나 김첨지는 아직도 앞날이 머나면 창천이었다. 장승이 다 되다싶이 축간 노파의 기력을 생각하면 김첨지는 별안간에 마음에 가을을 느끼었다. 육십 평생 고락을 가치해 온 노파가 앞서 가고 혼자만 남을 일을 상상만 하여도 적막하기 비길 배 없었다.

이런 궁리, 저런 생각하며 김첨지는 누은 채 담배를 곱집어 석 대나 피였다. 담배라야 이름뿐이고, 호박잎과 가지 잎을 말려서 부스러뜨린 가루에다가 정말 장수연은 십분지일쯤밖에 안 섞은 것이므로 서너 대 곱집어 피여야 간신히 인이 풀리었다.

"콜록 콜록 콜록……. 아이구 담뱃내야. 자진 않구 재밤중에 웬 담

배만 그리 피우 영감두!"

노파는 담배 연기에 그만 기침이 복바쳐 올라서 연성 콜록거려 가며 짜증을 부렸다.

"재밤중이 뭐야. 벌서 밝어 가는데!"

김첨지는 민망한 생각이 들어서 장죽으로 문을 열어제끼며 혼자 말 비슷히 중얼거렸다.

그러나 노파는 날이 밝어 간다는 말을 들은 둥 만 둥 그냥 돌아누어 버리었다.

어느듯 달이 지고, 먼동이 훤히 트기 시작하였다.

김첨지는 늘어지게 누은 채 담배를 다시 한 대 피고 나서 어둠 속에서 부스럭부스럭 옷을 추서 입었다. 국수당(國守堂) 앞자리 닷 말지기 논에 밭에 내일 비료를 생각하면 날이 밝기까지 한가스러히 누어 있을 게 아니라 한시바삐 일어나서 개똥을 모으리라 하였다.

개똥 치는 것은 어제 오늘에 시작된 행사는 아니었다. 조선 농부들은 옛날부터 겨울이면 이른 새벽에 으레 삼테기에 끈을 매서 어깨에 걸머지고 한 손에는 호미를 들고 동네방네로 개똥이나 소똥이나 그 밖의 즘생의 똥을 모으러 댕기었다. 그래서 한 겨우내 똥을 모으면 이듬해 농사는 그것으로 넉넉히 논밭에 두엄을 대일 수가 있었다.

허나 과학이 발달되여, 성분 많은 금비(金肥)가 다량으로 제조 보급되자 농사꾼들도 차츰 더러운 '개똥 치기'는 하지 아니하게 되었다. 하지만 남이야 아모러거나 김첨지는 일생을 하로같이 늦은 가을부터 이듬해 봄까지 반드시 개똥을 모아 왔다.

그러는 동안에 세월은 다시 바뀌여서 그렇게 흔하디흔하던 암모

니야니 석회질소니 하는 금비가 전쟁이 시작되자부터 별안간에 귀하게 되여서, 농사군들은 모여 앉기만 하면 비료 걱정이었으나, 그 점에 들어서는 김첨지는 애시당초 근심할 배가 없을 뿐 아니라 시방 와서는 오히려 선각자라는 칭송까지 듣게 되었다.

김첨지가 옷을 다 추서 입고 밖으로 막 나가려니까 노파는 그제야 잠에서 깨인 듯 이편으로 돌아누으며

"벌서 나가려우?"

하고 묻는다.

"벌서가 뭐야 다 밝은걸. 웬 잠을 그렇게 많이 자우?"

말투는 퉁명스러웠으나, 책망한다기보다도 애정이 넘치는 말씨었다.

"잠이 오는 걸 어떻거우."

"늙어서 잠 많이 자믄 쉬 죽는대."

하고 김첨지는 아까 생각했던 것을 말하여 버렸다.

"영감 살었을 적에 영감 손에 묻치면 상팔자지, 더 바랄 것 있소?"

노파는 주검을 두려워하기보다 오히려 첨지 살었을 때 죽기를 원하였다.

거기에는 짜장 거짓이 없었다. 비록 자녀 손은 있다 처도 영감을 먼저 보내는 것보다, 영감의 손으로 무덤의 흙 한 밥이라도 떠받는 것이 다행하다고 생각하였다.

"그렇지만 목숨이야 맘대루 허나."

하고 김첨지는 노파의 말에 비길 배 없는 애정과 슬픔을 동시에 느끼고 잠시 말을 끊었다가

"허긴 나 살어 있을 적에 죽어야 흙 한 밥이라두 더 두텁게 해 주지!"

하며 노파의 곁으로 가까이 와서 어깨에 이불을 감싸 주었다.

　늙은 내외는 제법 젊었을 때로 돌아간 듯 서로의 마음이 행복으로 흡족하였다.

　잠시 늙은 정을 주고받은 후에 김첨지는 다시 일어서며

　"허-벌서 다 밝었는걸! 어서 나가봐야지!"

하고 밖으로 나왔다.

　아까부터 다 밝었다는 날이 아직 어둑시근해서 밖은 밤기운이 가시지 않었다. 입춘이 지냈으니 정녕 봄이건만 아침 공기가 겨울이나 진배없이 차다.

　김첨지는 헷간에서 개똥 받는 삼테기와 호미를 들고 나와서 여니 날과 마찬가지로 위선 뒷언덕으로 올라갔다. 그래서 백 년은 실히 묵었을 듯싶은 느티나무 앞에 다다르자, 삼테기와 호미를 땅에 내려놓고 옷매를 단정히 하였다.

　미륵당(彌勒堂)에 치성(致誠)을 드리자는 것이었다. 이미 말하였거니와 김첨지에게는 슬하에 손자가 없었다. 워낙 만득자여서 나히는 이제 겨우 삼십이고 며누리는 이십 고개를 갓 넘었을 뿐이지만, 그래도 바지런한 젊은이들이라면 자식 세넷은 있을 법한 일이 아닌가. 허긴 애당초에 애기를 배지 못하는 못난이들도 아니었다. 삼 년 전에 뻐저시 아들 손자를 낳었는데 그놈이 어떻게 명민하게 생겼던지 보는 사람마다 강아지 새끼라면 훔처라도 가겠다고들 치하가 빗발치듯 했었다. 그런 치하를 들을 때마다 김첨지는 입이 귀밑까지 돌아가면서 오금이 채 추서지도 못한 장손이란 놈을 강보에 싸 들고 둥게둥게를 해 주었다. 국수당 앞짜리 닷 말지기 논과 함께, 장손은 김첨지에게 비길 배 없는 보배였다. 머슴살이로 출발해서 일생 동안의 피땀을 흘려 모은 닷 말지기 논이 이제야 참말 임자를 만난 듯했다. 육십 평생을 피땀 흘린 보람이 이제야 열매를 맺었나 보다 싶었다.

그런데 세상사는 호사다마라, 김첨지를 보기만 하면 벙글벙글 웃던 장손이란 놈이 하로는 기침을 톡톡 깃드니 뒤미처 불덩이같이 열이 오르다가 이틀 만에 그만 저승길을 가 버리고 말았다. 하두 촉박하게 가 버려서 미처 손쓸 사이가 없었고, 한 동리에 사는 한의(漢醫) 권재상조차 데려다 보이지도 못하였다. 그야말로 꿈 같았으나 꿈은 아니었다.

김첨지 내외는 몇 달을 두고 울었다. 들에서 하로 일을 마치고 집으로 돌아오는 가볍던 걸음이 천 근같이 무거워졌다. 논에서는 논에서대로 논 주인을 잃어버린 것이 가슴 아팠다.

그래서 김첨지는 하로는 신령하기 짝 없다는 읍내 무당을 찾어가서 물어보았더니 무당이 하는 말이

"인명생탄을 미륵님이 수여하시옵거니 너이는 귀한 자손 받은지라, 미륵불을 청배해서 공수를 들어 마땅하거늘 고기 한 칼 이렇단 정성 없고 일언반사 치하 없어, 미륵불이 대로하사 주었던 생명 빼앗어 갔느니라!"

하고 서슬이 푸르게 호통하였다.

김첨지는 앗불사 장손이 났을 때 미륵에 빌지 않었던 것을 뉘우치고 치를 벌벌 떨며

"그저 미매한 백성이라 죽을죄를 지었습니다. 앞으로는 어떻거면 좋으오리까?"

하고 마치 그가 미륵불이기나 한 것처럼 무당에게 절하며 물었다.

그랬더니 무당 대답이, 돼지 잡고 크게 굿을 해서 미륵님의 노여움을 풀은 뒤에 따로 미륵당을 모시고 삼 년 치성을 드리라, 그러면 그 후부터는 없는 애기 점지하고 있는 애기 수명 장수하리라 하였다.

그래서 김첨지는 그 달로 곧 굿을 하고, 다시 아모도 모르게 느티나무 밑에 미륵당을 모으고 새벽마다 치성을 드리었다. 그는 눈이 오거나 비가 퍼붓거나 삼 년 동안 하로도 거루지 않았다. 허지만 미륵님의 노염이 채 풀리기 전에 애기가 들면 (그럴 리는 만무하다고 굳게 믿기는 하지만) 다시 액을 면치 못할까 두려워서, 장손이가 죽은 후에 곧 읍내에서 남의 집 아이를 데려다가 며느리 젖을 먹이게 하였다.

그래 그런지 며느리는 오늘날까지 태기가 없었으나 지난달로 만 삼 년이 되었으니 이제는 있을 법한 일이라고 생각하면서 김첨지는 미륵당 앞에 꿇어 업데여 머리 우에 두 손을 모으고 오랜동안 축수를 하였다. 미륵당 앞에 꿇어 업데여 축수하고 나면 김첨지는 마음이 한없이 경건하여졌다. 더구나 만 삼 년이 지냈으니 이제 손자를 볼 날도 그럼 머지않다는 생각에 마음이 느긋하였다.

이윽고 김첨지는 미륵당 앞에서 몇 발걸음 뒷걸음 처 나와서는 삼테기와 호미를 들고 마을 길로 나섰다. 개똥을 모으러 떠나는 것이었다.

아직도 날은 완전히 밝지 않았다. 안개 속에 잠든 마을의 초가집들이 전설같이 평화롭고, 여기저기서 솟아오르는 아침밥 짓는 연기가 꿈을 유혹하는 듯하였다. 일평생을 살아오는 마을이건만 언제 보나 즐거운 마을이었다.

김첨지는 무슨 땅에 떨어진 보배를 찾는 사람 모양으로 행길 좌우를 이리 기웃 저리 기웃 유심히 살피며 걸어가고 있다. 그렇게 얼마를 댕기노라니까 행길까 겁부테* 우에 개똥이 한 무데기 있었다. 김첨지는 서슴지 않고 호미로 개똥을 튕겨 처 본다. 어제밤에 내깔긴 똥인 듯싶어, 땅땅 하니 얼어 있었다. 김첨지는 조곰도 더러운 생각을 느끼는 일 없이─아니 그것이 무슨 보배이기나 한 것처럼 수수 부침 같은 개똥을 호미로 떠서는 잠시 드려다보다가 옆에 낀 삼테기에 넣었다. 그 개똥이 장차 거름(비료)이 되여서 곡식을 무럭무럭 자라게 하고, 나락을 수부룩하니 영글게 해 줄 것을 상상하면 무슨 먹는 음식이나 진배없이 소중하게 여겨졌던 것이다.

김첨지는 개똥을 처 모을 때마다, 다른 농사군들이 개똥의 고마움을 어째서 모를까, 의심스럽기까지 하였다.

개똥은 그러나 굳어진 수수 부침 같은 것만은 아니었다. 간혹 가다가 금방 싸 갈긴 김이 무럭무럭 나는 팟죽 같은 것도 각금 맞나게 된다. 그러면 아모리 김첨지라도 차마 그런 것까지는 삼테기에 담을 수 없고, 그렇다고 그대로 모른 체하기에는 하두 아까운 생각이 들어서 팟죽 같은 것을 호미로 떠서는 길가의 밭 한가운데에 팽겨치는 것이다. 그 밭 임자가 누구이건 그런 것은 상관할 바 아니었다. 다만 귀한 비료가 되는 개똥을 그대로 보고 지나기는 하늘의 뜻을 거역하는 것 같아서 적당히 처분한 데 지나지 않는 것이다.

마을을 한 바퀴 돌아댕기는 동안에 개똥이 한 삼테기 무둑히 모혀서 어깨쭉지가 축 늘어지게 되였다. 김첨지는 삼테기에 넘치는 개똥

* 겁부테 : '검부러기'의 방언. 검불의 부스러기.

을 안고 집으로 돌아오니까, 칠성이가 뜰에서 짚을 고르다가

"참 내일부턴 거름을 처 내야갔수다."

하고 무뚝뚝한 표정으로 말하였다.

김첨지를 닮아서 칠성이는 말숫이 적었다.

"그래야지! 이제부터는 한창 바쁘게 되였다. 이영*두 입여야겠구, 논밭에 걸음두 옮겨야 허구⋯⋯."

하며 김첨지는 어깨에 질어지고 온 개똥을 짚덤이 옆에 갖다 쏟는다. 거기에는 한겨울 동안에 모은 개똥이 조고마한 산을 이루게 쌓여 있었다.

"그만했음 넉넉할까요?"

칠성이가 개똥 모은 것을 보며 물었다.

"글세 자람즉은 허다만. 더 있음 작히나 좋겠니. 근자에는 원 개가 적어저서⋯⋯."

"그래두 작년과 비슷한 것 같군요."

"나보기루두 그래 뵌다만. 그럼 내일부터는 처 낼까?"

다른 비료와도 달라서 개똥은 날씨가 더워지기 전에 논과 밭으로 옮기지 않으면 안된다. 왜 그런고 하니, 날이 따뜻해져서 어렀던 개똥이 녹아 버리면 냄새가 고약할 뿐 아니라 옮겨 나르기가 여간 어렵지 않기 때문이다.

부자간은 비료에 대해서 몇 마디 더 주고받은 후에 김첨지가

"그만허구 조반 먹자구나!"

* 이영 : '이엉'의 방언. 초가집의 지붕이나 담을 이기 위하여 짚이나 새 따위로 엮은 물건.

하며 앞서 뜰 안으로 들어오자, 세 살잽이 읍내동이가

"큰아바지, 큰아버지(할아버지!)"

하며 맞받어 나왔다.

"아이구, 내 새끼가……. 빠빠 먹었니?"

김첨지는 얼른 읍내동이를 얼사안드니 텁수룩한 수염 사이로 입술을 빗죽 내밀어서 입을 맞초아 준다. 읍내동이는 입을 맞추고 나서 김첨지의 수염을 끄올려 잡구 나꾸채며

"큰아바지, 지지야!"

하고 까득까득 웃는다.

"에이 고약한 녀석. 내가 어째 지지-냐?"

김첨지는 짓궂게 입을 한 번 더 마초았다.

읍내동이는 읍내에서 데려다 기르는 아이었다. 장손이가 죽은 후에 읍내동이를 데려왔을 당초에는 작구 장손이 생각뿐이여서 읍내동이를 좀체 거들떠보지도 않았으나, 달이 가고 해가 바뀌는 동안에 죽은 아이의 생각은 점점 멀어가고 눈앞에서 아른거리는 읍내동이에게 차츰 정이 들어서 이제는 친손자나 진배없이 귀여웠다. 그러기로 말하면 비단 김첨지뿐이 아니었다. 젖에미* 되는 며누리는 말할 것도 없고 김첨지의 늙은 안해나, 젖애비 되는 칠성이나 온 집안 식구가 모르는 사이에 읍내동이에게 정이 쏠려서 남의 자식이라는 것을 통히 잊어버리게 되었다.

그래서 지난 정초에 읍내동이의 친어머니가 읍내에서 찾어와서,

---

* 젖에미 : '젖어미'의 옛말. '자기가 낳지 아니한 아기에게 젖을 먹여 키우는 여자란 뜻을 가진 젖어머니를 낮춰 부르는 말.

이제는 젖도 떨어졌으니 데려가겠다는 말을 하였을 때에는 온 식구가 눈물을 지웠고 며느리는 읍내동이를 부둥켜안고

"네가 남의 집 아인 줄을 나는 도무지 몰랐구나!"

하고 연성 푸념을 하면서 목을 놓아 울었다. 그러한 광경을 본 읍내동이 어머니는 인정상 측은함을 무릅쓰고 차마 억지로 데려갈 수가 없어서 그러면 제 아래가 생기거던 데려가겠다고 하여, 겨우 평온하게 되었다. 사실 그때에 읍내동이를 데려갔더라면 김첨지 집은 장손이 죽었을 때 이상으로 슬펐을는지 모른다.

김첨지는 읍내동이를 안고 방 안으로 들어와서는 부엌에다 대고

"읍내동이 밥 주우! 우리 읍내동이 밥을 줘야지……. 빠빠 먹자 응!"

하며 읍내동이를 보고 주름살을 지어 웃어 보였다.

늙으면 손자 데리고 노는 것이 유일한 여락*이었다. 읍내동이에게 재롱을 피우며 즐거움을 보다가도, 이 아이는 국수당 앞자리 닷말지기 논을 물려받을 아이가 아니거니 하면 그만 눈앞이 아뜩해지고 사지에 맥이 폭 풀리었다. 그러나 그런 일은 어쩌다가 있는 일이요, 보통 때에는 친손자나 진배없었다.

김첨지는 밥상을 갖다 놓기가 바쁘게 위선 무슨 맛나는 것이 있으면 반다시 읍내동이에게 맡겼다.

그날 아침상에도 달걀 띤 것이 놓인 것을 보자 김첨지는

"에키! 달걀이 있구나!"

하고 곰의 발같이 왁살스러운 두 손가락으로 달걀을 냉큼 집어서 상

* 여락: 즐기고 남은 즐거움.

구통이에 와 붙은 읍내동이 입에 넣어 주었다. 물론 게란은 김첨지를 위한 것이 아니요, 읍내동이 먹이려고 띤 것이었다. 김첨지의 식구는 청내 가야 달걀을 먹는 사치는 해 본 일이 없고, 따라서 게란은 으레 장에 갖다가 파는 것인 줄로만 믿어 오면서도 읍내동이를 위해서는 조곰도 아까운 것이 없었다. 유모 삯이 한 달에 십 원인데, 읍내동이가 먹는 게란을 값으로 환산하면 한 알에 십 전*씩 처서 한 달에 칠팔 원이 되건만, 집안 식구는 한 번도 그런 것을 따진 일은 없었다. 그저 먹이고 싶어 먹일 따름이었다. 읍내동이가 맛있게 먹는 것을 보면 온 식구의 얼굴에 웃음꽃이 피었다.

이튿날부터 김첨지는 칠성이와 함께 논밭에 개똥 나르기에 한창 바뻤다. 별로 힘드는 일은 아니지만 육십 늙은이가 지게 짐을 지고 가깝지 않은 거리를 진종일 왕래하기란 결코 수월치도 않았다. 김첨지 자신이 그런 일까지 하지 않아도 칠성이가 있으니 걱정은 없지만 김첨지는 가만히 앉아만 있기는 더욱 괴로웠다. 만약 칠성이만 없었더라면 죽기까지 싫구 좋구 간에 코가 늘어지게 진고생**을 했을 것이다 생각하면 권속*** 없는 칠성이가 오히려 측은하게 여겨졌다. 더구나 국수당 앞 닷 말지기에 걸음을 두텀히 펴고 보니 가뜩이나 좋은 논이 꿀단지같이 소중하게 느껴지면서, 나는 이 논을 칠성이에게 물려주려니와 칠성이는 물려줄 사람이 아직 없어서 서러웠다. 미륵님께 꼬박히 삼 년하고 한 달을 더 빌었으니 그만했으면 점지가 있음 직도

---

* 1910년 한일합병 이후, 화폐 단위는 일본식 원(圓)이었으며, 1원=100전의 화폐산식이 적용되었다.
** 진고생 : '짓고생'의 방언. 아주 심한 고생.
*** 권속 : 한집에서 거느리고 사는 식구. 문맥상 '자식'을 의미함.

한데, 요새 며느리의 경도가 어찌 되었는지 통히 알 수가 없었다.

그래서 저번 날 밤에는 은근히 노파의 귀에다 대고 물었더니 속알 머리 없는 노파는 남의 내속도 모르고

"영감두! 망측스럽게 그런 걸 뭘 다 묻수!"

하고 아들 내외가 자는 웃방에까지 다 들리게 큰 소리를 내여서, 김첨지는 그만 입을 다물어 버리고 말었던 것이다.

청명절(淸明節)을 지나면서부터 농촌은 눈코 뜰 새 없이 바빳다.

이영을 입히고, 비료를 깔고, 채마전을 잘어 부치고, 못자리를 파고, 씨를 뿌리고ー한 몸을 열로 쪼개여도 모자랄 지경이었다.

김첨지는 그런 일에 한 번도 빠지지 않고 착실히 한몫을 매었다.

"제발 아버지는 그만두래두 그러므다래. 남 보기 상숙디 안수다래ー"

하고 칠성이가 다자꾸 말리건만 김첨지는 가만히 놀고 있으면 전신이 근지럽고 속이 답답하게 타올랐다. 뭐든지 일을 해야만 속이 시언했다. 눈앞에 뻔히 쌓여 있는 일거리를 보고 한가로히 앉었기가 다음이 송구했다.

그래서 오히려 면목 없는 일을 매일같이 따라다녔는데, 그래 그런지 저녁이면 몹시 고단해서 요 몇 날째는 아침에도 오히려 노파보다도 늦게 일어났다.

"요새 영감이 아츰 잠이 늘었으니 웬일이요?"

하고 노파가 수상해서 묻는 말에

"쉬 죽을라는 게지!"

하고 김첨지는 무심코 대답하고 나서 다시

"살 나히는 다 살었으니 여한은 없지만 이제 죽는다면 손자 놈을

못 보구 죽는 것이 원한이야!"

하고 쓸쓸히 웃었다.

"영감은 욕심 사납게 나보다 먼저 죽을나는 게로군요. 제-발 내가 죽거던 후에 죽으우!"

"허허허 그러지! 그렇지만 인명이야 인력으루 허는 수 있나!"

늙을수록 도타워 가는 것이 내외간의 정의라, 한평생 사랑하던 안해를 두고 먼저 죽는다는 것은 너무나 매정스럽게 여겨졌다. 그야 안해가 죽은 후에 외로울 자신을 상상만 하여도 몸서리가 치지만 그래도 그 서름을 노파더러 겪으라고 할 욕심은 없었다.

그러한 어떤 날 김첨지가 동네 사람들과 얼려서 오선달네 밭에 옥수수를 심고 있었는데, 전에 없이 이상하게 골치가 지근지근하고 사지에 맥이 풀렸다.

"웬일일까!"

육십을 살아도 감기약 한 첩 써 본 일 없는 김첨지였으나, 이날따라는 암만 해도 몸이 이상했다. 사지가 찌쁘드르한 것이 되인 매를 단단히 얻어맞은 것 같았다. 얼마를 그러드니 정신이 어질어질하다가 눈알이 핑글핑글 돌았다.

김첨지는 암만 해도 그대로 백여날 수가 없고 그렇다고 몸이 다르다고 하기에는 남 듣기 창피해서 아모도 몰래 슬그머니 빠저서 집으로 돌아왔다. 그래서 막 사립문께에 오다가 보니, 며누리가 싸리 울타리에 머리를 기대고 서서 끼억끼억 헷구역질을 하고 있었다.

김첨지는 눈이 번쩍 띄이고, 정신이 활작 차려졌다. 몸 괴롭든 것이 어디론지 도망을 가 버렸다.

"옳다! 이제는 국수당 앞 닷 말지기의 주인이 점지되었나 보구나! 미륵님두 참 신령두 허시지!"

김첨지는 순간에 이렇게 생각하였다.

며누리가 헷구역질을 하는 것은 태기의 징후— 말하자면 입덧이 틀림없다고 믿었기 때문이었다.

김첨지는 짚덤이에 몸을 숨기고 서서 작구만 헷구역질을 하는 며누리를 얼마간 바라보다가, 오던 길을 되돌다처서 약국으로 권재상을 찾아갔다.

"김첨지가 웬일이오. 참 수상하구료. 오늘이 명절두 아닌데 김첨지가 한가하니 웬일이오?"

약 내음새가 코를 찌르는 사랑간에 도사리고 앉었던 권재상이 말하였다.

"네, 다른 게 아니오라—"

하고 김첨지는 빙글빙글 웃으며, 권재상 앞으로 가 무릎을 꿇고 앉으며

"내 집 며눌아이가 성태가 된 모양이온데 재장 영감더러 어렵지만 태점(胎占)을 한 패 처 주십사 허구……."

"자부께서 성태를 허셨다? 거 참 경사로군 그래. 김첨지는 워낙 손자가 늦었으니 얼마나 반갑겠소. 내, 특히 잘 보아 주지! 칠성이 나히가 몇이드라?"

"네, 새해 잡아 설흔두 살이옵니다."

"설흔두 살? 설흔두 살이면 기유(己酉)생이로군. 또 자부는?"

"며눌아이는 금년 수물네 살이옵구……."

"수물네 살이면 임인(壬寅)생, 그러구 어느 달부터 태기가 있었는지?"

김첨지는 그만 말문이 막혔다.

엉겁결에 달려왔을 뿐이지 미처 그것까지는 알아보지 못했던 것이다. 그래서 잠시 머뭇거리다가

"그건 자세히 모르옵는데……."

하고 무슨 죄나 범한 사람처럼 난처해 하였다.

"허─ 속담에 장가가면서 무엇 떼여 놓구 간다드니 태점 하러 오면서 달수두 몰라서야 되나. 가서 다시 알어 가지구 오우. 내 영락없이 마쳐 줄 테니……."

"네, 그러옵지요"

김첨지는 공손히 인사를 하고 문밖으로 나서기가 바쁘게 휙 하니 집으로 달려갔다. 마침 며누리는 없고 노파만이 방 안에서 물레질을 하고 있었으므로 김첨지는 대뜸

"여보, 늙은이 며눌아이가 언제부터 태기지?"

하고 노파에게 물었다.

"태기? 아, 누가 그런 소릴 합디까?"

노파도 귀가 번쩍 띠여서 물렛손을 놓고 영감에게로 돌아앉는다.

"아니 그럼 늙은이는 집에 있으면서 그런 것두 몰랐단 말이요?"

김첨지는 한번 뽑내며 입을 크게 벌려 웃었다.

"난 도무지 몰랐군요. 아니 누가 그럽디까? 칠성이가 그럽디까?"

노파는 첨지의 턱을 떠받을 듯이 바싹 닥어앉었다.

"웬걸, 칠성이 녀석이 그런 말 헐나구."

"그럼 영감은 어떻게 아우. 여보 답답허구료. 시언스럽게 얘길 좀 허구려!"

노파는 첨지의 손을 턱 붓잡고 간청이었다. 김첨지는 기대에 넘치는 노파의 얼골을 우슴 그득한 시선으로 잠시 내려다보다가, 아까 사립문께서 일을 자서히 이야기하여 주고

"자— 그러니 틀림없겠지? 그 무당두 삼 년 후이면 알 도리가 있다구 했것다."

"그렇다면 틀림없군요. 여보, 어서 가서 태점이나 해 오우!"

"아따 늙은이두 서두르긴 허네. 그렇게 급해서는 보리밭에 연자말 끌겠구료. 태점을 허재두 성태헌 달을 알어야 허지!"

김첨지는 자신이 한 번 겪고 난 실패는 모른 체 제법 어른답게 책망을 하였다.

"참 그렇군요."

"그러니 임자가 그 애 보구 은근히 물어보우. 태점은 내가 처 올 테니. 어디 갔소 애?"

"가긴 어딜 가우. 우물가에 빨래 나갔지요."

"그럼 어서 나가서 알어보우!"

"그러지요."

노파는 여니 때 없이 맘이 가벼웠다.

노파가 나가자, 김첨지는 구래나룻을 쓰윽쓱 내리쓸며 지극히 만족한 표정으로 방 안을 왔다 갔다 하였다.

이윽고 노파가 자즌 걸음을 이여 뜰 안으로 들어오는 발소리를 듣자 김첨지는 불이낳게 방문을 열고 내다보았다.

노파는 싱글벙글 웃는 얼굴로 손가락 셋을 펴쳐 보이며 방 안으로 들어왔다.

"석 달?"

하고 김첨지가 표정은 대단하나 음성은 나즈막하게 물었다.

"지난 정초에 있군, 아주 끊겼대—"

"정초에?"

정초라는 말이 김첨지를 더욱 기쁘게 하였다. 정초라면 만 삼 년 되는 바루 그 무렵이 아닌가. 김첨지는 미륵님의 조화가 더욱 신령스럽게 믿어졌다.

"여보 어서 가서 태점을 해 보우!"

"응 그러지!"

하고 밖으로 나오는 김첨지의 뒤를 노파는 따라서며

"그리구, 접때 그 무당댁에두 좀 댕겨오우. 급히 갖어갈 것두 없으니 입치하라두 해야지 않우!"

"암 그래야지! 그렇구말구!"

김첨지는 귀가에 휑하니 바람 소리가 나게 권재상을 다시 찾어갔다. 태점은 아들이었다.

"분명하올까요?"

"아, 분명하다 뿐이오! 내 태점은 엽때 한 번두 빗맞은 예가 없오."

"고맙습니다. 신세를 뭘루 갚아야 하올지."

김첨지는 두 손을 부비였다.

"참 반갑소. 이제는 태모의 건강에 주의해서 명민한 손자를 낳도록 하시오."

"네, 그러자면 무슨 약을 좀 쓰는 것이 좋겠읍지요?"

"태모에게 쓰는 한방약이 내게 있으니 위선 여나문 첩 갖다 써 보시오."

"네 그럼 그걸 좀 지여 주십서요."

김첨지가 산모의 보약을 열 첩을 지어 들고 약국을 나와서는 그러나 바루 집으로 가지는 않고 읍내로 무당을 찾아갔다. 신령하기 짝없는 무당에게 치하도 할 겸, 태점도 한 번 더 처 볼 요량이었다.

무당은 기쁜 낯으로 인사하며 들어서는 김첨지를 보자 대뜸

"미륵님의 은덕으로 소원 성취하셨으니 얼마나 반가웁소."

하고 말하였다.

김첨지가 기뻐하는 기색을 본 무당은 약속바르게* 그에게 무슨 경사가 있는 것을 눈치채였고, 그 기쁨이란 필연코 자부에게 태기가 있는 것이리라고 짐작했었다. 그랬더니 김첨지는 과연 놀라는 기색에다 기쁨을 더욱 나타내여

"신선님(무당)께서는 그럼 이미 다 알구 계셨읍니까?"

"그런 걸 모르구야 남의 운수를 어떻게 인도하겠소 원 영감님두……."

무당은 신이 나서 뻐기었다.

"모든 게 신선님의 덕택이옵니다. 그러온대 이번에두 아들이올지, 태점을 좀 처 주셨으면 해서……."

"원 별 말씀을 다 하시오. 미륵님이 점지해 주셨는데 태점은 처서 무엇 허우. 떼여 본 듯헌 일을—"

"허허허 말씀을 듣고 보니 그러하웁군요. 그저 우매헌 저이가 되여

---

* 약속바르게 : '약삭빠르게'의 방언. 꾀가 있고 날쌔게.

서……."

김첨지는 머리를 뻑뻑 긁었다. 딴은 미륵님의 힘으로 주시는 자식이니 아들일 것은 불문가지가 아닌가. 공연히 태점을 하려고 돌아댕긴 것이 허사요 미륵님께 대한 죄악같이 느껴졌다.

아들 손자라는 것은 더 의심할 여지가 없었다. 한 번 믿은 신념은 바위같이 굳은 김첨지였다.

그는 집에 돌아오는 길로 곧 마누라에게 자초지종을 말하고 나서 한시바삐 한약을 다려 먹이라고 하였다. 김첨지 자신은 일생 동안에 약 한 첩 써 본 일 없으면서, 아들 손자를 위해서는 얼마든지 쓰고 싶었다.

약봉지를 보자 읍내동이가 쪼르르 달려오며

"큰아버지(할아버지) 이거 뭐야 응?"

하고 물었다.

김첨지는 얼른 읍내동이를 얼싸안으며

"아이구 내 새끼 가역기두 허지! 저건 말이다. 네 동생을 위해 지어 온 약이란다. 너는 참 복동이다. 머지않어 동생을 보게 되었으니……."

하고 수없이 입을 마초아 주었다.

김첨지는 오늘따라 특히 읍내동이가 귀여웠다.

김첨지는 저녁을 먹고 나서 짚을 추기려고 밖에 나서니 웬일인지 등골이 오싹 추워 왔다. 그제야 그는 오늘 낮부터 제 몸에 이상이 있었던 것을 생각해 내었다.

담배을 피였으나, 담배 맛이 유별히 썼다. 이윽고 자리에 누었을 때에는 몸이 불덩어리같이 달았다. 정신이 어느새 몽롱해 왔다. 그러나 그는 아모에게도 몸이 괴롭다는 말은 하지 아니하고 눈을 감은 채 가만히 누어 있었다.

이러다가 죽는 것이나 아닐가 마누라보다 먼저 죽으면 미안하다고 문득 그런 생각이 들었으나, 국수당 앞자리 닷 말지기 논을 물려줄 사람도 태여났으니 고대 죽는대도 여한이 없을 것 같았다.

오랜 시간, 그는 그린 듯이 누어 있었다. 밤이 깊어 갈수록 숨결이 몹시 거슬었으나, 아모도 그가 병중이라는 것을 깨닫지 못하였다.

밤늦게 그는 가끔 가끔

"미륵둥이, 미륵둥이……. 마누라, 마누라……."

하고 군소리를 지꺼렸으나, 집안 식구가 모두 곤히 잠든 후였으므로 그 군소리를 아모도 듣지 못하였다.

그날 새벽에, 김첨지는 아모도 모르는 사이 미륵동이를 만나러 먼 길 떠나는 꿈속에서 그의 고락 많은, 그러나 지극히 단순한 일생을 마치었다.

날이 밝은 후에 영감을 깨이려든 노파가 자지러지게 놀라, 일변 아들과 며누리를 부르며

"이 영감이 박정하게 종시 나보다 먼저 세상을 떠나셨구나. 아이구 아이구!"

일변 눈물을 흘리며 시체를 붓잡고 넉두리를 하였다.

"아버지! 아버지!"

당황히 달려온 아들과 며누리가 안타까이 불렀으나 이미 모든 것이 허사였다. 그린 듯이 누어 있는 김첨지는 영원히 대답이 없었고,

다만 고요한 그의 눈매와 입가에 평화와 행복을 상징하는 듯한 간얄
핀 미소가 끊임없이 흘러가고 있을 뿐이었다.

행복(幸福)

밤새 내리던 눈은 새벽에 겨우 그쳐, 다음날은 쨍쨍하게 맑아 아침 태양이 먼 곳까지 눈을 찬연히 비추고 있었다. 하늘은 깨끗하게 닦은 청자색으로 맑고, 따뜻한 햇살은 봄이 가까이 왔다는 생각을 들게 하였다. 삼한 사온의 사온의 첫날이었다.

아침밥을 다 지어 놓은 서분녀(西粉女)는 여자들이 머리에 쓰는 수건으로 먼지를 털면서 부엌에서 안마당 쪽으로 나왔다. 그러자 눈에 갇혀 처마 밑에서 어슬렁대던 열대여섯 마리의 닭들이 그녀의 모습을 발견하고 앞 다퉈 쫓아왔다. 그리고 둘러서서 움츠렸던 목을 늘이고 그녀의 얼굴을 쳐다보며 먹이를 원하는 표정을 지어 보였다. 눈 때문에 아침 모이를 찾을 수 없었던 것이다.

"쿠우쿠쿠쿠쿠……."

서분녀는 먹이를 줄 때의 목소리를 내면서 헛간 쪽으로 걸어갔다. 그러자 닭들은 일제히 졸래졸래 뒤따라 왔다.

헛간에서 먹이가 든 바가지를 가고 나와, 서분녀는 잘게 빻은 옥수수를 한 주먹 쥐어 처마 밑에 뿌려 주었다. 닭들은 기뻐하며 땅 위의 먹이를 하나하나 열심히 쪼아간다.

서분녀는 먹이를 쪼는 닭을 하나 둘 셋 턱으로 세어 갔다. 열일곱 마리 전부 모여 있었다. 모두 있는 것을 확인하자 그녀는 한 주먹 더 뿌려 주었다. 열일곱 마리가 먹이를 쪼기 위해 바삐 머리를 쉴 새 없이 움직이고 있는 것을 바라보면서 진정한 행복감에 젖어 들었다. 열일곱 마리의 닭은 서분녀에게는 자기 자신의 행복의 상징과 같은 느낌이 들었다.

"아이가 태어날 때쯤에는 저 닭들도 알을 낳을 것이고, 내가 돌아올 때에는 틀림없이 북적거리겠지!"

지원병 훈련소에 입소하기 전날 저녁에 남긴 남편 현준의 말이 문득 떠올라서, 서분녀는 크게 부른 자기 배를 내려다보면서 얼굴이 붉어졌다.

그로부터 두 달 반이 지나 서분녀가 아이를 낳을 날도 그리 멀지 않았다. 그리고 보니 코-코코 우는 것을 보면 닭도 산란이 멀지 않았음을 알 수 있었다. 그녀는 닭 울음소리만 들어도 알 수 있었다.

그녀가 모이 주기를 끝마치고 부엌으로 가려고 할 때, 갑자기 방에서 콜록콜록 기침소리가 들려오더니 덜컹 장지문이 열렸다.

"오오, 많이도 내렸구나!"

시아버지 윤 선달(尹 先達)이 마당의 눈을 바라보고 감탄하면서, 조끼의 단추를 채우며 마당으로 내려섰다.

"안녕히 주무셨어요! 정말 많이 내렸지요!"

서분녀는 마치 자기 덕분이기라도 한 듯 방긋 웃으며 말했다.

"정말 많이 내렸구나. 이 정도면 내년 보리농사는 잘되겠구나!"

마당에 내려선 윤 선달은 담 너머 먼 산의 눈을 눈이 부신 듯 바라보면서 유쾌하게 말했다. 겨울에 큰 눈이 내리면 다음 해 보리 풍년이 든다는 것은 육십 년 동안의 자기 경험에서 나온 결론이었다.

"큰 눈이 내린 다음 해는 보리가 잘된다면서요? 정말 고맙네요!'

"아아, 잘됐구나."

그렇게 말하고 윤 선달은 콜록콜록 또 기침을 하기 시작했다. 그는 몇 해 전부터 천식을 앓고 있었기 때문에 겨울엔 여간 고생스러운 것이 아니었다.

"아버님! 추우니까 방에 들어가세요. 몸이 차면 또 심해지시잖아요. 자, 빨리요. 곧 아침상을 차릴게요."

서분녀는 보살피는 듯 말을 남기고 부엌으로 들어갔다. 윤 선달은 다시 콜록콜록 기침을 하면서,

"아가(조선의 시골에서는 그렇게 부른다)! 눈삽 어디다 두었느냐!"

라고 부엌을 향해 소리를 내었다.

"여기에 있는데요, 괜찮아요, 아버님! 나중에 제가 치울 터이니…….
아버님은 찬바람 쐬시면 안돼요."

부엌에서는 목소리만 들려왔다.

"우물가까지만 길을 만들어 놓을 테니까 눈삽 좀 주렴!"

노인은 부엌 앞까지 걸어가서 손을 내밀었다.

"정말 괜찮다니까요. 이제 아침 드세요. 현이(賢二) 도련님은 왜 안 돌아오는 걸까요!"

현이는 열세 살이 되는 현준의 동생이다. 그는 눈이 내렸기 때문에 아침 일찍 꿩을 잡으러 나가서 아직 돌아오지 않았다.

"현이가 돌아올 때까지 이것만이라도 치워 둬야겠다."

시아버지는 우물가까지 길을 가리켰다.

"제가 치울게요."

서분녀는 부엌 구석에 세워 두었던 눈삽을 가지고 마당 쪽으로 나와서 부지런히 눈을 치웠다. 건장한 남자보다 나은 몸이었다. 벌써 산달로 커다란 배를 감싸 안고 있었지만 힘찬 몸짓이었다.

"애야, 괜찮으니까 내게 맡겨라. 너는 그런 몸으로 무리하면 안된다."

"아니에요. 눈 치우는 것쯤이야 괜찮아요. 그것보다 아버님, 이렇게 추운 날 밖에 오래 계시면 정말로 천식이 더 심해져요."

그렇게 말하는 사이에도 그녀는 부지런히 눈을 치우며 우물가로 길을 만들어 갔다. 시아버지는 이제 아무 말도 않고 그냥 며느리의 움직이는 뒷모습을 감사의 눈으로 바라볼 뿐이었다.

한 집안의 기둥인 현준이 돌연 지원병으로 자원해서 시험에 보기 좋게 합격했을 때, 솔직히 말하면 윤 노인은 기쁘다기보다도 걱정하는 마음이 앞섰다. 한 집안의 중심인 현준이 없어져 버리면, 남은 며느리와 현이와 자기 세 사람으로 도대체 어떻게 해야 좋을지 앞길이 캄캄했다. 자기는 벌써 나이가 나이인지라 들일은 못할 것 같고, 현이는 아직 열세 살이라 한 사람 몫을 못하고, 며느리인 서분녀만이 믿을 만한 기둥이었지만, 아무래도 여자 손에 의지하는 것은 그다지 믿음직스럽지 못하다는 생각이 들었던 것이다. 그래서 윤 선달은 정면으로 입소를 반대했지만 아들이 완강하게 움직이지 않을 뿐 아니라, 며느리인 서분녀도

"아버님! 집안일은 제가 맡을 테니까 남편이 희망하는 대로 허락해

주세요"

라고 빌듯이 말해서, 어쩔 수 없이 허락해 줄 수밖에 없었다.

　그러나 입소하고 난 다음 현준의 빈자리는 어떤 일이 생길 때마다 아들을 떠오르게 했고, 그저 하루하루 생활에 의지할 데 없다는 것만을 느꼈다. 시간이 지남에 따라 그런 생각도 점차 옅어져 갔다. 특히 며느리인 서분녀는 현준에 비해 나으면 나았지 못하지 않게 전력을 다하며, 온갖 집안일에 실로 확실한 솜씨를 보여 주었기 때문에 노인은 완전히 안심할 수 있었다. 면장이나 주재소 사람들로부터 현준의 지원병 훈련소 입소 의의에 대해서 귀에 못이 박힐 정도로 설명을 들었으면서도 전혀 납득이 가지 않았지만, 그런데 지금에 이르러서야 비로소 현준의 행동이 고귀한 것임을 의심 없이 실감하며 몸에 사무치는 느낌이 들었던 것이다.

　서분녀가 우물가까지 눈을 완전히 치웠을 즈음 현이가 메추라기를 한 마리 잡아서 돌아왔다.

　"한 마리 잡았어요. 다행이네요. 하지만 추웠죠?"

　그녀는 놀라 눈을 크게 뜨고 시동생의 손을 자기 손으로 비비면서 보살피듯 말했다. 현준이 입소하고 나서부터 현이는 그녀에게 둘도 없는 의지처였다.

　"춥지는 않은데 배가 고파요!"

　"그래요? 그럼 곧 밥상을 차릴게요."

　그녀는 부엌으로 뛰어가서 밥상을 들고 왔다.

　차는 없었지만 즐거운 아침 식사였다.

　아침 식사가 끝나면 가마니를 짜야만 했다. 서분녀가 밥상을 치우고 있으니까 시아버지는 벌써 가마니의 판을 짜고 있었고, 현이는 짠 가마니를 꿰매고 있었다.

그녀도 빨리 거들지 않으면 안되었기 때문에 마음이 바빴다. 가마니 짜는 일에 그녀는 내심 어떤 책임을 느끼고 있었다. 그것은 올해 안에 면사무소에 납품해야 하는 책임 매수에 관한 일이었다. 현준이 입소하고 삼 일째 되던 날 면의 기수와 구장이 함께 찾아왔다. 시아버지가 집에 없어서 서분녀가 응대하자

"댁은 현준 씨가 입소를 했기 때문에 올해는 가마니의 책임 매수를 작년의 반으로 줄여 백오십 매로 했으니 그렇게 해 주세요"
라고 면의 기수가 말했다.

현준이 없을 뿐인데 가마니 책임 매수가 반으로 줄어들었다는 말을 듣고 서분녀는 뭔가 외로웠다. 게다가 다른 사람들에게 그런 생각이 들게 할 정도로 자신들이 비참하고, 현준에게 부끄러움을 주는 존재가 되어서는 안되겠다고 생각했다.

"아니요. 남편이 없어도 작년과 같은 수의 가마니를 짤 수 있으니까 수는 줄이지 마십시오"
라고 단호히 잘라 말했다.

"댁의 굳은 의지는 알겠습니다만, 노인과 아이로는 삼백 매는 무리입니다."

옆에 서 있던 구장이 미소를 지으며 달래듯이 말했다.

"아니요. 괜찮아요. 짤 수 있어요."

서분녀는 힘찬 목소리로 대답했다. 그녀의 얼굴은 범하기 없을 정도의 엄숙한 표정으로 가득했다. 기수는 물론 구장도 잠시 말이 없었

다. 사실 그녀는 짜서 보여 주려는 각오였다. 남편 몫까지 일하겠다고 자기 자신에게 맹세하지 않았던가? 남편이 없으니까 라는 그런 이유로 응석을 부리는 것이야말로 매일 나라를 위해서 열심히 일하고 있을 현준에게 면목이 없는 이야기이다.

"그럼 줄이지는 않겠습니다만 무리는 하지 말아 주십시오. 짠 만큼만 납품해 주시면 되니까요."

면의 기수는 어쩔 수 없이 그렇게 말하고 돌아갔다.

생각해 보면 현준이 있을 때에도 삼백 매는 결코 쉽게 할 수 있는 매수는 아니었다. 그것을 산달을 코앞에 둔 지금에서는 삼백 매는 무모한 것이었다. 무모하지만 해서 보여 주리라고 그녀는 굳게 마음먹었다.

노인과 현이가 돌아왔을 때 그녀는 그 일을 이야기했다. 그러자 떠맡은 바에야 지금부터라도 시작하자며 한마디 불평도 하지 않고 선선히 받아들여 주었기 때문에 그녀는 너무 기뻐 울어 버렸다.

그날부터 가마니 짜기가 시작되었다. 거의 칠십 일 간을 밤낮으로 해서 어제까지 해서 이백칠십 매를 짰다. 하지만 그것은 보통의 수고로움이 아니었다. 현이는 빛을 못 봐서 얼굴이 중병 환자처럼 창백해졌고, 윤 선달은 새끼를 꼬느라 손바닥이 다 벗겨졌으며, 서분녀는 또 서분녀대로 코피까지 쏟았다. 그녀는 삼백 매를 떠맡은 자신의 무모함을 몇 번이나 후회하였으며, 또 시아버지나 현이에게 미안하다고 생각했다.

게다가 현이가 감기로 삼 일간 앓아누웠을 동안에 그녀는 제정신이 아니었다. 그러자 문득 "무리는 하지 말고 짠 만큼만 납품해 주시면 됩니다"라고 한 기수의 말이 다시 떠올랐다. 그러나 그럴 때마다 그녀는 나쁜 생각이라도 떨쳐 버리듯 머리를 세게 흔들며 자신을 채찍질했다.

덕분에 이백칠십 매를 짤 수 있었던 것이다. 기일까지 아직 십사오 일 간의 여유가 있어서 남은 삼십 매는 이제 문제가 없다고 시아버지나 현이는 한숨을 돌리고 있었지만 서분녀는 요즘 들어 더 초조해졌다. 왜냐하면 때때로 배가 아파왔기 때문이다. 언제 해산할지 모른다. 만약 그렇게 되면 모든 것이 끝장난다. 오래 쌓은 공덕이 약간 모자라서 망친다고 생각하니 그녀는 점점 더 초조해졌다.

부엌일을 마치자 그녀는 마당 앞에 산더미처럼 쌓인 볏짚 더미에서 볏짚을 한 묶음 내렸다. 그 힘으로 인해 눈이 팍 날려 은가루 같은 것이 차갑게 얼굴을 덮쳤다. 그녀는 큰 볏짚 한 묶음을 내리자 끈을 풀어 그것을 몇 개의 적당한 묶음으로 나누고 이어서 옆에 있는 평평한 돌 위에 놓고 절굿공이로 쿵쿵 찧기 시작했다. 볏짚 묶음을 몇 번이나 빙글빙글 돌리면서 골고루 절굿공이로 찧었다. 돌 위에 절굿공이를 내려칠 때마다 쿵쿵거리는 반동이 배에 전해져서 당장이라도 뱃속의 아이가 나올 것 같았지만 이를 꽉 물고 참았다.

완전히 부드러워진 볏짚을 가지고 방에 들어오자 시아버지는 열심히 새끼를 꼬고 있었으며, 현이는 벌써 가마니틀에 새끼를 걸고 형수가 오기를 기다리고 있었다.

"서둘렀네!"

서분녀는 방긋 웃으며 가마니틀 앞에 앉고

"자 시작하죠"

라며 가마니틀에 양손을 얹었다.

"오늘 네 매를 짜면 스물여섯 매가 남나요!"

현이는 가마니를 짜면서 물었다.

"그럼요. 삼백 매를 다 짜면 현이 도련님은 삼 일 정도 아무것도 하지 말고 쉬어도 좋아요. 그 때는 제가 용돈도 이 원 정도 드릴게요!"

"형수! 정말 삼 일 정도 쉬어도 되나요. 난 이제 지쳤어요!"

"정말로 현이 도련님 고생했어요. 앞으로 일주일 후면 편하게 지내도 돼요."

"좋아요. 빨리 시작하죠"

라고 말하며 현이는 틀에 볏짚을 끼워서 새끼줄 사이에 재빠르게 끼워 넣었다. 그러자 서분녀는 틈을 줄 사이도 없이 덜컹하고 틀을 내렸다. 스르르, 덜컹, 스르르, 덜컹, 둘은 벌써 일사불란하게 짜냈다. 스르르, 덜컹, 스르르, 덜컹, 단조로운 음향이 무수하게 반복되었지만, 그 단조로운 음향만이 그들을 즐겁게 하는 유일한 음악이기도 했다.

몰입해서 짜고 있는데 서분녀는 가끔 아랫배가 살살 아파왔다. 일주일만 더 기다려 주면 좋겠다며 그녀는 통증을 참으면서 부지런히 일했다.

그로부터 이틀 후 깊은 밤이었다. 그녀는 당장이라도 배를 도려내는 듯한 심한 통증을 느꼈다. 송곳으로 찌르는 듯해서 당장이라도 배가 끊어지는 것은 아닌가 하고 의심이 들 정도의 통증이었다. 이를 꽉 물고 참아 보았지만 도저히 참을 수가 없어 "으음!" 하고 신음소리를 냈다.

그러자 옆방에서 자고 있던 시아버지가 그 소리를 알아차리고

"아가, 진통이 시작된 게냐!"라며 잠이 덜 깬 목소리로 물었다.

"네, 조금요……!"

"그럼 장손 어멈을 불러올까"

"아니요, 아침까지 기다려 볼게요."

서분녀는 겨우 그렇게 말하고는 또 배를 움켜쥐고 온돌 위에 푹 엎드렸다. 뼈를 도려내는 고통이었다. 정말 지금이라도 당장 태어나는 것은 아닌가 하고 무서운 생각이 들어 장손 어멈을 불러 주면 고맙겠다고 생각했지만, 한밤중에 다른 사람을 깨우는 것도 미안해서 이를 꽉 물고 참고 있었다.

하지만 통증은 점점 더 심해지고 드디어 태내의 아이가 나오려고 움직이는 것 같아서, 서분녀는 할 수 없이 장손 어멈을 불러 달라고 시아버지에게 부탁했다.

"금방 불러오마. 금방 불러올게……."

윤 선달은 콜록콜록 기침을 하면서 밖으로 나갔다.

그리고 이십 분 정도 지나 장손 어멈을 데리고 와 방에 들어가는 순간에

"응애!"

하고 아기 울음소리가 났다.

"어, 벌써 낳았나!"

윤 선달이 기쁨과 놀람으로 깜짝 놀라자, 뒤따라 온 장손 어멈이 윤 선달을 밀어 제치고 안으로 들어갔다.

"아이고, 불도 없는 데서 잘도 낳았구만. 어디 보자……"

라고 당황한 목소리를 내면서 손더듬이로 서분녀 쪽으로 다가갔다.

윤 선달은 뒤따라 들어와 불을 켰다.

"어, 아이가 크네, 포동포동 살이 쪘어."

할멈은 혼자 기뻐서 중얼거리며 솜씨 좋게 뒤처리를 했다.

아이를 낳자, 서분녀는 마음이 놓였다. 날아갈 듯이 몸이 가벼워졌다. "응애!" 하고 우는 기운찬 소리가 뭔가 절대적인 외침과 같은 느낌이 들었다.

"어머, 아이가 크네요……! 선달 영감! 남자아이를 낳았어요! 내, 쉰다섯이 되도록 이렇게 큰 놈을 본 것이 없어요. 마치 태어나서 삼일 정도 지난 아이 같구려!"

할멈은 자기 일처럼 기뻐했다.

"할멈! 정말 사내아이요."

윤 선달도 기쁨을 감추지 못하고 확인하듯이 되물었다.

"네, 현준이를 꼭 빼닮았어요. 선달 영감. 빨리 현준한테도 알려 줘야죠! 무척 기뻐하겠죠."

할멈은 혼자서 떠들었다.

"암, 알려야지, 알려야지. 내일 김서기에게 가서 편지를 써달라고 해야지, 그 참에 김서기에게 이름까지 지어달라고 부탁해야겠네."

두 노인이 이야기하는 것을 먼 꿈속의 이야기처럼 몽롱한 의식 속에서 들으면서 누워 있던 서분녀는 문득 이 일로 이제 가마니 책임 매수를 완수하는 것이 어려울지도 모르겠다고 생각했다. 앞으로 십팔 매밖에 남지 않았기 때문에 시아버지에게 부탁할까 생각했지만, 예순의, 그것도 천식이 있는 노인에게 가마니 짜기는 무리라고 생각했다.

가마니 일이 신경 쓰였지만 아이를 무사히, 그것도 남자아이를 낳아서 다행이라고 생각했다. 이것으로 멀리 가 있는 남편에게 체면이 서는 듯한 기분이었다.

다음날, 윤 선달은 빨리 현준에게 편지를 부쳐야 한다면서 김서기 집으로 가려고 했다. 그러자 누워 있던 서분녀가 갑자기

"아버님!"

하고 시아버지를 불렀다.

"응?…… 왜……?"

노인은 문지방을 넘다 말고 뒤돌아보았다.

"…….."

"아가야 무슨 일이냐?"

서분녀가 머뭇거리고 있기에, 노인은 의아해 하며 또 물었다.

"저……" 하고 그녀는 얼굴을 붉히며

"알려 주는 김에 이름도 지어 달라고 부탁하면 어떨까 해서요."

"아, 그러냐? 그래 그게 좋겠구나. 나는 이름을 김서기에게 부탁할까 생각했는데, 네가 정말 좋은 생각을 했구나. 그렇게 하자꾸나."

윤 선달은 서둘러 나갔다.

그로부터 사오일 간 서분녀는 누워 있을 수밖에 없었다. 가마니 일에 신경이 쓰였지만, 다른 방도가 없었다.

그런 와중에 세모도 하루하루 다가왔다. 가마니 납품 기한이 임박했기 때문에 현이도 신경이 쓰였는지

"아버지와 둘이서 짜 볼까!"

라고, 중얼거리는 것이었다.

그 말을 듣자 서분녀는 가만히 누워 있을 수가 없었다. 특히 기일

이 팔 일밖에 남지 않았다고 생각하니 걱정이 앞섰다. 어떻게 해서라도 가마니 십팔 매만은 짜야 했다.

출산 후 일주일가량 되던 날이었다. 그녀는 방바닥에서 일어나더니 옆에 있는 현이에게

"현이 도련님! 오늘부터 한번 짜 볼까요?"

라고 말했다.

"안돼요. 형수는"

"이제 괜찮아요…… 천천히 짜면 아무렇지도 않아요. 도련님에게는 미안하지만 애써서 목표에 거의 도달하였으니 십팔 매는 어떻게 해서든지 짜야 되겠죠?"

"난 괜찮은데, 형수는 정말로 괜찮을까요!"

"저는 문제없어요!"

"그래도 좋을지! 아버지에게 여쭤 보면 어때요?"

"여쭤 보지 않아도 돼요. 봐요 십팔 매는 금방 짤 수 있잖아요. 두 사람이 짜죠!"

"그래요. 기일이 팔 일 남았으니까 하루에 두 매씩만 짜도 되겠네요!"

"그럼요, 하루에 두 매면 거뜬한 거죠."

"그럼 가벼운 거죠! 형수만 괜찮으면 시작해 볼게요!"

그날부터 또 가마니 짜기를 시작했다. 윤 선달은 처음에는 책망했지만, 서분녀가 너무나 진지했기 때문에 결국 가만히 있을 수밖에 없었다.

출산 직후여서 조금만 움직여도 그녀는 기진맥진했다. 그래도 이를 악물고 십 팔매의 가마니를 기일 전날 저녁까지는 전부 끝냈다.

짜기를 끝내자 그녀의 눈에 눈물이 어리었다.

중대한 책임을 보기 좋게 해낸 때와 같이 기분이 맑아지고 마음이 유쾌했다. 이 일로 비로소 남편에게 면목이 선다고 생각했다. 지금부터는 아기를 쑥쑥 잘 키워야 한다. 그건 그렇고 남편은 왜 아직 답장을 주지 않는 걸까, 설마 병이 난 것은 아닐까 하고 그녀는 답장을 마음속으로 기다렸다.

그러자 다음날 아침, 현준의 답장이 배달되었다.

윤 선달은 한자만을 골라 읽었지만, 일본 문자가 섞여 있어서 확실히 의미가 통하지 않았다. 빨리 현이를 불러와서 읽게 했다. 간이 학교 사 년을 졸업했을 뿐인 현이에게 형의 편지는 조금 어려웠다.

"…… 남자아이가 태어나서 무엇보다 다행입니다. 한 명의 남자아이가 태어난 것은 달리 말하자면 그만큼 국가가 강해졌다고 말할 수 있습니다. 아무쪼록 잘 키워서 내가 돌아갔을 때에는 건강한 아이가 되도록 해 주십시오. 그리고 아이의 이름에 관한 것입니다만, 도무지 좋은 생각이 나지 않아서 담임 선생께 부탁했습니다. 그랬더니 담임 선생이 그것을 다시 소장님께 가지고 갔던 모양입니다. 소장님께서 크게 기뻐하시며 '켄지[建志]'라고 지어 주셨습니다. 건민건병(建民建兵)을 활발하게 외치고 있지만, 건민건병은 우선 '켄지', 즉 건전한 뜻을 세우되 건전한 정신을 바탕으로 실현되는 것이라고 말씀하였습니다. '오오야마 켄지[大山 建志]', 정말 용맹스런 이름이라고 생각합니다. 이름이 부끄럽지 않은 아이로 키워 주십시오. 우리들은 매일 열심히 훈련에 임하고 있으니 안심하십시오. 세모가 다가오기 때문에 내일부터 우리들 손으로 우리들이 먹을 떡을 찧을 겁니다. 여기서는 모든 것이 양력으로 행해집니다. 음력은 거의 기억하고 있지 않습니다. 아무쪼록 집에서도 올해부터 양력을 사용해서, 성전(聖戰)의 세 번째 봄을 저와 똑같이 양력으로 기뻐하도록 해 주십시오. 더군다나 생활을 간소화하지 않으면 안되는 전쟁 중에 이중으로 설을 쇠는 것은 절대로 용서하지 못할 일이라고 생각합니다……."

현이가 다 읽고 설명을 하며 들려줄 때까지 시아버지와 며느리는 온몸을 바치는 기분으로 앉아 있었다.

"뭐? 뭐? 아기 이름을 뭐라고 했냐?"

노인이 귀에 손을 대고 되물었기 때문에

"켄지예요, 아버지!"

하고 현이가 대답했다.

"켄지라고, 씩씩한 이름이구나."

"지원병 훈련소의 소장님이 지어 주셨어요."

"그러냐. 글자대로 좋은 이름이라고 생각했다. 정말로 고맙구나. 우리 집의 영광이야."

윤 선달은 고마워하며 두 손을 모으는 시늉을 했다. '켄지!'라고, 서분녀는 가만히 입속으로 불러 보았다.

오래 전부터 귀에 익은 이름인 듯 말로는 표현하기 어려운 친밀감이 느껴졌다. 긴 침묵이 흐른 후였다.

서분녀는 아기에게 젖을 먹이고 있다가 갑자기 힘 있는 목소리로

"아버님!" 하고 불렀다.

"응……? 무슨 일이냐?"

"저……, 우리 집도 이번 설부터 양력으로 쇠면 어떨까요?"

서분녀는 남편의 말은 무슨 일이 있어도 그대로 실행하고 싶었다.

"그렇구나……. 허나 양력으로는 아무래도 기분이 나지 않아서 말이야……."

윤 선달은 거의 일생을 음력으로 지내왔기 때문에, 양력을 쓰는 것을 꺼리는 얼굴이었다.

"하지만 관청에서도 모두 양력인데요."

"관청은 관청이고, 나이 든 사람에게는 아무래도 좀……."

"그래도 그 사람은 양력으로 쇠는데 우리만 음력으로 쇠는 것은 우습다고 생각해요."

"그건 그렇지!"

"그 사람도 애써 말을 했으니까 그렇게 해요. 제가 내일 떡을 찧을 준비를 할게요!"

"그것도 좋겠지. 더군다나 난 요즘에는 언제라도 설 기분이야. 첫 손자가 태어났지, 가마니도 작정한 대로 짜서 저금도 많이 늘었지, 큰 눈이 내려서 내년에는 보리 풍작일 걸 알았지, 이걸로 내 마음은 천하태평이지. 하하하 그렇지 켄지야!"

하고 윤노인은 엄마 품에 안겨 있는 첫 손자의 얼굴을 들여다보며, 눈으로 어르면서 주름진 얼굴에 기쁨을 한가득 드러냈다.

서분녀는 왠지 모르게 기쁘고, 따끈따끈하게 가슴 밑에서 따스한 뭔가가 고요히 온몸에 전해지는 것 같아 말할 수 없는 정신의 충일함을 느꼈다.

(일문 번역)

청년 단원(青年 團圓)

마을 청년단의 부단장인 야마다 영선[山田永善]이 명예로운 응징사
(應徵士)*가 되어 군마현 광산으로 가게 되었다.

출발하는 날 아침이 되자 오십여 명의 청년 단원이 똑같은 제복 차
림으로 야마다의 집으로 눈사태처럼 몰려들었다. 전별로서 삶은 달
걀을 가져온 사람도 있고, 밤이나 능금을 가져온 사람도 있고, 배급
미로 떡을 찧어 온 사람도 있었다.

한창 나이의 젊은이 오십여 명이 모이니 보기에도 위풍당당한 모
임이 되었다.

오랜 기간 관절염을 앓아누워 지내던 영선 아버지도 이날만은 무
리해서 일어났다.

"우리 청년단 가운데 명예의 징용장[白紙應召]**을 받은 것은 자네가
처음이니까 우리들의 명예를 위해 꼭 힘내 주게."

단원들은 격려하면서 그를 헹가래 쳤다.

---

* 응징사 : 징용에 응한 사람.
** 백지응소 : 징용에 응하는 백지 서류.

"고맙네."

야마다는 굳게 입을 다물었다.

"뒷일은 우리들이 맡을 테니까 염려 말게."

"고맙네. 나는 당연히 필사의 각오로 일할 거네. 누구에게도 뒤지지 않을 작정이네. 그러나 집안일을 생각하면 역시 염려가 되네. 이제 곧 추수할 시기니까!"

"무슨 말을 하는 건가. 그런 걱정할 필요 없네. 설령 우리들이 수확하지 못하는 일이 있더라도 자네 논은 반드시 깨끗이 정리하겠네"

라고 말하는 단원들의 눈썹에는 따뜻한 우정과, 굳은 결의의 빛이 역력히 떠올랐다.

"나는 당연히 자네들을 믿네. 그러나 미안해서."

"그런 섭섭한 말은 말아 주게. 우리들의 의무니까. 틀림없이 해 드릴게."

일순, 쥐죽은 듯 엄숙한 침묵이 흘렀다.

야마다가 출발하자, 아버지는 다시 병상에 눕고 말았다. 그러나 다른 집에서 벼 베기를 시작하자 누워 있으면서도 걱정에 걱정이 되었다.

어느 날, 오십여 명의 모든 청년 단원이 손에 손에 낫을 들고, 야마다 군의 논으로 모두 모여들었다. 자기들의 벼를 베기 전에 야마다의 논을 먼저 수확하려는 것이었다.

오십여 명은 곧 벼 베기를 시작했다. 논 가득이 황금물결로 고개를 숙인 벼가 가장자리부터 베어지기 시작했다. 사각사각 벼가 베어지는 소리가 가을 하늘에 상쾌하게 울려 퍼졌다. 벼를 베면서 청년 단원은 기운찬 목소리로 청년 단가를 소리 높여 불렀다.

　다섯 마지기의 벼가 잠깐 사이에 모두 베어졌다. 그리고 그것이 끝나자, 약 오십여 명의 단원은 다 함께 야마다 군의 아버님께 병문안 가기로 하였다.

　낫을 총 대신 어깨에 메고 논두렁을 행진하는 청년 단원의 얼굴에는 희망과 환희의 빛이 가득히 흘러넘쳤다.

(일문 번역)

불청객(不請客)

　타향 사는 사람은 누구나 다 마찬가지겟지만 서울로 이사 온 후로 노—머리에서 써나지 안는 생각은 고향 그리움이다.

　긴 세월이 흐르면 이저버릴 법도 하건만 오래면 오랠수록 덥처가는 것이 고향 생각인가 십다. 그 속에 파무처 살 째에는 각별히 살기 조흔 고장이라는 애착을 느껴 본 일조차 업섯건만 멀리 써러저 바라보면 안타깝게도 그리운 그 산천이오 그 사람들이다. 살림에 부댓길 째마다 불현듯 도라가 살고 십흔 그 산천이오 마음 외로울 째면 으래썬 맛나 보고파지는 그 사람들이다.

　냉정히 판단하면 유난히 쒸여난 산천경개도 아니오 쏘한 평범하기 짝 업는 그 사람들이건만 그래도 변으로 그리운 이유는 오랜 세월이 흐르는 동안에 저 모르게 정이 두터워진 째문일 것이다.

　어찌다 행길에서 고향 사투리 쓰는 사람들과 지나칠 째면 바쑨 길을 멈추고 돌짜 서서 정다운 눈으로 그들의 뒷모습을 그윽히 바라보게 되는 것도 타향 살림에서 생겨난 새 버릇이오, 피로한 다리로 고개를 넘으면서 혼자 사투리를 중얼거려 보는 것도 전에는 업섯던 버릇이다.

동향 친구의 입에서 불쑥 사투리가 튀여나오면 그가 한칭 더 친밀하게 늣겨지고 타향 사람이라도 내 고향으로 차저간다면 손 한 번 짜쓰시 쥐여 보고파지는 것도 속일 수 업는 나의 진정이다.

고향에서 차저오는 사람이면 나는 그를 붓잡고 머리에 써오르는 한 사람 한 사람씩 이름을 지목해 가면서 거이 성가셔 할 정도로 그 사람들의 소식을 자서히 뭇는다. 그리고 그 대답을 들을 쌔마다 나는 혹은 기뻐하고 혹은 슬퍼하는데 그중에도 가장 나의 마음을 아프게 하는 것은 '그 사람은 죽엇다.'는 대답이다. 사람이 백 년을 못다 사는 줄 변연히 알면서도 고향으로 도라가면 언제나 맛날 수 잇는 사람들이려니 하는 기대를 늘 품고 잇섯든 만큼 팔십객 노인이 도라가섯대도 마음에 타격이 컷고 젊은 사람이 죽엇다는 데는 더더구나 세상의 무상을 아니 느낄 수 업섯다.

그러케 해서 고향에서 올러온 사람을 맛나면 나는 고향 사정을 대략은 짐작하게 된다.

그러나 내가 고작 알고 십허 하는 이풍화(李風化)의 소식만은 아모도 알려 주는 사람이 업섯다. 이풍화의 소식을 고작 알고 십허 하는 것은 유독 그의 소식만을 모르기 째문인 반동적인 심리에서가 아니라, 나는 남모르게 그에게 흥미를 늣겨 왔기 째문이다. 그러나 나를 차저오는 고향 사람들은 그의 소식을 알려 주기는커녕 대개들은 나의 질문에

"이풍화? 이풍화가 누구드라……."

하고 고개를 기우리는 것이다.

그런 태도를 볼 째마다 나는 한업는 서글품을 늣긴다.

이풍화! 그는 워낙 우리 고향 사람도 아니오 쏘 우리 마을에 오래 머물러 잇슨 사람도 아니므로 고향 사람들이 그의 이름조차 기억지 못하는 것도 당연한 일이다.

바람갓치 두어 차례 단겨간 사람의 소식을 캐여뭇는 내가 어리석엇든지도 모른다. 두어 차례 단겨간 사람이라도 인상에 남을 만한 사람이엇다면 쏘 모를 일이지만 이풍화라는 이는 그 이름과 가치 워낙 존재가 히박햇으므로 그런 사람의 이름을 기억한다는 것이 오히려 부자연한 일일 쎄다.

그러나 나로서는 다시 한 번 맛나고 십픈 그 사람이다.

아까도 말햇거니와 이풍화는 우리 고향 사람이 아니다.

지금부터 십오 년쯤 전인 초여름, 어느 날 사랑방에서 낫잠 주무시는 할아버지 머리맛테서 팔용선으로 파리를 날리고 잇노라니까 어디선가 주인을 부르는 소리가 들럿다. 그래 얼른 일어서 나가 보앗드니 대문 박에 한 오십 탁거리 되여 보이는 웬 낫모를 사람이 섯다가 나를 보자 공손히

"지나가든 사람인데 댁에서 하롯밤 자고 갈까 합니다." 한다.

언쓴 보기에 그의 행색은 너무나 초라하엿다. 고이적삼을 입는 쌘데 그의 옷은 쌔쑥이 조르르 흐르는 솜옷이엿고 게다가 동저고리 바람이엇다. 그 옷 한 벌로 삼동과 구십춘광을 딩굴며 지냇는지 처음에는 힌 옷이엇던 모양이나 회색을 지나 썸정 옷가치 보이고 머리에 쓴 것은 입은 옷과는 게절이 엄청나게 동쩌러진 농립모엿다.

손에는 지팽이를 들엇스나 그것은 지팽이 신세를 지기 위해서보다도 길동무로 건성 가지고 다니는 모양이엇고 그박에 몸에 지닌 것이라고는 등에 추욱 느러지게 질머진 문갑보다 좀 클까 말까한 가죽 가방 하나쑨이엇다.

어디를 쓰더보나 불결하기 짝 업는 채림새지만 그런데도 불구하고 이상하게도 그에게서 밧는 인상은 고상하엿다. 눈과 음성이 어린애가치 부드러워서 대쯤 마음을 허하는 것도 그의 숨은 덕이겟지만 그보다도 언덴지 모르게 정신적으로 신선한 늦김을 주는 사람이엇다. 어쩌케 보면 초기의 정신병 환자가치 어른해 보엿다. 날이 저므럿스면 모르지만 중낫부터 잠자리를 차저드는 것이 좀 수상쩍기도 해서 나는 이 불청객을 어쩌케 접대햇스면 조흘까 하고 오랜동안 궁리하다가 아모튼 사랑방으로 불러 올리엇다. 그리고 나서 여러 가지로 수작을 부처 보앗스나 나는 그의 이름이 이풍화라는 것박게는 아무런 소득도 엇지 못하엿다. 그는 고향도 일가친척도 업노라 하엿고 아모 목적 업시 팔도강산을 쩌도라댕기는 것이 유일한 생의 목적이라고 하엿다. 그 이상 그는 일신상에 관해서는 한마디도 말하지 안엇다.

그날 밤 저녁 후에 다시 사랑방에 나와 보니 그는 심심파적으로 신문에 실린 기보(碁譜)를 보고 잇섯다. 그래서는

"바둑 잘 노십니까? 한판 두실까요?"

하고 바둑을 두잿더니 그는

"잘 놀 줄은 모르지만—"

하고 제가 먼저 흑을 붓잡엇다.

기보를 볼 만한 실력이라면 도저히 나 싸위는 문제도 아닐 것이므

로 나는 흑을 빼앗스면서 멋 점 접혀야겟다고 햇드니 그는 백조차 구지 사양하다가 나중에는

"그럼 나히 덕으루 내가 백이나 갓죠."

하엿다.

첫판에는 내가 두 목을 이기고, 둘째 판에는 내가 세 목을 지고, 셋째 판에는 그가 다시 한 목을 젓다. 이를테면 상승상부므로 처음에는 그의 바둑 실력을 대수롭게 여기지 안엇스나 멋 판 놋는 동안에 그가 일부러 사양하는 줄을 알게 되어 멋 점 더 놋코 정식 승부를 하자고 햇드니

"별말슴을 다……. 나는 워낙 승부 짜지기를 조하하지 안는 사람이오."

하고 그는 썰썰썰 웃을 쑨이엇다.

이튿날 조반 후에 그는 손가방에서 필묵과 화선지 한 장을 쩌내 놋트니 자작시를 한 수 휘호해 주면서

"내 재주가 이쑨이니 정으로 밧어 주시요."

하고는 어데론지 지향 업시 표연히 가 버리엇다.

그쌔 그가 주고 간 시를 불행히 지금 기억하고 잇지 못하나, 세상을 강개하는 뜻이 넘처 잇섯든 것만은 시방도 나의 머리에 쑤렷하다. 글시는 전문가의 눈에도 결코 어색한 것이 아니라는 것은 후에 안 일이다.

그 후에 나는 싸맛케 그를 이저버렷다가도 어찌다 외로울 쌔면 문득 그이 생각이 머리에 소사올라서 다시 한 번 맛날 기회가 잇기를 은근히 기대럿다.

그러케 삼 년이 지난 가을철인, 바루 내 동생 결혼식 전날 아침에

천만뜻박게도 이풍화가 홀연 우리 집에 차저왓다. 나는 죽엇든 사람이 되살어 온 것가티 반가웟다. 그의 행색은 삼 년 전이나 조곰도 다름이 업섯고 단지 다른 것은 겹옷을 입을 철인데 고이적삼을 입은 것 뿐이엇다.

이튿날 아침에 나는 결혼식에 참예해 달라고 하면서 그에게 새 옷 한 벌을 주엇드니 그는 몃 번 사양하다가

"허–참 이런 고마운 일은 업소이다."

하고 치하를 마지안흐면서 옷을 가러입엇다.

결혼식이 끗나자 그는 다시 써나려는 것을 나는 못 가게 붓잡엇다. 마침 손님 중에 바둑으로 초단 실력 가진 분이 잇기에 그와 바둑 대국을 식혓는데 이풍화는 이번에도 상승상부를 하엿다.

초단자와 상승상부라면 헐잡어도 초단 실력은 넉넉하고 사실은 그 이상일 것인데 나는 멋모르고 추기도 잘 모르는 우리 싸위로 얏잡어 보앗든 것을 불현듯 부쓰러웟다.

잔치에 모인 사람들의 뒷공론에 의하면 이풍화는 명문거족의 후예라고도 하고 혹은 해외에 오래 써도라단니든 사람이라고도 하고 혹은 단순한 정신병자라고도 하고 쏘 혹은 산수에 밝은 명풍수(風水)라고도 하고 각자 각설이여서 도무지 종잡을 수가 업섯다. 나는 구지 그의 정체를 알려고도 안엇다. 이제는 그의 내력을 알 필요도 업섯다.

그의 과거를 물을 것 업시 나는 무조건하고 그를 조하하엿다. 그와 마주 안저 잇스면 세상 시름이 모두 봄눈처럼 스러저 버렷다. 아니 이 세상에 진심으로 자연을 사랑하는 사람이 단 한 사람이라도 잇다는 그 사실만으로도 나는 그를 존경하지 안홀 수 업섯든 것이다.

사실 나는 그가 무슨 존재인지 속에 무슨 생각을 품고 잇는지 도무지 아지 못한다. 그럿치만 그는 나의 마음을 너그럽게 해 주고 세상을 밋고 살 수 잇는 힘을 셈솟게 해 주엇다.

우리 집에 차저왓든 그 이튿날부터 날새처럼 써나가려는 그를 나는 각짜수로 붓잡엇스나, 사흘 만에 그는 기어코 지향 업는 나그네길을 쏘다시 써나 버렷다. 써나가는 그에게 노자로 쓰라고 약간의 금품을 주엇드니 그는

"허―이거 참 고맙소이다마는 밥은 엇어먹고 단니는 신세라 노자가 소용업스니 이 돈만은 도루 너허 두시오."
하고 종시 밧지 안엇다.

나는 금품으로 그를 환대하려고 햇든 나의 어리석음을 뉘우치며 오랜동안 언덕 우에 서서 머러저 가는 그의 뒷모습을 언제까지고 바라보고 잇섯다.

이듬해 봄에 서울로 이사 올러온 후로 나는 이풍화와 다시 맛날 기회를 영 일허버리고 말앗다. 그 후에 그가 우리 집에 다시 차저왓든지 어쌧든지를 나는 모른다. 이러이러한 사람이 왓든 일이 업느냐고 형님에게 물어보앗지만 워낙 희박한 존재라 형님도 모른다고 하엿다. 설혹 한두 밤 자고 갓다 해도 형님 기억에는 남어 잇지 안엇슬 것이다.

그러나 이풍화의 소식은 나에게는 언제나 궁금하엿다. 더구나 자유 경제 시대와도 달러 식량 배급제가 실시된 후로 남의 집에서 밥 한 씨 엇더먹기도 귀차한 이째 이풍화는 어쩐 방식으로 생활을 지탕해 나가고 잇는지 나에게는 적지 안흔 숙제거리다.

그가 아직도 살어 잇다면 이미 육십 고개를 넘엇슬 쎄나 그는 시국에 순응하기 위해서 어느 광산으로 차저 들어가지나 안엇슬까?

그러나 그것은 나의 제멋대로의 상상이니 숙제는 언제나 숙제대로 남어 잇다.

그것은 나로서는 도저히 풀 수 업는 영원한 숙제인 것이다.

정비석의 일본어 소설이 선 자리

1.

1932년 일본 대학신문 공모에 당선된 편지 형식의 소설 「조선아이로부터 일본아이에게(朝鮮の子供から日本の子供たち)」를 제외하면, 정비석의 일본어 소설 8편―「조국으로 돌아가다(祖國に歸る)」(『국민신보』, 1939.4), 「마을은 봄과 더불어(村は春と共に)」(『녹기』, 1942.4), 「산의 휴식(山の憩ひ)」(『신시대』, 1943.4), 「사랑의 윤리(愛の倫理)」(『문화조선』, 1943.3), 콩트 「가면(化の皮)」(『국민문학』, 1943.3), 콩트 「어머니의 말씀이(母の言らひ)」(『조광』, 1943.9), 「행복(幸福)」(『반도작가단편집』, 1944), 콩트 「청년단원(靑年 團圓)」(『통보』, 1945.2.1)―은 일본의 동아 협동체가 강화되는 시기에 창작·발표된다. 십소설 내지 천자문예라고 밝힌 콩트를 포함하여, 정비석의 일본어 소설은 모두 단편소설이다. 일본어 소설을 쓰는 시기에, 정비석은 「한월」(『국민문학』, 1942.2), 「조춘」(『조광』, 1942.5), 「광명」(『춘추』, 1942.7), 「추야장」(『춘추』, 1943.2) 『청춘의 윤리』(평범사, 1943), 「김첨지」(『대지는 불은다』, 1944), 「불청객」(『신소녀』, 1945.4) 등의 한글 소설도 동시에 창작·발표한다. 한국문학사에서 빈 공간으로 간

주되는 일제 말기에, 정비석은 일본어 소설뿐만 아니라 한글 소설을 꾸준히 발표한 셈이다.

일제 말기, 정비석이 일본어 소설과 한글 소설을 각각 발표했다는 것은 단순히 언어 체계의 변화만을 의미하는 것이 아니다. 작가의 의식 속에서 소설의 매체인 언어를 달리한다는 것은 소설이 지향하는 소통 맥락이나 예상 독자를 달리한다는 의미를 내포한다. 언어 매체를 달리하면 소설의 경향과 흐름이 달라질 수밖에 없다. 따라서 일본어 소설과 한글 소설은 소통 맥락이나 예상 독자가 다르기 때문에 작가 의식이 미묘하게 분리되는 지점이 있을 수 있다. 이 글에서는 정비석의 일본어 소설의 창작 배경과 작가의 의식 세계를 동아 협동체와 근대초극의 열망과의 관계성을 중심으로 고찰하여 그의 일본어 소설이 선 자리를 살펴보고자 한다.

2.

정비석은 일본어 소설에서 제국주의 일본이 내세운 동아 협동체의 논리를 적극적으로 받아들이는 태도를 취한다. 동아 협동체는 서구적 근대가 동양의 식민화 문제, 생활세계가 도구적 합리성에 의해 지배됨으로써 가치가 타락하는 문제, 도시화와 개인화로 인해 공동체가 해체되는 문제 등을 안고 있으므로 서구 중심의 세계질서를 재편하자는 운동이다. 이런 점에서 동아 협동체의 논리는 지정학적 대위를 근본으로 한다. 동양적인 근대는 서구적인 근대를 넘어서서 동아의 해방과 진정한 근대를 열망하는 것이기 때문이다. 따라서 동아 협동체는 현실태라기보다는 지향해야 하는 이상태로서 동아시아가 새롭게 생성하고 실현해야 하는 열망의 의지이다. 또한 근대 초극을 목표하면서 기실은 또 하나의 근대 즉 동양적 근대를 구성하는 이데올로기이다.

정비석이 수용한 동아 협동체는 모순적인 요소를 내포하는 이데올로기이다. 서구 제국주의로 인해 촉발된 식민주의와 자본주의를 부정하고 여기에서 해방되어 동양적인 정신과 도의에 기초한 근대를 성취하자는 열망인 것이다. 아이러니하게도 이상태로서의 동아 협동체 담론이 동아시아 국제 관계 속에서 현실태로 기능하여 동아의 평화와 해방을 위해서는 전쟁이 불가피하다는 침략주의적 성격을 띤다. 일본은 동아의 평화와 근대를 이루기 위한 목적에서 전쟁은 수단으로 용인되어야 한다고 주장한다. 그러면서도 이런 침략주의적인 전쟁이 서구로부터 동아를 지키기 위한 동아 협동체의 신체제적 전략에서 나온 것이므로, 제국주의적 침략 전쟁과 다르다고 강변한다. 동아 협동체는 동아의 통일을 통해 동아의 평화를 이룩하고 자본주의를 극복한, 자본주의 이후의 체제라는 담론을 구성하면서, 공간과 시간의 문제가 통일된 담론으로 발전한다. 따라서 동아 협동체를 표방한 전쟁은 대중국 침략전쟁이지만, 대제국주의 전쟁이라는 속성을 동시에 지닌 이중성을 띠게 된다. 일본이 메이지 유신이래 갖고 있던 이중성 즉, 동양이면서도 서양이기도 한 이중성은 여기에서도 고스란히 반복된다고 할 수 있다. 근대적 시각에서 중국에 대한 우월성을 주장하면서도 동시에 서구에 대해서는 동양을 대표하여 탈근대적, 탈서구적 시각에서 동아의 재편을 요구하는 이중성을 드러낸다.

이러한 동아 협동체 논리의 이중성 혹은 아이러니는 정비석의 일본어 소설에서도 그대로 재현된다. 그의 일본어 소설에는 새로운 정치경제적 세계를 열망하는 유토피아적인 소망과 근대가 야기한 여러 관계와 가치의 타락을 회복하는 윤리적 감성이 중층적으로 얽혀 있으면서도, 이러한 반서구적 유토피아적 열망이 침략전쟁이라는 수단이 정당한가 하는 문제를 보이지 않게 했던 것이다.

정비석이 1944년에 발표한 「행복(幸福)」은 농부인 남편 현준이 지원병 훈련소에 지원 입소를 전후로 하여 집안에 생긴 변화를 다룬 일본어 소설이다. 한 집안의 중심인 현준의 입소를 아버지 윤 선달은 반대한다. 자기는 벌써 나이가 많아 들일을 하지 못하고, 현준의 동생 현이는 아직 열세 살이라 한 사람 몫을 하기에는 어리고, 며느리인 서분녀에게 농사일을 시키고 의지하는 것이 탐탁하지 않았기 때문이다. 그러나 서분녀는 남편 대신 자기기 그 일을 감당하겠으니 남편의 뜻을 받아달라고 간청하고 윤 선달은 마지못해 승낙한다. 그리고 온 집안 식구가 현준의 빈자리를 채우기 위해 협동한다. 집안의 일꾼인 현준의 입소를 감안하여 가마니 공출량을 반으로 줄여 주겠다는 면직원의 만류에도 불구하고, 현준의 처 서분녀는 남편이 있을 때와 동일하게 가마니 공출량을 내겠다고 약속한다.

남편 몫까지 일하겠다고 자기 자신에게 맹세하지 않았던가? 남편이 없으니까 라는 그런 이유로 응석을 부리는 것이야말로 매일 나라를 위해서 열심히 일하고 있을 현준에게 면목이 없는 이야기이다.

남편이 없다는 이유로 응석을 부리는 것은 "매일 나라를 위해서 열심히 일하고 있을 현준의 뜻에 위배되는 것이기에 만삭의 몸으로 그리고 해산 직후에도 약속한 공출량을 완수하기 위해 가마니 짜기에 전념하여, 약속을 지킨다. 한편 출산 소식에 남편 현준이 "남자아이가 태어났다고 해서 무엇보다 다행입니다. 한 명의 남자아이가 태어났다는 것은 달리 말하자면 그만큼 국가가 강해졌다고 말할 수 있습니다"라며 훈련소 소장이 지어준, 건민건병에서 따온 켄지健志를 아이의 이름으로 정해 준다. 가마니 공출량을 지키고 아이의 이름까지 편지로 받자 서분녀는 "따끈따끈하게 가슴 밑에서 따스한 뭔가가 고요히 온몸에 퍼지는 것은 같아 말할 수 없는 정신의 충일함"을 느낀다.

서분녀가 느끼는 이 정신적 충일함은 국가를 위한 공적인 일에 헌신하고 참여하고 있다는 공적 존재로서의 자기 확인에서 나온다. 특히 가마니 짜기가 사적인 욕망의 교환가치가 아니라 공적인 목표에 대한 자기 헌신이라는 '정열'의 순수성으로 표상된다. 왜냐하면 가마니 짜기가 이 시장 질서의 교환가치에 지배되는 행위가 아니라 자기 목적적인 노동이라고 규정되기 때문이다. 욕망 충족을 목적으로 하는 합리적인 활동 주체인 경제인을 전제로 하는 서구적 근대와 차별 짓기를 시도하고 있는 셈이다. 서구적 근대의 경제학은 욕망 충족을 기초 개념으로 하고 경제 활동을 욕망 충족을 위한 합리적 활동으로 인식한다. 여기에서 인간관계는 욕망 충족의 수단으로 화하여 인간과 사물의 관계가 인간과 인간의 관계를 지배하게 된다. 반면에 진정한 노동은 필요에 쫓기는 것이 아니라, 자기 목적적이며 인류의 실현을 의미한다. 서분녀가 느끼는 정신의 충일함은 자기 목적적인 노동의 회복에서 나온 것이다. 그 순수한 정열은 사사로운 자기를 뛰어넘어 역사적, 정신적 사명을 받아들이고 복종하는 태도이다.

그런데 「행복」에서는 당시 수행되고 있는 전쟁과 정치의 역사적 정당성과 가치를 설득하려는 담론은 한 마디도 나오지 않은 채, 오로지 공적 전체에 대한 순응과 믿음의 정열만이 강조되고 있을 뿐이다. 전쟁의 목적은 이성적 분석과 가치 판단의 과정 없이 자동화된 진리로 전제되고 있다. 정비석은 일본이라는 '대타자의 욕망'을 욕망하는 서분녀 가족을 등장시키면서도 전쟁 속에 내포된 허위와 환상이 '틈과 균열'을 통해 드러나는 것을 회피하기 위해 전쟁의 목적과 이데올로기를 드러내고 설파하는 행위를 회피한다. 적극적으로 동아 협동체 수립을 위해 전쟁이 불가피하다고 설득하는 대신에, 정비석의 일본어 소설은 시대의 윤리와 윤리적 태도만을 다루고 있는 셈이다. 이 윤리는 '공'적인 것을 회복하여 '사'적인 이해를 돌아보지 않는 것을 최대의 덕으로 삼아 사회의 질서를 보증하는 인류의 길을 실현하고자 한다.

이러한 시대의 윤리와 윤리적 태도는 일본어 소설 「조국으로 돌아가다(祖國に歸る)」에서도 그대로 노정된다. 이 소설은 경성에 살고 있는 일본인 남편 스기타와 중국인 아내 유봉채의 이야기이다. 이들은 아들 타미오를 두고 행복하게 살고 있지만 중일 전쟁이 발발하면서 유봉채의 고민이 깊어진다. 유봉채는 일본과 중국의 전쟁의 틈바구니에서 갈등한다.

유사 이래 군벌, 연이은 학정으로 백성을 도탄의 밑바닥까지 빠지게 하여 괴롭히는 중국 역사이고 보니 증오로 가득 찬 고국이기는 하다. 그러나 군벌이나 학정 같은 것은 사람의 일[人事]이다. 사람의 일을 초월하여 멀리에 엄연히 존재하는 신성한 큰 존재─그것이 조국이 아니었던가?

인용문처럼 유봉채는 중화민국 역사를 부정할 수 있지만 조국은 선택할 수 없는 숙명적인 존재라는 인식에 도달한다. 또한 중국인인 자신 탓에 "남편의 면목이 없어지고, 타미오가 친구들에게 이지메를 당한다고 생각하는 것만으로도 몸이 찢어질 것 같았다"라며 중국으로 돌아갈 것을 결심한다. 유봉채는 중국으로 돌아가서 "지나인에게 일본 정치의 좋은 점을 설명하고 지나의 사회제도의 문제점을 지적하여 힘이 닿는 데까지 일본과 지나의 화평에 힘쓰겠다는 막연한 생각"을 한다. 일본이 일으킨 전쟁을 침략적인 것으로 파악하지 않고 동양의 항구적인 평화를 위한 해방 전쟁이라고 인식하고 있기 때문이다. 재미있는 지점은 경성에 살고 있는 그녀가 "일본을 떠나는 것은 죽을 만큼 괴롭다. 그러나 남편을 위해 타미오를 위해 돌아가야 한다"라고 인식하는 장면이다. "우리의 부모들은 서로 상대방 나라를 싫어하고 있지만, 타미오의 시대가 되면 그때는 이런 이별 따위는 절대로 없을 거"라고 말하는 유봉채에게는 오직 일본과 중국 간의 간극만이 존재한다. 유봉채의 말은 식민지 조선이 이미 일본이라는 조국에 귀속된 것을 전제하고 있다.

유봉채는 민족을 훔볼트 식의 혈연적이고 언어적인 민족으로 규정하고, 조국을 운명론적이고 숙명적인 것으로 받아들이고 있다. 그러나 엄연히 다른 민족인 조선과 일본이 '일본'이라는 동일한 민족 국가로 호명되고 있는 바, 이는 훔볼트 식의 혈연과 언어에 입각한 민족 개념이 아니라 르낭 식의 구성적 의지에 입각한 민족 개념에 의지하고 있다. 동아 협동체의 중심으로 삼은 '일본'이라는 기표 속에서는 민족 개념의 두 측면이 아이러니적으로 균열되고 있는 셈이다. 어쨌든 다른 민족인 조선을 '일본'이라는 구성적 국가로 통합하기 위해 내선일체라는 이데올로기가 나오고, 동양의 다른 나라를 포섭하기 위해 '동양'이라는 도의적 세계가 발명된다. 서구와 동양을 상호 대립항으로 규정한 후, 일본 민족국가주의를 동양의 연합체로 확대하고, 그 중심에 일본 민족주의를 지도 원리로 내세우는 전략이 등장한 것이다. 일본 그리고 확대하여 동양은 타자의 것, 외부의 것 등의 외부성과 타율성을 비판적으로 바라보면서 그 반대급부로서 동양과 민족이 갖고 있는 것으로 상상되는 자립적인 내부에서 진짜의 것을 지향한다. 타자의 것으로서의 근대는 유럽의 근대이며, 그 반대로서 민족은 동양 심부에서 발견되어야 하는 진짜의 무엇이다.

동아 협동체의 목표를 달성하고 이 이데올로기의 틈과 균열을 매끄럽게 메우기 위해 서구라는 외부의 적이 전면적으로 표상된다. 서구의 부르주아 사회는 금전이나 개인의 명예를 추구하는, 인륜성을 상실한 사회로 규정되고, 이러한 서구의 근대를 초극하는 것이 전쟁의 목표가 된다. 서구 경제 체제와 사회 문화를 초극하는 본래적인 무언가가 일본과 동양 사회에 있다고 기대되는 것이다. 반서구적인 의식은 「산의 휴식(山の憩ひ)」에서 잘 나타난다. 이 작품의 원 텍스트는 「제신제」로 『문장』지에 실릴 예정이었으나 검열로 인해 발표되

지 못하자, 일문으로 수정한 작품이다.

이 작품은 기독교를 배교하는 이유를 드러내며 반서구적 의식을 형성한다. 주인공 희순은 미션 스쿨의 교사다. 여름 방학 전도 유세를 두 달간 수행하고 돌아오니, 그 사이 애인 애라가 급성 폐렴으로 죽었다는 소식을 접한다. 희순은 "육체로 사는 우리들이 육체가 잠든 무덤에 무릎을 꿇는, 그것보다 절절한 사랑의 표현이 더 있을까"라며 육체와 현세를 부정하는 기독교를 비판하고 미션 스쿨을 그만둔다. 한편 애라의 친구인 옥채는 신혼여행을 가는 마음으로 이등칸을 타고 희순을 찾아올 정도로 적극적인 여성이다. 옥채는 희순이 학교를 그만두었다는 말에 "그건 잘 됐네요. 어차피 미션 스쿨 따위는 신체제가 아니니까요. 예수교 같은 것은 코쟁이들의 위선의 가죽이에요"라고 반서구적 의식을 당당하게 드러낸다. 또한 "살아남은 자는 적극적으로 '삶'을 사는 일만이 진실로 죽은 자를 애도하는 것"이라는 현실적인 삶의 태도를 보인다. 반면에 산장지기 처 순실은 늙은 남편의 오해와 학대를 받으면서도 인종하면서 자신의 중심을 지킨다. 그런 순실은 희순에게는 "겨울 하늘의 별처럼 맑은 눈동자"와 같이 티끌 하나의 불순물도 없는 순수 그 자체이자 동양미의 표상이었다. 순실에게서는 삶을 깊이 파 내려가는 태도를, 옥채에게서는 삶을 강하게 확장해 나가려는 자세를 발견한다. 이 두 여인이 표상하는 바는 대비되지만 모두 뿌리를 대지에 내려 정신의 기초를 삶에 두고 있다는 점에서 희순의 재탄생에 하나의 이정표가 된다. 두 여인 모두 기독교로부터의 배교와 애라의 죽음으로 삶의 지향성을 상실한 채 니힐리즘에 빠져 있는 희순에게 삶을 적극적으로 살아가야 할 필연성을 부여한다.

한편 콩트인 「가면(化の皮)」은 미국 선교사의 선량한 가면을 벗기는 이야기이다. 미국인 선교사는 조선에서 "살아있는 신"으로 숭배를 받다가, 안식년을 이용하여 자신이 가르친 조선인 목사를 데리고 미국으로 간다. 그런데 미국인들 앞에서 조선인 목사를 "이 사람은 조선 야만인인데 내가 저쪽에서 귀여워해 준 충실한 노예"라고 소개한다. 이런 에피소드를 통해 서구의 우월감과 동양의 열등감이라는 '억압된 과잉'의 허구성을 폭로하고자 한다. 서구 = 문명, 동양 = 야만이라는 공식, 즉 동양을 열등의 공간으로 인식하는 서구인의 태도를 문제 삼고 있다. 이 소설에서 재현하는 서구인의 오만한 태도는 반서구의 정당성을 부여하는 소설적 장치이다.

　　「마을은 봄과 더불어(村は春と共に)」는 반서구, 반기독교의 상을 동양적 도의가 실현되는 매당곡을 통해 구현하고 있다. 이 소설의 무대인 압록강 변 매당곡은 오십 여 호의 마을 사람들이 피를 나눈 혈육같이 화목한 농촌 공동체이다. 시대의 변화에 따라 이 화목한 공동체에 마을의 추장 격인 오제장과 농업 학교를 졸업하고 마을로 귀향한 윤길호로 대변되는 두 주체간의 대립이 발생한다. 두 주체의 직접적인 충돌은 마을의 안녕과 질서를 빌기 위해 소를 잡아 치성을 드리는 성황당제 건으로 표면화된다. 지금 세상에 귀신을 떠받드는 것은 어리석으며 대신 그 돈을 시국에 협력하는 것으로 쓰자는 젊은 세대의 주장에 대해, 나이든 세대는 마을 사람들의 결속을 가져온 성황당제의 전통을 고수하고자 한다.

　　그러던 중 마을에 K 방직회사 공장이 건설된다는 소문이 난다. 방직 회사는 전쟁으로 인해 면모 수입이 어려워지자 의료 재료를 조달

하기 위해 국책에 따라 세워지려는 것이었다. 오제장은 "향토의 운명을 막다른 곳에서 구출해내려는" 심정으로 반대에 나선다. 하늘을 찌르는 굴뚝이 매당곡에 들어선다면 전통을 자랑했던 매당곡이 쑥대밭으로 변한다고 생각하기 때문이다. 그러나 윤길호는 지금까지 농가 본위였던 매당곡이 사라지는 대신 공장이 건설되면 매당곡의 주민들은 공장의 직공으로 얼마든지 되살아날 수 있다면서 방직공장 건설에 찬성한다. 또한 오제장을 "봉건시대의, 적어도 개인주의 시대의 신념을 그대로 가지고 있다"고 비판하고, "지금 시대는 더 높은 이상 속에 착안하고 개인 따위는 척척 무시하고 전체를 위해 움직여야 하는 시대"라고 설득한다. 결국 오제장은 시대적 흐름을 거역할 수 없다는 것을 인정하고 국가의 근대적 기획 아래 향토가 해체되는 것을 수용하기로 한다.

이 소설에서 윤길호는 국가의 거대한 비전을 실현함으로써 전체의 공익을 키우고 그 결과 개인의 행복도 증진된다는 전체주의적 입장을 지지한다. 이 전체주의는 동아 협동체가 완성되는 순간 동아의 평화는 이룩되며 동양 정신을 진정하게 구현하고 동양의 미래를 책임질 수 있다는 믿음에서 나온다. 동아 협동체가 식민주의와 자유주의 시대라는 서구적 근대를 극복하기 위해서는 민족의 일반 의지를 구현하는 것이 중요하므로, "개인 따위는 척척 무시하고 전체를 위해 움직이는" 것을 숭고한 미덕으로 수용한다. 동아 협동체의 일반 의지를 담지하는 윤길호는 심지어 오제장이 추진하는 방직공장 청원 운동에 서명하면 경찰에 고초를 당할 수 있다고 소문을 지어내어 청원 운동을 고립시키기도 한다. 이렇듯 속임수의 수단도 큰 목적을 위해서라면 정당화된다고 믿는데 도덕과 정치의 영역이 다름에도 불구하고 동아 협동체는 정치의 영역이라기보다는 절대 도덕의 영역으로 절박하고 숭고한 이념으로 초월해 있기에 가능한 감각인 것이다. 숭고한 이념과 윤리를 실현하려고 하는 윤길호의 열망에 오제장의 애향심은 힘없이 패배한다. 그런 점에서 이 소설은 윤길호가 지지하는 동아 협동체 이념을 틈과 균열, 모순과 갈등이 없는 절대적 이념이자 통찰을 초월한 절대적 위치에 놓고 있다.

숭고한 목표를 열망하는 사유가 동아 협동체라는 전체주의로 이어지는데, 「사랑의 윤리(愛の倫理)」는 사유의 내용이 아니라 사유의 방식이 시대적 상황과 연결되는 지점을 드러내는 소설이다. 주인공 현은 옥채와는 약혼한 사이로 주변 사람들이 여길 정도로 호감을 갖고 있다. 정온 부인은 옥채의 올케로 어린 딸을 키우고 살아가는 미망인이다. 현은 옥채의 얼굴 생김새나 분위기 눈 등에서 풍기는 청초함과 청결함이 패랭이꽃 같다고 느낀다. 이에 비해 정온 부인은 일견 차가운 것 같지만 차가움 속에서도 짙은 따스함을 희미하게 뿜어내는, 고상한 자태를 갖고 있는 도라지꽃 같다고 여긴다. 그러면서 현은 이 두 여인을 모두 마음에 두지만, 내심 정온 부인을 좋아한다.

그녀의 기품은 해가 갈수록 다듬어져 왔지만, 남편을 잃은 후부터는 갑자기 한월(寒月)처럼 맑아졌다. 필시 고민도 많겠지만 그녀의 신변에서는 번뇌의 편린조차 찾아볼 수 없었다. 가만히 바라보고 있으면, 어느덧 그녀는 수정처럼 투명체로 변해가서 손으로 움켜 올리려고 해도 아무 것도 걸릴 것 같지 않고 그러면서도 대단히 강하고 존재를 의식케 만드는 기묘한 생명체였다.

정온 부인의 아름다움은 '한월'처럼 맑고, 잡초 속에 피는데도 잡초에 흡수되지 않고 어디까지나 대범한 자세를 취하고 자신을 지켜나가는 전통적인 개성에서 나온다. 한편 정온 부인은 이러한 전통적인 미와 함께 여성답지 않은 과감성까지 겸비했다.

> 저쪽 오래된 은행나무 옆에서 정온 부인은 능금나무를 가지치기하고 있었다.
> 그녀의 옷은 눈처럼 새하얗다.
> 나무 가득 방울처럼 매달려 있는 새빨갛게 익은 능금의 색깔과 눈처럼 하얀 그녀의 옷 색깔은 아름다운 조화를 이루었다.
> 우아한 손놀림으로 불필요한 가지를 하나씩, 싹둑싹둑 잘라 버리는 과감함은 무언가 인생에 대한 최대 교훈인 것 같았다. 외과의사의 수술도 그 손놀림과 같아야 한다고 현은 문득 생각했다.

하얀 조선옷은 순결성을, 빨간 능금은 히노마루의 정열을 상징하여, 이 둘의 조화는 내선일체의 순수한 정열을 이미지화한다. 단순한 풍경묘사 속에도 이미지의 효과가 의도되어 있는 것이다. 나치즘의 정신은 민족적인 것과 사회적인 것보다는 오히려 더 철저한 결단성과 박력(Dynamik)과 관련이 있다는 칼 뢰비트의 주장을 참고한다면, 정온 부인의 전통적 미와 정절의 윤리와 전체주의 시대에 필요한 사유와 행동의 스타일과 세련되고 아름답게 결합하는 데는 성공한 작품이라고 볼 수 있다. 현은 정온 부인에게 사랑을 고백하지만, 정온 부인은 그의 제의를 품위 있는 예절을 지키면서도 "전지가위로 불필요한 가지를 단숨에 잘라버리는 과감함"같은 냉철하고 확신에 찬 태도로 거절한다. 자기의 욕망을 증발시켜 인종이라는 부덕을 지키는 정온 부인에게서 전체주의적 상황에서 요구하는 결단력의 태도와 고결한 정절의 윤리를 발견하게 된다. 전쟁기에 필요한 여성의 정절의 가치를 정온 부인을 통해 전면화한다는 점에서 이 작품은 시대의 윤리를 충실하게 재현하고 있다.

3.

동아 협동체는 비서구로서 동양을 확인하고, 서구적인 근대를 초극의 대상으로 삼았다. 이 이데올로기는 동아시아의 국제질서의 제국주의적인 재편성의 요구였다. 그러나 근대의 초극을 얘기할 때, 이미 일본은 근대화에 성공해 제국주의가 된 나라였고, 이 성공을 토대로 다른 동양의 나라에 지도적인 위치와 지배를 요구할 수 있었던 것이다. 「마을은 봄과 더불어」에서 볼 수 있듯이 근대를 초극하겠다는 동아 협동체의 논리는 지배라는 지향성을 지닌다. 즉 국책이라는 이름으로 마을에 방직공장을 세움으로써, 소망스런 농촌 공동체를 해체하고 근대화시킨다. 이러한 전체주의는 공동체적이고 바람직한 사회정치적 질서를 꿈꾸고, 인간들의 품위를 높이고 자신의 고유한 존재를 발현하도록 하는 동기에서 출발한다. 그러나 전체의 목적과 공익으로 상정되는 그 목표에의 열망은 다른 무수한 것들의 가치를 사소화한다. 소망스런 농촌 공동체였던 매당곡의 해체가 바로 그것이다. 매당곡 농민들의 노동은 자기 목적적인 본래성을 갖고 있는 것이었지만, 도덕화된 정치 논리에 따라 시대에 뒤떨어진 것으로 규정된다. 이 논리는 서구적 근대가 비서구 지역에서 행한 지배의 논리와 동일하다. 따라서 동아 협동체의 근대초극론은 철저하게 근대적인 것이었다. 그러면서도 이것이 서구적인 근대화가 아니라고 강변한다. 그 이유는 동아 협동체에서 개인은 자기 자신의 욕망 충족을 위해 노동하고 향락하는 개인주의적 존재가 아니라 전체를 위해 노동을 자기 목적적으로 수행하는 존재이기 때문이다. 이와 같이 근대와 서구를 초극하겠다는 동아 협동체는 서구적 근대의 지정학적 변용에 불과하다.

또한 서구적 근대의 부정은 부르주아의 자유민주주의 제도의 부정으로 이어지고 그 대신 민족의 일반의지의 전체성을 강조하는 전체주의로 이어진다. 이 전체주의는 서구적 근대의 한 변종에 지나지 않는다. 소망스런 세계에 대한 꿈이 레디컬한 전체주의로 이어지고 이것이 잘못되었다고 판단되었을 때 이 일반의지에서 탈출할 방법은 전체주의적 현실에서는 찾기 어려웠을 것이다. 단지 꿈과 같이 잃어버린 고향의 대지를 그리워하고 민족의 정서와 공통 감각을 기억하는 것에서만 가능했을 것이다. 정비석이 소망스런 사회공동체를 꿈꾼 시원이 고향과 대지의 세계였고, 바로 여기에서 자신의 고유한 존재를 발현하도록 하는 노동과 존재의 윤리를 욕망한 출발점이었기 때문이다. 이 세계에 대한 그리움이 같은 시기에 창작된 정비석의 한글 소설에서 재현되고 있다. 일제 말기 정비석의 한글 소설 「한월」, 「김첨지」 등에서 고향과 대지의 세계로 회귀하는 것은 단순히 향토를 제국의 지방으로 인정하는 로컬리티의 발현으로만 볼 것이 아니라 동아 협동체에 대한 회의와 거리두기로 읽을 수 있을 것이다. 역사적으로 민족주의는 복제를 통해 전 세계의 원리로 퍼져 나갔듯, 정비석은 일본 제국주의 논리의 분절과 습합을 통해 한민족의 민족주의적 기초를 구축하는 노예적 글쓰기를 수행한 셈이다.

:: 수록 작품 목록

no	수록 작품명	게재지	발표년도	비고
1	조국으로 돌아가다(祖國に歸る)	국민신보	1939.4.23	일문
2	비밀(秘密)	문장(임시증간호)	1939.7	
3	잡어(雜魚)	인문평론	1939.12	
4	석별가(惜別曲)	신세기	1940.1	
5	삼대(三代)	인문평론	1940.2	
6	천기(天氣)	매일신보	1940.2.6	
7	고고(孤高)-춘파 선생 말년기(春坡 先生 末年記)	문장	1940.3	
8	제삼(第三)의 우정(友情)	조광	1940.5	
9	청춘궤도(靑春軌道)*	여성	1940.5	
10	초록(草綠)의 변(辯)	여성	1940.7	
11	국화진열(菊花陳列)	문장	1940.12	
12	난양(難養)*	조광	1941.9	
13	한월(寒月)	국민문학	1942.2	
14	마을은 봄과 더불어(村は春と共に)	녹기	1942.4	일문
15	조춘(早春)	조광	1942.5	
16	광명(光明)	춘추	1942.7	
17	추야장(秋夜章)	춘추	1943.2	
18	사랑의 윤리(愛の倫理)	문화조선	1943.3	일문
19	산의 휴식(山の憩ひ)	신시대	1943.4~5	2회 연재 일문
20	가면(化の皮)*	국민문학19	1943.7	일문
21	어머니의 말씀이(母の言らひ)*	조광	1943.9	일문
22	김첨지(金僉知)	『대지는 불은다』 (조선출판사)	1944	
23	행복(幸福)	『반도작가단편집』 (조선도서출판주식회사)	1944	일문
24	청년 단원(靑年 團圓)*	통보	1945.2.1	일문
25	불청객(不請客)	조광	1945.4	

* 콩트(掌篇小說)로, 십소설(辻小說) 또는 천자문예(千字文藝) 등으로 명시되어 있음.